論創ミステリ叢書
109

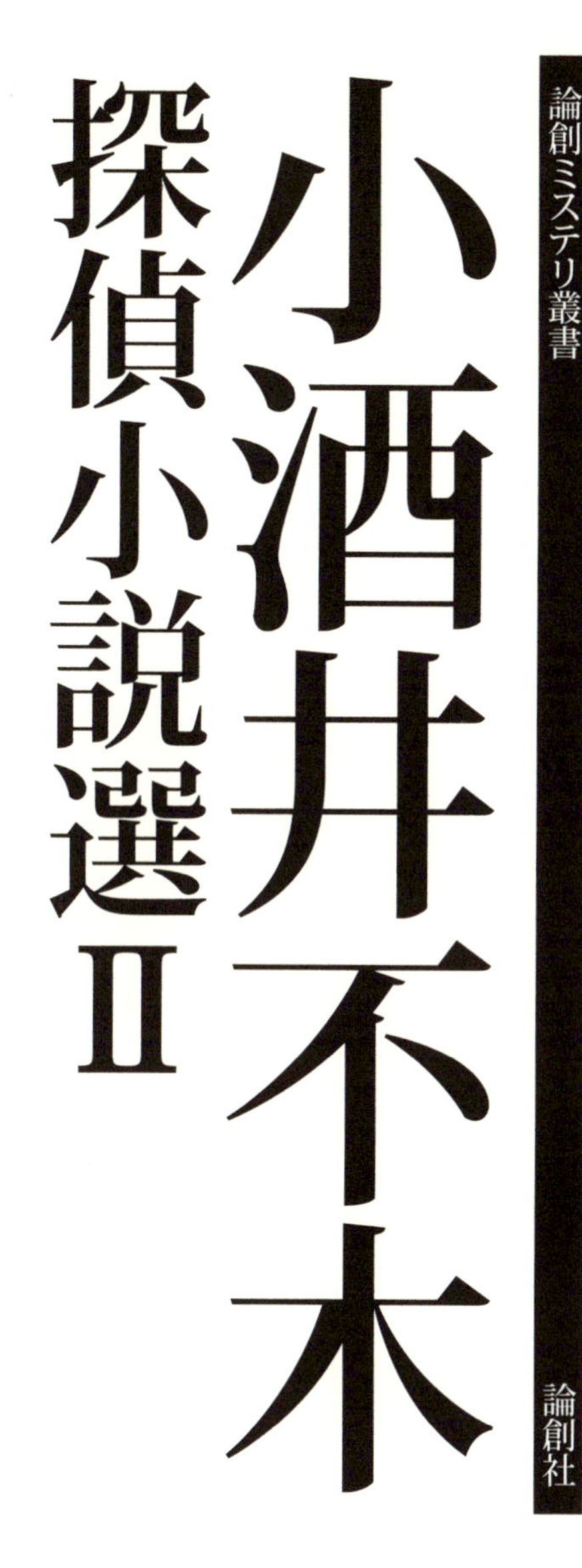

小酒井不木
探偵小説選 Ⅱ

論創社

小酒井不木探偵小説選Ⅱ

目次

創作篇

評論・随筆篇

凡例

一、「仮名づかい」は、「現代仮名遣い」（昭和六一年七月一日内閣告示第一号）にあらためた。

一、漢字の表記については、原則として「常用漢字表」に従って底本の表記をあらため、表外漢字は、底本の表記を尊重した。ただし人名漢字については適宜慣例に従った。

一、難読漢字については、現代仮名遣いでルビを付した。

一、極端な当て字と思われるもの及び指示語、副詞、接続詞等は適宜仮名に改めた。

一、あきらかな誤植は訂正した。

一、今日の人権意識に照らして不当・不適切と思われる語句や表現がみられる箇所もあるが、時代的背景と作品の価値に鑑み、修正・削除はおこなわなかった。

一、作品標題は、底本の仮名づかいを尊重した。漢字については、常用漢字表にある漢字は同表に従って字体をあらためたが、それ以外の漢字は底本の字体のままとした。

創作篇

画家の罪？

日本ではまだあまり知れ渡っていないが、名探偵サブロー・ゴトー（後藤三郎）の名は欧洲大陸で、誰知らぬものもない。しかし彼がどこで生れたか、いつ欧洲へ渡ったかまたどんな教育を受けたかは、彼と親しく交際しているものでも、少しも知らない。あるものは彼がフランス人を父とし、日本人を母とした混血児であるといい、あるものは、彼が純粋の日本人だといっている。何しろ彼は、その顔つきが、髪こそ黒けれ日本人離れをしているのと、日本語の外(ほか)に英、仏、独、露、伊、西等の国語を自由自在に話すので、ちょっと逢うと、フランス人かイタリア人かとしか思われないからである。が、私は今、後藤三郎の伝記を述べるつもりはないから委(くわ)しいことは他日に譲って、彼が欧洲諸国を遍歴して、各所で取り扱った探偵事件の一つをここに紹介しようと思うのである。ただ彼の風采(ふうさい)を知りたいと思う人のために、彼が、モーリス・ルブランの描いたルパンに似ているとだけ言っておこう。しかし、その性格はルパンとは違っているようである。次に述べるのは、ドイツのドレスデンに起った事件である。

八月十五日の夜、B街のあるホテルで、画家レヒネルの結婚披露が行われた。質素ではあったが、賑かな宴会が将(まさ)に終ろうとしたとき、給仕人は一枚の名刺を持って来て新郎レヒネルに渡した。レヒネルは名刺の上に書かれた「後藤三郎」という文字を、驚いたような顔をして眺めていたが、

「今日はこういう訳で手が引けぬから、明日訪ねて下さいといってくれ」と、言った。

給仕人は立ち去ったが、暫くしてから、また名刺をもって戻って来た。見ると、名刺の裏に、鉛筆で次の文句が記(しる)されてあった。

「グランド・ホテルの殺人事件について、是非御目にかかりとう御座います」

レヒネルは、花嫁を始め、その他の客に断って、ホー

ルへ出た。そこには後藤探偵が待っていた。

「私がレヒネルです」といって彼は名刺をながめ「後藤さんですね。いったいどういう御用で御座いますか」

「いや、大へん御邪魔を致します」と探偵は愛嬌の笑をうかべて言った。「せっかくの御目出度に御迷惑のほどは御察し致しますが、何分人殺しという重大なことですから……」

「それが私とどういう関係がありますか」

「それは私にもまだわかりません。或は何の御関係もないかもしれません……時に御伺いしますが、あなたは数日前から、グランド・ホテルの二百十七号室に泊っておられたスウェデンのゴル男爵を御承知ですか」

「知りません」

「男爵は今日の午後二時十五分頃に、ホテルの居間でピストルで殺されなさいました」

レヒネルはこの言葉を聞いて、はっと思ったらしかったが、何気ない風を装って言った。

「それは御気の毒なことです。けれど私はその人を少しも存じません」

「ところが今日、男爵は殺されになる少し前にあなたの御宅へ電話をかけられたのです」

「私のところへ?」レヒネルは驚いたような顔をして言った。「それは間違いでしょう。たといそうとしても、男爵が死なれたのにどうしてそのことがわかりますか」

「男爵はホテルの自働電話を使われたのですから、交換局へ問い合せました上、男爵の手帳をしらべましたところ、御宅の番号が書かれてあって、しかも、今日、男爵が御宅へ電話をかけられたことがわかりました」

「たったそれだけのことで御訪ね下さったのですか」

「そうです。その外には何の手がかりもありませぬから」

「で、私はどうすればよろしいのですか」

「ほんの二十分間でよいですから、私と一緒に来て下さいませぬか。表に自動車が待たせてあります」

「グランド・ホテルへ行くのですか」

「そうです」

レヒネルは、ちらと隣りの食堂の方へ目をやってから、頭を横にふった。

「それは残念ながら出来ません。警察からならばともかくですが……」

「私は警察の代りとして、ホテルの支配人から、頼まれたのです」と探偵は相手の言葉を遮って言った。「警察へ届けるとすぐ世間に知れてしまいますので、そうなるとホテルの大迷惑ですから、丁度、私が二三日前から、この市へ来てSホテルに泊っていることを知って、支配人は私に事件を内々に依頼したのです。それにあなたは画家として評判の方ですから、あなたにとっても、内々にした方がよいだろうと思います」

「それはそうです」

「では一しょに来て下さいますか」

「参りましょう。しかしちょっと待って下さい。お客にことわって来ますから……」


グランド・ホテルの惨劇は、不思議にも、他のお客たちに少しも知れなかった。丁度昼食のしまい時で、客が皆居間に居なかったのと、男爵の借りている室が三間になっていたので、誰もピストルの音を聞いたものがなかった。


探偵と画家とがはいって行くと、支配人は走り出して来て、二人を二百十七号室へ案内した。

「レヒネルさん、この人を御存じありませぬか」

画家はしばらく長椅子の上の屍骸を見つめていたが、

「存じません」ときっぱり言った。

「ボーイを呼んで下さい」と探偵は支配人に向って言った。

支配人が廊下へ出で、何やら大声で呼ぶと、小柄な、活潑なボーイがはいって来た。

「君だね？　男爵を一番しまいに見たのは？」

と探偵はボーイにたずねた。

「はあ」とボーイは答えて、ふと傍に立っている画家の顔を見て、驚いたような顔つきをした。「男爵は電話をおかけになってから、自動車を呼んでくれと私に仰しゃいました」

「男爵の電話をきいたかね」

「はあ、丁度料理場からエレヴェーターの方へ行くところでして、話のしまい際を少しきいただけです」

「何という言葉だったね」

「『いよいよ期限がきれたから、これから行くんだよ』と言っておきりになりました。何でも、大へん赤い顔をして怒って見えました。それから、私に自動車をよんで来てくれと仰しゃいましたが、都合が悪くて、十五分ばかりかかって、やっと一だい見つけて帰って来ました」

「そしてすぐ男爵に知らせに行ったのだね。その時階段を走り上って行ったかね」

「いいえ、エレヴェーターで行きました」

「それから君は二百十七号室の扉を叩いてみたが、返事がないのであけて見たら……」

「男爵が敷物の上に死んでおられました」

探偵はうなずいた。

「君はここに居られるこの人を、これまでに見たことがあるかね」

ボーイは瞬(またた)きをしながら、画家の顔をながめて、

「昨日ここへ見えた人です」ときっぱり言った。

探偵はレヒネルの方をちらと見てから、

「きっとそうかね」と念を押した。

「そうですとも。この人は昨日、私に名刺を出して、男爵へ取りついでくれと言われました」

「無論、名刺の上の文字を読んだだろうね」

「はあ」

「何という名だったね」

「ハンス・レヒネルと覚えています」

探偵は眉をしかめて、うつむいている画家の方に向い、

「どうですか」とたずねた。

「覚え違いでしょう」

「そんなことはありません」とボーイは反対した。「私は、まだその外に男爵の話し声を少し聞きました。男爵は『レヒネル君、明日の二時まで待ってやる。もしそれまでに……』といわれました」

「よろしい。それじゃレヒネルさん、これでもう用は済みましたから、御送り致しましょう」

自動車に乗ってから、二人はしばらくの間黙っていたが、突然、後藤探偵はポケットから、一枚の折った紙を出して言った。

「私は男爵のポケットからこの手紙を見つけました。読んでみましょう。『一件の儀は何卒(なにとぞ)八月十五日まで御猶予に与(あずか)りたく、午後正(しょう)二時に御伺い致し、返却仕(つかまつ)るべく候(そうろう)』。この手紙はこの通りタイプライターで書いてあって、署名がありませんけれど、これに御心当りはありませんか」

「私の書いた手紙ではありません」

探偵はそのまま黙ってしまったが、暫くしてから言った。「実は今日、私は職掌柄(しょくしょう)、御留守宅へ伺って、家宅捜索をしました。その結果この手紙の下書きを見つけましたよ。……おや、もう自動車がつきました」

レヒネルは、自動車の扉(ドア)をあけ帽子を取って挨拶しながら重い足どりでホテルの方へ歩いて行った。

「あ、もし」と探偵は声をかけた。「何か私に御用があったら、明日十二時までにSホテルへ来て下さい……」

翌日、十一時少し過ぎにレヒネルは後藤探偵を訪ねた。彼の顔は死人のように蒼ざめ、目のまわりが黒くなっていた。

「一大事の御用でおいでになりましたようですね」と

探偵はたずねた。

画家は力無さそうに椅子に腰を下して、小声で言った。

「仰せの通りです。実は白状に参りました。男爵を殺したのは私です」

「どういう動機で？」

「それは言えません」


裁判廷は水を打ったように静まりかえった。今しも証人として、アレキサンダー・ヘルビングが呼び出されたのである。

「はい」といってヘルビングは証人席についた。

「証人はゴル男爵の秘書役であるか」と裁判長はたずねた。

「はい」

「八月十四日男爵は、ハンス・レヒネルという画家の訪問を受けたということであるが、証人はその人を知っているか」

「知っております。丁度私が男爵の手紙を筆記していたときにその人は訪ねて来られました。私は別室へ退きましたが、その時ちらと顔を見ました」

「ここに居る被告に見覚えがあるか」

ヘルビングは、被告席に居る画家をじっとながめてから言った。「男爵を訪ねたのはこの人です」

「ホテルのボーイの話では、男爵と被告とが何か言い争ったということであるが。証人には何か心当りはないか」

ヘルビングはうつむいて頭を横に振った。

「よろしい。次はゴル男爵夫人！」

喪服を着た四十格好の婦人が証人席についた。

「証人に対して本官は誠に同情に堪えない。しかしこの場合、人の一命にかかることであるから心をしずめて返答してもらいたい。証人には、男爵を死に至らしめた原因について、何か心当りがないか」

男爵夫人は胸に手をあてて小声で言った。

「心当りはないことも御座いません。丁度今から一年ほど前に、私は良人（おっと）と共にアルプス地方へ旅行致しましたが、その時二人の若い女の方に同行して頂きました。そのうちの一人が、今、レヒネルさんの夫人となっておられるリンダ・エーベルトさんでした……」

傍聴席の人々はこの言葉をきいて、一斉に緊張した。

「それは本官もはじめて聞いたことである」と裁判長も興味を覚えたらしい顔付をして言った。

「エーベルトさんは私の親しいお友達でした。ところが、妙なことから、不意にお別れせねばならぬようになりました。それは、私の誕生日に、良人が宝石のついた白金の前髪飾を買ってくれたので御座います。ところが、ある日、それが突然化粧室からなくなりましたので、私以外に化粧室へはいるのはエーベルトさんだけですから、私はそのことを打ちあけたので御座います。すると、エーベルトさんは顔を真蒼にして、それから一時間たたぬうちに、旅行をするといって、私どものところを去ってしまわれました。そしていつも御一しょだったもう一人の女の方エヂス・ベルゲルさんさえ、置き去りにして行かれました。その当時、良人も私も、若い女の人にあり勝ちな神経質のためだと思っておりましたところが、先日、良人がドレスデンのある宝石商をたずねました時、偶然そこに失った前髪飾がありましたので誰が売ったのかと訊ねましたら、驚いたことに、リンダ・エーベルトさんだったので御座います」

「それから男爵はどうせられたか」

「良人それからエーベルトさんの住所をさぐりました。するとエーベルトさんはレヒネルさんと婚約なさったことがわかりました。そこで色々交渉しましたら、二三日過ぎにレヒネルさんが見えまして、前髪飾を御返しすると言われたそうです。その時良人は八月十五日の午後二時までに返せばよし、さもなくば訴え出ると申しました……」

裁判長はこの時被告に向って言った。

「男爵夫人の言葉に相違はないか」

「ありません」とレヒネルは小声で言った。

「被告の新夫人はその飾を、何程の価で宝石商へ売ったか」

「四万マルクです」

「被告はそれを買い戻そうとしたか」

「倍額を支払うと申出ました」

「ところが手に入らなかったのか」

「都合あしく、ある外国人に売りましたそうで、その外国人を探してくれましたが、わかりませんでした」

「すると、被告は、買戻しが不成功に終ったので、訴えられることを恐れて、男爵を殺したのか」

「そうです」

「よろしい。次に被告の新夫人を訊問する」

リンダ・レヒネルは、眼を泣きはらし、蒼い顔をして証人席に着いた。

「男爵夫人の証言によると、証人は前髪飾を当市の宝石商に売ったということであるが、それに相違ないか」

「私は飾を盗んだのではありません」

と彼女は小声で言った。

「証人が盗んだとは本官は言わない。ただ証人が、前髪飾の紛失をきいて、突然旅行をしたことと、前髪飾を四万マルクに売ったことについて、それが事実であるかどうかをたずねているのだ」

「それはどちらも本当のことで御座います。こう申しあげては或はお疑いになるかもしれませんが、実は、私も、男爵夫人が男爵から買ってもらわれました前髪飾と寸分もちがわないのを持っておったので御座います。そして運悪くも私は、あの日にそれを売ろうと思って、手提袋の中に入れていたので御座います。ところが、男爵夫人から、突然、飾がなくなったことを聞きましたので、本当にびっくり致しました。これはきっと私に嫌疑がかかるにちがいないと思って取るものも取りあえず、皆様と御別れしてしまいました」

裁判長は、彼女の言（げん）を信用しかねるといったような、顔つきをした。

「もし、そういう事情であったなら、何故（なにゆえ）証人の良人は、男爵にその事情を告げなかったか」

「無論良人はそれを申上げたので御座います。けれど男爵は笑って、そんな見え透いた嘘は通らぬよといって取り合って下さいませんそうでした」

「証人が平素飾を持っていたことを誰か知っているものはないか」

「ありません。母が印度（インド）で買って持って来てくれましたもので、高価なものですから、めったに着けることはなく、たった一度パリーでつけたことがありますだけです。そして母はもう死んで居りません」

「もしそうすると、証人の良人は誠に早まったことをしたものである。しかし今は、飾の盗人を詮議するのが目的でなく、男爵を殺した犯人を明かにしなければならない。しかるに被告は加害者であることを自白したから、被告が犯人であることは最早疑う余地がない」

彼女は暫くうつむいて唇を噛んでいたが、やがて突然両眼から玉のような涙をこぼしたかと思うと、手巾（ハンカチーフ）を取り出して顔を埋めた。

裁判長はその時大声で、

「これから、探偵サブロー・ゴトーの訊問にうつる」

と言った。

後藤探偵は廷丁に導かれて、静かに証人席に着いた。すべての人の眼は一斉に彼の顔に注がれた。人々はかた唾（ず）をのんで、彼がどんな証言をするであろうかと、少なからぬ好奇心を持って待ち構えた。

裁判長はにこにこして言った。

「これまでの各証人の訊問によって、既に加害者が決定したのであるから、証人にはあまり多くの証言はあるまいと思うがどうであるか」

探偵はうなずいて言った。

「仰せの通り、あまり沢山申上げることは御座いません。私の証言はたった一言で尽きます。それは、被告が犯人でないということであります」

裁判長を始め、陪審官も傍聴者も、悉く異様の眼を見はった。

「何、被告が犯人でない？」と裁判長は鸚鵡返しに言った。

「犯人でありません」

「証人はそれをどうして証明するか」

「それは容易なことです。被告は、裁判長の前にあるそのピストルをもって殺人を行いましたでしょう」

「勿論である」

「殺人は八月十五日の午後二時十五分頃に行われましたでしょう」

「それがどうかしたか」

「しかるに被告はそのピストルを八月十六日の午前十一時に、L街四十五番地の銃砲店で買いました。それ故、殺人の行われたときには、被告はまだピストルを持っていなかったのです」

裁判長は被告の方を向いて言った。

「被告は今の証言に対して、どういう申し分があるか」

「恐らく間違だろうと思います。銃砲店の人が、一日覚え違いをしたので御座いましょう」

「決してそんなはずはありません」と後藤探偵は言葉を続けた。「丁度レヒネルさんがピストルを買われたときに銃砲店へ銀行から使者が来て金を置いて行ったので先方はよく覚えているのです。銀行でも調べてみましたが、たしかに八月十六日です」

「さすれば、銃砲店の主人と、銀行員とに尋ねたらわかるはずである」

「勿論、私はその二人を連れて参りました」

「それではその二人を訊問しよう」

二人は呼び入れられ訊問されたが、探偵の言に間違いないことを証言した。

裁判官はそれから当惑そうな顔をして言った。「只今の証言によって、事情は聊か複雑になってきたようである。被告がこのピストルを殺人の行われた後に買ったとすると、被告が加害者であることはよほど疑わしい。それにも拘わらず、被告はどこまでも犯人であると主張している。それには何か理由がなくてはならない。証人はそれについてどう考えるか」

探偵はにっこり笑って言った。

「その理由はよくわかっております。レヒネルさんは奥さんを加害者だと思って、その罪を自分に引き受けようとなさるのです」

被告はこの時悲しそうな顔をして、新夫人の方へ眼をやった。今まで顔に手巾を当てていた夫人は、突然顔をあげて、驚いたように、探偵と良人の顔を見くらべた。

「レヒネル夫人！」と、裁判長は言った。「今の証言をどう思うか」

「もし私の良人が犯人でないのでしたら、それに越した喜びは御座いません」

「被告はどう思うか」

レヒネルは再び夫人の方に眼をやって口ごもりながら言った。

「何も申上げることはありません」

「私は」と後藤探偵は更に言葉を続けた。

「レヒネルさんに対する証拠がうそであることを知りましたと同時に、別の証拠を見つけました。先日私は、も一度殺人の行われたグランド・ホテルの二百十七号室を捜査致しましたら室の隅にこの手巾が落ちておりました」

こう言って彼はポケットから一枚の手巾を取り出して裁判長の方へ差出した。

裁判長は受取って暫く調べた後言った。

「この隅の所にL・Lという文字が縫いつけてある。これはリンダ・レヒネルの頭文字であると察せられる。レヒネル夫人！　これはその方のものであるか」

彼女はだまってうなずいた。

「レヒネル夫人の手巾が現場に落ちていたとすると、当然考えられることは、夫人もまた男爵の死に興味を持っていたということが察せられる。すると事件は新らしく方向転換をしたと言える」

「しかし」と探偵は言った。「レヒネル夫人もまた犯人ではありません」

「と言うと？」

「最初現場を捜査致しました際に、手巾のようなよく眼のつくものを見落すはずがありません。また、レヒネル夫人は、殺人の行われた八月十五日の午後二時頃には、まだ結婚前のリンダ・エーベルト嬢でありました。なおまた、その後私が取り調べました所によりますと、レヒネル夫人は結婚後日数（ひかず）を経てから、この手巾を作られました。それ故、このハンカチーフは殺人が行われたずっとあとで現場へ持って行かれたもので、レヒネル夫人はつまり、自分に嫌疑のかかるように、仕組まれたので御座います」

裁判長は聊か機嫌を損じて言った。

「しからばいったいどういう訳でそのようなことをしたのか」

「それはレヒネルさんと同じ理由です。つまりレヒネルさんは奥さんの罪をわが身に引き受けようとなさるし、奥さんは御主人の罪をわが身に引き受けようとなさったのです」

「それに間違いはないか」と裁判長はレヒネル夫人に向って言った。

夫人はただ頭をさげて何とも答えなかった。

「では二人のどちらが真犯人であるか」

「どちらも犯人ではありません」

「しからば犯人は誰であるか」

「それは多分、男爵の秘書役であるヘルビングさんが、よく御承知だろうと思います」

裁判長は、ヘルビングの方をちらと見て言った。

「しかし、さっきヘルビングに男爵殺害の事情を知らないかとたずねたところ、頭を横にふったではないか」

「ヘルビングさんが事情を知らないはずはありません」と探偵はきっぱり言った。「五年間も男爵につかえておられたのですから前髪飾の紛失についても、男爵の殺害についても、よく知っておられる訳です」

裁判長はヘルビングの方を向いた。

「その方は、男爵が被告に向って、レヒネル夫人を警察へ訴えると強迫されたことを知っているか」

ヘルビングは暫く躊躇していたが、やがて小声で言った。

「実は知っております」

「それを先刻何故語らなかったか」

「それは……それは……レヒネルさんの嫌疑をますます深くするから、それを恐れて、申上げることを差控えました」

裁判長は、後藤探偵に向って言った。

「ヘルビングは偽証をしたけれどそれによって裁判の進行に支障を来(きた)したとはいえぬ。もし、ヘルビングが飾の紛失の事情を物語ったならば、いよいよ、被告に対する嫌疑が深くなるばかりであるから」

「仰せの通りです。裁判所ではレヒネルさんが犯人であることにきまっていましたから、ヘルビングさんは、もはや何も言う必要がないから言わなかったまでです」

「それにしても大切な証言を黙っていたのはどういう訳か」

「それは、なるべくよい顔がしていたかったからです」

「証人は意味ありげなことをいうではないか。しからば男爵を殺したのは誰であるか」

「この人です」と探偵はヘルビングを指して言った。

「私はこれから殺害の模様を簡単に申上げます。男爵はその日、電話をかけてから、衣服(きもの)を着換えるために、居間へ帰られました。そのときヘルビングさんは、男爵の手紙を書き取るためにそこに待っておられました。ところがヘルビングさんは、ポケットから筆記帳を取り出すとき、とんでもない失敗をやられました。つまり、手帳を取り出す拍子に、うっかり前髪飾をも一しょに取り出してしまったのです。はっと思われたけれど、もう遅い。今まで、うまく男爵をだまして、リンダ・エーベルトさんが盗んだように思わせていたのに、その実盗んだのは……」

「ヘルビングだということが男爵にわかったのか」

「いいえ、盗んだのはレヒネル夫人と一しょにアルプスへ行っていたエヂス・ベルゲルさんです。ベルゲルさんは数年前からヘルビングさんと、好い仲でした。二人は前髪飾を盗む相談をして、盗んだなら外国へ一しょに逃げようという計画をたてました。さて男爵に、真相を見つけられたヘルビングさんは、忽ちピストルで男爵をうち殺し、平素冷静な人ですから、嫌疑がレヒネルさんにかかるように仕組んだのです……」

裁判長は厳粛な顔をしてヘルビングに向って言った。

「何か申分があるか」

「あれは皆嘘です」

「皆嘘だといわれるだろうと思って、実は証人をつれて来ました。それは外ならぬエヂス・ベルゲルさんです」と探偵は得意気に言った。「ベルゲルさんは今、裁判所の前に、自動車にのって、私の二人の部下のものに監視されておられます。なおまた、大切な証拠は、盗まれた前髪飾を持って来ておられることです」

裁判長は廷丁に命じて、エヂスを連れに行かせ、それからヘルビングの方を向いて言った。

「ヘルビング、その方は今の陳述を認めるか、それとも認めぬか」

ヘルビングは顔を土色にして暫く考えていたが、遂に言った。

「認めます。しかし、どうして探偵が、一切の事情を知られたか、それが不思議です」

「それは」と探偵は落つき払って言った。「私自身にも、今日まではっきりしたことはわからなかったのです。ヘルビングさんが証人席につかれたとき、私はベルゲルさんに宛てて、ヘルビングさんの手をまねて手紙を書いたのです。ヘルビングさんの筆蹟は男爵の居間で見ましたからよく覚えております。手紙には『十二時に自動車で裁判所の前へ迎いに来て下さい。飾も一しょに持って来て下さい。すぐウイーンへ出かけるから』と書いて、使のものに持たせてやりました。ベルゲルさんが果して飾を持っているかどうか、私は知りませんでした。ところがベルゲルさんは十二時に自動車で裁判所の前へ来て、しかも飾を手提袋の中に入れて持っていました。そこで私が問いつめると一切の事情を白状されました。ですから私は何もかも知っているのです」

探偵はそれからレヒネル夫妻の方に眼をやって言葉を続けた。

「裁判長、このお二人は法廷で虚偽の陳述をなさいましたけれど、それはお互に、相手の罪をわが身に引き受けようとなさった誠に尊い心のあらわれです。それ故十分同情ある処置をとって頂きたいと思います」

裁判長が立ち上って被告の無罪を宣告すると傍聴席からは歓声が起った。宣告を言い終った裁判長は、席をはずして、レヒネル夫人の方に手を伸ばしてにこにこしながら言った。

「奥さん、お喜び致します」

レヒネル夫人はよろよろと立ち上りながら、近づいて裁判長の手を取り、感謝の心をこめてかたくその手を握った。

「奥さん、あなたはむしろ、ほかの人に感謝せらるべきです」

夫人は後藤三郎の方を振り向いたが、その時もはや彼の姿は法廷に見えなかった。

呪はれの家

一

近ごろ名探偵としてその名を売り出した警視庁警部霧原庄三郎氏は、よく同僚に向って、こんなことを言う。

「……いくら固く口を噤(つぐ)んでいる犯罪者でも、その犯罪者の、本当の急所を抉(えぐ)るような言葉を、最も適当な時機にたった一言いえば、きっと自白するものだよ。ニューヨーク警察の故バーンス探偵の考案したThird Degree(サード・デグリー)（三等訊問法）は、犯人をだんだん問いつめて行って一種の精神的の拷問を行い、遂(つ)いに実を吐かせる方法で、現にアメリカの各警察では、証拠の不十分なときに犯人を恐れ入らせる最良の方法として採用されているけれども、僕はどうしても『サード・デグリー』を行う気にはならない。そんな残酷な方法は用いないでも、極めて穏かに訊問して、最後に一言だけ言えば犯人は必ず自白するものだ。けれど、もしその一言の見当が外れていたら、こちらの完全な失敗であるから、更に初めから事件を検(しら)べなおさねばならない。……」

霧原警部のこの特種な訊問法は、警察界は勿論、一般法曹界でも極めて有名になった。そればかりでなく、犯罪者仲間でも評判で、霧原警部の手にかかったら所詮自白しないでは済まぬとさえ恐れられているのである。かつて都下の第一流の弁護士M氏は、ある会合の席上で、霧原氏のこの訊問法を、前記バーンス探偵の「三等訊問法」に対して、「特等訊問法」と名づけようではないかと、冗談半分に提言したが、それ以来、「特等訊問法」の名が世間に伝わるに至った。しかしながら、まだ世間には、この「特等訊問法」がどんなものであるかを知っている人が少いようであるから、私はここに、ある殺人事件の取調べに応用された霧原警部の「特等訊問法」を紹介すると共に、その事件の顛末を記(しる)してみようと思うのである。

からりと晴れた大正十三年六月三日の朝、霧原警部は、昨夜、小石川で行われた殺人事件の報告をきくために、警視庁の同警部の控室で、現場捜査に赴いた朝井刑事と対座した。朝井刑事の報告の要点は次ぎのようである。

　昨夜十二時少し過ぎ、小石川区指ケ谷町××番地の坂の上で、「人殺しーい」という悲鳴が、人通りの少ない闇の街の空気にひびき渡った。附近の家々ではまだ起きている人たちがあったが、それ等の人々が驚いて出て見ると、相当な身装をした二十歳ばかりの女が、地面の上にうずくまって苦しみ喘いでいた。人々が不憫に思って女を抱き起そうとすると、女はさも苦しそうに、「あーん、あーん」と唸りながら地面に指で何やら書いたが、やがて、「うーん」と一声口走ったかと思うと、そのまま絶命してしまった。よく見ると、女の傍には血にまみれた短刀が、夜目にも光って見え、附近には所々に黒い血の雫がこぼれていたので、人々は女に触れることを恐れて、直ちに坂下にある交番に訴え出ると、交番の巡査はこれを警視庁に急報し、それから現場に赴いて見張り番をしたのである。

　警視庁からは朝井刑事が、警察医、写真班その他の必要な人々を連れて、時を移さず駈けつけた。医師の検査によると、女は束髪に結った面長の美人で、身体はうつぶしになり、顔を横向けてたおれていたが、右側の背部の肩胛骨の下の所を衣服の上から刺されて、失血のために絶命したものらしかった。その間、朝井刑事は、懐中電燈を以て附近を捜索し、取りあえず、短刀を注意して拾い上げて、鞄の中へ入れ、それから地面を見ると、明かに右の手の附近に、片仮名で「ツノダ」の三字が書かれてあったので、屍体の右の手を持ち上げて調べて見ると食指の尖端に泥がついていた。即ち女は絶命する間際にそれを書いたものであるとはわかったが、その三字が何を意味するのか、もとよりわかろうはずがなく、朝井刑事はその手蹟を保存するために、その文字を写真に撮影させた。

　十数日来雨が降らなかったので、地面には土埃りがたまっていて、足跡もかなり沢山ついてはいたが、多くの人々に踏みにじられた後であるから、足跡検査はもとより満足な結果をもたらさなかった。その他に、現場には、これという発見もなかったので、屍体は直ちに大学へ運ばれ、今日十時から法医学教室で解剖が行われることになっているのである。

　さてここに、今一つこの事件と関係のあるらしい事件が昨夜小石川で起ったのである。原町の交番の巡査が十二時過ぎに、受持ちの区域を巡回していると、先方からばたばた駈けて来る者があった。そこで巡査は物蔭にかくれて様子を覗っていると、その者は、何思ったか「人殺しーい」と一声叫んだ。そこで巡査は躍り出て、その者を捕えにかかると、はげしく抵抗したので捩じ伏せたが、別に誰も追いかけて来る様子はなかった。交番へ連れて来て見ると女のように色の白いやさ男であるけれど、左の袖に血痕が五つ六つ附いていたので、様子をたずねると、今、恐ろしい男に追かけられて来たというばかり、血痕に関しては、知らぬ存ぜぬと口を噤んで言わないから、ひとまず警察署へ連れて来た。ところが警察署では美人殺しのことが知れていて、殺人の時刻と、この男の走って来た時刻とが丁度同じであるから、有力な嫌疑者として、今朝早く警視庁へ護送して来たのである。……と、朝井刑事は語り終って、ホッと一息した。

「女の身許はまだわからぬのだね？」と霧原警部はたずねた。

「はあ」

「現場で、『人殺しーい』といったのは無論女の声だったろうね？」

「附近の人々はみんな、女らしい黄ろい声だったと申しました」

「けれど、その人々が駈け寄ったときには、女は何ともいわなかったのだね？」

「はあ、苦しそうに唸って、地面に文字を書いたそうです」

「短刀は？」

「鑑識課で検査してもらいましたが、指紋は一つも発見されぬそうです。加害者は多分手袋をはめていただろうと思われます」

霧原警部は懐中時計を出して見た。

「まだ、大学の解剖までには間があるね。僕も一応屍体を見に出かけるつもりだが、その前に、嫌疑者として送られた男をちょっと訊問しておこう。袖の血痕は鑑識課へまわしてあるだろうね？」

「はあ、一部分切り取って、今検査してもらってあります」

やがて、霧原警部の前に連れられて来た男は、黒い長い髪を分けた色白の美男で、昨夜眠らなかったためか、眼の縁が黒ずんでいた。見ると、左の袖には血のとばっちりが点々ついていた。

「君は何という名だね？」と警部はやさしく訊ねた。

「平岡貞蔵と申します」

「年齢は？」

「二十五になります」

「住所は？」

「巣鴨宮仲××番地です」

「よろしい。その袖の血はどうしてついたかね？」

「どうしてついたか存じません」

「昨夜（ゆうべ）君は夜遅くどこへ行ったのかね？」

「散歩に出たのです」

「君は『人殺しーい』と言って走ったそうだが、誰に追いかけられたのかね？」

「誰だか存じません」

「君は指ケ谷町に昨夜人殺しのあったことを知っているかね？」

「存じません」

　霧原警部は、うつむき勝ちの男の姿をじっと見ていたようだが、その眼は異様に輝いた。傍に居た朝井刑事は、警部が早くも何か重要なことを見つけたなと感じたが、意外にも警部は、

「今はこれだけにしておこう」と言った。

　すると男は、

「どうか早く帰らせて下さい」と歎願した。

「まだいけない。……」と警部はきっぱり言い切った。

　男が去ると、警部は朝井刑事に向って小声で命令を伝えていたが、やがて立ち上って曰（い）った。

「それでは僕はこれから大学へ行ってくるから、今言った方面を宜（よろ）しく頼むよ」

二

　屍体解剖の結果、致命傷は、背部の刺創（さしきず）で、右肺が深く傷けられていたために、内出血を起して死んだものとわかった。また、女は妊娠三ケ月であるとわかり、胃の中は空虚で、女の身許を知るに足る手がかりは、衣服にも屍体にも何も発見されなかった。それ故、その死顔を新聞に発表して知人の申し出を待つことになり、屍体は少くとも今明日（こんみょうにち）だけ、教室の冷蔵室に保管されることになった。

　霧原警部が午後大学から警視庁に帰って一休みしていると、朝井刑事は興奮した面持ではいって来て次ぎのような報告をした。

　朝井刑事が、警部の命令によって、部下の一員と共に、平岡貞蔵の住所である巣鴨宮仲××番地へ行ってみると、それは附近からずっと離れた一軒家であったが、刑事が、その家にはいるかはいらぬかに、その中に居た一人の男が、裏口から飛び出して畑の方へ逃げて行こうとしたので、早くもそれを見つけた二人は、追いかけて行って難なく取り押えた。家の中はがらんとしていて、その外（ほか）に

は誰も住(すま)っている様子はなく、刑事が、その男に向って、平岡貞蔵が、ある殺人事件の嫌疑者として捕えられた旨を告げると、その男は非常に驚いて、むしろ警視庁へ連れて行ってくれろと歎願するような態度を取ったので、その男を部下のものに委(ゆだ)ね、あとに朝井刑事はその家の中を検べてみたが、まるで空き家同然であって、女の住まっていた様子は少しもなく、附近の家の人にきいてみても誰一人知るものはなく、その家の家主をたずねると、四日前に鬼頭清吾(きとうせいご)という人に貸したが、女連れであるかどうかは知らぬというのであった。

「その男の名が鬼頭というのだね？」と警部は朝井刑事の報告をきき終ってたずねた。

「はあ、鬼頭清吾と自分で申しました」

「君たちの姿を見て逃げ出したのだね？」

「はあ」

「君はその点で、その男を何だと思う？」

「前科者ではないかと思います」

「その通りだ。早速その男の指紋を取って、記録を調べてくれたまえ、ついでに、念のために、平岡の身許も調べてくれたまえ」

「平岡のは調べさせましたけれど、記録にはないそうです」

「よろしい。それでは平岡をちょっと呼び出してくれたまえ」

やがて警部は再び平岡の訊問を始めた。

「君は鬼頭清吾という男と同居していたそうだが、鬼頭君とはどういう関係があるかね？」

「鬼頭さんは大地震のとき私を隅田川で救って下さいました」

「君の家族も？」

「家族のものは多分皆な死んだだろうと思います」

「君の生家はどこかね？」

「本所××町の×番地です」

「家族は幾人暮しだったね？」

「両親と召使いと合せて七人でした」

「兄弟は？」

「妹が一人ありました」

「君と鬼頭君とはそれからどうしたね？」

「二人で方々に住って家族のものを捜しました」

「いつから巣鴨へ移ったね？」

「四日前です」

「またどこかへ移るつもりだったかね？」

「……」

「君たちは二人ぎりだったか？」

「二人ぎりです」

「女づれが一人あっただろう」

「ありません」

「よろしい」こういって警部は平岡を退かせ、鬼頭の訊問をするために朝井刑事を招いた。朝井刑事はうれしそうな顔をしてはいって来た。

「ありましたありました。鬼頭は園田仙吉といって、窃盗のために二年市ケ谷刑務所で服役し、昨年八月出ました」

「何？　園田？」

「はあ」

「殺された女が死に際に書いた文字は？」

「ツノダです」

「ふむ。ツノダにソノダ。地面の文字の写真を持って来てくれたまえ」

写真には、はっきり「ツ」の字があらわれていて、「ソ」の字とは間違うべくもなかった。

「よろしい。園田をつれて来てくれたまえ」

連れられて来た男は、三十ばかりの筋骨のたくましい、色の浅黒い、どちらかというと美男子であった。

「園田君……いや、鬼頭君、君は平岡君と、どういう訳で一しょに住まうようになったか？」

「地震の時、私が救ったのがもとで、兄弟の約束を結びました」

「君は昨晩どこへ行ったか？」

「どこへも行きはしません」

「平岡君は何をしに出かけたね？」

「散歩してくるといって十一時頃出かけました」

「君は昨晩小石川に人殺しのあったことを知っているか？」

「存じません」

「平岡君は丁度人殺しのあった時分に、その附近でつかまったが、着物に血がついていたので犯人嫌疑者になったのだよ。君には何か心当りでもないか？」

「殺された女はどんな女ですか？」と聊(いささ)か興奮した口調で鬼頭はたずねかえした。

この時警部の眼は急に輝いたが、黙って朝井刑事に命じて、被害者の死顔の写真を取寄せ、鬼頭に示した。

「この顔に見覚えはないかね？」と警部は相手の顔をチラと見て訊ねた。

「ありません」

「よろしい。暫らくの間あちらに控えていてくれたまえ」

「平岡君が居たら逢わせて下さい」

「今はいけない」

鬼頭が退くと鑑識課の男がはいって来て、平岡の袖についていた血は人間の血である旨を告げた。

「朝井君どう思う?」

「血のことですか?」と刑事は突然の質問に面喰ってたずね返した。

「いや、この二人がこの事件に関係があるかないかということさ」

「それはまず女の身許を知らねばなりません。そして二人がその女を連れていたかどうかをつきとめねばなりません」

「君が家宅捜索を行っても、女の居た形跡は少しもなかったのだね?」

「ありませんでした」

「ではもう一ぺん捜して来てくれたまえ」こういってから警部は小声になって何事をか命ずると、朝井刑事の顔は急にあかるくなった。朝井刑事が出かけようとすると、

「ああちょっと」と警部は呼びとめて言った。「君たちは鬼頭をつれてくるときに、誰が殺されたかということを話さなかっただろうね?」

「その点は部下のものにも、よく注意しておきました」

三

霧原庄三郎氏は朝井刑事が去ってから、椅子にもたれて、眼をつぶりながら、深く考えこんだ。

氏はその主義として、機の熟しない先の訊問の際には、出来るだけ、相手の急所に触れぬように注意した。犯人を訊問するのは、ちょうど、医学上の免疫現象と同じようなものだと氏は考えているのである。例えば実験動物に致死量の毒素を注射すれば、動物はたおれるけれど、もしその致死量を二分して、時日を隔てて二回に注射するときは、動物は死なないばかりか、三度目に致死量を一時に注射してももはやその動物は死なないのである。それと同じように、犯人の訊問の際にも、はじめに犯人を自白せしむるに足るだけの言葉を発すればよいものの、さもなくて、チョイチョイ犯人の急所に触れるような言葉を発するときは、犯人はただ警戒するだけであって、最後に、急所を抉るような言葉を発しても、もはや用をなさぬのである。だから霧原警部は、訊問の当初においては、なるべく訊問に深入りしないようにあっさり切りあげることにしていた。そしてこういうやり方に

よって、警部は今までその「特等訊問法」に成功してきたのである。

　今度の事件において、霧原警部は非常な難問題に出喰わした。第一に、被害者が死に際に書いた「ツノダ」の三字は何を意味するであろうか、平岡は取り調べの結果前科者でないから、その本名が「角田」であるかどうかを知ることが出来ない。戸籍といっても本所の役場は震災で焼けてしまったから調べることは出来かねる。また、鬼頭の本名が園田だとわかったけれども、被害者がたとい死に際とはいえ、間違えて書いたとは断言出来ない。なおまた、ツノダは女自身の姓かも知れず、或いはツノダは全く人名ではないかもしれない。それはとにかく、被害者は文字を書く位の力があるのに、なぜ殺した犯人の名を口で告げなかったか。現に、殺されるとき、「人殺しーい」と叫んだではないか。

　第二に平岡が、なぜ人血を袖につけているか？　先刻、訊問の際注意して見ると平岡は男に似合わず乳房（ちち）が大きい。男が女のような乳房をしていることを術語では「ギネコマスチー」といって、先天性犯罪者にしばしば見られる現象であるから、或いは今回の犯罪に関係していると思われぬでもないけれど、しからば何故（なぜ）かればばたばた走って、殊更に大きな声を出して、「人殺しーい」と叫んだか。もし女を殺して逃げたのであったならば、叫ぶはずはないのである。して見ると誰かと喧嘩でもして追かけられたのであろうか。しかし彼を捕えた警官は、誰も追いかけて来る者はなかったと言った。なおまた喧嘩をした傷も平岡の身体には認められない。更にまた鼻血を出したともいわない。こういう場合優れた血液鑑別法があって、平岡の袖の血が、殺された女の血であると言い得るだけの科学的方法があるとよいけれど、残念ながらまだ法医学はそこまで進んでいない。晩近（ばんきん）自家凝集素の研究が進んで、ある程度まではそういうことも出来そうに考えられるけれど、それはもっともっと将来に属することである。しかも平岡は口を噤んで血痕の説明をしない。霧原警部は、経験によって、もし訊問の当初に「知らぬ」といったら、何度たずねたとて言うものでないと知っていたから、その血液の秘密は、どうしてもこちらで発（あば）かなければならない。

　同様に鬼頭が、女の写真を見て、一度「知らぬ」といったら、あくまで「知らぬ」でとおすにちがいない。ミユンスターベルヒは実験心理学上の理論から割り出して、呼吸計、脈搏計を応用して犯人の呼吸、脈搏の模様をはかり、もし女の写真を見て、その女を本当に知っているならば、たとい口では知らぬといっても脈搏には変化があらわれるものだと言っているけれども、それは畢竟理論上のことだけであって、実際の場合には却って間違った判断を来し易い。また、今日の夕刊新聞には殺人事件が始めて報告され、女の死顔の写真が出ているけれど、それによって、その女を知っていると申し出る人は恐らく少いであろう。日本では一般の人々がまだ、こういうことには無関心であるばかりでなく、うっかり申し出るとかかり合いになるからと恐れているものさえあるからである。よし、申し出るものがあっても、死顔は間違え易いから、この方面から女の身許がわかろうとは思われず、従って女が二人の男にどんな関係を持っているかはこちらでたずね出さねばならないのである。

仮りに女が平岡か鬼頭かの知った者であるとしたら、その動機は果して何であろうか。女が妊娠三ケ月であるところを見ると、その方面に動機を求め得られないでもない。しかしながら、腹の子の処置に窮して女を殺すということは考えにくいことであり、また、二人の男がその女を張り合って、一方が嫉妬のために殺したとしても、当の女を殺すとは考えられぬことである。して見ると、殺された女は二人に無関係であるかもしれない。

それにも拘わらず霧原警部はこの二人が今回の事件に関係しているように思えてならなかった。まず第一に平岡の袖の血である。人血というものは自分が傷をしない限り、めったにあのように袖につくものではない。医師か解剖学者ならばつき易いけれども、そういう人は多く洋服を着て仕事をする。また喧嘩ならば、こちらには何かの傷がある訳である。しかも昨夜小石川に血腥い喧嘩があったという報告はなく、血腥い事件といえばこの殺人事件ばかりである。して見ると平岡はこの殺人と無関係だとは言われない。が、さて、殺された女と平岡とを結びつける鎖の鐶となるものは何一つもない。……こう考えたとき、霧原警部はふとあることを考え合せて、にこりとした。

警部は更に考えを続けた。第二に二人がこの事件と関係ありそうに思わせることは、朝井刑事が家宅捜索に赴いた際、鬼頭の逃げ出したことである。一度刑務所へはいった経験のあるものは、警官を本能的に恐怖するものであるから別に不思議はないというものの、この場合にはそうとばかり説明し捨てることが出来ない。というのは先刻訊問の際、鬼頭は、平岡の袖に血がついていたことを聞いて、どぎまぎしながら、うっかり、「殺されたのはどんな女ですか?」と言ってしまった。殺人事件の記事は朝刊には差止めてあって、今日の夕刊にはじめてあらわれたのであるから、朝井刑事に訊かない限り知っているはずはない。しかも警部は平素この点について部下を厳重に戒(いまし)めてあるから、朝井刑事のいったように、鬼頭には何も話さなかったはずである。して見ると鬼頭は殺されたのが女であると知っていたことになる。従って、鬼頭もこの事件に無関係だとは断言することが出来ない。

短刀の出所に関して取り調べはさせてあるけれども、その方面からは何の報告もない。それ故、霧原警部は朝井刑事に行わせた再度の家宅捜索の結果を、唯一のたよりとして、心待ちに待ち続けた。

午後六時ごろ、朝井刑事は帰って来た。その顔にはうれしさが溢れていたので、警部は早くもよい手がかりの得られたことを見て取った。

「仰せの通り掃除口の検査をしましたら、意外にも重大な手がかりを得ました。まず第一に糞壺(ふんつぼ)の中に、嘔いた物が沢山ありました」

「君はそれをどう思う?」

「姙娠した女の悪阻(つわり)を考えます」

「いかにも立派な推定だ。被害者は姙娠三ケ月だというから悪阻に悩んでしかるべきだ。けれどそれだけでは決定的の証拠とはいえぬ」

「しかしそれ以上に重要な第二の手がかりが得られました」

「それは何か?」

「便所の中の紙を取り出して、よく洗って見ましたところ、その中からたった一枚ですけれど、その上に墨で文字の書いてある桜紙が出ました」

「その文字は?」

「ツノダと三字、片仮名で書いてありました」

四

霧原警部は平素沈着を以て聞えているが、この時ばかりは椅子からとび上らんばかりに喜んだ。

「そりゃ非常な発見だ」と警部は叫んだ。「その紙を見せてくれたまえ」

「今、鑑識課にまわして乾かしてもらってありますから、もうじきもって来てくれるはずです」

そのとき給仕がはいって来て一枚の紙片を渡した。その上には一寸四方位の大きさの字で、中央に「ツノダ」と墨ではっきり書かれてあった。それを受取った警部は、はや、もとの冷静な態度になっていた。

「君はこれで、どういうことを考える?」と、その文字と、地上に書かれた文字の写真とをくらべていた警部がたずねた。

「殺された女が二人と同居していたと思いたいです」

「いかにもプロバブルだ。写真の文字と紙の文字とに、手蹟の似通ったところがある。して見ると地上に書かれたのは『ソ』の字の誤りでなく、『ツノダ』にちがいない。すると『ツノダ』は一たい何を意味するだろうか?」

朝井刑事は暫く考えていたが、やがて当惑したような顔をあげて答えた。「ツノダというのはやはり女に関係のある者の名前だろうと思います。犯人の名が角田ではありますまいか。平岡の本名が或いは角田かもしれません」

「すると、一口にいえば角田は女の情夫だというのだね? それにしても情夫の名をこのようにふとい文字で、しかもはっきりした書体で桜紙に書くというのはどういう訳だろうか?」

「女は迷信深いものですから、何かの呪いにしたのかもしれません」

霧原警部はさも我が意を得たというような顔をして言った。

「よい所へ気がついた。迷信とは面白い。ことに姙娠したものは迷信深くなり易いからね。しかし、仮りに平岡を情夫とすると、殺害の動機は何だろう」

「……」

「いや君の当惑するのも無理はない。この事件はもっともっと研究してみなければならぬ」

「いっそ、ツノダという言葉を平岡にきかせて、その反応を見たらどうでしょうか」

「それはまだ早過ぎるよ。それよりもこれから、平岡と鬼頭とを逢わせてみようと思う」

「しかしそうすれば、いよいよ二人は口を噤むように、しめし合いはしないでしょうか」

「さあ、そこだて。二人が逢ってどんな会話をするかをきいてみたいのだ」

朝井刑事は早くも霧原警部の意中を覚った。警部の室と、その隣りの応接室の境の壁は特別の構造になっていて、壁の前にある一点に立つと応接室で行われる会話はすべてこちらの耳にはいるばかりでなく、応接室にかけてあるB総監の油絵の肖像は、その眼の瞳が切り抜かれてあって、こちらの室からその瞳に眼をあてると、応接室の人の挙動が悉くわかるようになっているので、霧原警部は平岡と鬼頭を対面させて、その挙動、会話から二人の秘密を知ろうとするにちがいなかった。

夕暮が迫ってきて、そうした観察をするには頗る好都合の時期となった。朝井刑事は警部の命によって、まず鬼頭を応接室に導かしめた。それから合図によって平岡を連れ入れさせることにし、朝井刑事が肖像画の後ろから覗き、警部が会話をきく役になった。そしてもし中の二人がぼそぼそ話を始めたならば、朝井刑事が手を以て知らせると、部下のものが、応接室へ入って行って二人を引き離す手筈にきめたのである。

いよいよ平岡は応接室の中へ入れられた。警部は耳をすまして緊張していたが、意外にも会話の声はしてこなかった。そこでぼそぼそ話が始まったのかと朝井刑事の方を見ると、刑事は一生懸命に見つめていたが、その口は驚きのためにだんだん大きく開かれて行った。暫らくしてから朝井刑事が猛烈に手を振ったので部下の警官は応接室へ闖入して二人を引き離した。

二分の後、霧原警部と朝井刑事とは対座したが、朝井刑事は眼をぱちくりさせて、暫らくは物が言えぬらしかった。

「どうした朝井君?」と警部は不審顔をして訊ねた。

「大変なことをしてしまいました」

「え?」

「二人は手真似で話をしました」

「まあ、落ついて話したまえ」

「はじめ平岡がはいって行くと、二人は顔を見合わせましたが、鬼頭はあたりを一応ながめまわしてから、突然手真似をつかいました。すると平岡も手真似で答え、暫らくの間話しあっていましたが、急に平岡が泣き出しますと、鬼頭は傍へよってなだめながら、耳に口をあてて囁きかけました。そこで私は驚いて合図をしたのですが、あまりに意外だったので、とうとう二人に手真似で話しをされる機会を与えてしまったのです。私は盗賊たちのつかう符牒を多少研究したことがありますが、今の二人の手真似はさっぱりわかりません。けれどこれで二人が盗賊仲間だということを知りました」

「ふむ」といったきり警部はうつむいて考え込んだ。

「だが、犯罪者仲間だとすると、平岡の泣いたのが少しおかしいね」

「平岡は気が弱いからでしょう」

「そうかしら、僕はこれまで色々な犯罪者に接したが、男で泣くのはめずらしいね」

「でも、手真似で話すところはそうとしか思われません」

「手真似！　そうだ。二人に手真似で話されたのは失敗だったが……待ちたまえ、そこに秘密の鍵があるよう

にも思われる……」こういったかと思うと、霧原警部は急に晴やかな顔をした。が、

「こりゃ君、も一度屍体解剖をやり直さなくちゃならん」と叫ぶように言った。

この意外の言葉に、朝井刑事はすっかり面喰って、ただ警部の顔を見つめるばかりであった。

「今の法医学というものは犯罪に直接関係した秘密を解決するばかりで、屍体そのものの包む秘密は、とかく見のがしてしまい易いのだ。今度の事件でも、被害者は妊娠しているということの外にもっと大きな秘密を包んでいるらしい。その秘密をあばかぬ限りは、この事件の解決はむずかしいだろうと思う。もし僕の推定が誤らなければ、犯人たちの口を噤んでいる理由もわかるし、そこに鬼頭否な園田の前科者としての謀計が働いているようにも思われる……」

「では園田を犯人と認めになるのですか」

「それはまだ何とも言われない。屍体の秘密をあばいたら、それによってどちらか一人の口をあかせることが出来ると思う。だが二度目の解剖は極秘のうちに行わなければならぬ。君自身にさえ立ち合ってはもらえない。僕と大学の村山教授と二人でこの解決をしたいと思うのだ。……」

五

あくる日の午前、大学で屍体の再解剖が行われたが、それは霧原警部と村山教授だけの外、誰も知る人がなかった。霧原警部の察した如く屍体の身許を申し出るものは一人もなく、また短刀の出所の取調べもすべて徒労に帰し、拘留された二人を犯人と判断し得べき直接証拠は何も出ないばかりか、二人が巣鴨へ来る以前の行動も少しもわからなかった。

しかしながら、午後、警視庁へ帰って来た霧原警部の顔には緊張の色が漲っていた。朝井刑事はその顔を見て、いよいよ今日「特等訊問法」が行われるのだと推察した。屍体再解剖の結果どんなことが明かにされたか、またそれによって二人の口を果して開くことが出来るであろうか。

霧原警部は、いつも飲用しているフランス葡萄酒を取り寄せた。特等訊問法が行われるときには必ずこの葡萄酒が出る。警視庁内では、特等訊問の一言はこの葡萄酒が言わせるのだとさえ噂されているのである。

午後四時、命によってまず鬼頭が呼び寄せられた。朝

井刑事は二人の男が同一事件に訊問されるとき、後に訊問される方に特等訊問法が行われることを知っていたので、鬼頭の呼び寄せられたのを聊か不審に思ったのである。というのは霧原警部は鬼頭即ち園田を犯人と睨んでいるらしいからである。しかし警部の真意はわからない。刑事はしずかに秘密の暴露される時機を待つことに決心した。

やがて園田即ち鬼頭は着席した。

「ゆっくりしたまえ」と警部はやさしい態度で言った。「君は殺された女をどこまでも知らぬというのか？」

「存じません」

「しかし、女が君の家に同居していたという証拠が出たよ」

「どういう証拠か知りませんが、女は存じません」

「どこまでも知らぬ存ぜぬを言い通すつもりか？」

「証拠が上ったらそれでよいではないですか？」

「そうすると君たち二人のうち誰かが加害者と認められる」

「その証拠はありますか？」

「証拠は平岡君の袖の血だ」

「それだけでは平岡君が殺したとはいえますまい」

「けれどもみだりに人間の血は袖につかぬよ」

「すると殺された女の身許はわかりましたか」

「身許は君たちがよく知っているはずだ」

「身許がわからなくちゃ、加害者と認められますまい」

「ふむ。君はこういう所に馴れているだけ、なかなか理窟をよく知っているね」

「……」

「すると君は女も知らず、殺した覚えはなおさらないというのだね？」

「そうです」

「どこまでもそれで通すのか」

「知らないものは知らぬです。あなた方は勝手に証拠をお上げになったらよいでしょう」

「もうよろしい」

それから警部は鬼頭を隣室に退かせ、扉（ドア）のすぐ向う側に腰かけしめて警官に番をさせ、次いで別の入口から平岡をよび入れた。こうして平岡の訊問が、鬼頭によく聞えるように仕掛けたのである。

「平岡君、袖の血はどうしてついたか、君はいわぬつもりだね？」

「どうしてついたか少しも存じません」

「殺された女が君たちと同居していたことははっきりわかったよ。それでも君はこの事件に関係がないというのか？」

「でも、少しも存じません」

「君の兄弟分の鬼頭君が園田という前科者だということを君は知っているだろうね？」

「……」

「何故、答えないのだ」

平岡は唇を噛んでいたが、暫くして、

「知っています」と答えた。

「君はツノダという名を知っているか？」

「え？」といってあげた平岡の顔は見る見るうちに蒼ざめた。

「ツノダというのだ」

「存じません」

「まさか君の本名じゃなかろうな？」

「ちがいます」

「殺された女の名でもなかろうな？」

「ちがいます」

「君、ちがいますなどと答えてはいかん、知りませんといわなければ」

平岡はますます蒼ざめた。

「君はどこまでも知らぬ存ぜぬで通そうとするのか？」

「存じません……知りません」


「まあ、そうあわてなくてもよい。心を落ちつけたまえ。今に君にきかせる言葉があるから」

平岡の呼吸はいよいよはげしくなってきた。彼は警部がどんなことを言い出すかと、警部の口許をさぐるように見あげたが、その両手は全身と共にぶるぶる顫（ふる）えた。

「君よくききたまえ。いいか」

まるで猫に睨まれた鼠（ねずみ）のように平岡は身をすくめた。

「殺されたのは君の妹の啞（おし）だよ!!!」

「ああッ」といったかと思うと平岡は急に立ち上って、

「言います、言います。妹を殺したのは……鬼頭さんです」と叫んだ。

警部はしばらく黙って平岡の顔を見つめた。

この時、隣の室がにわかに騒がしくなって、警官の一人が飛び込んで来た。

「大へんです。鬼頭が自殺しました」

「えッ！」といって警部は立ち上ったが、それと同時に平岡は椅子の上に尻もちをついて、そのまま気絶してしまった。

六

霧原庄三郎様……失礼を顧みずこう呼ばせて頂きます。

この告白書があなたのお手許に届く頃には、私は次ぎの世で、恋しい鬼頭さんの腕に抱かれていることと思います。あなたは私までが自殺するとは思いにならないので、私が告白を書いて差出しますと申し上げたとき、快くゆるして下さったので御座いましょう？

殺された女が私の妹でしかも唖であることを、どうしてあなたは発見なさいましたか知りませんが、あなたのその御炯眼を以てしても、恐らく私が女であるということは御承知にならないだろうと思います。私はこれまで男として育ってきました。両親さえも私が女であるということを知らずに死んでいってしまいました。私は申し上げるも恥しいことですが、俗にいう「半男女」に生れたので御座います。そして男と見做されて育てられてきましたが、私自身も、自分が女であるということを知ったのは大地震の後だったので御座います。

今回の悲劇の起りをよく了解して頂くためには私の生家にまつわっている恐ろしい呪いの陰影から申し上げねばなりません。私の家は本所××町の旧家で御座いまして、代々富有な生活をしてきましたが今から六代前の当主が、ある深い事情があって私の家に宿っていた角田碩円という旅僧を殺したのだそうで御座います。その旅僧は今わの際に、この家の潰れるまで祟ってやると言って死んでいきましたそうですが、爾来私の家には代々唖が一人ずつ生れるようになったそうで御座います。私の父と母とは従兄妹の間柄でしたから、私たちのような片輪の生れるのは医学上当然のことでありましょうけれど、やはり、旅僧の祟りと思われる事情があったので御座います。それは私の唖の妹が、まだ子供の時分に、いつの間にか、その旅僧の姓である「ツノダ」という文字だけを書くようになったので御座います。どこで誰に教わったのかわかりませんが、妹はツノダという文字だけを書いて、あとの文字は何一つ書かないので御座います。手真似で話をすれば何事もよく通じますし、また、その外の文字も知ってはいたでしょうけれど、暇さえあれば紙にツノダと書くだけで御座いました。

両親はそれ故、妹を奥の離れ座敷に生活せしめて、少しも世間へ出しませんでした。というのは、やはり家代々の言い伝えで、もし唖だということが世間へ知れたならば、その時には一家が全滅するという迷信があったからであります。私たちは二人ぎりの兄妹(きょうだい)でして、私は自分が片輪であるためか、ひとしお妹に対して不憫を感じ、妹を可愛がりました。そして、妹のことはとにもかくにも世間へ知れずに済んできました。

　ところが昨年、大地震大火災が起って、一家離散する運命に逢いました。私は妹を背負って逃げ出し、隅田川に二日二晩浮んでおりましたが、そのとき鬼頭さんに助けられたので御座います。父母や召使いたちは皆な死んでしまったものと見えます。今から思えば私たちもいっそ死んでいた方がよかったのです。深窓に育った妹も遂いに恐ろしい世間にほうり出されてしまいまして、私の家の言い伝えのとおり、妹の唖であることが世間へ知れる日が一家の全滅だという迷信がいよいよ実現されたように思われました。ああした恐ろしい目に逢った人の誰もが迷信家になり易いと同じように私もその時から深い深い迷信家になったので御座います。そして、私が生きて平岡の一家を再興するためにはどうしても妹の唖であることを世間へ知らすまいと決心したので御座います。そして鬼頭さんにだけは一家の秘密を打明けて私の希望を述べ、鬼頭さんもその身が前科者であることを打あけられて、私たちは兄弟の約を結んで一しょに暮すことになりました。幸いに私は沢山の金を持ち出していましたから、三人はひとまず渋谷へ避難し、妹の秘密が知れそうになる度毎(たびごと)に転居して、一方、両親や召使いたちの行方をたずねましたがどうしても知れませんでした。

　かれこれするうち、ここに意外なことが始まったので御座います。一口に申し上げるならば、妹は鬼頭さんに熱烈な恋をしたので御座います。そしてとうとう二人は割りなき仲になりました。

　ところが、震災後間もなく私の身体にも大変化が起りました。それが震災当時に受けた心身の打撃のためであるかどうか、わかりませんですけれど、男性であると信じていた私に、突然月経が始まったので御座います。私が女だと知ったときの驚きは到底筆には尽せません。私ははじめは鬼頭さんにも妹にもかくしておりました。けれど私が女であると自覚すると同時に生来も小さくはなかった乳房が、にわかに目立って大きくなってきたので御座います。

　霧原庄三郎様。あなたは昨日私の訊問をなさったときに、私の胸のあたりを見て異様な表情をなさいました。私はその時もしやあなたに私の秘密を見抜かれたのではないかと思ってハッと致しました。

　さて、生理的の変化が起ると同時に心理的の変化が起って参りました。ああ思っても恐ろしいことです。これが今回の悲劇のもととなったので御座いますもの。つまり、私は妹と鬼頭さんの仲を見るにつけ、日一日はげしくなりまさる嫉妬を感ずるようになったので御座います。震災後四五ケ月ばかりの間の心の苦しみは思ってもぞっと致します。とうとう私は堪えられなくなって、鬼頭さんに私の秘密と恋を打ちあけたので御座います。ああ、あのとき鬼頭さんが私を殺して下さったならばよかったものを、なまじ私の恋を容(い)れて下さったために私の心は悪魔になってしまいました。妹に対する今までの愛情はそのままそっくり憎悪の念に変ってしまいました。

　とかくするうち妹の姙娠したことがわかりました。姙娠が進むにつれて悪阻を起してきました。そればかりでなく段々気が荒くなってまいりました。そして敏感になったその心はいつの間にか私と鬼頭さんとの間を感付いてしまいました。それからというものは、無暗(むやみ)に「ツノダ」という文字を、紙という紙に書き散らして、まるで私たちを呪うかのように駄々をこねました。私はその紙を悉く焼き捨てておりましたが、こうなると、いつ何時妹の秘密が世間へ知れてしまうかもしれませんから、私たちは彼処(かしこ)に五日ここに四日と転宅ばかりして歩いたので御座います。

　鬼頭さんも妹の行動には、殆んど持ちかねておりました。そして私との間が段々濃くなって行くにつれ、いつの間にか私と鬼頭さんの間に恐ろしい考えが醸(かも)されていたので御座います。妹を亡きものにすれば、凡ての秘密は葬られてしまい、私たちは夫婦になれるという考えを抱いたので御座います。鬼頭さんは身許の知れぬ唖娘を殺したとて決して知れるものではない。身許が知れなければ犯人は罰せられるはずがないというので、私たちは妹を殺す計画を致しました。四五日前巣鴨に移ってそこで機の熟するのを待ち、いよいよ当日になって鬼頭さんは荷物を纏(まと)めて飯田町の停車場に持って行き、妹にはその夜引越しをするのだといって連れ出し、（いつも引越しには人目につかぬ夜分を選んでいました）妹を殺してから二人は別々の道をとおって飯田町に落合い、都落ちをするつもりだったので御座います。

　いよいよ三人は小石川指ケ谷町のあの坂の上に来ました。鬼頭さんは妹を殺す際に、私に「人殺しーい」と叫べと申しました。そうすれば警察では物言うことの出来る女として身許を捜すにちがいないから、決して知れないだろうというのでした。今から思えばそうした小細工が私たちの身の破滅を来したので御座います。私たちは妹を一歩(ひとあし)先に歩ませ、私がその後ろから右側を歩き、鬼頭さんは私の左側になって、手袋をはめて、かねて鬼頭さんが持っていた短刀を以て妹をつきました。

つき刺すと同時に鬼頭さんは短刀を抜きましたが、その時私の左の袖に血がかかったものと見えます。刺された妹は私の方を振り向いてうらめしそうに睨みましたが、ああその恐ろしい顔！　闇の中にもはっきりとその鬼のような形相がうかび上りました。私は「人殺しーい」と一声叫び、鬼頭さんは前方に私は今来た方へ引き返して走りましたが、どこをどう走ったか全く夢中で御座いました。妹の顔が眼の前から離れず、かけながら更に「人殺しーい」といったらしいのです。私はそれを言った覚えはありませんが、それがために警官にとらえられて、左の袖に血のついているのを怪しまれ、犯人嫌疑者としてこちらへ連れられて来たので御座います。

私が約束通り、停車場へ行かなかったので翌朝鬼頭さんは私たちの巣鴨の家へ私を捜しに戻って行かれ、そこで警官につかまったのだそうで御座います。私たちが応接室で面会したとき、二人はかねて妹につかっている手真似で話しあい、私はその際、涙ながらに、もうとても助からぬから、死んで下さいと申しました。かねて二人は、もし今回の秘密が発覚したら、情死をする約束をしたので御座います。しかし、鬼頭さんは私の耳に口を当てて、生きられるだけは生きようと申しました。そのとき警官がはいって来られて、私たちは引離されてしまいました。

霧原庄三郎様。私はあなたがどうしてツノダのことを知られたかを存じませんが、あなたの口から、あの言葉を言われたときに、私の心はすっかり顚倒してしまいました。あなたが最後の言葉を発せられるまでのあの二三分間の私の心は何に形容してよいでしょう。死ぬよりも苦しいとはあの事だろうと思います。鬼頭さんは私の自白をきいておられたと見えて忽ち青酸を以て自殺されました。その青酸は、かねて義歯(いれば)の中へ入れてあったものです。

私はもうこれで言わねばならぬ大方のことを申し上げたつもりです。こうして書いている間にも私は死を急ぎつつあります。私も鬼頭さんと同様の方法を以て死にます。かくて私の一家はここに断絶することになりますが、それは当然の運命かも知れません。

終りにのぞんで私はあなたの健康を心から祈ります。

平岡貞蔵

七

「可哀そうな身の上もあったものだね」と、平岡の屍体の傍に発見された遺書(かきおき)を、翌朝、朝井刑事が読み上げたとき、それをじっと聞いていた霧原警部が吐き出すように言った。

「平岡だけでも警戒して生かしておくとよかったですのに……」

「いやいや。それ位のことには気がついていたけれど、僕はわざと平岡にもその機会を与えてやったのさ」

「では、平岡が女であることを知っておられましたか」

「いや、それは知らなかった。ただしかし、男としては珍らしい体格だと思ったよ」

「それにしても殺された女が平岡の妹で唖だということをどうして知られたのですか」

霧原警部はにこり笑って言った。

「二人がきょうだいだということは別に確実な証拠があった訳でなく、全く推定に過ぎなかったのだ。君も知っての通り、きょうだいというものはその顔のどこかに似たところがあるものだ。多くの場合にその眼を比較するとわかるものだが、死んだ顔と生きた顔とを比較する際には、死んだ人の眼が変化するから、わからない。そういう時僕はいつもその人の鼻の尖端(さき)から唇へかけての横顔の曲線を比較するのだよ。すべて人の顔は正面から見て特徴のない場合、側面から見るとはっきりした特徴の見えるものだ。殺された女の解剖の際僕はその横顔の曲線をよく観察し、それから平岡の横顔を見て非常に似ていることを発見したのだ。それに平岡は、はじめに、妹が一人あるといったからね。……」

ここで警部は一と息ついて傍(かたわら)の茶を啜(すす)り、更に言葉を続けた。

「次ぎに、唖であるという考えは、第一、平岡と鬼頭が手真似で話したことから起ったよ。二人を犯罪者と見るよりも、第三者を唖と考えてはどうかと思ったのだ。第二には殺された女が死に際に文字を地面に書いたことだ。文字を書く元気があるのに、口で言えぬのはおかしいからね。なおまた、君は唖の書いた文字を見たことがあるかどうかはしらぬが、唖は字画を正しくはっきりと書くものだよ。これは一度教わったとおりに書こうとするからだ。平岡は誰に教わったかわからぬとそこに書いているが、たしかに教えたものがあるにちがいない。だからああした文字を僕は唖の文字だと判断したのだ。そこで僕は早速大学へ行って村山教授に再解剖を願ったのだ。その結果、聴覚器に、ある故障が見出され発声筋の発育が悪かった。それだけでは生前唖だとは言い兼ねるけれど、凡ての事情を総括すると、唖だったということがはっきり浮び上ってきたのだ。

さて、殺された女が唖だとして見ると、そこに今回の犯罪の秘密の鍵があるように思われたのだ。というのは、唖であるならば物言うはずがないから、『人殺しーい』と叫んだのは犯人かまたは第三者でなければならぬ。そこで僕はそれを警察を迷わすために仕組んだものと睨み、前科者の鬼頭をそこへ結びつけたのだ。西洋では唖に物言うことを教えているから、唖だとて物言わぬことはないが、それまで考えていては際限がない。また物がいえれば地面へ文字は書かぬ。よく被害者が臨終の際、血で犯人の名を書くなどということが探偵小説などに書かれてあるが、それは附近に誰も人の居ない場合だ。もっとも苦しくて物の言えぬ場合がないではなく、僕も初めはそう解釈したが、唖だとして見れば、説明がいかにもはっきりつくのだ。

ただしかしツノダが何を意味するかはわからなかったよ。それで平岡にたずねたのだが、ツノダの言葉をきくと平岡はすっかり平静を失ったので、平岡の本名どころか、もっと重い秘密に関係したことだと考え、あの時機を選んで、最後の一言を言い渡したのだよ……」

「いや実に、あなたが、『妹の唖だよ』といわれたときには、僕自身が驚いてしまいました。まして平岡には強くひびいたにちがいありません」

「だが、何といってもこの事件での最も大切な証拠は、便所の捜索の結果得られたよ。ツノダと書いた紙片が出なければ、この事件は迷宮に入ったかもしれぬ。西洋の都市では糞壺の捜索などということは通常行い得ないが、この点は日本が遅れているだけ、却って、犯罪探偵の際には好都合だ。先年川原井某が薬屋の手代を殺したときも、便所の中のビール壜が有力な証拠となったね。してみると、臭い所も馬鹿にはならぬ。『くさい物に蓋をしろ』という諺(ことわざ)は或いは撤廃した方がいいかもしれぬ。はははははは」

謎の咬傷(かみきず)

一

これも霧原警部の「特等訊問」の話である。

銀座四丁目に、貴金属宝石商を営んでいる大原伝蔵が、昨夜麹町(こうじまち)区平河町の自宅の居間で、何ものかに殺されたという報知が、警視庁へ届いたのは、余寒のきびしい二月のある朝であった。

霧原警部は、部下の朝井、水野両刑事と警察医とを伴って、直ちに自動車で現場捜査に赴いた。

大原の邸宅は大震火災後バラック建(だて)になっていて、石の門柱をはいると、直径十間(けん)ばかりの植込みを隔てて右手が洋式の平家、左手が日本風の平家で、中央は廊下でつながれ、玄関は日本建の方についていた。

警部の一行が到着すると、番に来ていた巡査と、この家の書生とが出迎えた。霧原氏は靴を脱いで上り、その場で、屍体発見の始末をきいた。

大原は先年夫人を失ってから、まだ五十歳になるかならぬではあるが、その後ずっと独身生活を営んできた。子がないので、家族といえば、中年の女中と、今年二十(はた)歳(ち)の書生との三人である。氏は若い時分に米国に長い間暮したためか、簡易な生活が好きで、いつも洋館の方で寝起した。洋館は書斎兼居間と寝室と物置室とから成っていたが、氏は多くの場合、物置室の裏の扉から出入りして、用事のあるときはベルを鳴らし、女中や書生は主人の顔を見ない日さえあった。

昨日(きのう)店への出がけに、今日は帰りが遅くなるからという話だったので、書生と女中は十時に寝てしまった。書生は毎朝七時に、大原の寝室へコーヒーを運ぶことになっていたので、今日も同時刻に寝室へ行くと、ベッドには寝泊りされた形跡がない。こうしたことは別に珍らしいことではなかったので、そのまま帰ろうとしたが、何気なしに書斎の方を見ると、大原は洋服を着たまま暖炉の前に横(よこた)わっていた。驚いて駆け寄ってみると身体(からだ)は冷たくなっていたので、とるものも取りあえず、電話で警察へ通知したのである。

「物置室の裏にある扉(ドア)の鍵は、主人だけが持っておりれたかね？」と、書生の話をきき終った霧原警部はたずねた。

「よく知りませんが、私たちは持っておりません」と書生は答えた。

それから一行は廊下をとおって現場へ来た。警部はまず入口に立って部屋の中を見まわした。日本式に言って、十畳敷ぐらいの室内は、至極あっさりした飾り方であって、金庫と、机と、暖炉と、卓子（テーブル）と、三脚の椅子とがあったが、別にはげしい格闘の行われた形跡はなく、黒羅紗（ラシャ）の洋服を着た屍体は、暖炉の前に頭を置き、両足を机の方にさし出して、リノリウム敷の床の上に、仰向けにたおれていた。物置部屋に通ずる扉に打ちつけられた釘には、帽子と外套とステッキとがかかっていた。

霧原警部は注意深く床の上を捜しにかかった。机の前に当る屍体の足もとに小さな壜が栓の抜けたまま落ちていたので、警部はポケットからピンセットを取り出して拾い上げて見ると、レッテルには「クロロフォルム」の文字が読まれた。警部は朝井刑事に、意味ありげに眼くばせして、携えてきた器の中に大切に保存せしめた。壜の栓はそのあたりに見つからなかった。

リノリウムの上には足跡などは無かったが、警部が廓大鏡（かくだいきょう）を取り出して捜しまわると屍体の腰のところに、長さ一尺に足らぬ二本の髪の毛があった。見ると二本とも同じ人の毛で、根端（こんたん）の有様から推すと、たしかに抜け落ちたものであるが、遊離端は鋏（はさみ）で切った跡がはっきりついていた。

それから警部は屍体の検査に取りかかった。被害者大原は中背の、でっぷりふとった赭（あか）ら顔の紳士で、額の生え際は大ぶ禿（は）げ上っていた。顔には別に苦悶の表情はなかったが、紫色の唇から舌が少しはみ出しているところを見ると、窒息死であると察せられた。で、警部は顎に手をかけて頸の前面を見ようとしたが、その途端に「これは！」と叫んだ。

前部を折り曲げたカラーの間の咽喉笛（のどぶえ）に、何ものかの咬（か）みついた歯の痕がはっきりついていたからである。

血は歯の痕の附近に少しばかり、にじみ出ているだけで、床の上にも、洋服の上にも飛び散っていなかった。ただカラーの内面には、傷にすれたために、赤いものが附いていた。

両手は左右にまっ直（すぐ）にのばされていたが、右の手には一枚の絹手巾（ハンカチ）がもしゃもしゃにまるめて握られていたので、警部はそれを取り上げて、においを嗅いでみると、クロロフォルムのにおいがかすかにした。手巾は白い色をした女持ちで、隅の方に紅い絹糸で「タニムラ」と縫われてあった。

それから警部は、警察医に屍体を検査せしめた。医師の鑑定によると、頸部前面の傷はたしかに人間の歯で咬まれたもので、喉頭軟骨が砕けているところを見ると、咬まれたとき歯をつよく押しつけられて窒息したものであるらしく、無論他殺に間違いなく、死後およそ九時間を経過しているから、兇行は昨夜の十一時か十二時頃のことであろうというのであった。

「咬んだのは女ですか男でしょうか?」と霧原警部はたずねた。

「女らしいとは思いますが、よくわかりません」と警察医は言った。

「それでは解剖に附しましょうか?」

「その方がよいでしょう」

警部は水野刑事に向って、電話で、検事局への手続や、屍体運搬の手順などを行うよう命令し、医師と共に、屍体のポケットの中のものを検べたり、ボタンをはずして、身体の表面をあらためたが、別にこれというものを発見しなかった。やがて警部は屍体のズボンのポケットにあった鍵束をはずし、それを朝井刑事に渡しながら言った。

「これで、机や金庫を一応しらべてくれたまえ」

「窃盗の有無を見るのですか」

「窃盗とは考えられぬが、とにかく珍らしいものがあったらそういってくれたまえ」

二

その時、水野刑事は、四十ばかりの洋服の男を伴ってはいって来た。刑事は、銀座の店の番頭をしている鈴木という人だと言って紹介した。

「いや、書生さんから電話がかかったときは夢でないかと驚きました」と番頭は言った。

「昨晩大原さんはお店を何時ごろ出られたでしょうか」

「十時ごろだったろうと思います」

「いつもそんなに遅くなりますか」

「いいえ。昨日は特別に仕事が沢山あったのです」

「大原さんは一人で店を出られましたか?」

「女の店員と一しょでした」

「何という名ですか?」

「中島せい子さんといいます」

霧原警部は手帳に記入した。

「中島さんは断髪しているでしょう?」と警部がたずねた。

鈴木はびっくりした。「どうして御承知ですか？」

警部はそれに答えないで質問を続けた。「お店にはその外(ほか)に断髪の女は居(お)りませんか？」

「中島さん一人です」

「中島さんはいつから雇われていますか？」

「まだ十日たちませんが、主人は大へん気に入っていました」

「下宿はどこですか？」

「日本橋ですが、委(くわ)しい番地は知りません。店へ行けばわかります。もうかれこれ出勤している時分でしょう」

警部は手帳をながめたまま、暫らく考えて言った。

「お店に関係した人で谷村という人を御存知ありませんか？」

「谷村さんなら、店の品物を作ってくれる細工師です」

「お店で細工するのですか？」

「いえ、自宅(うち)で職人をつかってやっています」

「どこに住んでいますか」

「京橋ですが、番地は忘れました」

「奥さんはありましょうね？」

「ありましたが、二週間ほど前に急病でなくなりました。その後、谷村さんは店へちっとも来なくなりました」

「奥さんはお店には関係ありませんでしたか？」

「以前やはり店員でしたが、縁あって出入りの谷村さんと結婚しました」

「それはいつのことですか」

「去年の十月だったと思います」

「有難う御座いました。どうかあちらで一ぷくおやり下さい」

鈴木が去ろうとすると、警部は「あちょっと」といって呼びとめ、正面の額の中の女の写真を指して訊ねた。

「この写真はどなたですか？」

「先年なくなられた大原の奥さんです」

番頭が去ると、それまで金庫の中の品を検査していた朝井刑事は、金蒔絵(きんまきえ)の手箱を取り出して警部の前で蓋をあけた。見るとその中には、小指の太さに束ねた長さ八寸ばかりの髱(かもじ)が一房と、よごれた女の革手袋がかたしと、セルロイドの櫛(くし)が一枚あった。

「妙なものだね」と霧原警部はじっと見つめながら言った。「これはたしかに研究する価値があるから、借りて行くことにしよう。この外に何か、変ったものはなかったかね？」

「机の中にも、金庫の中にも、別にこれというものはありません」

「それじゃ、運搬人の来ない先に、屍体の指紋を採ってくれたまえ」

それから警部は水野刑事に向って、中島せい子と、細工師の谷村とを、警視庁へ連れて来るよう命令し、自分は寝台をはじめ、物置部屋の中や、裏の入口の扉などを綿密に調べたが、別にこれという発見はなかった。

三

一と通りの捜査を終ると、警察医に屍体の処置を頼んで、霧原警部は朝井刑事とともに、警視庁へ引き上げた。早速、現場に落ちていたクロロフォルムの罎を鑑識課へ送って、その上についている指紋を採って、被害者の指紋と一致するかどうかを見てもらうことにし、それから三十分ほどかかって色々の用事をすまして後、二人は警部の控室で、テーブルをはさんで対座した。

警部は、手箱と、二本の髪の毛と、「タニムラ」と縫いのしてある女持ちの絹手巾とをテーブルの上にならべ、刑事の顔を見て言った。

「さて、朝井君、この手箱の中の三つの品を何と思う？」

「大原夫人のかたみでしょう」と刑事は無雑作に答えた。

「かたみにしては、汚れた手袋のかたしなどおかしいよ。もっと適当な解釈があるだろう」

「それじゃ大原は変態性慾者だったでしょうか？」

「そう考えた方が至当だ。異性の所持品や毛髪を集めたがる人間を索物色情者（フェチシスト）というが、大原にもそういう変態性慾があったのだろう。だが待ちたまえ」

こういって警部は、髢を取り出した。「索物色情者が女の毛を切るときは、大てい一鋏でポッツリとやるのだ。ところがこの髢を見ると二三本ずつ切ったものを寄せ集めて束にしてある。その証拠に、この中には、切り端が、遊離端の方へ行って、つまりあべこべに束ねられた毛がある。こんな風に二三本ずつ切って、これだけの太さの束にするには、よほどの時間がかかるだろう」

「沢山の女から切り集めたのではないでしょうか？」

「いや、みんな同じ人の毛だ」

朝井刑事は、めずらしそうに髢を手にとって、現場に落ちていた二本の髪の毛と較べた。

「この毛とこの束の毛とはちがいますね？」

「全くちがう」

「何だか、今度の犯罪は変態性慾が中心となっているようですねえ。あの咬傷(かみきず)も作虐色情者(サヂスト)のつけたものではないでしょうか？」

「そうかもしれない」

「では、大原は断髪の店員に嚙まれたのでしょうか」

「それは、その女に逢って訊問してみねばわからない。だが君、あのクロロフォルムの壜をどう考える？」

「大原がこの手巾を握っていましたから、大原はこれで女を麻酔させようとしたのでしょう」

「女を麻酔させて自分が女に咬み殺されるとはおかしいねえ」

「では、麻酔をかけたのは女の方でしょうか？」

「けれど手巾は大原が握っていた」

「恐らく麻酔をかけて咬みころし、警察の眼をくらませるために、手巾を大原の手に握らせたのでしょう」

この時、扉(ドア)が開いて鑑識課の人がはいって来、クロロフォルムの壜の上の指紋は大原のでない旨を告げた。

朝井刑事は得意気に言った。「やっぱり、女が大原に麻酔をかけたのですねえ」

警部はじっと考えて言った。「だが君、大原ほどの丈夫な男が、か弱い女に麻酔をかけられるというようなことはちょっと考えられないじゃないか」

「では第三者を考うべきですか？」

「どうもそれが妥当なようだね」

「すると、第三者は女との共犯者ですか？」

「さあ、普通、変態性慾を中心とする犯罪には、滅多に共犯はないものだ。それに二人がかりならば、何もわざわざ咬みついて殺す必要はなかろう」

朝井刑事は当惑したような顔をして腕を組んだ。

「大原の持っていた手巾を君はどう説明する？　仮りに断髪の女が大原に麻酔をかけたとしても、その手巾は別の女のものじゃないか」

「手巾はやはり大原の持っていたものでしょう。大原は索物色情者ですから、以前その女が店員をしていた頃、取ったのでしょう」

「けれど、タニムラと縫ってあるから、女の結婚後に取ったことになる。……いや君、この事件は意外に複雑だよ」

この時、水野刑事が帰って来て、女店員中島せい子と細工師谷村三造とを連れて来た旨を告げた。二人は別々に連れられて来て、別々の室に待たせてあると、水野刑事は語った。中島せい子は、今日は気分が悪いのでお店を休むつもりであったと語ったそうであるが、谷村もまた頭痛をこらえて、いやいやながら出頭したそうである。

霧原警部はまず中島せい子を連れて来させた。

四

　連れられてはいって来た女は、二十一二歳の、色の白い、いわば「妖艶」と形容すべき断髪姿であった。霧原警部と朝井刑事とは、思わず顔を見合せた。恐らく二人の想像した女とちがっていたからであろう。彼女は霧原警部の訊問にはっきり答えたが、何とのうおずおずして落つかぬところがあった。

「昨夜あなたは大原さんと一しょに店を出られたそうですね？」

「はあ」

「それから大原さんのお宅へ一しょに行かれたでしょう？」

「いいえ、途中で別れました」

「どこで別れましたか？」

「大原さんは銀座の星村薬局へ寄られましたので、私はそこでお別れして、それからＦ館の活動写真を見て帰りました」

　警部はじっと彼女の顔を見つめて言った。

「何故(なぜ)あなたはおかくしになるのです？」

「かくしは致しません」

「でも、あなたが大原さんのところへ行かれた証拠がありますよ」

「え？」

「これです」と、いって警部はテーブルの抽斗(ひきだし)から二本の毛髪を取り出した。「あなたのこの毛が屍体のそばに落ちていました」

「まあ、どうしてでしょう？」と彼女は驚いて言った。「けれど、大原さんのお宅へは行きませんでした」

　警部の眼は暫く輝いた。

「あなたは大原さんの店へ来られる前に、どこに居ましたか？」

「大阪です」

「御両親は？」

「母が一人先達(せんだって)まで生きていましたが、死んでからすぐ私は上京しました」

「誰の紹介で大原さんの店へはいりましたか」

「新聞広告を見て直接お目にかかりに行って雇ってもらいました」

「大原さんのお宅へは昨夜初めてお行きになっただけですね？」

「ええ。いえ、まだ一度も行ったことがありません」

「よろしい。あとでもう少しおたずねしたいことがありますから、あちらで待っていて下さい」

せい子はホッとしたらしく、手巾で顔を拭いながら出て行った。霧原警部は、すぐさま水野刑事を呼んで、銀座の星村薬局へ行って、大原が昨晩どんな薬を買いにはいったか、取調べてくるよう命じた。

間もなく細工師の谷村が連れられて来た。彼は洋服を着た三十ばかりのすらりとした男であるが、その顔は非常に蒼ざめていた。

「どうも寒いせいか、お顔の色がよくありませんね」

と霧原氏はやさしく言った。

谷村はちらと警部の顔をながめ、眼をテーブルの上に注いで言った。

「ええ、今年になって少し呼吸器を害しましたから」

「そうですか、金銀の細工をなさる人はよく冒されるとききました。それに近頃、奥さんがなくなられたそうで、尚更お疲れでしょう?」

「そうです」

「奥さんのなくなられたのは何日でしたか?」

「昨日で二七日です」

警部は暫らく黙って考えた。「実は大原さんが昨夜殺されなさったので、むしろ奥さんにおたずねしたいことがあるのですが、それは出来ない相談ですから、つまり奥さんの代りに、あなたに来て頂いたのです。奥さんは以前大原さんの店に居られたそうですね?」

「居りました」

「大原さんは、女のことであまり評判がよくなかったそうですねえ?」

谷村は急に苦い顔をした。「そうらしかったようです」

「何でも店員とさえとかくの噂があったそうですが、こんなことを伺っては失礼ですけれど、大原さんは奥さんに冗談をいったようなことはなかったでしょうか?」

谷村はむっとして唇を噛んだ。

「そんなことは、死んだ妻の手前、お答えしたくありません」

「御尤もです、いえ、ただ大原という人の性格をよく知っておかねばならぬのでおたずねしただけです」

こういって警部は抽斗から、手箱の中にあったセルロイドの櫛を出し、

「この櫛に見覚えはありませんでしょうか?」といって谷村に渡した。

谷村は手に取って暫らくながめていたが、

「見覚えありません」と答えて卓子の上に置いた。

「御病気のところを、とんだ御迷惑でした。しかし、迷惑ついでに、あとでもう少しおたずねしたいことがありますから、お待ちを願います」

谷村が去ると、警部は朝井刑事を顧み、谷村にわざといじらせた櫛を鑑識課へ持って行って、谷村の指紋を採り、壜の指紋と比較してもらうように頼んだ。

朝井刑事は鑑識課へ行って戻って来るなり、霧原氏に向ってたずねた。

「何故、中島せい子の指紋を、同じようにお取りになりませぬでしたか?」

「僕は中島がクロロフォルムを使ったとは思わぬよ」

「でも、壜の指紋が大原のでないとすると、中島のかも知れません」

「そこだよ君、この事件の難点は。とにかく鑑識課の鑑定を待とう」

「何故、大原の握っていた手巾を谷村にお見せにならなかったですか」

「その必要がないからさ、手巾は谷村夫人のものに間違いないよ。けれど、時機が来れば、見せるつもりだ」

三十分ばかり過ぎると、鑑識課の人がはいって来て、クロロフォルムの壜の指紋は、谷村の左手の指紋に一致する旨を告げた。

霧原警部と朝井刑事とは、この意外な報告に、暫らく無言で顔を見合せた。興奮した朝井刑事が、先きに沈黙を破った。

「それでは、谷村も昨晩、大原の……」

「そうだ、これで第三者の存在がわかった。けれど、それがため事件はいよいよ面倒になった」

「しかし」と朝井刑事は反対した。「谷村が居たとすると却って簡単に説明がつくじゃありませんか。谷村が夫人の手巾をつかって、大原を麻酔させ、中島がその咽喉笛に……」

プッと霧原警部は軽く吹き出した。

「いや、笑っては失礼だが、口ではそう言ってみられるものの、実際にそうした事が行われるだろうか。もし、君の言うとおりだとすると、谷村と中島とは共犯者ということになるが、二人の間には何の関係もないよ。せい子は今日警視庁で逢わぬ限り、恐らく谷村の顔も知るまい。それに僕は、あの手巾はやはり、大原が持っていたのだと思うよ。いやいやこの事件はそれほど簡単ではない」こういって警部は暫くじっと考え、「それにしても犯罪の動機がわからぬ」と、ひとり言のように呟いた。

そのとき、星村薬局に使いした水野刑事が帰って来た。朝井刑事はいきなり水野刑事に向って、

「大原はきっとクロロフォルムを買ったのだろう？」

とたずねた。

「いやちがう」と水野刑事は言った。「大原の買いにはいったのはインシュリンという薬だそうだ。けれど生憎（あいにく）品切れで、買わずにかえったそうだ」

霧原警部の顔は、この会話をきくと同時に、急に活気づいた。「水野君、君はインシュリンは何の薬だか知っているか？」

「薬局でききましたよ。糖尿病の新注射薬だそうです。大原は二三年前から糖尿病にかかっていたそうですが、この新薬がアメリカで発見されると、すぐ取り寄せてもらって、自分で時々注射したそうです。この薬はなかなか用いにくいそうですが、大原はアメリカに居る時分、化学を習ったことがあるので、使用法を読んで手療治をしたのだそうです」

霧原警部は突然立ち上った。「朝井君、僕はこれから、解剖を見がてら、村山教授に逢ってこねばならぬ。この事件の秘密は糖尿病にあるといってよい。君はこれから谷村の家に行って、留守居の人に、夫人のなくなった前後の事情をきいてきてくれたまえ」

五

朝井刑事が帰ると、ほどなく霧原警部も帰って来た。

「朝井君、谷村の方は？」と警部はたずねた。

朝井刑事の取り調べたところによると、谷村はこれまで、助手を二人つかって金銀の細工をしていたが、夫人が死ぬと、二人の助手を解雇したので、今は雇い婆さんと二人住いである。谷村は夫人を失って非常に落胆し、初七日（しょなぬか）のすむまではぼんやり暮していたが、それから、何思ったか毎日細工場に閉じこもって、コツコツ細工をしていた。婆さんが心配して、身体を悪くするといけないから、気晴らしに散歩に出てはどうだといっても、彼はただ、ニヤリと笑うだけで、一歩も外出しなかった。ところが昨日二七日の法事がすむと、夕方活動写真でも見てこようと言って出かけ、十二頃帰宅したそうである。

夫人はなくなる四日ほど前の晩、夜遅く帰って谷村に叱られたが、その晩から、高熱を出してだんだん重（おも）って行って死んだのだそうである。

朝井刑事は細工場の中を一応取調べたけれども、別にこれというものは眼につかなかったのでひとまず切り上げて帰って来たのである。

警部はこの話をきいてじっと考えていたが、「いや、どうも有難う。だんだん様子がわかってきた」と言った。

「時に、大学の方はどうでした?」と刑事はたずねた。

「どうも今の法医学はいつもいう通り歯搔(はがゆ)いものだねえ。死因はわかっても、屍体の生前の秘密はわかりにくいからね。警察医の言った通りの鑑定で、咬傷はやはり女の歯でつけられたものだということだ。しかし、大原の生前の秘密も大たいは見当がついた。とにかくこれで中島せい子の口をあけることが出来るつもりだ」

「それは何ですか?」

「今にわかるよ、中島を連れて来てくれたまえ」

やがて、せい子は再び警部と対座した。

「中島さん、随分お待たせしました。いよいよあなたに白状してもらわねばなりません」

「何をですか?」

「あなたは昨夜たしかに大原さんと一しょに、大原さんのうちへ行きました」

「そんなことはありません」

「どうしてもお話しにならねば犯人嫌疑者として残ってもらいます」

「まあ」と彼女は顔の色をかえたが、やがて決心したと見えて、キッとなって言った。「それなら私には覚悟があります」

「と仰しゃると?」

「どこまでも知らぬと言い通します」

「では知っておいでになるのですか?」

「何をです?」

「大原さんの殺されなさった有様を!」

「そんなこと、知るものですか」

「あなたは昨晩大原さんに麻酔をかけられなさったでしょう?」

「え?」といった顔は、さすがに不安の色を帯びた。

「あなたはそれから大原さんに暴行を加えられたと思っていられるでしょう?」

「……嘘です、嘘です」

「では申しますが、大原さんはこの二三年、病気のために、そういうことの出来ぬ身体だったのです。あなたに麻酔をかけたのは、あなたの髪の毛を切るつもりだったのです」

「本当ですか?」といって霧原警部を見上げた彼女の顔は急に晴れやかになった。「本当にそうですか?」

「本当ですとも、医学上立派に証明されました!」

「では何もかも申します」

「話して下さいますか？」

「大原は私の父です!!!」

六

さすがの霧原警部も、この意外な言葉には面喰ったらしかった。

「驚きになるのも無理はありません」と彼女は言った。

「母は私が腹にいる時分、大原に捨てられたので御座います。大原は母を捨てて馴染の芸者を入れたのです。その芸者が先年まで生きていた大原夫人でした。母は私を生んでから、随分苦しい生活をしてきましたが、どんな思いをしても私を立派に育てあげて、それから大原夫婦に復讐しなければおかぬと言っておりました。母は心のうちで大原を呪いつづけてきました。するとその思いが叶ってか、先年夫人はなくなりました。が、大原はまだ生きておりましたので、母は執念深く呪っていました。けれど、もとより具体的な方法を取るほどの元気はありませんでした。先日急病で死にましたときも、臨終まで、『残念だ！　かたきを取ってくれ』と言って逝きました。そこで私は母の心を受けついで、大原に復讐しようと決心しました。断髪をしたのも、その誓いのために切った髪を棺の中へ入れたので御座います。跡始末をするなり私は上京しましたが、幸いにも大原の店で女事務員を募集する新聞広告が眼についたので、早速申し出ますと、すぐ採用してくれました。大原は何かと親切にしてくれまして、昨晩自宅へ来ぬかと言いましたので、大原に近づくにはよい機会だと思って従いて行きました。大原は途中で薬局に立寄り、それから私たちは自動車で平河町五丁目まで行き、一丁ばかり歩きました。洋館の裏からはいりますと、大原は我が子とも知らず浅猿しくも色々の冗談をいいかけました。私は十分警戒しておりましたが、ふと額の中の写真を見上げて、私の母を苦しめたのはこの女かと思いましたら急に色々のことが胸に浮んで悲しくなり、暫らくぼんやりして写真を見入っていました。そのとき大原はやにわに立ち上って、いやなにおいのするものを嗅がせました。

　それからどうしたかは存じませんが、ふと寒くなって気がついて見ると、大原は私のそばに一しょに横になっていました。けれど何だか様子がおかしいので、よく見ますと無惨にも死んでおりました。私はもうびっくりしてしまって、あわてて抜け出してきました。

　父に身を汚された！　こう思うと私はもう気がちがう

ほどくやしくなりました。どんなことがあってもこれだけは言うまいと決心しました。たとい犯人と見られても、このくやしさに較べれば何でもないと思いました。ところが、只今の御言葉で私はホッとしました。本当に私の心は軽くなりました。

申し上げたいことはこれだけです。私の申し上げたことは決して嘘ではありません。大原は私の父ですもの、殺されてみれば、可哀そうで御座います」

こう言って彼女は手巾を眼に当てた。

「よく話して下さいました。あなたのお言葉を信じます。で、たった一と言だけおたずねしますが、あなたが洋館へお入りになった時か、お出かけになったときかに、怪しい人影でも御覧になりませぬでしたか？」

「誰の姿も見ませぬでした」と彼女は暫らく考えてから答えた。

「有難う御座いました。もうお帰りになってもよろしいが、もし、御父さんを殺した犯人をお知りになりたければ、夕方まで居て下さい」

「居ります」

せい子が去るなり警部は言った。「これで犯罪の動機がわかった。が同時に第四者の存在が知れた」

「え？　第四者？」と朝井刑事は驚いて叫んだ。

「そうだよ、咬傷のことを考えてみたまえ。……時に朝井君、谷村の家には仏壇があるかね？」

「小さい仏壇がありました」

「仏壇の道具などはお手のものできれいだろうね？」

「大へんきれいでした。新ぼとけですから、香が盛んにたいてありました」

「ではこれから僕はちょっとその仏壇に参詣して、それから出来るなら第四者を連立って来よう」

朝井刑事は呆気にとられて、警部の後姿を見送った。

七

霧原警部の帰ったとき、短い冬の日は暮れかけていた。

「約束した第四者の引致は、本人がどこに居るかわからぬので残念ながら出来なかったよ。けれど例の葡萄酒を出してもらおう」

朝井刑事ははっと思った。フランス葡萄酒を飲むのは特等訊問の行われる証拠である。何人が訊問されるか？　どんな一言が発せられるか？　犯人は女であるというのに、中島せい子以外に何人も連れられて来ておらぬではないか。

葡萄酒を飲み終るなり警部は言った。

「谷村を連れて来てくれたまえ」

朝井刑事は機械人形のように室を出た。興奮のために物が言えないのである。

谷村が連れられて来ると霧原警部はいきなりたずねた。

「谷村さん、ゆうべあなたは大原さんをたずねましたね？」

「冗談じゃありません、私は活動写真を見に行きました」

「あなたは大原さんの死なれるところを見ていなすったでしょう？」

「そんなことがあるものですか」

「本当に知らぬと仰しゃるのですか？」

「だって、大原さんをたずねる理由がありません」

「あなたにはなくても奥さんにありましょう」

「え？」

「その証拠があります」

「証拠とは？」

「これです」といって警部は屍体の手にあった手巾を抽斗から取り出した。

「これは奥さんの手巾ですよ」

谷村はそれを見て、さっと顔の色をかえた。

「大原さんはこれを握って死んでいました」

谷村はうつむいて唇を噛んだ。

「御心配なさらなくてもよろしい。奥さんは潔白です」

「ああ」と谷村は太い歎息の声を発した。

「あなたは断髪の若い女が、昨晩大原さんに麻酔をかけられるところを御覧になりましたでしょう」

「知りません、知りません」といった谷村の声は少し顫えていた。

「あなたは昨晩大へんな間違いをなさいました。大原さんの使われたクロロフォルムの壜と、あなたの壜とを、とりちがえてかえりました」

谷村は何か言おうとしたが言葉が咽喉につかえて出ぬらしかった。

「落ついて下さい。あなたにもう一と言聞いて頂きたいことがある」

谷村の全身は顫い始めた。彼は眼をつぶろうとしたが、それさえ出来ぬと見えて、警部の口もとを見つめるばかりであった。

「あなたは大原の咽喉笛に奥さんを咬みつかせました!!!」

「えッ?!」と谷村は頭を両手で抱えた。「それまでわかったのですか、もう何もかも白状します！」

×　×　×

「大原の咽喉笛に咬みついて殺してやりたい！」

これが谷村夫人の臨終の言葉だったのである。大原伝蔵は先夜、偶然途上で谷村夫人に逢い、御主人にすこし面倒な細工を頼んでもらいたいからちょっと一しょに自宅（うち）まで来て下さいといったのである。谷村夫人はそれが恐ろしい身の破滅のもととなるとも知らず、何気なしに従いて行くと、大原は裏口から洋館へはいって、夫人の油断を見て、麻酔をかけたのである。夫人が気が附いて見ると大原はそこらに居なかった。はっと思って頭に手をやると、髪の毛がひどく乱れていたので、夫人は非道な方法で大原のために操（みさお）を破られたことを知ったのである。

夢中で走り帰った夫人は、良人（おっと）にとがめられて、何もかも告げてしまった。が、寒い室に長く横わっていたためか、それとも麻酔剤のためか、或いはまた、神経に強い打撃を受けたのか、その夜から高熱を出して、肺炎になり、三日の後に死んでしまった。死ぬが死ぬまで彼女は、良人に向って「どうぞかたきをとって下さい。ああ、大原の咽喉笛に咬みついて殺してやりたい」と言い続けたのである。

細君思いの谷村は、夫人の臨終の床で、必ずかたきをとってやると誓った。そして細君の臨終（いまわ）の言葉をそのまま実行しようと決心した。彼は細君を火葬に附して、骨（こつ）上（あ）げをした歯骨の中から上下の門歯と犬歯合せて十二本を取り出し、それを上下の顎の大きさの金具に排列し、更にそれを鋳物のときにつかう釘抜（くぎぬき）ようの鉗子の先へ固定し、大原の咽喉笛をはさみ切って殺そうと計画したのである。

「火に焼けた歯は脆くなると言いますが、一念がこもっていたと見えて、鋼鉄のように丈夫でした」と谷村は言った。

二七日（ふたなぬか）の晩に兇行を演ずるつもりで、初七日の法事が済むなり、その特別な歯附釘抜の製造に取りかかった。どうせ早晩自分の生命もなくなるからと思って、細君の死後二人の助手に暇（ひま）を出したので、彼は、誰にも怪しまれずに予定通り製作を終ったのである。

先夜、夫人は帰りがけに、大原家の洋館の裏口の扉（ドア）にさされてあった鍵を、夢中で握って逃げて来たので、彼はその鍵をもって、昨夜九時頃しのび込み、物置部屋にかくれて居ると、大原は十一時ごろ一人の女を連れて帰った。彼は扉を細目にあけて見ていたが、間もなく大原はハンカチーフに麻酔薬をしめして女の口を蔽（おお）った。実は女が帰って行ってから殺すつもりであったけれども、自分の妻もああして暴行を加えられたかと思うと、カッとなって、彼は飛び出し、用意の手巾にクロロフォルムをしめして、大原の後から、その口を蔽ったのである。そのとき断髪の女はぐたりと床の上にたおれ、次いで大原も仰向きにたおれた。そこで彼は用意の釘抜を取り出して、咽喉笛をはさみにかかったが、カラーが邪魔して思うように咬みつかなかった。やっと咬みついたか思うと、傍の女がうなりかけたので力まかせに釘抜を押しつけて窒息させたのである。女に気附かれては面倒だと、大急ぎで逃げ出したので、彼はうっかりクロロフォルムの壜を取りちがえて帰ったのである。

八

谷村を別室に退かせ、中島せい子を呼んで犯人の名をつげてかえしてから、霧原警部は朝井刑事と対座した。

「せい子さんもこうなってみれば、定めし悲しいだろう。だが、これで大原の先夫人のうらみは晴れたかもしれん」と警部はしみじみ言った。

「どうして大原が性交不能(インポテンツ)だとわかりましたか?」と朝井刑事はたずねた。

「糖尿病にはよく性交不能が伴うからねえ。それに性交不能になるとよく、索物色情(フェチシズム)があらわれるそうだから、僕は大原の屍体で性交不能を証明出来ぬかと思って、村山教授にたずねに行ったのだ。ところが、残念にも今の法医学ではそれを的確に証明することは出来ぬそうだ。だが、あれまでに調べあげた所から、僕は少くともそう断定してもかまわぬ、いやそう断定したいと思ったのだ。大原が女に麻酔をかけるのは、女に知れぬようにその毛を切ろうとしたのだ。かためて切っては気附かれるから二三本ずつ切ったのだ。それにはどうしても麻酔剤をつかう必要がある。大原は索物色情者(フェチシスト)としてはまだ初歩なんだよ。恐らく糖尿病と同時に変態性欲も起ったのだろう。谷村夫人は髪が乱れていたので身を汚されたと思ったのだが、大原の手では一旦解いた髪をもとのとおりに結うことはむつかしいからね。手箱の髢(かもじ)は恐らく谷村夫人のだろう。手巾もそのときに取ったのだろう。女に麻酔をかけりゃ、女の方では暴行されたと思うぐらい大原にもわかっていただろうから、むしろいきなりとびついて髪の毛をはさみ切った方が却ってよさそうだが、そこが変態性欲者の心のはかりがたいところだろう」

「谷村にも大原の性交不能のことを話して安心させた

らどうでしょう」

「確証がある訳でないから止めておこう。夫人はもはや死んで居らぬし、谷村の復讐を遂げたという安心を今更攪きみだしたくないからね。せい子さんに確証だと言ったのは、せい子さんにとって確証であってほしいだろうと思ったからさ。僕はせい子さんが、ただ汚されたということだけを恥じて物を言わぬのだろうと察したが、大原がせい子さんの父だとは夢にも思わなかった」

「仏壇参詣は歯骨を捜しに行かれたのですか？」

「そうよ。第四者と言ったのはそれだ。女の咬んだ傷だという以上、谷村夫人の歯を考えるのが至当じゃないか。仏壇にあった骨袋を調べたら、奥歯ばかりしかなかったので、いよいよ推定が当った訳だ。さすがに谷村も、人の血で汚された歯骨をもとの所へ置く気にならなかったのだろう。だから第四者の引致が出来なかったのさ」

「あの最後の言葉を仰しゃったとき、僕ははじめ意味がとれなくて面喰いました」

「だが谷村にはピンと響いたのだろう。大切な秘密だからねえ。いや、女の一念も恐ろしいが、肺病にかかった男の一念もなかなか恐ろしいものだねえ……」

通夜の人々

この物語は、最近愛知県下に突発して迷宮に入ったある犯罪事件を骨子として作ったものであって、作者はかような事件の探偵の際どんな空想が許されるかということを描いてみたかったのである。そして、仮想の探偵をして、事件を円満に解決させるために勝手に他の事件を捏造したけれども、出来るだけ事実に近からしめる目的で、名古屋で発行されるN新聞の記事を、殆んど原文のまま引用することにした。それ故この物語の始めの部分は、少々読みづらいかもしれないが、暫らく辛抱して下さって、読者諸君も各自に作者とは無関係に、適当な解決を与えてみられむことを望むのである。

一

「やっぱり春だ！」

野々口雄三は、書斎で新聞を読みながら、眉を寄せて思わず呟いた。

彼が名古屋の鶴舞町に私立探偵事務所を開いてから、まだ一年にもならぬが、その名は日本全国に隠れなく、名古屋附近は勿論、東京へも大阪へも招かれて、警察が迷宮に入らせた難事件の数々を解決した。探偵事務所などは東京か大阪に設けた方がよさそうであるにも拘らず、彼が名古屋を選んだのは、東西に活躍するに便利なためであって、彼の抱負のほども窺われるが、一つには、名古屋は彼の故郷であるからでもある。彼はまだ三十歳の独身の青年で、東京大学法学部を出るなり警察講習所の講師となり、昨年辞職して私立探偵となったのである。家は二人の書生と一人の女中との四人暮しで、その外には何の係累もない気楽な身分である。毎朝彼は六時に起きて八時までその日の新聞を見るのが常であるが、今、彼は、新聞の三面記事の中に、自殺や殺人の報道の多いのを見て、これも、春という気候のしからしめる所だろうと考えたのである。

今年は余寒が厳しく、三月の半ば頃まで、時々雪のちらつくことがあったが、彼岸が過ぎてからは、急に暖かくなって、新聞には、東別院や練兵場の桜がちらほら綻ろびかけたと報ぜられてあった。しかし彼は花のたよりには何の興味も持たなかった。平素彼は犯罪に関係したことなら、どんな短い記事でも切抜帖に貼って研究を怠らなかったが、ことに先月来、彼の気にかかっていた事件があるので、その方に心を奪われて、花どころではなかったのである。

彼の気にかかっていた事件というのは、名古屋から西へ、三里ほど隔たった蟹江という町に起った二つの悲劇である。その一つは娘が女学校の入学試験に不合格であったため、その母親が自殺したこと、今一つはその二日後に起った三人斬事件である。今年は日本全国を通じて入学試験のために起った悲劇が少くなかった。東京の某文学者の息子は高等学校の入学試験に落第して自殺した。山陰道のある町では、娘が女学校へはいれなかったとて自殺した両親がある。この外にも同様な悲劇が沢山あったけれど、いずれも遠い所の出来事で、野々口はただ現代の学校教育の弊害を痛憤したばかりであったが、同じ悲劇が近くの蟹江に起ったと知った時には、一歩進んで、深くその母親の心理研究がしてみたいと思った。ところがその二日の後に同じ町に三人斬が突発し、しかも一日と経ち二日と過ぎても犯人が知れないので、新聞は自殺事件の方はそっち退けにして、ひたすら三人斬について書きたてるようになり、野々口もいつしかその方に興味を持つようになったのである。

三人斬事件は、蟹江屈指の人物吉田吾平氏の分家に起った悲劇であって、吾平氏の娘と、母と、孫との三人が何ものかに斬られ、娘の亭主が有力な犯人嫌疑者として捕えられた事件である。今朝の新聞によると、物的証拠があがらないために事件は迷宮に入りかけたと記されてあるが、被害者のうち母と孫とは四日間医師の手当を受けたけれども、遂に意識を恢復することなく、昨日午後相前後して死んだと報告されてあった。

「先生、御客様で御座います」

書生の佐治が一枚の名刺を持ってはいって来た。野々口は名刺の文字を見てはっと思った。名刺には「吉田吾平」と書かれてあるからである。

「お通し申せ」と野々口は言った。

はいって来たのは、羽織袴の上品な五十五六の紳士であった。一通りの挨拶がすむなり吉田氏は心配そうな顔をして言った。

「もはや御承知でも御座いましょうが、私は蟹江の三人斬の起った家の本家のもので、母と孫とは昨日とうとう亡くなりまして、娘は昨夜の一時頃まで生きておりましたが、やっとその時分、少し正気づいたようで、警察の人が訊問しますと、犯人は亭主だと申したそうで御座います。……」

「え？　それは本当ですか？　それから何か委しいことでも申されたんですか？」

「ただそれだけ申してすぐ死んだそうで御座います。私は母や孫の屍骸の始末をするのに忙しくて、その場には居りませんでしたが、始めから婿を犯人だときめ込んでいる警察では、それ見たことかと騒ぎ立てました。けれど私は婿の性質をよく知っておりますが、決して人殺しをするような人間ではありません、ですから、これには何か深い事情があるにちがいないと思って、あなたに探偵して頂こうと、御願いに参ったので御座います」

「承知致しました。実は今、新聞で御亭主に対する物的証拠があがらないということを読みましたが、斬られた奥さんが、御亭主だと仰しゃったら、警察はそれを唯一の証拠にするかもしれません。では一応新聞記事を読み上げますから、間違っているところがあったら仰しゃって下さい」

こう言って野々口はスクラップ・ブックを開いて第一報から順序に読んだ。

第一報

「今朝県下蟹江町で牛乳屋の三人斬り」

（蟹江電話）二十三日午前五時頃、県下海部郡蟹江町六十五番地牛乳搾取業吉田英三郎（三八）方へ何者か忍び入り、中の間の八畳で就寝中の英三郎妻とみ（三四）を手斧を以て斬りつけ、顔面頭部に重傷を負わせ、続いて傍に寝ていた長男太郎（九ツ）、とみの祖母さい（八三）を滅多斬りに斬りつけ、いずれにも瀕死の重傷を負わせて立去った。英三郎は当時丁度牛乳配達のため不在であって、次女よし子（二ツ）は母親の懐に寝ていたので難を免れた。意恨の刃か強盗の所為か判明しないが、所轄蟹江署では、急報と共に非常線を張り、現場捜査を行ったが、右惨劇を逸早く目撃したのは、同町加瀬十次郎方同居で、同家の出入男三河生れ木村藤次郎で、どうも同人の挙動を怪しいと見て、目下引続き警察に留置し厳重に取調べを行っている。

「噂の三角恋愛、原因いろいろに臆測さる」

なお本稿〆切までには原因加害者等絶対不明であるが、一説には亭主の英三郎が先年、とみの実妹ふで（当時二十一歳）と三角恋愛に陥入(おちい)り北海道へ駈落(かけおち)したことがあって以来、夫婦仲は面白からぬ風説もあったので、或(あるい)はこれがために英三郎が怪しいという噂もあるが、英三郎は事件発生後直(ただち)に帰宅して自宅に引籠(ひきこも)り失神したようになっているということである。因(ちなみ)に吉田家は蟹江屈指の人物吉田吾平氏の分家で、生命危篤(きとく)のさいは氏の実母であるから、吾平氏の邸は見舞客で一ぱいである。

「検事刑事課長一行急行す」

事件突発とともに名古屋地方裁判所よりJ予審判事、S検事、N本県刑事課長、O警部補以下現場に出張した。

第　二　報（蟹江町三人斬りの詳報）

「犯人は亭主か、厳重に取調らる」

蟹江三人斬事件について更に探聞(たんぶん)する所に依ると、兇行に用いた手斧は現場に投げ捨ててあって、犯人はまだわからないが、右犯人は二十三日午前五時頃吉田英三郎方の表から押入り、まず仏間に寝ていた英三郎妻とみの顔面及び頸部数ケ所に斬りつけ、その物音に眼をさました長男太郎の頭部面部に重傷を負わせ、それより奥の納戸(なんど)に踏込んでとみの祖母さいの顔面を滅多斬にして裏口からとび出した。これより先、主人英三郎、妻とみ、傭人(やといにん)酒井某の三人は、平常の如く午前四時頃に起きて配達用の牛乳を瓶につめ、四時半頃英三郎と傭人(やといにん)とは配達のため家を出て行き、とみはそれから再び寝床にはいった。兇行はそれより三十分後に起ったものであるが、同家表戸の鍵は右事情でかけてなかったものらしい。やがて六時頃に至り、同町本多精米所の主人が、英三郎方へ註文の麦糠(むぎぬか)を持参して椿事(ちんじ)を発見し、附近の加瀬十次郎方傭人木村藤次郎（六二）と共に屋内に入り、三人が血塗(ちまみ)れになってうめき居るのを見て、直ちに警察署に急報したので、蟹江署では署長以下署員を挙げて活動し、検事、刑事課長の出張となり、午後四時頃主人英三郎及び数名の人々は参考人として召喚(しょうかん)されたが、既報の如き三角恋愛関係で、英三郎が最も厳しく取調べを受けた模様である。英三郎は獣医の免状を所有し、十三年前吉田吾平氏方の婿養子となり、とみと結婚し、その後現在の所に分家して牛乳搾取業を始めたもので、かつて一度町会議員となったこともある。因に被害者三人は附近の鈴木病院に収容されて手当を受けたが、子供の太郎だけは一命を取り止めるであろうと。

「原因は痴情」

S検事、N刑事課長一行は午前零時引上げたが、刑事は八方に飛んで材料の蒐集(しゅうしゅう)に奔走している。主人吉田英三郎外二三名のものは、遂に帰宅を許されなかったが、英三郎と三角関係を噂されたとみの実妹ふでは数年前に他へ嫁いで子まで設け、今は英三郎とは全く無関係であることがわかった。しかし、被害者の家では一物も失われていない点から考えて、強盗の所為とは思えず、原因はやはり痴情にあるらしい。

第三報

「九分九厘まで亭主が犯人、雇人の酒井と共に取調中」

蟹江三人斬事件の犯人は九分九厘まで被害者の一人とみの亭主吉田英三郎らしく、同人は二十三日朝以来蟹江署に留置され、二十四日もS検事の取調べを受けた。傭人酒井は近郷のもので常に主人と早朝牛乳を配達し、二十三日の朝も英三郎と一しょに家を出て、別の方面に牛乳を配達した。同人も嫌疑者の一人として留置されている。

第五報

「犯人は果して亭主英三郎、手を下したのは藤次郎」

三人斬事件につき当初有力な嫌疑者として逮捕した同町加瀬方雇人木村藤次郎及び被害者方の主人英三郎に対し、S検事は厳重に取調べる所があったが、その結果遂に犯行を自白したらしいので、二十五日午前令状を執行され、両人は刑務所に収容された。探聞するところによると、吉田家は最近家庭に風波絶えず、夫婦喧嘩など珍しくなかったそうで、恰度兇行の前夜即ち二十二日の夜も夫婦の間に口ぎたない罵り合いが繰返され、寝についたのは夜も遅かったというが、英三郎が殺意を決したのは、かなり以前の事のように思われる節がある。夫婦間に破綻を生じた原因については、既報のごとく妻とみの妹ふでと英三郎をめぐる三角関係と、二つには英三郎が、とみ名義の財産に目をつけたためと言われているが、逸早く兇行現場を発見したという藤次郎が警察における取調べに対して言動曖昧であり同人の着衣に血痕が附着していたので、こいつテッキリ犯人と目星をつけるに至ったものらしい。しかして養子英三郎は自ら手を下すことを避けて何喰わぬ顔で当時配達に出かけての留守中に藤次郎を忍ばせ兇行を演ぜしめて事を覆わんがために犯人が他から来たものの如く装うたものらしく、藤次郎と英三郎は日頃からただならぬ親しい仲であったという。

第六報（三月二十七日所載）

（これが今朝の新聞紙に出ている所で、野々口は、スクラップ・ブックを脇へやって、新聞紙を読んだ）

「真犯人は誰か。蟹江の三人斬迷宮」

既報の如く、英三郎、藤次郎の両名は三人斬の犯人として刑務所に収容されたが、果してそれが事実であるか、その附近の人々は疑いを抱いている。警察は二三十名の証人を呼出して取り調べたが、誰一人両人を悪く言うものはなく、両人とも平素は虫も殺さぬ男だという評判であった。しかし兇器、時間、すべての四囲の事情から察して、両人に対する嫌疑は免れないので、警察でも証拠の蒐集につとめたが、不幸にして、物的証拠は頗る貧弱で、何一つ目星しいものが見つからなかった。しかも頼みとする兇器の指紋は、検死以前巡査たちが無暗にいじくったため不明になっているということである。こんな訳で、たとい両人が真犯人としても彼等がどこまでも自白しないとすると、事件落着を見るまでには相当の日数を要するかも知れない。更に一面には、いかに英三郎が鬼のような恐ろしい人間でも、現在血肉を分けた我子を殺すようなことは出来ないと共にまた当日牛乳配達の如きも、精細に取調べたところ、一軒も洩なく配達してあるし、また八時半まで、井上機織会社で冗談をいって話していたということである。なお財産云々の関係から言っても営業名義こそ女房とみであるが全財産は戸主として立派に保持されているから、慾の上の兇行とは思えず、また痴情説も既報の如く頗る薄弱である。次に藤次郎は大正元年加瀬方の百姓男として抱えられ、爾来十三年間一度も不正なことはなかったということである。こう書いてくると彼等両名はこの犯罪に無関係だということになり、事件は文字通り迷宮に入った。

「老母と太郎絶命」

三人斬被害者のうち、老母さいは昨日午後二時、長男太郎は午後六時、手当の甲斐もなく、鈴木病院で絶命したが、とみの容態も楽観を許さないと言われている。

二

「大たいその通りです」と、野々口が読み終るなり、吉田氏は言った。「実際そこにも書いてありますとおり、英三郎が下手人たる理由は何一つ無いのです。血のかかったものを三人まで失った私ですから、婿をにくんでしかるべきかも知れませんが、私は決して婿が犯人だとは思いません。ところが警察では始めから婿が怪しいと思い込んでさんざん責めつけたらしいです。けれど英三郎が自白する訳はないです。で、私も、そのうちには放免されるだろうと安心しておりましたが、娘が臨終に、犯人は亭主だと言ったと聞いては、もうじっとして居れず、こうして御願いに来たので御座います」

「そうですね。臨終の言葉というものは聞きにくいものですから、警官が聞き違えたのではないでしょうか。その時、御医者さんは立合いませんでしたかしら？」

「何でも番に来ていた巡査が二人、外のものをみなしりぞけて訊問したそうです」

「新聞では、はじめ三角関係のことを頻りに書いておりますが、実際はどんな有様ですか？」

吉田氏は少し顔を紅くして言った。「それはずっと昔のことです」

「時々夫婦喧嘩をなさったということも嘘ですか？」

「そんなことは滅多になかったようです。けれど、新聞にも書いてあるように、事件の起る前の晩には、いさかいをしたそうです」

「誰から御ききになりましたか？」

「傭人の酒井からです」

「何のことでいさかいをなさったのですか？」

「酒井は離れの下男部屋に居たので、よくわからなかったといいます」

「英三郎さんに御ききになりませんでしたか？」

「きいてみましたが、つまらぬことだと言って話しません」

「ふむ」と野々口は固く唇を結んで考えた。「で、なくなったお三人の葬式はいつなさいますか？」

「明日出すことに許可を得ました」

「すると今晩はお通夜ですね？」

「そうです」

「それじゃ沢山の人が集る訳ですね。そりゃ大へん都合がよいです。今晩私も通夜をさせて頂きましょう。が、これから英三郎さんにちょっと逢ってこようではありませんか……」

電話で裁判所へきき合せると、ちょうど今英三郎の訊問が行われているということであったので、野々口は書生に命じて自動車を雇わせ、洋服に着替えて吉田氏と共に裁判所に向った。

裁判所へ着いたのは九時半であったが、英三郎の訊問は長びき、十二時近くになって、漸く逢うことが出来た。彼はいま三人の死をきかされ、妻の臨終の言葉をきかされて来たのである。

吉田氏が野々口探偵を紹介すると、英三郎の眼には涙がたまった。

「お察し致します」と野々口は言った。「どうか気を引上げて居て下さい、僕は及ぶ限りのことを致しますから。で、お疲れのところを甚だお気の毒ですが、僕にも少し訊ねさせて下さいませんか。吉田さんの御話によると、事件の起る前の晩奥さんといさかいをなさったそうですが、何がもとでいさかいをなさったのですか？」

　英三郎は下を向いたまま黙っていた。

　野々口は言葉を続けた。「警察ではきっとそれを痴話喧嘩と解釈しているのでしょう。痴話喧嘩なら痴話喧嘩でよろしいが、それだからといって、僕は必ずしも痴情を兇行の動機とは認めません。可愛い我子を殺すというようなことは尋常一様の動機では出来ないことです。お子さんの霊を慰めたいと思われたら、是非あからさまに話して下さい」

　英三郎の眼から二三滴の露が落ちた。

「太郎が生きている間は言うまいと思いましたが、それではお話ししましょう」

「では、太郎さんのことでいさかいをなさったのですか？」

　英三郎は軽くうなずいて伏目勝ちに語った。

「実はあの晩、太郎の学校用具の中に五円紙幣（さつ）がはいっていることを家内が見つけたのです。子供にとって五円は大金です。それ故家内はどうして持っているのかと太郎をとがめました。今まで一度も親の言うことに反抗したことはありませんのに、その晩に限って、太郎はどうしてもそれを言いませんでした。すると、家内はどこかで盗んできたのだろうと言って、しまいには家内までが泣き出して大騒動になりました。自分の子を賞（ほ）めるのもおかしいですが、太郎は小学校で、いつも優等でして、品行にも悪いところは少しもありませんでしたから、何か事情（わけ）があるだろうと、おだやかに私がたずねましてもやっぱり言いません。あげくの果に、太郎は、明日になったら貰った人に返してくるから堪忍（かんにん）してくれと申しました。それをきいた家内は、それどうだ、やっぱり盗んできたのだと泣きしゃべり、しまいには夫婦同士の喧嘩になりました。漸く祖母が仲裁にはいってひとまず納まったのですが、太郎がどうして五円紙幣を持っていたかはとうとうわからずじまいです」

「そうですか、それではやっぱり痴話喧嘩ではなかったのですね。それにしても奥さんが犯人はあなただと仰しゃったのはどういう訳でしょうか？」

　英三郎は少しも顔色を変えずに言った。「本当の事でしょうか？　私は始め検事が鎌（かま）をかけていると思いましたが、藤次郎さんが放免されところを見ると、本当かとも思ったです……」

「藤次郎さんは放免されたか？」と、吉田氏がたずねた。

「今朝一しょに呼び出されたのですが、九時頃に帰ってもよいと言われたらしかったです。あの人にも罪はありません」

「で、今度のことについて、あなたに誰か犯人の心当りはありませんか?」と野々口がたずねた。

「さっぱりありません」

「有難う御座いました。これから僕は吉田さんと、お宅へ伺って取調べようと思うのです。……」

吉田氏はそれから暫らく英三郎と葬式の話などをし、やがて野々口と共に自動車に乗った。野々口は自動車が市街を離れるまで、眼をつぶってじっと考えていたが、急に思い出したように、吉田氏にたずねた。

「蟹江にこのごろ、娘さんが入学試験に失敗したというので首吊った母親がありましたですねえ?」

「ええ、佐藤了蔵さんの奥さんです」

「何とかいう名でしたねえ?」

「つねさんといいました」

「自殺するような人でしたか?」

「ええもう、評判のヒステリーで、近頃はこれが嵩じていた矢先、娘さんがあんな風でしたから、死ぬ死ぬといって近所に触れまわっていた位です」

「そうですか? 佐藤さんのお宅は、英三郎さんの所と隔たっていますか?」

「いいえ、つい近所です」

自動車は庄内川、新川を経て、田舎の街道を走った。空は美しく晴れ渡り、遥西北に当って、多度山、養老山、伊吹山などが紫色に染って起伏していた。野々口は道の両側の田圃に眼を落しながらじっと考え込んだ。

「どうでしょう。あなたのお見込みは?」と吉田氏はたずねた。

「そうですね。奥さんの臨終の言葉が問題ですよ。それがわからなくてはこの事件の解決はむつかしかろうと思います」こういって彼は急に乗気になって喋舌り出した。「一たい近年になって、よく幾人斬りという事件が起きますが、その動機は痴情か物盗りか、遺恨かの三つでして、僕の統計によりますと、犯人の年齢は二十四五歳から三十六七歳の者が一ばん多く、しかも犯人は、被害者の家の勝手をよく知ったものです。斧で幾人も人を殺すには相当の力が要るものですから、六十越した藤次郎さんを犯人と見なすのは適当じゃありません。さて、英三郎さんは三十八歳ですから犯人と看做しても差支のない年齢です。しかし警察では年齢のことなどは考えないで、動機の方ばかりから英三郎さんを犯人と看做そうとしたのです。いかにも、物盗りでもなく、遺恨でもないとすると痴情と見るより外はありません。しかも物的証拠が何一つあがらないのですから、警察の人々は何か痴情に関係のある事情はないか、英三郎さんが犯人だという証拠はないかと、そればかりに心を注いでいたのです。ですからもし奥さんが臨終に何か仰しゃったのなら、犯人は亭主だという風にききちがえたのではないかと思うのですが、とにかく、今のところ、少しも見当がつきません」

三

裁判所を出てから四十分ほど経って、自動車は兇行のあった英三郎の家に着いた。一軒家というほどではないが、隣りとはかなりに隔たっているから、犯人の出入が人々に気附かれなかったのも無理はないと思われた。野々口は家の中へはいる前に周囲を一まわりして、裏の畑の方まで調べたけれど、何一つ証拠になるようなものは発見されなかった。

家の中には親戚や附近の男女が沢山集っていて兇行の現場もきれいに掃除されていたから、手がかりはさっぱり得られなかった。仏間には三個の寝棺が置かれてあったので、野々口は吉田氏に頼んで、人々を遠ざけて、屍体を検査させてもらったが、傷口にもこれという特異な現象は認められなかった。納戸の方で幼な児が頻りに泣いている声をきいた野々口はそれが生き残った二歳の女児であろうと思ってほろりとさせられた。

彼は傭人の梶井を始め、今日放免されてきた藤次郎、その他手伝いの誰彼となく訊問したけれど、新聞に書いてある以上のことをきき出すことが出来なかった。人々は口を揃えて英三郎の潔白を主張し、とみが臨終に「犯人は亭主だ」といったのは、恐らく正気ではなかっただろうと解釈した。

野々口はすっかり閉口してしまった。物的証拠は何一つなく、犯罪の動機もさっぱりわからない。兇器の斧は官憲の手にあるけれど、それを見たところが、恐らく何の得るところもなかろう。だからこの上取るべき手段はたった一つしかない。それはとみが臨終に発した言葉の穿鑿である。で、彼は英三郎の家を出て、蟹江署を訪ね、来意を告げてとみの臨終に立合った警官に面会を申し込んだ。

とみの臨終に立合った二人の警官のうち一人は名古屋の裁判所へ行って不在であったが、今一人の警官は渋々ながら応接室へはいって来た。連日の疲労のためか、何となくぼんやりしていたが、野々口はその顔を一目見て、これじゃ聞きちがいをし兼ねやしないと思った。いかにも血のめぐりの悪そうな表情をしている上に、田舎の巡査によくある横柄（おうへい）な態度があって、野々口は内心大いに不快を覚えた。また巡査は巡査で、私立探偵ときいて少なからぬ反感を抱いたらしかった。

「とみさんは臨終に何といわれたですか?」と野々口は、一二の挨拶の後たずねた。

「亭主が殺したと言ったさ」

「そんなにはっきり聞きとれましたか?」

「聞きとれたとも、英三郎だといったよ」

「おや、亭主が殺したといったのじゃなかったですか?」

「亭主なら英三郎じゃないか、おかしいことを言うね」

「いえ、私の言うのは亭主といったか英三郎といったかということです」

「どっちでも同じじゃないか」

「そうじゃないんです……」

「うるさいなあ、そんなにききたければ、地獄へ行ってとみにきいて来るさ」

野々口は呆れ果てた。こんな石あたまに相手になっていてはきりがない。

「おや、地獄だということをよく御承知ですねえ。僕はとみさんは極楽へ行っていると思います」

こう言って彼は、挨拶もそこそこに外へ出た。「驚いた。こんな連中では、事件の解決は出来ようはずがない」と彼は呟いた。が、それと同時に彼は、とみの臨終の言葉が、たしかに、あの石あたまの警官のためにききちがえられたのであると思った。連日の疲労のために、ただささえはっきりしない頭がぼんやりして、しかも犯人は亭主だと思い込んでいる矢先であるから、瀕死の病人の曖昧な言葉を亭主だと解釈するのは当然のことである。臨終に立合った今一人の警官も、恐らく群集妄覚（もうかく）によって、同じように聞きちがえたであろう。

野々口は英三郎の家に帰って、自分の室として与えられた納戸にただひとり坐りこんだ。茶と菓子を持って来てくれた吉田氏に、暫らくの間誰も納戸へは来ないようにしてもらって、腕を組んでじっと考えた。

彼はポケットから、有朋堂（ゆうほうどう）文庫の「醒睡笑（せいすいしょう）」を取り出した。この書は徳川初期の茶人、安楽庵策伝（あんらくあんさくでん）が、一代の名奉行（めいぶぎょう）板倉重宗（しげむね）のために、聞き集めた笑話を記して贈ったもので、後世幾多の笑話の源流をなしているといってよい。彼はいつも探偵に必要なものは機智（ウイット）と諧謔（ユーモア）とであると考え、この書をポケットからはなしたことがないのである。この書の中には板倉伊賀守（いがのかみ）の取り扱った裁判事件も書かれてあるので、かたがた彼は愛読してやまない。彼はいつも難問題にぶつかると、この書のどの頁(ページ)でもいいから開いて読み、しかる後よく考えて解決の緒(いとぐち)を見出すのが常であった。むかし江戸の探偵箕島桐十郎(みのしまきりじゅうろう)は、難事件に逢うと、船宿から船を出させ、沖釣(おきつり)に托して考えをまとめたそうであって、当時においては桐十郎の「船思案(ふなじあん)」として名高く、船思案の結果は必ず真犯人の発見となった。それと同じように野々口は「醒睡笑」の思案によってこれまで多くの事件を解決したのである。

　彼は今、「醒睡笑」のある頁を開いて膝にのせ、腕を組みながら、この事件について考えを廻らせた。すると、彼は、自分もまた警察や新聞と同じように、英三郎ととみとを中心としてこの事件を解決しようとしていることに気附いた。否、むしろ新聞のために一つの先入見を与えられていることを悟ったのである。新聞はとみが最初に斬られ、次に太郎、次に祖母が斬られたように書いているけれど、それが果して真実であろうか。とみが最初に斬られたことがわかっているくらいなら、犯人だってわかっているはずである。だから、とみが最初にやられたというのは、全く、亭主を犯人と想像したために起った、やはり一つの想像に過ぎないのである。この事件において三人のうち誰が最初に殺されたかということを決するには、よほどの綿密な検査によらなければならない。ところが、斧の指紋をさえだいなしにしてしまった警官たちのことであるから、それだけの綿密な検査が出来たとは考えられないのである。

　して見るとまず誰が先へ殺されたかということ、否、三人のうち誰が犯罪の動機になったかということを考えてみなければならない。多人斬の犯人は必ずしも自分の動機に関係のある人間を一ばん先に殺すとは限らないけれど、もし殺さねばならぬ重大な理由があるときには、当然目ざす人間をまっ先に殺すにちがいない。野々口はこれまで、知らず識らずのうちにとみが最初に殺されたものと思っていたのであるから、とみによって動機を解決しようとしたのであるが、これは実に、大きなあやまりであった。

　そこで彼はとみを度外視(どがいし)して、祖母と太郎とに動機を求め得ないであろうかと考えた。しかし、先刻(さっき)、この家に来ている人々からきいた所によると、祖母と太郎とに動機を求むべき事情は何事もなかった。……

「五円紙幣(さつ)だッ」と彼はその時思わずも声を出した。

そうだ！　太郎には五円紙幣の謎があるではないか。太郎の持っていた五円紙幣のために夫婦喧嘩が始まったではないか？　して見ると五円紙幣の謎を解くことも強ち(あながち)

徒労ではあるまい。

九歳の少年太郎は、どうして五円紙幣を持っていたか、太郎が、「明日は貰った人に返してくる」といったという英三郎の言葉が真であるならば、とみが解釈したように、盗んできたともいえるし、また、真実誰かに貰ったものを、両親に叱られたために返してくるといったとも解釈出来る。しかし、貰ったものならば、誰々から貰ったというはずである。それを言わないのは、彼に五円紙幣を与えたものが、「俺に貰ったというな」と口止めをしたのかもしれない。盗んだか、貰ったか。これをたしかめるためには少年の性質をよく取調べねばならない。こう思って彼は襖をあけて吉田氏に逢い、太郎の学校の受持の先生はどこに住んでいるかとたずねた。

「大野先生はもうじきお通夜に来て下さるはずです」

と吉田氏は言った。

「大野さんが見えたらすぐ御紹介を願います」といって、野々口は再び納戸にはいった。夕暮は迫って、八燭光の電燈がついた。この室は祖母の斬られたところであって、隅の方のうす暗い蔭から、新聞で見た彼女のやさしい顔が、浮き出しているかのように思えた。

程なく野々口は大野訓導と対座した。

「太郎君は決して、他人のものを盗るような子ではありません」と訓導は言った。「ただ少し強情なところがありまして、自分がやろうと思ったことはどんなにしてもやり遂げ、やるまいと思ったことは決してやりませんでした。成績は一人だけとびはなれてよく、二番は佐藤といってかなりよく出来ますが、太郎君とは段ちがいです」

「佐藤」という言葉をきいて野々口はどきりとした。吉田氏からきいた佐藤了蔵の名をはっきり記憶していたからである。

「佐藤というと、もしやこの間、自殺した……」

大野訓導は右手をあげて野々口を制し、声を低めて言った。

「佐藤さんは今あちらへ来ておられます。そうです。娘さんが女学校へ不合格で、お母さんが自殺した家です」

「そうでしたか。佐藤さんの息子と太郎君とは同級でしたか。で、その二人は仲がよかったですか?」

「大の仲よしで、つい家が近所だものですから、遊びに来たり往ったりしていました」

野々口は暫く考えた。「佐藤さんは幾歳ぐらいの人ですか?」

「まだ四十前だと思います」

「何をしている人ですか」

「別に何もしておられません」

「英三郎さんとはよく交際しておられますか」

「そのようです」

大野訓導が去ると、野々口の顔は急に輝いた。彼は考えた。佐藤了蔵の子と太郎とは同級であって、佐藤の子は太郎に到底及ばない。世間の親の常として、我が子を一番にならせたい望みは佐藤にもたっぷりあろうではないか。しかも彼の妻は、娘が女学校の入学試験に落第したことを気に病んで自殺したではないか。妻のこの虚栄が良人（おっと）には無いと誰が言い得よう。現に山陰道にはこの虚栄のために両親共に自殺した例がある。佐藤が妻と共に自殺しなかったのは、その息子があるためだと解釈出来ぬものか？　妻の自殺で心に打撃を受けた佐藤が、太郎をなきものにして我子を一番としたいと願う。……こう考えれば、この事件の動機は容易に解決出来るではないか。

警察は三人斬という大事件の突発のために小さい事件即ち佐藤夫人の自殺事件を忘れてしまっている。同じ土地に時を同じゅうして起った事件は、互に関係を持つものだと主張する学者さえあるではないか。ヘルマン・ランドンは、このことを種として「動く戸板」という探偵小説を書いているではないか。

彼は再び「醒睡笑」のある頁を開いて、じっと考えこんだ。

「しかしだ。まだ五円紙幣の謎があるではないか？　とみの臨終の言葉が解決されていないではないか？」と彼は自問した。五円紙幣の謎は、あるいはこの事件と全く無関係であるかもしれないが、少くとも、犯罪発生の時期に関係していると考えて差支（さしつかえ）ないではないか？　かねて機会をうかがっていた犯人が、夫婦喧嘩を立ぎきして、これこそ嫌疑を英三郎にかけ得る絶好の時期だと考えて、翌朝英三郎の留守を窺って家内へしのび込んだとすればどうであるか。

彼は「醒睡笑」の頁にチラと眼をやり、「わかった！」と叫んだ。そうだ。今一歩考（かんがえ）を進めてはどうか。犯人が太郎にわざわざ五円紙幣を与え、それで夫婦の喧嘩を起させ、いよいよ喧嘩の起ったのを知ってその翌朝殺しに行く。こうすれば極めて自然にしかも簡単に説明がつくではないか？

「まだとみの臨終の言葉が残っている」と彼は再びがっかりして呟いた。とみは恐らく犯人の顔を知っていたであろう。戸外（そと）はもうあかるくなっている頃であったから、たとい電燈が消えた後でも、犯人の顔を認めたであろう。勿論犯人は覆面していたであろうけれど、何かの拍子に覆面がとれたかも知れない。また、犯人の顔を認めたればこそ、臨終の際、犯人の名を問われて、必死の努力で喋ったのであろう。

しかし、もし犯人を佐藤としても、「さとう」とか、「さとうりょうぞう」という臨終の言葉を、亭主という意味の言葉にききちがえることは困難である。「さとう」と「おっと」とは聞きちがえられぬこともない。また、「りょうぞう」と「えいざぶろう」とは似ていないでもない。……けれど彼の心は、これで満足することが出来なかった。

そのとき、襖の外で、誰かが大声で言った。

「立石さん、線香を出して下さい」

これをきいた野々口ははっと思った。

「たていし」、「たていし」。これこそ「ていしゅ」(亭主)と聞きちがえやすい言葉ではないか。

野々口は、直ちに吉田氏を招いて訊ねた。

「立石さんという人が来ておられるようですが、あれはどういう人ですか?」

「立石は殺されたとみの従兄(いとこ)です」

「やはりこの町に住んでおられますか」

「ええ。ここへもよく出入します」

「奥さんはおありですか?」

「あります。子が無いので、このうちの太郎を自分の子のように可愛がっていました」

野々口は迷った。彼は、立石がこの事件に関係ありそうかどうかを吉田氏にきいてみたかったのである。けれど、そういう事をたずねて却ってぶちこわしになり易いことを彼は恐れた。それに立石の名はたった今、偶然に彼の心を占領しただけであって、推理から割り出されて思いついた名ではない。もっとも犯罪探偵には偶然はかなりに大切な要素である。ことに立石は被害者とみの従兄であるというから、二人の間に、或る関係を想像するに難くない。また、五円紙幣の一件も立石に当てはめて考えることが出来る。ことに「たていし」という言葉は「ていしゅ」と聞きちがえ易いではないか。

佐藤か、立石か。かくて、佐藤は推理の結果、立石は偶然に、彼の心の中での嫌疑者となったが、さて、これから先どう判断してよいか。……が、急いではならない。彼は通夜の席でゆっくり犯人の探索をしようと決心したのである。

「どうです、犯人の見当はつきましたか?」と吉田氏は沈黙を破った。

「まだわからぬことが沢山ありますから、通夜の場でさぐってみようと思います」

「では、犯人が通夜へ来るという御考ですか？」と吉田氏は驚いて言った。

「来るかもわかりませんよ」と野々口は極めて平静に言った。

四

通夜は割合に静かに行われた。十数人の男女が三つの棺を囲んで念仏し雑談した。線香の煙はゆるやかに流れて春の夜はだんだん更けて行った。野々口は吉田氏から、人々に紹介されて席に連り、それとなく佐藤と立石の挙動に目をつけた。二人とも顔色は悪かったが、これという怪しい様子は見られなかった。

追々人々は眠たそうな顔をし出したので、野々口はぼつぼつ犯罪探偵に関する話を、田舎の人にもよくわかるように話しかけた。

「すべて人殺しをしたものは、自分の殺した屍骸のそばへ来たがるものです。来たいのではない来ずにはおられないのです。つまり屍体に引張られて来るのです。むかし西洋では、殺したものが屍体のそばへ来ると、屍体の傷口から血を吹き出すという迷信がありました。だから、こうやって通夜でもするようなときには、棺の蓋をとって試してみたものだそうです。大正の今日、そんなことを誰も信じませんが、犯人が殺した屍骸のそばへ来たがることだけは昔も今も変りありません。こういうと皆さんは、この席へ犯人が来ているように思われるかもしれませんが、みんな殺された人のお近づきばかりのようですから、どうぞお互に御安心なすって下さい」

それから彼は古今東西の珍らしい探偵事件をはじめ、自分の取り扱った事件を次から次へと話して行って、どんなに犯人が賢くても、遂には捕えられるものだということを述べ、智慧のすぐれた探偵の「智慧」の恐ろしさを語った。一座の人々は、最早眠たいことも忘れ、念仏を唱えることさえ忘れて、ひたすらにきき入った。

彼は話しつづけた。「殺された太郎さんは大へん賢い子だったということですから、もし生きていて大人になったら、或は立派な探偵になったかもしれません。ですが子供というものは賢いようでも他愛のない所があります。僕の東京の友人があるとき名古屋へ来まして、是非挨拶に立寄らねばならぬ親戚へ顔を出さずに、ある料理屋で酒をのんでいると、運悪くそこへ親戚の子が遊びに来たそうです。友人は困って、早速五十銭銀貨をやって、決してお父さんやお母さんに話してはくれるなと言って口どめをしたそうです。するとその子は、うちへ帰るなり、『僕、いい人から五十銭貰ったけれど、言うなといったから言わないよ』といって銀貨を母親に見せたそうです。母親は大に驚いて、もしや盗ん来たのではないかと思って責めつけたので、その子はとうとう白状したといいます。友人は口どめしたがために却って悪かったのです」

一座のものはさびしく笑った。佐藤の顔に変化はなかったが、立石の顔は何だか曇ったようである。間もなく立石はちょっと便所へ行ってくるといって席を外した。

十分、二十分経っても立石は帰って来なかった。時計は午前二時を報じた。野々口は席を立って、台所に集っている人々にきいてみると、立石は用事が出来たからちょっと自宅へ行ってくるといって帰ったということであった。

野々口が通夜の席にもどると、驚いたことに佐藤の姿も見えなかった。彼もまた家に帰ったと見えて長い間戻らなかった。すると、三時半頃立石が、鮨の箱をかついではいって来た。人々は喜んで鮨を食べた。

佐藤は、どうしたものか、四時が過ぎても戻らなかった、人々は家へ帰って寝たのであろうと言った。すると四時半頃佐藤の家の女中が息をきらして駆けこんで来た。

「大へんです。旦那様が首を吊りました‼」

驚く人々を静めて、野々口は吉田氏とその他の二三の人々と共に佐藤の家にかけつけた。佐藤は先日、夫人が首を吊った同じ座敷の梁に兵児帯をかけて冷たくなりかけていた。机の上には鉛筆で走り書きをした、白い紙が置かれてあったが、野々口は警官の来るまで手を触れぬことにした。そして人々と共に屍体をおろして座敷に寝かせた。物音をきいて起きて来た二人の姉弟は屍体にすがって泣いた。

やがて警察署から当直をしていた巡査が来た。それは皮肉にも、野々口が昨日面会した石あたまその人であった。野々口は一応前後の事情を物語って、机の上の白い紙を見た。それは佐藤の「書置」であった。

それによると、佐藤は二つの大罪のために自決したのであるとわかった。一つは三人斬の犯人としてであるが、今一つは人々の全く意外とする犯罪であった。

佐藤夫人が自殺したのは、その実、佐藤が手を下して殺し、自殺したように見せかけたのであった。佐藤は誰にも知れぬように名古屋に妾を囲っていたのであるが、最近それが細君に知れて急にそのヒステリーが嵩じた矢先、娘が女学校の入学試験に落第したので、細君は「死ぬ、死ぬ」と言い触(ふら)した。色に溺れた佐藤は、この機を利用して細君を亡きものにしようという恐ろしい計画をしたのである。

三月二十一日即ち春季皇霊祭(こうれいさい)の午後である。佐藤は女中に二人の子女を連れさせて、附近の寺へ彼岸詣りにやり、その留守に細君を絞殺して梁へ吊った。

彼は早速外出し、夕方何食わぬ顔をして戻って来るつもりで座敷の障子をあけると、庭の飛石の上に殺された太郎がつっ立っていた。太郎は佐藤の息子と遊ぶためにそこへ来たのである。佐藤ははッと思ったがもう遅かった。眼の早い太郎は座敷の中を見てしまったらしかった。咄嗟のことに佐藤はうろたえ、懐中から紙入を出して五円紙幣をあたえ、かたく口止めをして太郎をかえした。

検死は無事に済んで、その翌日葬式を出したが、太郎のことが気にかかったので、夜分、英三郎の家の前で様子をうかがっていると、五円紙幣のために夫婦喧嘩が起った。その時から彼は太郎を無きものにしようと思ったのである。

翌朝、懐中に短刀をしのばせ、覆面して、英三郎等が出て行くのを見すまし、裏口からはいると、入口に斧が置かれてあったので、それを以て真先に太郎を斬ったが、その時、覆面がとれて、とみに見つけられたので、直ちに斬りつけ、更に納戸に物音がしたので、祖母を斬り、斧を投げ捨てて再びしのび出たのである。

×　　×　　×　　×

野々口は、あまりに早く事件の解決されたのに驚いたが、それと同時に、自分の推理の当らなかったことを恥じた。彼の通夜の席での談話(はなし)が、佐藤の死を早めたことは疑いないが、彼はただ、ああして一つの実験を試み、しかる後、徐々に解決の歩を進めるつもりであった。三人斬事件と、自殺事件とに関係があると睨んだのは正しかった。また、五円紙幣が口止めに用いられたこともある程度まで推定した。けれど、とみの臨終の言葉を解決したいという心が邪魔をして、五円紙幣と自殺事件とを結びつけることが出来なかったのである。

しかしながら、こうして事件は解決されても、とみの臨終の言葉の謎は依然として解決されなかった。彼はそれを頗る物足らなく思った。そして出来るならこの場で解決してしまいたいと思った。

立合の巡査は、英三郎を犯人と思いこみ、とみの臨終の言葉をききとった当の人間であるから、この意外な犯人の出現に、茫然としてしまって、臨終の言葉のことなど、考えている余裕さえないらしかった。野々口は巡査の元気のない顔を見て、からかってやる気も起らなかった。彼は黙って、見るともなしに室の中を見まわした。

　すると彼は欄間（らんま）に掲げてある額の文字に眼をつけた。額には長三洲（ちょうさんしゅう）の筆で、肉太に「内野屋」と三字書かれてあった。

「内野屋とは何ですか？」と彼は高まる動悸を抑えて吉田氏にたずねた。

「佐藤さんのうちは十年ばかり前まで、本町（ほんまち）で呉服屋をして内野屋といったのです」

「それでは今でも佐藤さんを内野屋さんとでもいう人がありましょう？」

「ありますとも」

「それでわかった！」と彼は叫んだ。「このことがわかっておれば、とっくに事件は解決していたんです」

　巡査と吉田氏とは思わず野々口の顔を見つめた。

「殺されたとみさんはたしかに臨終に犯人の名を言ったんですよ」と野々口は言った。

「だって娘は亭主だと申したときききましたが」と吉田氏は巡査に気兼するようにして言った。

「この人は犯人が英三郎さんだと思い込んで、とうとうききちがえてしまったのです。この辺では普通妻が良人のことを何といいますか？」

「うちのひととか、うちのとか……」

「それですよ。内野……といったのを、良人（うちの）とききちがえたんです……」

　こう言って野々口は呆気（あっけ）にとられた警官を残し、吉田氏を引っ張り出すようにして、座敷を出た。

ふたりの犯人

一

私立探偵野々口雄三は、三月の末に、朝鮮総督府から、ある重大事件の探索を依頼されて、京城に赴いた、が事件の解決が意外に長びいて、漸く昨晩、（五月十八日）、久し振りで名古屋鶴舞町の自宅兼事務所へ帰ったのである。

　彼は暇さえあれば、一刻として犯罪研究を怠らなかったが、今日も早朝から、旅の疲れを少しも感じないかの如く、留守中に起った犯罪事件の新聞切抜帳を開いて研究した。就中、彼の最も興味を感じたのは、昨今、名古屋中の人々の話題となっている「鳴海二婦人殺し」、即ち、一つの犯罪に、二人の相互に無関係の犯人があらわれ、当局が非常に迷っているという事件であって、ことに、先刻、この事件を取扱っている、名古屋地方裁判所の武藤予審判事から、正午すぎに、是非、御頼みしたい用件があって御目にかかりたいという電話がかかったので、多分この事件に関係したことだろうと思って、彼はいま、一生懸命になって、新聞切抜を研究しはじめたのである。新聞記事にあらわれた「鳴海二婦人殺し」は、大たい次のような顛末である。

　四月四日の午前六時半ごろ、鳴海在住のN会社々長富田氏方の離れ座敷で、同家の女中川上うた（三十八歳唖女）と、留守居に来ていた佃房江（三十七歳の美人）とが、前夜、何ものかに殺され、屍体となって発見された。現場は母屋から八間ほど離れた別棟の建物で、六畳、四畳半、二畳、玄関から成り、南側の戸袋に近い雨戸が一尺ほどあいていた。女中のうたは、六畳に仰向けになって横たわり、その頸には紫色の絹の腰紐がまきつけられ、その上に、あとからかけたらしい蒲団がのっていた。部屋の中はかなり乱れていて、柳製のバスケットが隅に投げ出され、中の衣類や巾地があたりに飛び散っていた。

　次に、四畳半には、西枕で寝たらしい房江が東北を枕にして横たわり、裏がえしにかけられていた蒲団を取り除いて見ると彼女は殆ど半裸体となって鼻血を出して死んでいた。

鳴海医院のM医師の解剖の結果、房江は扼殺され凌辱されたとわかったが、唖のうたは絞殺されただけで、凌辱された形跡は認められなかった。なお、取調べの結果、房江の持っていた六円余在中の二つ折の財布が紛失していたが、その他の物質的証拠は何一つ発見されなかった。

強盗か、痴情か。事件発生の後、鳴海署では不眠不休の活動を八日間も続けたが、その結果遂に、十一日の早朝、当時、富田氏方で、同じく留守居をしていた社員小田鶴三（三十八歳）が、自分の所為であることを白状した。即ち彼は、房江の美貌に思いを寄せ、深夜、離家にしのび込んで房江に情交を迫ったが、房江が拒絶したので、無理矢理に獣慾を遂げて扼殺し、物音に驚いて逃げ出したうたをも絞殺し、強盗の所為に見せるために、バスケットをひっくりかえし、房江の財布を奪って逃げたというのであった。よって彼は直に鳴海署から、名古屋地方裁判所に護送され、十五日いよいよ予審に附せられることとなった。

ところが鶴三は、予審でその自白を翻えし、身に覚えのないことだと言い出した。単にそれだけの事ならまだしも、二十日に至って熱田署に捕えられた北尾八太郎（三十七歳）という前科者が鳴海の二婦人殺しの犯人は自分で、窃盗のため忍び入り、房江の寝姿に劣情を起して獣慾を遂げ、房江が抵抗したので扼殺し、物音に驚いて起きたうたをも絞殺したのだと語ったので、この事件は俄に世人の注意と好奇心をよび起すに至ったのである。

世人の興味が大きくなっただけ、当局の迷惑も大きくなった。前に述べた如く、これという物的証拠が何一つないのであるから、主として心証によって判断せねばならぬが、時として心証ほど宛にならぬものはないから、担当の武藤予審判事もすっかり閉口したらしかった。武藤氏はまだ独身で、これまで、色々の事件を鮮かに解決して、青年予審判事として名声嘖々たるものであったが、その人にこの難事件がぶつかったのは、少々皮肉にも思われるが、一方からいえば、武藤氏にとってのよい試金石でもある。

さて、鶴三と八太郎とを、それぞれ犯人であると認むべきいかなる心証があるかというに、まず鶴三について言うならば、第一に被害者房江が、兇行の一二日前、他の社員に向って、「小田さんはおかしな人ですねえ」とつぶやいた事がある。第二に、兇行の前夜即ち三日の夜十一時以後に、鶴三は母屋を立出でた証拠があるが、その後いつ部屋に帰ったか判らない。第三に、四日午前六時半、母屋にとまっていたMという十六歳の社員が離れ座敷の異変を鶴三に告げたところ、彼は容易に医師をよびにやらなかった。第四に、啞の死体の傍(かたわら)に、長さ三尺余のしんばり棒があったが、それについて彼は、啞のうたが、隣座敷の有様にびっくりして北側玄関に走り寄り、そこの戸のしんばり棒をはずして逃げ出そうとしたので、棒もろ共、彼女を六畳に引き戻して殺し、棒をそばへ置いたと説明したが、それは極めて合理的である。

次に八太郎について言うならば、第一に彼は、三月五日から十三日まで、富田氏方の家主森氏の下男として住みこみ、富田氏方の離れ座敷の南側で仕事をしていた関係上、座敷の模様をよく知っている。第二に、彼は三月十四日、同僚の衣類と現金八十円を盗んで森方を逃走して四月二十日まで所在をくらましていたが、兇行の発見された四日の午後、実姉(じつし)の許にあらわれて「ちょっとした間違いを起したので早速飛ぶから金を貸してくれ」と無心した。第三に、四月十八日、名古屋から鳴海署と熱田署へ、自分が真犯人だという手紙を出し、二十日熱田署につかまって盗った財布を鳴海の浜に捨てたと言い、当夜六畳の間の机の上にあった書物の名をはっきり知っていた。第四にしんばり棒について、彼は南の戸袋に一番ちかい戸を強く押したら、戸袋と戸の間に隙が出来たので、手をさし入れてしんばり棒をはずし、それを以て部屋に入り障子に立てかけておいたが、その後の騒ぎのためにたおれたものだと説明したが、これもやはり極めて合理的である。

こうなって見ると、実際、読者も、どちらを真犯人と判断してよいかに迷われるであろう。ところが鶴三は、最初の自白を翻えして、身に覚えがないといい出した。そして、そういい出されてみれば、なるほどそうかも知れぬと思われる点がある。即ち、第一に兇行当日の朝鶴三は社員Mの報告で、二人が離れ座敷へ飛んで行った節、六畳の間の火鉢に、「敷島」の吸殻とマッチの燃え屑のあったのをMが捨てようとしたので、慌ててそれをとどめ、証拠がなくなることを恐れた。第二に、犯行後、四、五、六の三日間、彼の挙動は平常と変らなかった。第三に、鳴海署の刑事部屋に無拘束のまま置かれていたに拘らず、一度も逃亡を企てなかった。第四に食事はいつも三食ともきれいに食い、睡眠も十分にとった。第五に、鳴海署から裁判所へ移される十四日の夜、彼は当局の人に、今後も手をゆるめず捜査を続けられたいと言った。第六に、彼は房江の財布をかまどへ投げたと言ったけれども、焼残るはずの口金が見当らないことなどである。

して見ると、彼は真犯人でないかも知れない。しからば、彼が、主人の富田氏に泣いて陳謝し、かたみの時計を妻のもとに送附してくれるよう依頼したのは何故(なぜ)であろうか。また、兇行の当日、まだ嫌疑を受けない以前に、第三者として、彼は刑事の口から、直接、この罪の死刑にあたるべきことを聞いて知っていたに拘らず、覚えのないことを自白するとは何故であるか。或は、警察の取調べを嫌って、裁判所の手に移されたいばかりに虚偽の供述をしたのかも知れないけれど、彼にそうした法律的の常識があろうとは考えられないのである。

次に、八太郎の自白は果して真実であろうか。彼の自白を、常習犯罪者に有勝(ありがち)な虚栄心のあらわれと見ることは出来ないだろうか。現に八太郎は、二十日鳴海署に捕われるまで、五日間自由に新聞を読むことが出来たはずで、自分でも読んだと言っているではないか、また、現場の模様は以前から十分に知っているし、三月五日から十三日までの間に現場の南の畑で終日働いていた際、現場が無人だったので、座敷にあった品物を見ていたと考えることも出来るではないか？

鶴三か。八太郎か。どちらにも犯人たる可能性があり、またどちらも犯人でなさそうでもある。だから、名古屋中の人々は素人(しろうと)も玄人(くろうと)も、よるとさわると、どちらが犯人であるかを論じあい、銀行、会社、商店、学校などでは、人々各自が説をたてて探偵気分につかり、色町界隈(かいわい)では、早くも、どちらが真犯人か賭(かけ)をするという騒ぎにまで、立ち至ったのである。

従ってこの事件を引受けた、武藤予審判事の苦心と焦躁とは思いやられる。その武藤氏が、先刻野々口に頼みたいことがあるといってきたのであるから、野々口は新聞切抜を読み終ってから、少からぬ興味を感じつつ武藤氏の来訪を待ち構えた。

二

「もはや御承知でありましょうが、僕は鳴海二婦人殺しの事件を引受けている武藤です」と、客は謹言な態度で挨拶した。その正直そうな風貌を野々口は非常に嬉しく思った。野々口は、開業以来、警察の人々とは度々(たびたび)接近したが、裁判所の人と顔をあわせたことは比較的稀であって、武藤氏とは全くの初対面である。

「その二婦人殺しの事件で御いで下さったのですか？」

と野々口は挨拶を終って訊ねた。

「二婦人殺しの事件も事件ですが、実は、鶴三の予審調書の一部分を盗まれたのです」

「え?」と野々口は意外の言葉に驚いた。「一部分だけですか?」

「そうです」

「大切な部分ですか?」

「いいえ、別に大切な部分という訳でもないですけれど、予審調書を失っては私の面目にかかわりますし、調書の内容が世間に知れては困りますから、その捜索を御願いに上ったのです。何しろ、事件の解決の方で、頭を悩ましている矢先ですから、私自身、調書の行衛(ゆくえ)をさぐっている余裕がないのです」

「御尤もです。で、その調書はどこでなくなりましたか?」

「裁判所です。今朝、事務室の机の抽斗(ひきだし)を見たら、一部分が見つからないので、随分捜したけれどありません」

「抽斗の鍵はあなただけが御持ちですか?」

「給仕の佐藤も持っているはずです」

「給仕は信用の置ける人間ですか?」

「非常に正直な少年ですが、不思議にも今日、病気の届けを出して、三日間休むといってきました」

「ふむ」と野々口は考えて言った。「もしや昨日(きのう)、その調書を持ってお帰りになり、御宅へ忘れてこられたのではないですか?」

「昨日は、ほかの調書を持って帰りました」

「裁判所から、直接うちへお帰りになりましたか?」

「いいえ、七時半頃まで役所に居て、それから、夕飯をたべに富沢町(とみざわちょう)の吉野屋へ行きました」

野々口は更に暫くの間考えてから言った。「もし盗まれたのだとすると、犯人に心当りはありませんか?」

武藤氏はちょっと躊躇(ちゅうちょ)して言った。「思い切って言うと同僚の川田君が、僕を困らせようとして、いたずらをしたのじゃないかと思うのです」

川田予審判事と武藤氏とが反目していることは、野々口もうすうす知っていた。

「お二人の仲は僕も聞かぬでもないですが、何か原因があるのですか?」

武藤氏は聊(いささ)か顔をあかくした。「誠につまらぬことです。御恥かしいことですが、一口にいうと、ある芸者に関したことが原因(もと)です。実はその芸者が是非御話したいことがあるからと手紙を寄越したので、昨晩吉野屋へ行ったのですが、何でも川田君は、僕が、こんどの事件に失敗すると免職になるというようなことを言いふらしたそうで、それを心配した訳なんです」

「何という芸者ですか?」

「叶家の芳香というんです」

「川田さんと、給仕の佐藤とは特別に親しいようなことはありませんか?」

「それは知りません」

「失くなった調書はどんな内容でしたか?」

「それは職責上申し上げられません」

正直で評判の武藤氏に対して、野々口はそれ以上追及する気にはなれなかった。

「時に、二婦人殺しについては、その後何か有力な手がかりでも得られましたか?」と野々口はたずねた。

「新聞に書かれてある以上に進みません。困ったことです」と武藤氏は心配そうな顔をして答えた。

× × × × × × × ×

武藤氏が帰ってから、野々口はじっと考えていたが、何はともあれ、川田予審判事に逢ってみようと、三時頃、地方裁判所の門をくぐった。

川田氏は武藤氏と同じくらいの年輩であったが、その態度が何となく気障であった。

「何の用ですか?」と川田氏はぶっきら棒な言い方をした。

「給仕の佐藤のことでちょっと御伺いしたいと思いまして」

「僕は給仕の番人じゃありませんよ。武藤君に御ききなさい」

「武藤さんは今回の事件で御多忙のようですから」

「さすが聡明な武藤君も、ちと屁古垂れましたかな?」

と、その言葉にはとげがあった。

「こういう事件は誰にだってむつかしいでしょう」

「名探偵のあなたにもですか?」

野々口は自尊心を傷つけられたように感じて、内心、むっとした。

「これは恐れ入ります。しかし同じ裁判所においでになったら、あなたも御手伝いしてあげなさったらどうです?」

「武藤君は一人で解決するがよいです。そして大に手柄をあげるがよいです」

「すると袖手傍観というのですね?」

「傍観じゃないです。武藤君は僕なんかを相手にしてくれないのです」

「それならば、少くとも邪魔をしないようにしてあげて下さい」

「僕がいつ邪魔をしたですか？」と川田氏は顔色をかえた。野々口はだまってその顔をながめた。

「え？　何を邪魔したというんです。失敬じゃありませんか？」

　野々口は静かに口を開いた。「芸者などの前で、何気なしに仰しゃることでも、時にはそれが邪魔することになるものですよ」

　やがて程なく、野々口は裁判所を出て、どこというあてもなく歩いた。

　出がけ際に彼は、武藤氏の事務室をたずねて検査したが、別にこれという手がかりはなかった。彼は川田氏が、いかに武藤氏と反目していても、予審調書をかくすような子供らしい悪戯はすまいと思った。けれど、彼は川田氏の意地のわるい心に少からず反感をいだいた。武藤氏の苦しむのを見てほほ笑んでいるというにくらしい態度が気に喰わなかった。だから彼は、失った予審調書の捜索よりも、何とかして二婦人殺しの謎を解き、武藤氏を助けてやる方が、遥かに大切なことのような気がした。で、彼の頭は、いつの間にか、今朝始めて新聞切抜で読んだ事件の記憶で占領されてしまった。

　歩くともなく歩いているうちに、彼は北練兵場へ出た。彼は、いつ見ても、名古屋城の姿に一種の感激を覚えた。これまで、難事件に出逢った時、彼はこの練兵場へ来て、五時間も六時間も暮すことが度々あった。彼はいま、五月の晴れ渡った午後の日かげを浴びながら、二婦人殺しについて考えた。鶴三か。八太郎か。彼は幾度となく、胸の中で、この質問を繰返した。

　鶴三は一旦白状して何故に再び自白をひるがえしたか？　世間では警察の峻烈な検べに辛抱しきれなくて自白したのだろうと考えているようであるが、虚偽の自白をしたものが、泣いて形見の品を妻子に渡してくれと頼むということは、いかにしても考えられないところである。また、鶴三は、八太郎の出現を知らないはずであるから、八太郎が出現したために自白を翻えした訳でもない。なおまた鶴三が、芝居気を出して自白したのでないことは、新聞に書かれた彼の性質からでも明かである。だから、この際最も適当な解釈は、鶴三が自白したのは、自白すべき理由があり、また、自白を翻えしたのは、翻えすべき理由があったと見做すことであらねばならぬ。しからばその理由とは何であるか？

　彼は、はたと行き詰った。その理由がわかればこの事件は解決されるわけであるが、彼は今それを発見することが出来なかった。で、歩きながら色々考えているうちに、彼はとうとうこの事件における重大な事実を発見したのである。それは何であるかというに、一口にいうと、八太郎の自白に犯人でないと思われる点は一つもないのに、鶴三の自白に限って、犯人でもあり、また、犯人でもないと思われる点のあることである。もっとも、もし八太郎が自白を翻えしたならば、八太郎が犯人だという何の物的証拠もないけれど、鶴三の場合とちがって、自白を是認すれば、何の矛盾もなく是認し得るのである。このことは、犯罪事件の謎を心理的に解決するために、極めて重大な事実でなければならぬ。房江の財布としんばり棒に関する八太郎の説明が極めて合理的であるのに、鶴三の説明には、矛盾と欠陥とがある。ここに事件の解決の緒があると見て差支ない。と、野々口は考えたのである。

さて、事件解決の緒を見つけたけれども、彼はそれ以上に進むことが出来なかった。ふと、気がついてみると、いつの間にか日はとっぷり暮れて、つめたい風が吹き出した。野々口は急に我にかえって、市街の方に足を向け、それから、電車に乗って、二ケ月ぶりに富沢町の料亭吉野屋の門をくぐった。

「あら、野々口さんお久し振りですね。あなたは鶴三を犯人とお思いでしょう?」と女中のお君は彼の顔を見るなり言った。すると、奥から、お花が走り出して来て、

「八太郎でしょう。ね、教えて頂戴、わたしたち賭をしているのよ」と、とりすがった。

野々口は少々面喰らった。新聞には、料理屋あたりで賭が始まっていると書いてあったが、こうも猛烈であるとは思わなかったのである。

「叶家の芳香という妓をよんでくれないか?」と、奥の間へ通されてから、野々口はお君にいった。

「あら、武藤さんに怒られますよ。芳香さんの心配ったらありゃしない。事件のかかりが武藤さんですもの」

「そんなに二人は仲がよいかい?」

「武藤さんはああいうかたい人だから何ともいわないけれど、芳香さんは死ぬほど思ってるわ」

「では川田さんの怒るのも無理はないなあ」

「川田さんって本当にいけすかない人ねえ。武藤さんの悪口ばかりいうんですもの」

わがことのようにぷんぷんしてお君は去ったが、暫くたってから帰って来て、芳香はよその御座敷へ行って、十一時頃でなくては手が引けぬ旨を告げたので、彼は芳香と朋輩の艶菊という妓をよばせた。

艶菊は、年は若かったけれど芳香思いであった。彼女は野々口が探偵であることを知ると、どうか手伝って、武藤さんに、はやく事件を解決させて下さいと頼んだ。

「叶家でも賭がはやるかい？」と野々口はたずねた。

「おかみさんなんか、まるで気ちがいのようですよ。八卦見まで雇ってきて見てもらうんですもの」

「おかみさんは鶴三の方か、八太郎の方か？」

「それは知りませんわ。あなた桃沢というお金持を御承知でしょう。おかみさんはその桃沢さんと大金の賭をしたようです。ゆうべも桃沢さんが、うちへ来ていましたわ」

「芳香さんも賭をしているんじゃないかい？」

「賭どころか、神様へ願がけしているわ。川田さんが、武藤さんの首があぶないなんて言いふらしてあるくのですもの」

「そうか、芳香さんはそんなに武藤さんを思っているか」といって野々口は俄かに小声になった。「実はねえ。武藤さんにちょっと困ったことが出来たんだ。大切なものを失くしたんだが、それが出ないと、それこそ本当に、武藤さんの首があぶないかもしれん。で、僕は芳香さんに手伝ってもらいたいことがあるんだ。今夜かえったら、芳香さんにこのことを話して、いいか、内証でだよ、明日にでも僕のところへたずねて来るように、そういってくれないか」

こういって野々口は一枚の名刺を艶菊に渡した。

×　×　×　×　×　×　×

野々口は十時頃に帰宅したが、やはり調書紛失事件よりも、二婦人殺しの方が気になったため、今日、北練兵場で考えた続きに取りかかり、今夜中に満足な説明をつけねば徹夜してもやむまいと決心した。

彼は酒のために、赤みを帯んだ顔を光らせ、書斎の机に向って、じっと考えこんだ。彼はポケットから一冊の書物を取り出して、ある頁を開いた。それは彼が身辺から離したことのない「醒睡笑」であって、彼はむつかしい事件にあったとき、この書の任意の頁を開いて考えると、不思議にも解決の曙光を認めるのであった。

彼は北練兵場で、この事件の解決の緒を見つけた。即ち、八太郎の自白には矛盾した点がないのに、鶴三の自白には矛盾のあることを解決の第一階段とすべきであると思いついた。そこで彼は進んで、第二階段としていかなることを持って来るべきかについて考え始めたのである。

段々考えて行くうちに、彼は自分もまた、世間の人々と同じように、犯人を鶴三か、八太郎かの何れかに定めたく思っていることに気附いた。もっとも、鶴三と八太郎の共犯でないことは言うまでもないから、誰しも、二人の内、一人を真犯人と定めたがるのは無理はないけれど、それはやはり誤った考えではあるまいか？　即ち、鶴三の自白も、八太郎の自白も是認して、しかも適当な解決を見出だすのが、この際執るべき、唯一の思考手段ではあるまいか？　と思い附いたのである。で、彼は更に色々考えた結果、遂に、被害者の側から、この問題にぶつからねばならぬことを発見したのである。

　この第二階段の発見をしたとき、玄関口のベルがはげしく鳴った。書生たちはいつも十時に寝させることになっているので、彼自身が戸を開けに行くと、門口に人力車を待たせて、一人の美装した女が立っていた。

「叶家の芳香で御座います」と彼女は心配そうな蒼い顔をして言った。

　野々口は彼女を書斎に導いて、椅子に腰かけしめようとすると、彼女は立ったまま、

「武藤さんの書類を盗ったのは私です」と声を顫(ふる)わせて言った。

　野々口は事の意外に驚いたが、急に冷静になって、

「何故盗んだのかね？」とたずねた。

「武藤さんのためを思ってです」

「え？」

「まあよく聞いて下さい」と、彼女ははじめて、椅子に腰をおろして語り出した。

　それによると、川田予審判事が、武藤氏の首があぶないかもしれぬと言いふらしたのをきいて、彼女が神様に願がけまでして気を腐らせていると、女将(おかみ)は非常に同情して、易者を雇って、果して武藤予審判事が今回の事件を解決するかどうかを卜(うらな)ってもらうことにしてくれた。すると易者のいうのには、事件は非常にむつかしいから、このまま放っておいては到底武藤氏には解決出来ないけれど、ある御まじないをすれば武藤氏は必ず成功すると言った。その御まじないとは、武藤氏の手から、彼女が、今回の事件の予審調書の一部分を盗んで、三日過ぎに郵便で、誰が盗んだか知れぬように返せばよいというのであった。

　彼女が、とてもそんなことは出来ないと思って当惑していると、女将は私が手伝ってあげるから御やりなさいとしきりに勧めたので、恋人を成功させたさの一念で、女将の命ずるままに、武藤氏に手紙を送って昨夜(ゆうべ)吉野屋で逢い、武藤氏が便所へたった留守に、女将に与えられた書類と武藤氏の風呂敷包みの中の書類とをすりかえたのである。

　野々口はこれをきいて不審に思った。何となれば、武

藤氏は、裁判所に置いてあった書類がなくなったのだといい、武藤氏が昨夜持って帰った書類はほかの事件の書類で、しかも、別にすりかわってはいなかったはずだからである。して見ると武藤氏は間違えて持って来たのであろうか。それとも、芳香がうそを言っているのであろうか。

彼女は野々口の顔を見て、ますます心配そうな顔をして言った。

「何でもないことだと思っていたら、今夜、艶菊さんへの御ことづけをきいて本当にびっくりしました。書類はおかみさんの手もとにあるのですから、どうぞ、私のやったことだとは言わずに、武藤さんに、あなたの手から渡して頂戴。私が盗ったことがわかっては、おまじないにならずに、武藤さんが失敗なさるといけませんから」

彼女は易者の言葉を一途に信じ切っているのである。こうした無邪気な女が嘘を言うはずはないから、野々口は彼女が恐らく女将の手玉に使われているのだろうと考えた。万事は明日叶家の女将に逢えばわかることである。だから、彼は、芳香を出来るだけ慰めて帰すことにした。

彼女の帰りがけに野々口はたずねた。

「おかみさんは川田さんに肩を持っているのでないかい？」

「いいえ、武藤さん贔屓ですの」

芳香を送り出してから野々口は庭へ出て暫くの間、星の多い夜の空を仰いだ。と、その時、遠くに二つばんの音がした。

「火事だ！」といって彼はあたりを見まわしたが、どこにもあかりは見えなかった。が、その途端に彼は、

「わかった。わかった」と嬉しそうに叫んだ。

三

あくる日の午前十時頃、野々口は地方裁判所に出頭した。彼の手には、なくなった予審調書が風呂敷に包んで抱えられていた。

武藤氏はそれを受取ってうれしそうな顔をした。「有難う御座いました。どこにありましたか？」

「それを御話しするのはあとにして、一つ僕の頼みをきいて下さいませんか？」

「何でもききます」

「実は昨晩、二婦人殺しについて説を立ててみたのです。で、それを鶴三にためして頂きたいと思います」

「解決がつきましたか?」と武藤氏は驚きかつ感心して言った。「どうか教えて下さい」

武藤氏の態度がいかにも無邪気で、あたかも生徒が教師に教えを請うような風に見えたので、野々口は、この人のためには及ぶ限りの力を尽したいと思った。

「この事件を解決しようと思うすべての人は、犯人を、鶴三か、八太郎かのどちらかに決めたいと思っているようですが、それがいけないと僕は思いついたのです。で、僕は二人の自白を真実と見て、言いかえれば、二人とも犯人だと見做して、解決する道はないかと考えたのです。それには、被害者の側から考えて見る必要があると思ったのですが、昨晩ふと、火事の半鐘の音を聞いて、先年東京で行われたある犯罪事件を聯想したのです。それはどういう事件かというに、ある人の妾が、その従弟に横恋慕されて殺された事件でして、その従弟は、女の家へ引窓からしのび込んで手拭で女の頸を絞めたあげく、火を放って逃走したのです。ところが屍体解剖の結果、その女は一旦絞められたけれども息を吹き返し、却て火災のために死んだことがわかりました。

そこで僕は今回の事件における房江を、この事情にあてはめてみたのです。すると、鶴三が一旦自白してまたそれを翻えした事情がわかってきたのです。即ち鶴三は房江だけを殺して唖のうたには手をかけなかったのです。なお委しく言うならば、鶴三はその晩、房江の許にしのび込んで、女の嫌がるのを無理に情慾を遂げ、(或は遂げなかったかも知れませんが)、その際彼が口を塞いだため房江は絶息したのです。即ち彼は殺すともなく殺したのですが、女の死んだのを見て魂げてしまい、取るものも取り敢ずに走り帰ったのです。

するとそのあとへ、偶然にも、八太郎は窃盗の目的で忍び込みました。その時に房江は息を吹きかえしていたのです。八太郎は先刻起った事情を少しも知らず、房江のみだれた姿を見て劣情を起し、やはり獣慾を遂げたのですが、その際房江が弱りながらも抵抗したので、こんどは本当に扼殺してしまったのです。それから室の中をさがしていると、物音に眼をさました唖のうたが逃げ出そうとしたので、殺気に満ちた八太郎は、そこにあった絹の紐で彼女を絞殺しました。そして彼は房江の財布を奪って逃げたのです。

さて、翌日になって、鶴三は屍体が発見されたと聞いて、身に覚えがあるから、すぐには医者を呼びにやらなかったのです。ところが現場へ行って見ると、唖のうたまで殺されているので、これはと思って、社員のMに向って証拠をなくしてはいかぬと注意したのです。ところが、警察で色々たずねられた結果、房江だけを殺したといったとて到底警察が本当にしてくれないので、二人とも殺したと自白したのです。それならば房江の財布はと問われて、かまどで焼いたと言ったのです。つまり心にもない嘘を言うより仕方がありませんでした。従ってしんばり棒についても合理的な説明を与えてみたのです。

が、よく考えてみると、どうしても唖を殺した覚えはないから、予審でその自白を翻えしたのですが、自白を翻えせば当然房江殺しをも否認するより外ありません。もし、八太郎があらわれたということをきいたならば或は房江だけを殺したというかも知れませんが、八太郎のことを少しも知らぬのですから、無理もないことです。

こう考えてみると、鶴三の自白した心理も自白を翻えした心理も、また自白の中の矛盾した点をも比較的容易に説明することが出来るのです。一方において八太郎の自白は、十分真実性がある訳です。

勿論、僕は新聞記事だけを読んで推定したことですから、予審調書の中には、僕の説と矛盾することがあるかも知れません。そこで僕があなたに御頼みしたいことは、鶴三に向って八太郎の出現したことを御告げになり、僕の今言ったことが果して正しいかどうかということをきいて頂きたいのです」

武藤氏は野々口の説明にただただ感じ入るだけであった。そして思わずも「有難う御座いました」と叫び、「予審調書の内容も、今の御説のように解釈すれば一つも矛盾はありません」と附言した。

×　　×　　×　　×

その夜の八時頃、市中は「号外」の声で賑わった。野々口が号外を取りあげて読むと、鶴三が新しい事実を自白し、二婦人殺し事件が武藤予審判事の手で見事に解決された旨が記されてあった。

九時半頃武藤氏はうれしそうな顔をしてはいって来た。「実に何といって御礼申上げてよいやらわかりません」と氏は涙を浮べながら野々口に感謝し、野々口の説の当っていたこと、鶴三が八太郎の出現と野々口の説明をきいて、訳もなく真実を自白した旨を告げた。

「それは何よりでした」と野々口もにこにこして言った。「物的証拠がないようですから、八太郎が自白を翻えせば面倒ですが、とにかく事件は一段落ついたようですねえ。これで武藤予審判事の名声はいよいよ高くなります。今頃はどこかで神様に御礼を申上げている人がありましょう」

「え？」と武藤氏は不審そうな顔をした。

「芳香ですよ。芳香はあなたにこの事件の解決をさせたいために神様に願がけまでして、その上、予審調書の一部分を盗んだのです」

「何です？　調書を盗んだのは芳香ですって？」と武藤氏はびっくりした。

「驚きになるのも無理はありません。芳香はあなたに成功させたい御まじないに、ゆうべ、吉野屋で、あなたが便所へ立たれた留守に、風呂敷包みの中身を擦りかえたんです。まあ、お待ちなさい。あなたは、ほかの事件の調書を持って帰られたつもりですが、実は裁判所を出られる時、すでに、その調書は二婦人殺しの事件の調書の一部とすりかわっていたのです。誰がすりかえたのですって？　給仕の佐藤ですよ。だから佐藤は今日欠勤しました。佐藤はあの日、あなたが裁判所からの帰りがけに、いつも小使室へ茶をのみに行かれるその留守中にすりかえて、あなたが最初御包みになった調書をもって叶家の女将に渡し、それを芳香が持って来て更にすりかえ、芳香は二婦人殺し事件の調書を叶家へ持って帰ったのです。だから、風呂敷包みの中の調書には結局変化がなかったのです」

「一たい何のためにそんなことをしたんですか？」

「賭ですよ。叶家の女将のたくんだことです。女将ははじめ鶴三か八太郎かの賭をやっていたのですが、ふと、富豪の桃沢さんと、芳香にあなたの手から、こんどの事件の調書を盗ませて見せるという賭をしたのです。桃沢さんは、とてもそんなことは出来るものでないと大へんなお金をかけたのです。負けぬ気の女将はいろいろ考えたあげく、川田さんが言いふらした言葉に気を腐らせている芳香を利用して、易者としめしあわせて、御まじないのために、あなたの手から調書を盗み三日間うちに置いて郵便でかえせばあなたが必ず事件を解決するといわせたのです。芳香が女将に相談すると、手伝ってやるからと煽動たので、遂にやる気になったのです。女将は正直な給仕の佐藤を納得させるのに随分骨を折ったといいましたよ。で、給仕はあなたに申訳がないから調書のもどるまでの三日間を欠勤することにしたのです。いや誠に馬鹿々々しいことですが、賭をやるものの心理はこんなものです。それにしても事件が解決されたら、芳香の御まじないがきいた訳です。女将も今朝逢った時金がはいって大喜びでしたが、今頃は号外を見て、叶家は大騒動でしょう。どうか芳香をにくまないで下さい」

「にくむどころですか。いや、なにもかもあなたの御蔭です。実をいうと、昨日調書の紛失を発見したとき、まっ先にあなたのところへ駈つけたのは、二婦人殺し事件の御説がききたかったためで、こうして御近づきになれば、自然、御説をきく機会も出来るだろうと考えたからです。……」

武藤氏の言葉が御世辞であるか、本心であるか、野々口は芳香をよんできいてみたいと思った。

直接証拠

一

××大学工学部教授、西村純一博士が、高利貸岩井仙吉を殺害しようと決心したのは二ケ月前のことであった。五千円の借金は到底支払うことが出来ず、それかといって、これまでに築き上げた名声と地位に傷をつけたくはなかったからである。ひそかに教室の実験用の器械を抵当に入れたのは、かえすがえすも失敗であったが、今更どうすることも出来なかった。

博士はまだ独身であって、両親も兄弟もその他にも何の係累とてなかったが、自分の身体と名誉を愛することは殆んど狂的と言ってよいほどであった。学生時代から頭脳は人並はずれて優秀であったが、両親の愛というものを知らなかったために、その心は極めて冷かであった。そうして、いかに頭脳が優秀でも身体が弱くては何にもならぬことを知って、学生時代から衛生に注意し、借金したのも、実は、うまいものを食べたいためであった。しかしながら決して酒や煙草や女に近づかなかった。酒や煙草や女は身体を損うものと解釈したからであって、ひたすら、各種のスポーツによって身体を鍛え、三十三歳の今年、二十貫に近い堂々たる体格を所有することが出来たのである。

大学を卒業してから二ケ年間S教授に従って毒瓦斯を研究し、後二ケ年間海外留学を命ぜられ、帰朝後論文を提出して工学博士となり、翌年教授に任ぜられた。その間に、岩井氏から借りた金はだんだん殖えて、遂に今年になって五千円に達したのである。五千円の金は、他から借りられぬことはなかったけれども、極端なるエゴイストの常として、他人に頭を下げることに、いかにも堪えられぬ侮辱を感ずるのであった。それかといって、俸給からあまし出すことは出来ず、しかも利子は加速度をもって殖えて行き、ことに最近、岩井から抵当物の処分をすると脅かされたので、博士は遂に岩井を殺害しようと思い立ったのである。

頭脳の明晰な西村博士は、この二ケ月間、犯罪学の書物や刑法の書物を読んで、「殺人」について研究した。

氏は殺人者の伝記を読んだとき、ハーヴァード大学の化学教授ウエブスター博士が友人のパークマン氏から金を借り、せっぱ詰って教室で殺害し、死体を焼却した事件を知って、苦笑せざるを得なかった。何となれば、博士も朧気ながら、岩井を教室へ呼び寄せて殺そうと思っていたからである。しかし博士はウエブスター教授のごときまずい事は決してやらぬ積りであった。ウエブスター教授は死体を切断して、一部分ずつ暖炉で焼却したが、全部を焼き尽さぬうちに、教室の小使のために発見されてしまった。その時既に頭部は焼き棄てられてあったが、灰の中に義歯が残っていたため、それによってパークマン氏であることがわかり、教授は逮捕された。また、西村博士は農学士山田某の犯罪に苦笑した。何となれば、やはり、あの事件も自分と同じような動機によって行われたからである。山田学士は鈴木某を自宅へ呼び寄せ、ベースボール用のバットで撲殺し、しかる後死体を切断して行李詰にし、郷里の河に投じたが、直ちに発見され逮捕され、遂に刑場の露と消えてしまった。何というまずい計画であろう。この二人に限らず、多くの殺人者の失敗は、いずれも死体の処置の不完全に基いていることを博士は知ったのである。

人を殺しても、その殺された死体が発見されなければ、罰せられることはないのであるから、問題はただ死体を完全に消失せしめればよいのである。無論死体を完全に消失せしめても、法律上の所謂直接証拠があれば、やはり刑罰を受けねばならぬかもしれぬが、直接証拠を無くすることは、死体を無くするよりも容易であるはずであり、また、死体を完全になくしさえすれば、被害者が生死不明ということになるから、何よりもまず死体の処置に全力を注ぐべきであると博士は考えたのである。

博士は勿論、良心の苛責ということについても考えてみた。多くの殺人者は良心の苛責に堪え兼ねて色々なヘマを行い、また、自首するのであるが、博士は自分の心を振り返ってみて、良心の苛責などはありそうにないと思った。良心の苛責に苦しむようなものは、人間が弱く出来ているからであろう。ラスネールはどうだ。ランドルはどうだ。彼等には毫頭もさような現象は見られなかったではないか。自分の神経も恐らく彼等と同じように出来上っているつもりだ。スポーツで鍛えた神経は良心の苛責に堪えぬほどデリケートではないはずだ。もっともラスコルニコッフは兇行前までは、自分と同じような考えでいたが、いざ殺人を行ってみると、良心の責め苦に逢った。しかし自分は決してラスコルニコッフではない。自分の最も大切な名誉を保護するために、その最も大切な名誉を賭してかかる仕事である以上、自分は恐らく未だかつてないほどの冷静を保ち得るであろう。……
かくて殺害の計画は調ったのである。博士は五千円の金を大学で御渡ししたいから、来る六月×日土曜日の午後証文を持って来てくれと岩井仙吉を呼び寄せたのである。土曜日は午前で終るのであるから、誰も居らず、殺人には極めて好都合であった。

二

兇行は博士の階下の実験室で手早く行われた。博士は自分にマスクを掛け、岩井に毒瓦斯を嗅がせると、岩井はうんとも言わず数秒で絶命した。博士はまず彼の衣服を脱がせて炉に投じて焼き払い、帽子、蝙蝠傘、下駄をも運んできて焼いてしまい、金属製のものはるつぼで溶かした。それから三和土の床の上で動物解剖用の道具をもって死体を切断し、予て拵えておいた苛性曹達の濃厚な溶液に投じて溶かし、溶かした液はこれを稀めて流してしまい、歯は別に器械をもって粉砕し、凡そ三時間かかって、岩井仙吉を、完全に、この世の中から消滅せしめてしまったのである。勿論、岩井の持ってきた鞄の中には、自分の関係した証文以外に色々なものがあったが、それも悉く灰となってしまい、床の上の血も薬品と水とによって完全に洗い去られてしまった。

かくて兇行は計画された通りに遂げられたが、ここにたった一つ西村博士の予期しないことが起った。それは何であるかというに、死体切断の際、血のついたメスの先で、誤って左の食指の尖端の外側を、僅かに二分ばかり傷けたことである。冷静な博士も切断中はかなりに緊張していたと見え、死体の処分や、床上の血痕の掃除などを終って、手を洗い、はじめて血が泌み出ているのに気附いたのである。痛みも別に感じない位であったが、念のために絆創膏を貼った。

予定の中に入れていなかったこととて、聊か気にならぬではなかったが、しかし、これが直接証拠になるはずはないと思った。手に傷をしたことが死体を切断した証拠にならないことは、丁度かのランドールが裁判官に向って「ストーブの存在することが、死体を焼いた証拠とはなりますまい」と皮肉をいったと同じである。こう考えると博士の顔には軽い笑いが浮んだ。そうして博士は、ホッと溜息をつきながら、教授室に入り安楽椅子に暫らく身を埋めて一休みし、やがて姿見鏡の前で、服装を検査し、何喰わぬ顔をして教室を出たのである。

兇行の後、博士は、悔恨の情どころか、一種の快感をさえ覚えた。丁度それは、むつかしい論文を書き終えてほっとした時の気持に似ていた。ただ、常にない疲労を感じたので、女中と二人暮しの家に帰るなり、夕飯も食べずに寝てしまった。夕飯も食べずに寝るということは何かの証拠になりはしないかと思ったが、こうしたことはあり勝であるから、安心して眠りに就くことが出来た。

翌日はいつもより三十分も余計に寝過ぎた。博士は多くの殺人者が、兇行後、被害者の夢を見ることを思い浮べ、自分がぐっすり寝たことにむしろ不審をいだく位であった。そうして、これはやはり自分の神経がしっかりしているためであると考え、われとわが冷血性を讃美せずにおられなかった。

夢には見なかったけれども現実の博士の頭には、岩井仙吉の記憶がまざまざと浮んだ。油ぎった皮膚を持っていながら、小柄な痩せた体格の持ち主で、額は禿げ上り、眼は狡猾そうに輝き、常に口元に意地の悪い笑いが浮んでいた。六十歳になるまで独身で暮したのも、妻帯すれば金が要るからだと語っていたくらいの男で、涙などはどこにもなく全身これ貪欲の塊といってよい程であった。それにも拘わらず彼が大学を出たばかりの医学士を養子として迎えたことは不思議な点であったが、恐らく、利にさとい彼は、その医学士に開業でもさせて、うんと儲けさせる積りであったかも知れない。

博士は日曜日の午前中、岩井仙吉に関するとりとめのない考えに耽っていたが、ふと気がついて、心の中で言った。

「いけないいけない。こんなことを考えるのは、やはり殺人というものの一種の後作用であるかも知れない。後作用があるところを見ると自分の冷血性は徹底的でないかも知れない。危険だ。危険だ。忘れよう。忘れよう。……」

三

月曜日の午後、二人の警官が西村博士をその教室に訪ねた。博士は、いよいよ来たな、と思いながら、応接室に招じ入れた。

「甚だ突然で御座いますが、岩井仙吉さんが、土曜日にこちらをお訪ねしませんでしたか?」と、背の高い方の警官は言った。

「見えましたよ」と博士は冷静に答えた。

「何時頃でしたか?」

「そうですねえ、三時頃でした」

「それからいつ帰りましたか」

「四時少し前だったと思います。岩井さんがどうかしましたか」

　警官は今一人の警官と、チラと眼を見合せた。

「実は土曜日から行衛不明なのです」

「ほう、そうですか、どこへ行ったのでしょうか」

　警官は言いにくそうにしていたが、やがてポケットから一枚の紙片を取り出した。

「失礼ですが、ちょっと教室を捜索させて頂きたいので、この通り令状を……」

「ああなるほど、どうぞゆっくり捜して下さい。御案内しましょう」と、博士は無雑作に立ち上った。

「昨日、岩井さんとはやはり応接室で御逢いでしたでしょうか？」

「いいえ、実験室へ来てもらいましたよ」と、いかにも淀みなく博士は言った。博士は正直に答えることが、最も安全な策であることを、知っていたのである。

「では、実験室から拝見させて頂きます」

　二人の警官は、昨日殺害の行われた実験室にはいって、廓大鏡を取り出しながら、無言で隅々を捜しまわった。博士は心臓の鼓動さえ高めることなしに、彼等の為すところを見まもることが出来た。彼等は血痕がありはしないかと三和土の床の上を綿密に調べたが、もとより、何の発見もなかった。それから、教室の各室を検べ、最後に如才なく下駄箱の中をさえ捜したが、証拠となるものは何もなかった。

　再び応接室に戻ってから、背の高い方の警官は言った。

「岩井さんは何の用でお伺いしたでしょうか？」

「借金を返済するために、こちらへ来てもらいました」

「岩井さんはその金を受取って帰りましたか」

「そうです」

「その金は幾何でしたでしょうか？」

「五千円です」

「現金か、あるいは小切手でお払いになりましたか」

「現金です」

「証文は御持ちでしょうか」

「不用になったから焼いてしまいました」

　暫くして、他の警官が言った。

「失礼ですが、その指はいつ御怪我なさいましたか」

「一昨日です」と博士は絆創膏の貼ってある左の食指を態と前に突出して答えた。

　警官は皮肉な笑い方をして言った。「解剖用の小刀で傷つけられたのではありませんか」

「よくあたりましたねえ」と博士も笑った。

「その小刀を拝見出来ぬでしょうか」

「よろしいとも」こう言って博士は実験室へ行き、岩井の死体の切断に用いた解剖用の道具を持って来て見せた。

警官は小刀を手に取って廓大鏡で検べた。

「だいぶ刃がこぼれておりますねえ」

「度々（たびたび）使いますから」

「何に御使いになりますか」

「毒瓦斯の実験に使用する動物の解剖に用います」

警官はいかにも軽い調子でたずねた。「これで人間の死体を解剖なさったことは御座いませんか」

「まだありません」と博士は顔色も変えないで答えた。やがて警官は辞し去った。警官を送り出した博士は心中で言った。

「ふん、どんなに彼等が冷血性でも、とても俺には及ぶまい……」

四

新聞は高利貸岩井仙吉が行衛不明になったことを報じた。工科大学に西村教授を訪ねて以来、誰も顔を見たものがないというので、世間の視聴は西村博士に集まったが、博士は、どこを風が吹くといわんばかりの態度で、毎日教室に出勤した。警察では一方に岩井の行衛を捜し、一方に西村教授を監視し、大学の教室を始め、西村教授の自宅をも再三捜索したが、何一つ証拠を得ることが出来なかった。これがため岩井が生きているか死んでいるかさえもわからなくなり、警察では岩井自身の出現するのを待つか、または死体の発見されるのを待つより外（ほか）為すべき手段がなかった。

岩井家に養子に迎えられた若い医学士岩井春雄は、女中と共に養父の行衛を気づかいながら、度々警察へ行って、その後の事件の進展をたずねるのであった。養父は金銭の貸借関係のことを平素少しも春雄君に告げなかったので、西村教授に貸金のあったことも、警官から聞いた位であった。春雄君は皮膚科の教室に勤務していたが、養父が行衛不明になってからは、一時休暇を貰って、自分で、警察と力を合せて、養父の運命を探ろうと決心した。春雄君は学生時代から犯罪学に興味を持ち、大学を卒業したならば、法医学を修めようと思ったのであるが、岩井から懇望（こんもう）されて養子となり、皮膚科学を修めることにしたのである。春雄君の実父は岩井の友人で、岩井から金を借りていたので主として父を救うために、春雄君は養子となったのであるが、住みこんでみれば、養父は決して世間で評判するほどの無慈悲な人間ではなく、深い理由があって、冷静な性質となったのに過ぎなかった。殊に春雄君に対しては、実父にもまさるほどの親切を尽してくれたのであるから、こうして行衛不明になってみれば、何をさし措いても捜し出すことに全力を尽そうと決心したのである。そこで、金庫を開けて、貸借関係のある先を取調べ、警察の人々に探ってもらったのであるが、杳（よう）として消息は知れなかったので、いよいよ養父は殺されたにちがいないと思うに至った。しからば養父は誰に殺されたであろう？

　養父が西村博士をたずねて以後行衛不明になったことから考えてみれば、まず西村博士を疑わねばならない。殊に警官の話すところによると、当日は五千円の現金を渡すために呼び寄せたということであるし、なおまた、西村博士が養父のたずねた日に、左の食指を、しかも解剖用の小刀で傷けたということも、甚だ怪しむべき事情（ことがら）である。けれども肝腎（かんじん）の直接証拠がないから、警察でもどうすることもならぬのである。恐らく、西村博士は養父の死体を完全に消失せしめたがため、わざとそういう怪しい事情を警官に示したのであろう。して見ると、西村博士はよほどの怪物でなくてはならぬ。よし、そういう怪物であるならば、どこまでも戦ってやろう。そうだ、敵を征服するには、まず敵に近づいておかねばならない。こう考えて、春雄君は養父が行衛不明になってから二週間の後、西村教授を大学に訪ねたのである。

　岩井医学士はまず応接室に通された。

「父は実験室で御目にかかったそうですから、実験室を拝見出来ませぬでしょうか」

「どうぞ」こういって博士は気軽に案内した。岩井学士はあたりを見まわして言った。

「どうも父がまだ、この室に居るような気がしてなりません」

「というと、この室で殺されなさったというのですね？」

「はあ」

「そうして、私が殺したというのですね？」

「はあ」と、学士は博士の顔をじっと見つめた。しかし、博士の顔はびくともしなかった。春雄君は、博士が思ったよりも遥かに強い人間であることを知って驚いた。

「しかし、証拠がないじゃありませんか」

「証拠は取り除けば無くなります」

「無くなればやはり致し方がないじゃありませんか」

「だから、取り除かれた証拠を見つけ出そうと思うのです」

「どうか遠慮なく見つけて下さい」

「いえ、ここで見つけようとするのではありません。証拠を見つけるためには、それだけの資格がなくてはならんと思いますから、まずその資格を作ろうと思います」

「ほう、それはどうするのです」と、博士はさすがに不審そうな顔をした。

「私はまず法医学を修めようと思うのです。ことに殺人の行われた室そのものの性質を研究してみようと思います」

「それは面白いですねえ」

「時に」と学士は博士の左手に眼を注いで言った。「父が御たずねした日に、食指に傷をなさったというのは本当ですか」

「そうです」こう言って博士は、岩井学士の眼の前に左手を差出した。傷はもとより治っていて、眼に見えるか見えぬくらいの瘢痕(はんこん)があった。

「なるほど、これが、父の死体を切断なさる時に出来た傷ですか」

「そうじゃありません。その日の朝出来たのです」と、まるで世間話をしておるような態度で博士は答えた。

「いや有難う御座いました。何だか、直接証拠が見つけられるような気がしてきました」

「それは結構です。どうです。これからすぐその直接証拠を見つけられては?」

「さあ、それは少々困難だと思います。五年かかるか、十年かかるか、私の研究次第だと思います」

「そうですか。そんな気の長いことですか」

「まったく気の長い話です。しかし私も養父には一方(ひとかた)ならぬ恩を受けておりますから、証拠を見つけるまでは、何年かかっても研究を続けたいと思います」

「大(おお)いにおやりなさい」

「そうして、幾年かの後、あなたの犯人であるということを見届けるのは、きっと愉快だろうと思います」

「定めし愉快でしょう。しかし、そうなると私はあまり愉快ではありませんねえ。が、反対に何年過ぎても証拠が上らぬとなると、それを見ておることは、私にとって愉快この上もありませんねえ」

二人は苦笑した。しかし二人の心は水火(すいか)の如く争っていた。

五

一月(ひとつき)過ぎ、二月(ふたつき)過ぎ、三月(みつき)過ぎても、養父は姿を見せなかったので、岩井医学士は、養父が殺されたことを確信すると同時に、西村博士を憎む情が日ましにはげしくなった。

　岩井学士は、西村博士に告げたごとく、皮膚科学教室を辞して法医学教室にはいった。しかし、法医学を修めることは実は直接証拠の探究のためではなくて、年来の希望を果すに過ぎなかった。けれども、西村博士が養父を殺したという直接証拠は必ず見つかるであろうと思った。否、見つけねばやまないと覚悟したのである。

　半年を過ぎたある日、春雄君は西村博士をたずねて、実験室で話した。

「どうです、研究は進みましたか」と博士は気軽にたずねた。

「いや、なかなか進みません」と春雄君は相手の顔を見つめて言った。「昨今、血痕の研究をやっております。私の考(かんがえ)では、一度血液が物体に附いたならば、たとい拭い取り洗い取った跡でも、必ず反応を示すだろうと思い、その反応を研究しておるのですが、なかなか容易ではありません。もし成功したならば、この実験室の物体を検査させて頂こうと思います」

　博士はチラと床の上に眼をやった。「そうですか。それは面白い研究ですねえ。しかし、たとい、この実験室の物体に人間の血液の附いた痕を証明したとて、必ずしも、お父さんがここで殺されなさったという証拠にはなりませんですねえ」

「仰せの通りです。いや、私はただ、私の研究の経過を御話しに来たばかりです」

　実験室を辞し去った学士は心の中で呟いた。「ふん、何も辛抱くらべだ。そのうちには、あの冷血そのもののような顔に、恐怖の色を浮べさせないでおくものか」

　更に半年が経過した。警察はもはや手を引き、世間はこの事件を忘れた。今や全く、西村博士と岩井学士との二人きりの戦(たたかい)となった。

「どうです、血痕の研究は?」と、岩井学士の訪問を受けた博士はたずねた。

「なかなか思わしく進みません」

「早く完成したいものですねえ」

「まったくです。しかし近頃は少し方面を変えて人相学ことに殺人者の人相の研究をしています」

「ほう、それは面白いですねえ。どうです、私は殺人者らしい人相を具えていますか」

学士はわざと顔を近づけ、じっと睨んで言った。「あなたの眼はたしかに殺人者の定型的のものです」

「そうですか。それじゃ、これから人を殺す運命にあるのですね?」

「いいえ、その眼は既に殺人を行ったタイプです」

「そうですか。しかし、それかといって私がお父さんを殺した直接証拠にはならぬようですねえ」

「無論そうです」

岩井学士が去ってから西村博士は呟いた。「いつまで過ぎたって、何の研究が出来るものか、それに時を経れば経るほど直接証拠は稀薄になるのが定則ではないか。我輩の神経は、岩井学士ぐらいのために、ビクともさせられるものではない」

それから一ケ年の後、岩井学士は例の如く西村博士をたずねた。

「どうです人相学の研究は?」と、博士はたずねた。

「近頃はまた方面を変えて、殺人者の罹る病気について研究しております」

「それは面白そうな研究ですねえ」と、博士は常になく眼を輝かせて言った。「で、殺人者はどんな病気にかかるものですか」

「いうまでもなく、殺人者は大部分死刑に処せられますから、無期懲役その他のものについての統計を取って見ますと一ばん多いのが胃癌、その次が肺結核です」

これを聞いた博士は妙な表情をした。「そうですか、胃癌とは痛快ですねえ。しかし、殺人者の病気と直接証拠とはどういう関係があるのですか」

「勿論何の関係もありません。仮りにあなたが胃癌にかかられたとしても、あなたが殺人者たる証拠にはなりません。けれども、もし胃癌にかかられれば、それで万事解決されたと同じではありませんか。殺された者も瞑するでしょうから……」

学士が去ってから博士は呟いた。「要するに何の研究も出来ないのだ。しかし、病気のことを言い出されたのは少々心にこたえた。俺は身体と名誉とは世界中で何よりも一番愛するからなあ。なあに、俺は、胃癌や肺結核に襲われるような体質じゃないんだ」

帰途に就いた岩井学士の顔には微笑が浮んだ。「有望だぞ。病気の話をしたら、さすがに顔色が変った。今にあの顔の色を極度に変化させてやろう。いや、全く有望だ!!」

六

二年の後、岩井学士は西村博士をたずねた。養父が行衛不明になってから、実に四年の歳月が流れたのである。

「久し振りですねえ。どうです研究の方は？」

「やっておりますよ。実験で忙しいもんですから、ついつい御無沙汰致しました」といって、学士は博士の顔や身体をじろりと眺めた。「近頃はまた方面を変えて実験病理学の研究をやっております」

「どんなことをするのですか」

「兎（うさぎ）やモルモットに黴菌（ばいきん）を植えてから病気の起る日数を研究するのです。例えば結核菌を、皮膚に擦（す）り込んだり、空気と共に吸わせたり、あるいは血液の中へ直接注射したりしてみますと、直接血液の中へはいった時が一ばん早く発病します。どんな潜伏期の長い病原菌でも、血液中にはいると、かなりに早く発病します」

「それが直接証拠とどういう関係がありますか」

「勿論、何の関係もないはずですが、ただ例の如く、研究の御話を申し上げたのに過ぎません。それに、近々（きんきん）私は欧米に留学しようと思います」

「ほう、そうですか、やはり直接証拠の研究ですか」

「まあ、それに関係したようなことです。主として精神分析学と催眠術とを研究してこようと思います」

「なるほど、精神分析学で殺人者の精神を分析したり、催眠術をかけて殺人者に白状でもさせようというのですね？」

「そうとは限りません」

「とにかく、まあ十分研究してきて下さい。何年滞在の予定ですか」

「三年の予定です」

「お身体を大切に」

「有難う存じます」

岩井学士の洋行中、西村博士は一年に一度の割で、絵ハガキを受取った。その何（いず）れにも、「帰朝すれば必ず直接証拠を発見します」という文句が書かれてあった。前の二度は、これを受取ったとき、「ふふん」とあざ笑ったが、三度目には、いよいよ不日（ふじつ）帰朝すると書かれてあったために、常になく興奮を覚えたのである。

もっとも、博士が興奮を覚えたのには、他に重大な理由があった。三度目のハガキを受取ったのは一月の半（なかば）であったがその年は常にない寒さであって、左手に少しばかりの霜焼（しもやけ）が出来たからである。しかもはげしい寒気がいつまでも続いて、容易に治らず、人一倍健康を気にする博士は、そんな些細なことにもかなりに気を腐らせていたのである。

「果して、岩井は直接証拠を見つけるであろうか？」

常になく、そんな疑問さえ心に浮んだ。そうして岩井学士に逢うことが、何となく厭な気さえした。

「これはいけない」と博士は絵ハガキを片々に裂いて言った。「俺には強い神経があるはずだ。殺害してからもう七年にもなるではないか。どんなに欧米で研究してきても、直接証拠は見つかるまい。そうだ、早く逢って、大に嘲弄してやろう」

七

それは、肌の凍るような二月上旬のある日のことであった。洋行から帰った岩井学士は、約束の如く、実験室に西村博士を訪ねた。学士は果して約束通り直接証拠を見つけることが出来るであろうか。

「これは久し振りですねえ」

こういった博士の声は常に似ず力が無かった。またその顔には何となく元気がなかった。岩井学士ははっと思い、

「全くのお久し振りです」といいながら博士の顔をじっと見つめ、それから身体中を眺めたが、博士の左手を見るなり急にその眼は輝いた。

「おや、左手をどうかなさいましたようですねえ」と、学士は興奮のため、声を顫わせてたずねた。

「今年は寒いものですから、霜焼が出来たのです。時に直接証拠は発見出来ましたか」

岩井学士は、胸に手を当てなければならぬ位興奮した。

「とうとう直接証拠を発見しました‼」

「え？」と、さすがの博士も少しく顔の色を変えた。

「ああ、常になく驚きましたね？　こうなると失礼ながら勝利はこちらのものです」と、学士は意地悪そうに博士を見つめた。

「どこに証拠があるのです？」と、博士は声をしぼるように言った。

「証拠はあなたのその霜焼です！」

これを聞くなり、博士は思わず左手を後ろに引いた。サッと血の気が顔から去った。

「西村博士、その霜焼こそ、あなたが父を殺された直接証拠なのです。私は今日のこの日をどんなに待ったことでしょう。法医学教室での研究も、外国での研究も、

すべてはあなたの所謂直接証拠とは無関係だったのです。あなたは法律上の直接証拠を意味しておられたでしょうが、私は医学上の直接証拠を意味していたのです。あなたのような冷血的な殺人者に対して法律上の直接証拠を挙げ得ないことは始めからわかっていました。ただ私は医学上の直接証拠が必ず得られるという希望を、始めから持っていたのです。五年過ぎるか十年過ぎるかわからぬが、とにかく、そのうちには証拠があらわれて来るだろうと信じておりました。この希望と確信とを持ち得るものは、養父の秘密を知っておる私以外に、この世に一人もありません。私の養父には恐ろしい病（やまい）、即ち癩病（らいびょう）がありました。養父が冷たい性質であったのもそのためですし、私が養子に迎えられて皮膚科を修めたのもそのためです。私は毎日、養父に昇汞水（しょうこうすい）の注射をして、辛うじて病気の外部にあらわれることを防いでいました。それ故養父の体内には癩菌が一ぱい繁殖していたのです。ところがあなたは養父を殺して死体を切断し、その際指を傷けられました。いかに聡明なあなたでも医学を修めておられないために、それには気附かず別に特種の消毒を施されなかったでしょうから、癩菌は傷口から血中にはいったにちがいありません。そこに私は希望を懐（いだ）いたのです。かつて私は、実験病理学のお話をして、血中に入った黴菌は、早く病を起すことを申上げたつもりですが、癩菌の如きは、潜伏期が十数年または数十年もかかるのが普通でして、血中に入った場合は、どれだけかかるか、私も知りませんでしたが、今日（こんにち）始めて七年かかるということがわかりました。時々御目にかかりに伺ったのは、あなたに癩病の症状が現われて来はしないかを見るのが主（おも）なる目的で、研究の話は附けたりだったのです。私は皮膚科に居まして、癩病を研究しておりましたから、癩の症状は一目でわかりますが、あなたのその霜焼様の皮膚の変色は癩病の定型的症状です。これが直接証拠でなくて何でありましょう。これでお約束通り直接証拠を御目にかけることが出来、養父に対する義務を完全に果しました。あなたは法律上の死刑よりもなお一層恐ろしい刑罰を受けられることになりました。ではもうこれで再び御目にかかる必要はなくなりましたから永久にお別れ致します……」

　絶大なる恐怖のために、椅子の中に身を埋（うず）めた博士を後に残して、岩井医学士は、極めて軽快な歩調で、教室の門を出た。

×　×　×　×　×　×　×　×

翌日、西村教授が、教室で毒瓦斯を吸って斃(たお)れていることが発見された。人々は自殺か過失死かの判断に迷ったが、岩井学士だけは、教授の死の真相をはっきり知ることが出来た。

愚人の毒

一

ここは××署の訊問室である。

なまぬるい風が、思い出したように、街路の塵埃（じんあい）を運びこむほかには、開け放たれた窓の効能の少しもあらわれぬ真夏の午後である。今にも、柱時計がとまりはしないかと思われる暑さを物ともせず、三人の洋服を着た紳士が、一つの机の片側に並んで、時々扇（おうぎ）を使いながら、やがてはいって来るはずの人を待っていた。

向って一ばん左に陣取って三人のうち一ばん若いのが津村検事で、額が広く眼が鋭く髭が無い。中央の白髪（しらが）まじりの頭が藤井署長、署長の左に、禿（は）げた頭を金縁眼鏡と頬髯とでしめくくって、ゆったりと腰かけているのが法医学者として名高いT大学医学部教授片田博士である。職務とは言いながら、片肌抜ぎたいくらいな暑さを我慢して、にじみ出る汗を手巾（ハンカチ）に吸いとらせている姿を見たならば、誰でも、冗談でなしに、「御役目御苦労」と言いたくなる。

三人は今、ある事件の捜査のために、有力な証人として召喚（しょうかん）した人の来るのを待っているのである。厳密に言えば、その事件の捜査の主脳者である津村検事は、召喚した証人の訊問に立ち合ってもらうために、藤井署長と片田博士に列席してもらったのである。その証人は、検事にとっては、よほど重大な人であると見え、彼の顔面の筋肉は頗（すこぶ）る緊張して見えた。時々頬のあたりが、ぴくりぴくりと波打つのも、恐らく気温上昇のためばかりではないであろう。訊問ということを一（ひとつ）の芸術と心得ている津村検事は、ちょうど、芸術家が、その製作に着手するときのような興奮を感じているらしいのである。これに反して、藤井署長は、年齢の多数のせいか、或いはまた、年齢の多数と正比例をなす経験のせいか、一こう興奮した様子も見えず、ただその白い官服のみが、いやにきらきらとしているだけである。まして、科学者である片田博士のでっぷりした顔には、いつもは愛嬌（あいきょう）が漲（みなぎ）っているに拘わらず、かような場所では、底知れぬといってもよいような、沈着の無気味さがただよっているのであった。

　柱時計が二時を報ずると、背広の夏服を着た青年紳士が、一人の刑事に案内されてはいって来た。右の手に黒革の折鞄、俗に所謂、往診鞄を携えているのは言わずと知れた御医者さんである。人間の弱点を取り扱う商売であるだけに、探偵小説の中にまで「さん」の字をつけて呼ばれるのであるが、この人頗る現代的で、かような場所に馴れているのか、往診鞄を投げるようにして机の上に置き、至って軽々しい態度で三人に挨拶をしたところを見ると、もう「さん」の字をつけることはやめにした方がよかろう。

「山本さん、さあ、そちらへ御掛け下さい」と、検事はいつの間にか興奮をしずめて、にこにこしながら、医師に向って言った。「この暑いのに御出頭を願ったのは、申すまでもなく、奥田さんの事件について、あなたが生前故人を診察なさった関係上、二三御たずねしたいことがあるからです。この事件は意外に複雑しているようですから、死体の解剖をして下さった片田博士と、なお、捜査本部の藤井署長にも、こうして御立合いを願いました」

　こういって津村検事は、相手の顔をぎろりと眺めた。この「ぎろり」は津村検事に特有なもので、かつてこの「ぎろり」のために、ある博徒の親分がその犯罪を何もかも白状してしまったといわれているほどの曰く附きのものである。彼は後に、「おらア、あの眼が怖かったんだよ」と乾児に向って懺悔したそうである。しかし、この「ぎろり」も、山本医師に対しては、少しの効果もなかったと見え、

「何でも御答えします」という、至って軽快な返答を得ただけであった。

　その時給仕が冷たいお茶をコップに運んで来たので、検事は対座している山本医師にすすめ、自分も一口ぐっと飲んで、更に言葉を続けた。

「まず順序として、簡単にこの事件の顛末を申し上げます。

　S区R町十三番地居住の奥田とめという本年五十五歳の未亡人が、去る七月二十三日に、突然不思議な病気に罹りました。午前十一時頃、急に、身ぶるいするような悪寒が始まったかと思うと、高熱を発すると同時に、はげしい嘔吐を催おしました。まるで食あたりのようでしたので、多分暑気にでもあてられたのであろうと思ってその日は医師を招かないのでしたが、夕方になって、幸いに嘔吐もなくなり、熱も去って翌日は何の異常もなく過ぎました。

ところが、更にその翌日即ち七月二十五日に、やはり先日と同じ頃に、同じような症状が始まり、あまりに嘔吐がはげしくて、一時人事不省のような状態に陥ったので、令嬢のきよ子さんは、あわてて女中を走らせ、かかりつけの医師山本氏即ちあなたの診察を乞うたのでした。その結果、恐らく食物の中毒だろうという診断で、頓服薬を御与えになりますと、その効があらわれて、夕方になると嘔吐はおさまり、熱も去って、患者は非常にらくになり、その翌日も何のこともなく過ぎたのであります。

するとまた、その翌日、即ち、七月二十七日に、やはり前二回と同じ時刻に、同じような症状が始まり、嘔吐ばかりでなく、下痢をも伴い、患者は苦痛のあまり、昏睡に陥りました。急報によって駈けつけたあなたは患者の容態のただならぬのを見て、始めて、尋常の中毒とはちがったものであろうと御気附きになりました。で、あなたは、令嬢に向って、周囲の事情を御ききになりました。

その時、令嬢の話した事情というのが、あなたの疑惑を一層深めたのでした。しかし、その事情を述べる前に、私は奥田一家の人々について申し上げなければなりません。主人はもと、逓信省の官吏をつとめていたのですが、今から十五年前に、相当の財産を残して死去し、男まさりの未亡人は三人の子を育てて、他人の後ろ指一本さされないで、今まで暮してきました。長男を健吉、二男を保一、その妹がきよ子さんですが、長男の健吉君一人は、未亡人にとって義理の仲なのであります。義理の仲といっても、主人の先妻の子というのではありません。奥田氏夫妻は、主人が四十歳を過ぎ、夫人が三十歳を越し、結婚後十年を経ても子がなかったので、遠縁に当る孤児の健吉君を、その三歳の時に養子として入籍せしめて育てたのであります。ところが皮肉なことに、健吉君を養子とした翌年、夫人が妊娠して保一君を産み、更にその二年後きよ子嬢を産みました。こうしたことは、世間にしばしばあることで、かかる際、義理の子は、いわば夫婦に子福を与えた福の神として尊敬せられるのが世間の習いですが、奥田家においても、健吉君は、実子が出来て後も、同じ腹から出た総領のように、夫妻から愛せられて成長しました。ことに健吉君は性質が温良でしたので、主人奥田氏の気に入って氏が逝去の際も、三人の子がみな若かったから財産は一旦夫人に譲ることにしたものの、行く行くは家督を健吉君に譲るように、くれぐれも遺言して行ったということである。

爾来十五年間、三人の兄妹は、勝気な未亡人の手によって、ことし健吉君が二十七歳、保一君が二十四歳、きよ子嬢が二十二歳になるまで、無事に育てあげられました。ところが、いかに勝気の未亡人でも、人間の性質というものはいかんともすることが出来なかったと見え、二男の保一君は、兄とは頗るちがって、いわば不良性を帯びてきたのであります。健吉君は、H大学を卒業してから、デパートメントストーアで名高いM呉服店の会計課につとめることになりましたが、保一君はW大学を半途にて退学し、放蕩に身を持ち崩しました。

未亡人は、保一君が可愛かったため、金銭上のことは、随分やかましい人であったけれど、保一君のために、かなりの金額を支出してやりました。しかし、昨年の春、保一君が某所の遊女の身請をしようとした時には、長男の手前もあったであろうが、徹底的に怒って、昔の所謂勘当をすると言い出しました。けれど、何といわれても保一君は初志を貫徹しようとしましたので、健吉君が仲にはいって、その遊女を身請させ、一方、未亡人の意志を尊重するため、ひとまずY区に別居させて、売薬店を開かせ、当分出入を禁じたのであります。ところが、未亡人は勝気な人であるだけ、一面甚だ頑固であって、保一君が、請出した女と手を切らぬ間は、決して再び逢わないと言って、健吉君やきよ子嬢が何度頼んでも、どうしてもきき入れず、遂に今回の悲劇が起るまで、「勘当」の状態が続いたのでした。

さて、話はここで健吉君のことに移らねばなりません。健吉君は保一君とちがって、素行が極めて正しかったのですが、最近Mデパートメントストーアに勤めている、ある美しい女店員と恋に陥りました。間もなく二人の恋は白熱しました。とうとう健吉君は去る七月十五日に、未亡人に向って、恋人を妻に迎えたいと告げたのであります。

ところがです。未亡人は、どうつむじを曲げたものか、非常に憤慨しました。或は、未亡人に無断で恋人を作ったのが気に入らなかったのか、或は、デパートの店員を嫁にするということが不服であったのか、或はまた、信用していた兄まで、弟と同じようなことをするということに腹を立てたのか、もし、その女を家に引き入れるなら、わたしときよ子とは別居する。そうして、家督はきよ子に養子を迎えて、その男に譲ると宣言したのだそうであります。

これをきいて健吉君は奈落の底へつき落されたように、驚きかつ悲しみました。きよ子さんの話によると、兄さんはそれ以後、まるで別人のようになったのだそうです。たえず考えこんでいて、母親にも妹にも碌に口もきかなかったそうです。時にはまるで精神病者のようにぶつぶつ独り言をいうこともあったそうです。

　すると二十三日に未亡人の奇怪な病気が起りました。M呉服店では七月が決算期で、会計係は七月二十一日から三十一日まで、一日交替で宿直をして、事務を整理する習慣になっております。健吉君は七月二十一日が宿直の晩で二十二日に帰宅し、二十三日の朝出かけてその晩宿直し、二十四日に帰宅して、二十五日の朝出発するという有様でしたが、不思議にも未亡人の病気は、健吉君の休みの日に起らないで、宿直の日の、殊に、健吉君が出かけて二時間ほど過ぎた頃に起ったのであります。

　きよ子嬢はいつも兄さんの留守に母親が苦しむので、少なからず狼狽したのですが、兄さんは、非常に多忙な身体であるから宿直の日に呼び戻す訳に行かず、しかも兄さんが休みの日は意地悪くも病気が起らないので、兄さんに母親の苦しんだ模様を告げても本当にせず、この頃中、母親とはあまり口も開かなかったので、しみじみ母親に見舞の言葉さえかけぬ位でした。

　山本さん。未亡人の三度目の発病の際あなたが令嬢からお聞きになった事情というのが、即ち、このことだったのです。あなたはこれをきくなり、意味ありげな笑いを浮べて、じっと考え込みました」

二

「さて」と検事は更に続けた。「未亡人の三回目即ち七月二十七日の発病もあなたの適当な処置によって無事に治まり、その翌日は何ともありませんでした。あなたは二十九日の発病を防ぐために、一包の散薬を与えて、午前十時頃にのむようにと、その朝わざわざ書生を奥田家に遣わしになりました。ところが、その散薬の効が薄かったのか、未亡人は、やはり十一時頃になると、悪寒を催おし、次で発熱して、例の如く、はげしい嘔吐に苦しみました。そこで、午後二時頃令嬢は、あなたを迎えにやりましたが、その日、あなたは、早朝与えた散薬のために決して症状が起るまいと確信しておられたのか、家人に行先をも告げないで、どこかへ行っておられました。そこで令嬢はあわてて他の医師を迎えようとしましたが、その時未亡人の容体が急変して、午後三時半、遂に未亡人は絶命したのであります。未亡人はかなりにふとった体質の人でしたから、心臓があまりに強くなかったのか、あるいは中毒の原因が強く働いたのか、前三回の病気には堪え得たのに、四回目にはとうとう堪えることが出来なかったのです。

令嬢は二十七日に、あなたが意味ありげな笑いをなさったのを見て、もしや兄が……という疑いがひらめいたものでしたから、その晩、委しい事情を二番目の兄即ち保一君のところへ書き送りました。で、保一君は、二十九日には、母に内証にたずねて来て、健吉君が出かけるところを見届けてから、奥田家にしのび入って、きよ子嬢の取計らいで、あの暑さに、押入れの中にはいってかくれていました。未亡人が発病するなり、飛んで出て看護しましたが、さすがの未亡人も、怒るどころか、むしろ感謝している様子がありありと見えたそうです。そうして保一君は悲しくも未亡人の死に目に逢ったのでした。

きよ子嬢と保一君とが死体に取りすがって泣いているとき、あなたはひょっこり奥田家を訪れました。そうして、未亡人の死をきいて非常に驚き、亜砒酸の中毒ですよと大声に御言いになりました。それから死体をちょっと診て、すぐさま家に帰り、死亡診断書を御書きになりました。診断書の病名のところに、明かに亜砒酸中毒としてありますので、それが当然警察の活動を促がし、遂に未亡人の死体は解剖されることになり、前後の事情から、健吉君が真先に拘引されて取調べを受けることになりました。どうです、私が今まで述べてきたことに間違いが御座いましょうか」

こう言って津村検事は、手巾で額を一撫でして、ちょっと署長の方をふりかえり、次に、山本医師の顔をながめた。両者とも、異議がなかったと見え、ただ肯定的にうなずくだけであった。訊問室は暫らくの間、しーんとして、蝉の声がキニーネを呑んだときの耳鳴を思わせるように響いてきた。

「ところで」と検事は二三回ばたばたと扇をつかい、ぱらりとすぼめて言葉を続けた。「健吉君を取調べましたところが、母に亜砒酸を与えた覚えは断じてないと申しました。もとよりそれは当然のことで、健吉君がすぐ白状してしまったら、事件は頗る簡単で、こうしてあなたにまで、この暑さの中を来て頂く必要もないはずです。そこで、私たちは、まず順序として健吉君が果して未亡人に毒を与えたかどうかを検べねばならぬことになりました。

さて、殺人について、私たちの第一に考えることは、殺人の動機であります。そうして、健吉君の場合について考えてみますに、健吉君には、母親をなきものにしたいという心の発生を十分に認め得る事情がありました。健吉君が未亡人と生さぬ仲であること、熱烈に恋する女との結婚をきっぱり拒絶されたということは、立派に殺人の動機となることが出来ます。令嬢の話によると、母に拒絶された後は、まるで別人のようになり、発狂でもしはすまいかと思われたというほど心に強い打撃を受けたのですから、これまで至って親孝行であった健吉君でも、精神に多少の異常を来せば、恐ろしい計画を懐(いだ)いたとしても、あながち奇怪ではありません。

　しかし、健吉君は猛烈に殺人を否定しております。そこで私は、健吉君の殺人の動機となった間接の原因、即ち、健吉君の恋人なるM呉服店の女店員に事情をたずねました。その店員は、大島栄子といって、至って内気な色の白い丸顔の人でした。何でも以前、S病院の看護婦をしていたそうですが、美貌のために、医員たちが、うるさく騒ぎ寄るので、職業を変更してデパートに出勤することにしたのだそうです。S病院といえば山本さん、あなたも御開業になる前に、そこで医員をなさっておられたそうですね。……余談はさておき、その大島栄子さんから聞いてみますと、健吉君は、母の拒絶したことを告げて、非常に悲しみ、大恩ある母の意志に背くことは自分には出来ない。生さぬ仲のことであるから、なおさら、しのばねばならない、いっそ一しょに死んでくれないかとまで言ったのだそうです。しかし、栄子さんは、今、私はあなたが死んでは却ってお母様に不孝になる、私はあなたと結婚が出来なければ、一生涯独身で暮して、お友達として交際しますから、どうか短気なことは思い止まって、お母様に孝行をして上げて下さいといってなだめたそうです。すると、健吉君は、それならば自分も永久に独身で暮そうといって、情死のことはふっつりと断念したそうですが、その後もやはり、毎日浮かぬ顔をして、時々ため息をもらしていたということです。

　ところで、犯罪学的に考えてみますならば、自殺を思い止まったものが、他殺を企てるということは、極めて自然な心の推移であります。栄子さんの忠告によって一旦は自殺の心を翻えしても心の打撃は容易に去るものではありません。さればこそ、時々長太息(ためいき)を洩したのであって、その長太息が凝って、遂に殺人という霧を心に降らしたのだと考えても敢(あえ)て差支(さしつかえ)はなかろうと思います。

　かくて、健吉君の殺人の動機を十分に認めることには、何人も異議があるまいと思います。そこで次に起る問題は、健吉君がいかなる方法を用いて、殺人を遂行しようとしたかということです。すると、ここに、健吉君の殺人方法を推定せしめるに足るような事情が突発しました。それは即ち、未亡人の不思議な発病であります。それは悪寒と発熱と嘔吐と下痢を主要な症候としておりまして、健吉君が宿直の日に家を出かけると、必ずその二時間ほど後から始まりました。このことが、三回目の発病の際、あなたの注意を惹いて、あなたは、もしや、亜砒酸の中毒ではないかと御考えになりました。まったく私どものような医学に門外漢たるものが考えても、その疑いをいだくのは当然のことであります。嘔吐と下痢とは亜砒酸中毒の際、主要な症候であるそうですから、健吉君が、何等かの方法によって、未亡人の飲食物に亜砒酸を投じたであろうということは、これまた何人も異議のあるまいと思われる推論なのであります。

さて、未亡人は、前三回の発病からは幸いに恢復し、四回目の発病の際遂に絶命したのですから、この事実よりして、前三回に与えられた亜砒酸の量は致死量以下であったことを想像するに難くなく、殺人者の側からいえば、第一回に致死量を与えて突然絶命させては、疑いを受ける惧（おそれ）があるから、まず三回だけ苦しませ、しかる後、致死量を与えて殺すという極めて巧妙な方法を選んだといわねばなりません。

ところが殺人者は非常な誤りをしたのであります。それは何であるかといいますに、毒として亜砒酸を選んだことです。ここにおいでになる片田博士のお話によると、西洋では亜砒酸のことを『愚人の毒（フールス・ポイズン）』と呼ぶそうですが、それは、亜砒酸を毒殺に使用すれば、その症状によって、極めて気附かれ易いし、また、死体解剖によって容易にその存在を発見されるから、愚人しか用いないという意味だそうであります。今回の事件においても、殺人者は愚かなことをしました。即ち、亜砒酸を用いたためにあなたの疑いを起したのです、して見ると亜砒酸はこの場合においても、愚人の毒たる名称を恥かしめなかった訳です。

かくの如く、健吉君に対する嫌疑は、動機の点から見ても、その他の周囲の状況から見ても、だんだん深くなるばかりですが、しかし、単にこれだけの事情によって、健吉君が母親殺しの犯人であると断定することは、大昔ならいざ知らず、現代にあっては、残念ながら不可能なのであります。即ち健吉君が未亡人に、亜砒酸を与えたという物的証拠が一つもないのであります。それがため私たちは、はたと行き詰ってしまいました。第一に健吉君が亜砒酸を持っていたという証拠がありません。次に健吉君が、亜砒酸を何の中へまぜて母親に与えたということが、いかに委しく当時の事情を検べても少しもありません。例えばお茶の中へ投じたとかまたは、夏のことですから、飲料水の中に投じたとか、何か怪しむべき事情があってもよいであろうに、令嬢にたずねましても、女中にたずねましても、さっぱりわからないのであります。この事情が明かにされて、しかも、それを裏書するような物的証拠を得ない間は、健吉君を犯人とすることは出来ません。それと同時に、私たちは、たとい健吉君に対する状況証拠が色々集っていても、物的証拠のない限りは、その物的証拠をさがすよりも、新らしく事件を考えなおした方が得策だろうと思うに至りました。一般に現今の警察官にしろ、司法官にしろ、物的証拠のない場合、先入見に支配されて、物的証拠をどこまでもさがしだそうとするために、色々の弊害を生じ、その間に犯人を逸してしまうようなことになり易いのです。そこで私は、健吉君をひとまず事件から切離して見たならば、どんなことを推定し得るかと、思考をめぐらしたのであります。

　健吉君を事件から除いて考えるとき、まず、未亡人が自殺するために亜砒酸を服用したのではないかと思われますが、その考は、言うまでもなく、成立する余地がありません。未亡人には自殺すべき何等の事情もないし、また、自殺するならば、わざわざ一日置きに四回も苦しむということは考えられません。精神異常者ならばともかく、さもない人が、そうした死に方をするとは思われないのであります。

　そこで、未亡人の自殺が問題にならぬとすると、次に考うべきことは、未亡人の病気が果して、亜砒酸中毒であったかどうかという問題です。未亡人は前後四回同じ病気に襲われていますけれど、四回とも果して同じ病因であったかどうかは、容易に断ずることが出来ないのであります。私のごとき素人にはわかりませんが、症状が酷似しても、原因が全く別な病気は沢山あるらしく思われます。そこで私たちは、ここにおいでになる片田博士に御願いして、亜砒酸中毒以外に、何か未亡人の身体から、別の病原を発見することが出来はしないかと思い、その方面の綿密な検査をしてもらったのであります。

　すると意外にも、片田博士は、死体の血液検査の結果、血球の中にマラリアの原虫を発見なさったのであります」

三

　検事は最後に言葉を一語一語はっきり言い放って、その言葉が相手にいかに反応するかをじっと見つめた。

　果して強い反応があった。即ち山本医師は、

「えッ？　マラリア？」

と、驚きの叫びを発して、片田博士の方を向き、本当

ですかと言わんばかりの顔をした。

博士はこの時静かに口を開いた。

「そうです、明かに三日熱の原虫を血球の中に発見しました。従って未亡人の死んだときには、マラリアの発作も合併していた訳ですし、また、そのことによって、未亡人が一日置きに、しかも同じ時間に悪寒、発熱、嘔吐を起したことを、よく了解することが出来ます」

「けれど、嘔吐がマラリアの時に起ることは稀ではありませんか」と、山本医師は反対した。

「いかにも稀ではあります。しかし、決して無いことではありません」と、片田博士はにっこり笑って言った。「ヒステリーの婦人がマラリアに罹ると、はげしい嘔吐を起したり、人事不省に陥ったりしますから、色々の中毒と間違えられるのです」

「そこで」と検事は二人の会話を横取りして言った。「未亡人がマラリアに罹っていたとすれば、少くとも四回の発病の際、四回ともマラリアが合併していたと考えてもよかろうと思います。いや、もう一歩進んで考えるならば、はじめ三回は単なるマラリアの発作で、第四回目に、亜砒酸中毒が合併したのではないかと思われるのであります。何となればはじめ三回は首尾よく回復し、最後に絶命したからであります。で、実は、あなたに来て頂いたのも、この辺の事情を明にしたいためでして、あなたは第二回から御診察なさったのですが、その際、病気は単なるマラリアの発作であったか、それとも、亜砒酸の中毒症状も合併していたかを御たずねしたいのであります」

山本医師は、非常に顔を紅くし、頸筋の汗を、唇を歪めて拭きながら答えた。

「いや、御恥かしい話ですが、私がはじめて診察した時は、何とも病名がわからず、その次即ち未亡人の三回目の発病のときも、マラリアとは少しも気づかず、令嬢から事情をきいて、もしや亜砒酸中毒でないかと疑ったのです。今まで嘔吐や下痢を伴うマラリアの例には一度も接したことがないので、つい誤診しました。もしマラリアだとわかれば、直ちにキニーネを用いますから、未亡人の第三回の発作は起らずに済んだはずです。従って、各々の発病の際、マラリアの発作だけであったか、または、亜砒酸中毒が合併していたか、はっきりしたことは申し上げかねます」

「しかし第四回目の亜砒酸中毒だったことははっきり御わかりになりましたのです。ね?」

「それは、私が四回とも亜砒酸中毒だと思ったからでして、未亡人が死んだと聞いた時、死因は亜砒酸中毒にちがいないと判断したのです」

「けれど、あなたは、四回目の時は診察はなさいませぬでしたでしょう?」

「急用が出来て他行していたために間にあいませぬでした」

「だが、あなたは、亜砒酸中毒の起らぬようにといって、二十九日の朝、書生さんに一包の薬を持たせてやられたではありませんか」

「持たせてやりました。しかし、それは、単純な消化剤でして、亜砒酸中毒を防ぐ薬というものはありません。中毒の方のことは、令嬢に私の疑念を打あけて、それとなく注意しておきましたから、私は比較的安心して他行することが出来ました。けれども、やはり、気になったものですから、用事の済み次第、奥田家をたずねると、すでに死去されたあとでした」

検事は山本医師の返答をきいて、暫らく考えていたが、やがて言った。

「よくわかりました。してみると、あなたも、亜砒酸中毒だということは、単なる想像によって判断されたのに過ぎないのですね? 別に患者の吐物を化学的に検査されたのではないのですね? そうですか。それでは私も一つ、私の想像を御話ししてみましょうか。即ち私はこう想像したのです。始め三回は単なるマラリアの発作で、第四回のみが、亜砒酸中毒と合併したのであると。わかりましたか。そうすると、誰かが、はじめ三回の発作を利用し、第四回目に亜砒酸を患者に与え毒殺し、罪を健吉君に帰すように計画をしたのではないかという考が浮んできます。従って、その人は健吉君に恨みを懐いているか、または、健吉君を亡きものにして利益を得ようとするものでなくてはなりません。そこで、当然考えられることは、二男の保一君のその日の行動であります」

先刻から検事の言葉を異様の緊張をもって聞いていたらしい山本医師は、この時、ほっと安心したような様子をした。

「すでに申し上げた通り」と、検事は山本医師を流し目に見て言葉を続けた。「二男の保一君は久しく奥田家に出入りを禁ぜられていたのですが、令嬢からの手紙によって、兄の行動と母の病気とが、何となく関係のあるらしいことを知り、二十九日の朝、兄が出かけたすぐあとへ、しのび込んだのでした。その時保一君はどういう心をもって訪ねに来たのでしょうか。親子の愛情によって、母を保護するために来たのでしょうか。それとも他に目的があったのでしょうか。この点は非常にデリケートな問題です。母は保一君が女と手を切らぬ間は決して家へ入れないとがんばっていました。保一君は売薬店を開いていても、辛うじて生活して行けるか行けぬの程度でありまして、時々兄の健吉君に無心を言ったらしいですが、最近はかなりに困っていた様子です。そこへ、妹さんから、母の病気と兄の行動について委しい通知があったのです。俗に、『背に腹はかえられぬ』という言葉がありますが、保一君が、令嬢の手紙を読んだとき、そうした心にならなかったと誰が保証し得ましょう。即ち、母をなきものにし、兄に毒殺の嫌疑をかければ、保一君は当然奥田家の財産をもらって、大手を振って歩くことが出来ます。保一君は幼時より不良性を帯びていました。そうして最近は母をうらむべき境遇に置かれていました。兄とは義理の仲である、いや、たとい肉身の兄であっても、背に腹はかえられぬ、これは一つ、このまたとない機会を利用して、危険ではあるが一芝居打ってみよう、と、考えつかなかったことは誰が保証し得ましょう。不良性を帯びた人は、悪を行う智慧は鋭敏に働くものです。ことに都合のよいことは、自分が売薬店を開いていることです。即ち、亜砒酸は手許にある、ただそれを利用すればよいのだ、こう考えて亜砒酸を携え、奥田家へやって来たのだと推定しても、敢て不合理ではないと思います」

山本医師は検事の言葉に、つくづく感じ入った。想像とは言いながら、いかにも事実を言い当てているように思えたので、思わず、讃嘆の微笑をもらした。しかし検事は、山本君の微笑をも知らぬ顔して、論述を進めた。

「しからば、保一君は、いかにして、その亜砒酸を母親にのませたでしょうか。そこが、健吉君の場合と等しく問題なのです。勿論、保一君も、母の病気がマラリアであるとは知らず、兄の健吉君が母親に毒を与えているものと信じていたのですが、いかなる方法で兄が母親に毒をのませているかは知らなかったのです。で、自分勝手な方法で機会をうかがって毒を投じようとしたのですが、ここにはからずも、保一君にとって非常に好都合な事情があったのです。それは何かというに、その朝、あなたから、未亡人に十時頃にのませるようにといって、一包の散薬が届いていることを令嬢から聞き出したのです。で、保一君は、令嬢に向って、ちょっとその薬を見せなさいといって、取り寄せ、ひそかに携えてきた亜砒酸をその中へまぜたらしいのです。亜砒酸は白色で無味ですから、決して服用する人にはわかりません。

さて、私は、以上の話を単なる想像のように申しましたが、実は、かように想像すべき事情、いや、むしろ証拠というべきものがあったのです。それは何かというに、あなたがその朝、書生さんに持たせてやられた薬剤の包み紙を片田博士に分析してもらった結果、明らかに亜砒酸の存在が認められたのであります」

四

この言葉をきくなり、山本医師の身体は、ゴム鞠のようにに椅子からはね上った。そうして、何か言おうとしても、ただ唇だけが波打つだけで、言葉は咽喉につかえて出て来なかった。

「まあまあ」と検事は手をもって制して言った。「何もそれほど驚きになることはありません。あなたが御入れになったとは私は申しませんでした。あなたが書生さんに持たせてやられた薬の中に亜砒酸があったとて、直ちにあなたがお入れになったと言うことが出来ません。だから私はまず保一君に嫌疑をかけてみたのです。そうして今申し上げたようなことが行われたのだと推定したのです。しかし、嫌疑といえば、保一君ばかりでなく、健吉君にも、令嬢にも、女中にも一応はかけてみなければなりません。曩に私は健吉君のことを一旦切り離して考えるよう申しましたがここに至って、健吉君を再び引き出してくるのは少しも差支ないと思います。かりに未亡人の前三回の発病が、マラリアであると想像して、健吉君には無関係であるとしても、健吉君もまた、その事情を利用して、毒を投じたと考えてもよい理由があるのであります。というと、前三回の発病でさえ、健吉君が疑われているのだから、四回目に毒を投じたならば、当然健吉君が犯人とにらまれるにきまっているから、まさかそんなことはすまいとお思いになるでしょう。しかし、健吉君自身からいえば、前三回の発病には自分は無関係だから、第四回目に、毒を投じて他人に嫌疑をかけさせるように計画したと考えても差支ありません。差支のないばかりか、そこに立派な理由があるのです。

それは何であるかといいますに、実は、健吉君の恋人なる大島栄子さんから聞いたことですが、健吉君のほかにも栄子さんを恋している人があるのだそうです。だから、栄子さんとの結婚を母親から拒絶されて、健吉君が情死を迫ったのも、栄子さんを、そのいわば恋敵のために取られたくなかったためらしいのです。で、栄子さんは、健吉君と結婚が出来なければ一生涯独身で暮すと、かたく誓ったのだそうです。けれど、気の小さい健吉君が、なおも不安を感じたことを想像するに難くありません。従って健吉君がその恋敵を除こうと企てたこともまた想像し得るところです。というと、健吉君が母親に毒を与えてどうして恋敵を除き得るかという疑問が浮ぶはずですが、山本さん、あなたにはよくわかっているでしょう。あらためておたずねするのも変ですが、健吉君の恋敵というのはあなただそうですねえ？

いや、こんなことをたずねてお顔を紅くさせては申し訳ありませんが、これも訊問の順序として致し方ありません。で、健吉君が、その朝、あなたのところから、母親に薬の届いたのを幸いに、その中へ、亜砒酸を投じ、あたかもあなたが毒殺なさったように見せかけたと考えても、これまた、決して不合理ではないと思います。

さて、こうなると、健吉君が投じたのか、保一君が投じたのかさっぱりわからなくなって来ました。薬包紙に残る指紋はもとより不完全のもので誰のものともわからず、また、ある一定の人の指紋があらわれたとしても、必ずしも、その人が亜砒酸を投じたとは断定出来ません。同様に令嬢か、女中か、或はまた、疑ってみれば、あなた自身が御入れになったのかも知れません。で、私は、すっかり迷ってしまったので、この問題を解決して下さるのはあなたより外（ほか）あるまいと思って来て頂いた訳なのです」

検事は一息ついて、ぎろりと眼を輝かして相手を見つめた。藤井署長も、片田博士も、何となく緊張した様子であった。山本医師も少なからず緊張して見えたが、気温の高いのに似合わず、顔の色が蒼かった。

「私に解決せよと仰しゃっても、解決の出来る道理がありません」と、医師は細い声で言った。

「そうですか。私はまた、この事件の鍵を握っている人は、あなたより外にないと思うのです」

「何故ですか」

「何故といいますと、先刻も述べましたとおり、あなたが二十九日の朝書生に持たせて寄越された薬の中に亜砒酸があったとすると、その亜砒酸を投じたものは、保一君か、健吉君か、令嬢か、女中か、或はあなた御自身か、さもなくばあなたの家の書生かでありますが、書生と女中と令嬢は問題外として、残るところは、保一君か健吉君かあなたの三人であるからです。健吉君と保一君の事情は先刻申し上げたとおりですが、あなたについても健吉君と同様なことが言い得るだろうと思います。即ち、あなたにとって健吉君は恋敵です。大島栄子さんの話によると、あなたがS病院においでになるとき、栄子さんに執拗（しつよう）に言い寄られたそうで、栄子さんは、それがうるさいために病院を辞して、M呉服店にはいったのだそうです。して見ればあなたは失恋の人であります。従って、同じく恋敵同士でも、あなたが健吉君をにくむ程度は、健吉君があなたをにくむ程度よりも、比較にならぬほど大きいのであります。で、あなたが令嬢から事情をきいて、その好機会を利用なさったと考えることはまことに当然ではありませんか。あなたが、未亡人の病気のマラリアであることに御気づきになったかどうかは、今ここで問わぬことにして、嘔吐と下痢のあることを幸いに、亜砒酸を利用しようと企てられたことは、最も自然な推定ではありませぬか。健吉君も保一君も医者ではありません。ですから、健吉君と保一君とあなたとの三人を並べて、誰が這般（しゃはん）の事情を利用するに最も適しているかと問うならば、誰しもあなたであると答うるにちがいありません。保一君は売薬業を営んでいるから、多少医学的智識があるとしても、あなたほど容易には考えつかぬと思います。古来毒殺は女子の一手販売と考えられ、男子で毒殺を行うものは医師か、薬剤師であるといわれておりますから、この際にも医師たるあなたを考えるのは、別に奇怪ではないと思います。保一君は売薬業をしておりますから、亜砒酸を手に入れ易いとしても、保一君にしろ、健吉君にしろ、亜砒酸を投ずる際に、頗る大きな冒険をしなければなりません。ところがあなたは、易々として亜砒酸を投ずることが出来、しかも命令的にのませることとさえ出来る位置に居ます。こう考えてくると、三人のうち、あなたを最も有力な嫌疑者と認めることは、大なる誤りではないと思います」

山本医師の顔は土のように蒼ざめ、額から汗がばらばら流れた。

「だって私が亜砒酸を混ぜたという証拠がないじゃありませんか。健吉君や保一君と同じ位置にあるだけじゃありませんか」

「ところがそうでないのです。あなたは二十九日に大へんな間違いをやっています。問題の薬を書生に持たせてやって、あなた自身が患者に与えられなかったことも或は一つの手ぬかりかも知れませんが、それよりも、もっと大きな手ぬかりは、あなたが奥田家をたずねて、未亡人の死をおききになったとき、今朝持たせてよこした薬を患者はのみましたかとおたずねにならなかったことなのです。ところが、保一君は、あの朝、健吉君の出たあとへ、しのんで来て、令嬢から、十時頃にのむべき薬が届いていると聞き、もしや兄がその中へ毒をまぜはしなかったかと疑って、その薬を母親にのませなかったのです。で、その薬はそのまま保存され、片田博士に分析してもらったところ、〇・二瓦（グラム）の亜砒酸、即ち、致死量の二倍の毒が存在しているとわかりました」

　これをきくなり山本医師は咽喉の奥から一種の唸り声を発した。

「だって、だって」と、山本医師は叫んだ。「未亡人は亜砒酔中毒で死んだではありませんか」

「いかにもあなたの死亡診断書には亜砒酸中毒が死因であると書かれてありました。ところが片田博士が死体を解剖なさった結果、亜砒酸の痕跡をも発見し得なかったので、博士は死因に疑いをいだいて、血液検査の結果、マラリアの存在を発見し、四回もはげしい発作を起したため、四回目に心臓が衰弱してたおれたのだとわかったのです。ですから、健吉君も保一君も、その他何人も、未亡人の死とは関係ありません」

　この時山本医師は急に眼を白黒させて、机の上にふらふらと、うつむきに上体を投げかけた。だから、検事の言った次の言葉が、果して聞えたかどうかは疑問である。

「山本さん、私はあなたを、奥田未亡人謀殺未遂として告発します」

紅蜘蛛の怪異

一

「私が警視庁の刑事になった動機を話せというのですか。そうですねえ、大して珍らしい動機ではないですが、そこにちょっとしたロマンスがあるのですよ。などというと聊(いささ)か皆さんの好奇心をそそるでしょうが、話してみれば案外つまらぬかも知れません。しかし、私自身にとっては一生涯忘れることの出来ぬ大冒険でした」

と、森一(もりはじめ)氏は語りはじめた。まだ四十三四の年輩(ねんぱい)であるのに、かなり白髪(しらが)の多いことは、氏の半生の苦労をあからさまに物語っているといってよい。この度(たび)氏が、欧米の警察制度視察のため海外へ出張を命ぜられたについて、今宵は氏と懇意にしているものが十人ほど集って送別の宴(えん)を催おしたのであるが、平素無口である氏が、非常に愉快に談笑に耽(ふけ)ったから、私は、かねて聞きたいと思っていた氏の刑事志願の動機をたずねると、ほかの人たちも口を揃えて促がしたので、氏は遂に、今まで誰にも話さなかった秘密を快く打ちあけるに至ったのである。

× × × × ×

今まで、このことをどなたにもお話しなかったのは、自分の恥をさらけ出さねばならぬからでした。若気(わかげ)の至りとはいえ、あまりにも馬鹿々々しい目に出逢い、その結果、生命危篤(きとく)に陥(おちい)ったというような、変な冒険なのですから、お話する勇気がなかったのですが、当分、皆さんに御別れしなければなりませんから、いわば置土産(おきみやげ)に、私一代の懺悔(ざんげ)話を致そうと思います。

少し、余談に亙(わた)るかも知れませんが、私は皆さんに、病気というものが、全く本人の心の持ち方一つで治るということを特に申し上げたいと思います。私も若いときには肺結核で瀕死の状態に立ち至りましたが、それが一朝(いっちょう)心に変動が起ってこの通りピンピンした身体(からだ)になってしまったので御座います。これから申し上げるお話も、実は私が二十年ほど前に、肺結核に罹(かか)った時からはじまるので御座います。

私は名古屋の旧藩士の一人息子として生れましたが、十八歳の時、父と母とが相次(あいつい)で肺病でなくなりましたから、中学を卒業するなり、私は家の財産を金に替え、上京して早稲田大学の文科に入りました。三年級になるまでは無事に暮しましたが、友人たちと、ふしだらな遊びをしたのが祟(たた)ったのか、その秋のはじめから、何となく健康がすぐれませんでした。で、医師に診(み)てもらうと、右肺尖(はいせん)カタルだから、是非今のうちに興津(おきつ)あたりで一年ぐらい静養するがよいとの忠告を受けました。両親が二人とも肺病で死にましたし、何事も命あっての物種ですから、医師の言(げん)に従い、少くとも一ケ年興津に滞在しようと決心したのであります。中学の時分から高山樗牛(ちょぎゅう)が大好きで、興津にはかなりのあこがれを持っておりましたから、いよいよ私は、行李(こうり)をまとめて、鶴巻(つるまき)町の下宿に別れを告げ、新橋停車場に人力車を走らせました。

午後六時半発の列車に乗るために駈けつけたのですけれど、先方へ真夜中に着くのも面白くないから、いっそ、こちらを真夜中に出発して先方へ朝着くことにしようと、ふと、気が変ったのであります。その時、すなおに六時半の汽車に乗っていたならば、これから申しあげるような、私の一生涯における最大の冒険はしなかったのですが、新橋へ着いて、当分大都会の空気が吸えないかと思うと、一種の悲哀が胸に迫ってきたので、三四時間附近を散歩してみようと決心し、かたがた出発を遅らせた訳なのです。で、荷物だけを先へ送って、私は手ぶらになって、夜の町へ出かけました。

空は美しく晴れて、星が一ぱい輝いておりました。秋の末のこととて、妙に寒い風が和服のすき間からはいって、感じ易くなっている私の皮膚に粟(あわ)を生ぜしめましたが、私は中折帽(なかおれぼう)を眼深(まぶか)にかぶって、何かに引摺(ひきず)られるように、白昼のごとき銀座通りの人ごみの中を、縫うようにして、京橋の方に歩いて行きました。その夜に限って私は、はじめて上京した時のように、見るものの悉(ことごと)くを珍らしく思いました。

そのうちに私はある街角の洋品店の前に来ました。シヨウ・ウインドウに飾られてある蠟細工(ろうざいく)の女人形が、妙になつかしいように思われたので、暫らくの間立ちどまって、じっと眺めておりました。

ふと、気が附くと、薄暗い横町に一人の若い女が、腰をかがめて、苦しそうに立ちどまっておりました。私は気の毒に思って傍(そば)に近寄りますと、女は顔を上げましたが、その美しさは今もなお目の前にちらつくほどでした。女は私の顔を見て、何か怖いものに出逢ったような表情をしましたが、私はそれを苦痛のためであると解釈しました。そうして直感とでも言いますか、女は飢(うえ)に苦しんでいるようにも思えました。よく見ると、女はあまりよい階級には属していないらしく、古びた銘仙(めいせん)の羽織に銘仙の袷(あわせ)を着て、垢(あか)のついたメリンスの帯をしめておりました。

私はつとめて叮嚀(ていねい)な言葉づかいをして、

「どうかなさいましたか。苦しそうに見えますが、何でしたら、御宅まで御送りしましょうか」と言って、右の手を差出しました。

すると、彼女は再びチラと私の顔を見ましたが、さも苦しそうに腰をのばして、左手で私の手にすがり、

「すみません」と、いいながら、私の身体にもたれるように寄りそいました。

大通りへ出るのは何となく気がひけましたし、それに彼女は、そわそわして、時々あたりを見まわしましたから、私たちは、そのうす暗い横町をまっすぐに進みました。

「どこまで行きますか」と私は歩きながらたずねました。その時、彼女は突然立ちどまって顔をしかめ、腰をかがめました。

「お腹が痛いのですか」と私は彼女の身体を抱くように手をかけました。ふっくりした肉の感じが、妙にはげしく私の心を刺戟しました。女は恥かしそうな顔をしながら、

「今朝からまだ何もいただきません」と細い声で言いました。

私は私の直感の当ったことを知って、

「それは御気の毒ですねえ」といいながら、そのあたりを見まわすと、ちょうど五六軒先に蕎麦屋(そば)があったので、私は黙って彼女を促がして中へはいりますと、彼女はすなおについて来ました。

私たちは二階へ上って種ものを注文しました。二階には客は一人も居りませんでしたが、女は恥かしそうにして、運ばれた蕎麦をおいしそうに喰(た)べました。私はうす暗い電燈の下で、つつましやかに箸を運ぶ彼女の姿をつくづく観察しました。漆黒(しっこく)の髪は銀杏(いちょう)返しに結(ゆ)われ、色が抜けるほどに白く、大つぶな眼を蔽(おお)う長い睫毛(まつげ)が、顔全体に幾分か悲しそうな表情を帯(お)ばせておりました。私は生れてから、これほど美しい女に接したことがありませんでしたから、一種の威圧をさえ感じました。そうして、この女は一たい何ものであろうかという疑問が雲のように湧いてきました。

やがて女は、箸を置いて、

「どうも、大へん、御厄介になりました」といって軽

く御辞儀をしました。その様子は良家に育った者のようにも思われました。女は更に言葉を続けました。

「こんなに御厄介になっても御恩報じの出来ないのが残念で御座います」

こういって彼女は顔を紅らめてうつむきました。

私はこの言葉にどぎまぎして、

「これからどちらへ御行きになりますか」とたずねました。

すると女は急に悲しそうな顔をして言いました。

「実は、今朝まで番町にある御屋敷に奉公していたので御座いますが、御ひまを貰って、沼津の実家へ帰ろうとしますと、新橋の停車場で、男の人になれなれしく話しかけられ、いつの間にか、荷物もお金も盗られてしまったので御座います。それから途方に暮れて、宛もなく歩きまわりましたが、急に腹痛が起って難儀しているところを、あなたに救って頂いたので御座います」

これをきいて私には同情の念がむらむらと起きました。

「今晩私は興津へ行きますから、よかったら沼津まで御送りしましょうか」

その時彼女はまたもや顔をしかめました。

「有難う御座います。けれど私はこうなった以上、何だか国元へ帰るのが厭で御座います。それに気分も悪いですから、今晩は、どこかこの辺で泊りたいと思います」

こういってから、彼女は太息をついて暫らく躊躇していましたが、やがて決心したように言いました。

「それに私、あなたの御親切に向って御礼がしたいと思いますので……」

彼女は俯向きました。私は彼女の言葉の意味をはっきり理解することが出来ました。そうして急に心臓の鼓動がはげしくなりました。皆さんは定めし私のその時の心持をよく理解して下さるだろうと思います。とうとう私たちは無言のうちにある約束をきめてしまいました。

やがて、私たちは蕎麦屋を出ました。凡そ一町ほど歩いて行きますと、宿屋が二三軒並んでいましたので、とりつきの家にはいりますと、亭主は気をきかせて、女中に命じて私たちを奥の離れ座敷に案内させました。宿へはいると私よりも彼女の方が度胸がすわって、女中の持ってきた宿帳に、彼方自身、すらすらと筆を運ばせ、出鱈目な名を書いて否応なく私たち二人を夫婦にしてしまいました。そうして、まだ九時を打って間もないのに、女中に命じて床をとらせました。

二

思いがけない幸福に浴して、私は床の中で眼をふさいで、今夜の冒険の顚末を、まるで夢を見るかのように思いめぐらしていますと、ふと、女が身を顫(ふる)わせているのに気附きました。見ると彼女は頻りに啜泣(すすりなき)をしておりました。私はびっくりして事情をたずねましたが、彼女はただ泣くばかりでした。私は彼女が私に身を任せたことを後悔しはじめたのであろうと考えて、そのことをたずねますと、彼女は突然むくりと床の上に起き上りました。私も共に起き上って、何事が起きたのかと、彼女の様子を見つめていますと、彼女は突然、

「わたしはもう生きておれません」といい放ちました。

私はぎょっとしました。

「どうしたのです？　何故(なぜ)です？」と私は声を顫わせてたずねました。

「私は今朝御屋敷の宝石を盗んで逃げて来たのです。それは私の出来心でしたことではありません。御前様(ごぜんさま)に対する復讐をしたのです。……」

「え、復讐？」と、私は思わずたずね返しました。

彼女はうなずいて、何思ったか、にわかに寝衣(ねまき)を脱いで、大理石のような美しい肌をあらわし、そうして、その背中を私の方に向けました。私は彼女の背中を見た瞬間、私の全身の血液が凍るかと思いました。というのは、彼女の背中一ぱいに、巨大な蜘蛛(くも)が八本の足を拡げて蟠(わだかま)っている文身(いれずみ)が丁度、握拳(にぎりこぶし)ほどの血を一滴したたらしたかのように、真紅(まっか)な絵具で施され彼女の呼吸と共に、その蜘蛛が生きているように見えたからです。

私は小さい時から、非常に蜘蛛が嫌いでした。それだのに今こうした巨大な蜘蛛を見たのですから、私は卒倒しそうになって、ぶるぶる身を顫わせました。

「この蜘蛛の文身は、御前様が私に麻酔をかけ、知らぬ間に刺青師(ほりものし)に入れさせになったものです。御前様は私の身を汚した上に、こうした罪の深いことをなさったのです。私は心の中(うち)で何とかして、うらみが晴らしたいと思い、とうとう、すきを窺って、御前様の一ばん大切にしておられる宝石を盗んで逃げたのですが、運悪くそれも、停車場で盗られてしまったのです。私はもう生きておれません」

こういって彼女はさめざめと泣きました。私は、その巨大な紅蜘蛛を見てから、彼女自身までが、何となく怖(おそ)ろしく見え、どう答えてよいかわからずに、途方にくれ

て黙っていました。

「ね、あなた」と彼女は涙の顔をあげて私を見つめました。

「ね、お願いですから私を殺して下さい。私はあなたの手に罹って死にたいのです。今日まで私は男の人を沢山見ましたけれど、あなたほど恋しい人に逢ったのは始めてです。だから、あなたの手に罹って死ねば本望です」

私はいよいよ怖ろしくなりました。すると彼女は突然どこからともなく白鞘の短刀を取り出して、ぎらりと抜きました。そうしてそれを私の方へ差出しました。

「ね、早く、これで一思いに私を突刺して下さい。紅蜘蛛の眼のところをずぶりと刺して下さい」

私は恐怖のために舌の根が硬ばったように感じました。身動きもせず、ただ眼をぱちくりさせて坐っていました。するとと彼女は、にやりと笑って、さげすむような態度で言いました。

「あなたは案外に意気地がないですのねえ。いいわ、それじゃわたし、自分で死ぬから。けれどあなたも、わたしに見込まれたが最後、生命がないから、そう思っていらっしゃい。私はこの文身をされてから、私の心も蜘蛛のように執念深くなったのよ。あなたは私を弄んでおいて、今になって私の願いをきかぬのだもの、きっと復讐してやるわ。もうあなたには用がないから、さっさと出て行って下さい。これから、私はこの短刀で自殺して、あなたに殺されたように見せかけ、あなたを死刑にさせずにおかぬからそう思っていらっしゃい。たとい、あなたが警察の手をのがれても、蜘蛛の一念で、きっとあなたに祟ってやるわよ」

こう言って彼女は短刀を取り上げました。

× × × × ×

ふと、気がついて見ると、私は銀座の裏通りを夢遊病者のように歩いていました。私がどうして、あの離れ座敷から逃げ出したかを私ははっきり思い出すことが出来ませんでした。私はあの室から逃げ出す拍子に一二度蒲団に躓いて転んだような気がしました。しかし、彼女は私を追っては来ませんでした。

寒い夜風に触れて、私の神経はだんだん沈静してきました。それと同時に、彼女はあれからどうしただろうかという疑問が頻りに浮んできました。彼女は果して自殺しただろうか。それとも、何かの目的があって、あのような狂言を行ったであろうか。ことによると、彼女は私のあとから、あの宿を立ち出(いず)るかも知れない。彼女は何ものだろう。もし宿から出て来れば、あとをつけて、その行先を知ることが出来る。こう思って私は、一種の好奇心にかられ、停車場附近まで歩いて来たのを再び引き返して、私たちのかりそめの宿の方をさして歩いて行きました。

　と、宿屋のある△△町の角まで来ると、前方に人だかりがしていました。近よって見ると、警官が二三人私たちの宿の前に立っていました。私は、はっと思って、群集の中の一人の男に、何事が起きたのかとたずねました。するとその男は、私の顔をじろじろながめながら答えました。

「いま、あの宿屋で人殺しがあったのです。殺されたのは若い女で、犯人は女の情夫らしく、早くも逃げてしまったそうです。……」

三

　それから私がどんな行動をとったかは、皆さんにも想像がつくだろうと思います。私は無我夢中で駈けて来て、新橋停車場から、ちょうど都合よく、まさに発車せんとする十二時三十分の列車に乗りこみました。

　汽車が出てから暫らくの間、私はただもうぼんやりとして、全身の筋肉がまるで水母(くらげ)のようにぐったりしていましたが、だんだん我に返るにつれて、はげしい恐怖に駆られました。たとい自分で手を下さなかったとはいえ、ああした事情のもとにおいては、彼女が自殺したと認定される訳はなく、定めし今頃は警察で私をさがしているだろうと思って、じっとしては居れぬような気がしました。私は心を沈めて考えました。宿帳には彼女が出鱈目の名と住所とを書いたから、恐らく今頃は、それによって捜索が行われているにちがいないと思い、幾分か心が軽くなりましたが、その時、私はふと、懐(ふところ)に手を入れてぎくりとしました。

　私は即ち紙入(かみいれ)の紛失していることに気附いたのです。私はその日、下宿を出るとき、腹巻に私の全財産を入れ、紙入に五十円ばかり、銭入に銀貨を十円ばかり入れて出ましたが切符と荷物の預り証とは銭入に入れてあったので、それまで紙入の紛失したことに気附かなかったのです。紙入れの中には、住所の書いてない私の名刺がありましたので、もし私が宿屋で落したものとすれば、警察にはすぐ私の本名が知れる訳です。もし幸(さいわい)に新橋まで夢中で駆けつけたときに落したものとすればよいけれども、とにかく私の本名を名乗るのは危険だと思いましたので、以後は偽名を使うことに決心しました。

私はことによると興津へつく前に逮捕されるかも知れぬと思いました。一晩中まんじりともせずに、今後どうしたならば、身を晦ますことが出来るかということを一生懸命に考えました。その結果私は偽名で興津の療養所にはいったならば、きっと巧みに身をかくすことが出来るにちがいないと思いました。まさか病人が殺人を行おうとは警察でも考えないであろうから、それが一番安全な方法だろうと考えたのです。

興津へ着いたのは朝でした。今にも警官が近寄って来はしないかとびくびくしましたが、幸にも何ごともありませんでした。私は人力車に乗って結核療養所をたずね、所長の診察を受けて、日本式の病室を与えられました。

翌日、私が、東京の新聞を見ると、果して殺人の記事が出ていました。京橋区△△町御納屋という宿で一人の若い女が殺され、犯人が行衛不明だから警察では厳探中だと書かれてあるのみで、私の名も彼女の名も書かれてはありませんでした。多分警察では、何もかも秘密にして活動しつつあるのだろうと思いました。ただ私はその時、始めて私たちの入った宿が御納屋という名であることを知りました。

一週間は不安と焦躁との間に暮れました。しかし何事も起りませんでした。前に見渡す美しい興津の海も、緑ゆかしい背後の山々も、私には何の慰安も与えませんでした。どうやら私は警察の手から逃れたように思いましたが、それと同時に、彼女の恐ろしい言葉が耳の底に浮び上りました。

「たとい、あなたが警察の手をのがれても、蜘蛛の一念で、きっと祟ってやるわよ」といった言葉が、ひしひしと私の胸に迫ってきました。そうして、病室に居ても、あの巨大の紅蜘蛛が、どこかの隅から私を睨んでいるような気がしたのです。

皆さんは私のその時の迷信的な気持を御笑いになりましょう。しかし肺病になると、誰でも迷信家になります。ことに、その夜のことを思うと、たとい、自分で手を下さなかったにしても、彼女の死にはまんざら責任のないことはないような気がして、いわば良心の苛責が手伝って、いよいよ私は迷信家となったのであります。そうして、自分は早晩、紅蜘蛛の祟りによって生命を取られるにちがいないと信じてしまいました。

二週間経ち、三週間経っても、別に警察の人はたずねて来ませんでした。新聞を見ましても、もはや何も書かれていなくなりました。つまり御納屋の殺人事件は迷宮にはいったらしいのでした。私は多少は安心しましたけれど、紅蜘蛛の幻想は日毎(ひごと)に強く、私を悩ませました。

　私の食慾はだんだん減じて行きました。咳嗽(がいそう)と咯痰(かくたん)が日ごとに殖えて行きました。医師は興津へ来てから病勢がにわかに進行したことに頭を傾げました。今でこそ、こうして、平気で御話が出来ますけれど、その当時の私の気持は何にたとえんようもない遣瀬(やるせ)ないものでした。いわば死刑の日を待つ囚人の心持にもたとうべきものでした。紅蜘蛛の姿がたえず眼の前にちらつきました。私は彼女の恐ろしい執念が目に見えぬ絆(きずな)をもって十重二十重(とえはたえ)に私をしばりつけているように思いました。しまいには毎晩咯(は)く痰のねばねばした形が、巨大な蜘蛛の糸のように思われました。滋養分を無理に摂取しても、薬剤を浴びるように呑んでも、私の身体は痩せて行くばかりでした。熱は毎日三十八度五分に上(のぼ)りました。とうとう、私は、寝床から起き上ることを禁ぜられてしまいました。そうして毎晩私は、巨大な蜘蛛のために、その糸で締めつけられる夢を見て眼をさますと、油のような盗汗(ねあせ)をびっしょりかいているのでした。こんなに蜘蛛の幻想のために責められる位ならば、いっそ、警察へ自首した方が、遥かに楽だろうと思いましたが、もはやいかんともすることが出来ませんでした。

　二ケ月過ぎた頃には、私は衰弱の極に達しました。医師は私に新聞を見ることをさえ禁じました。たまたま空を見ましても、雲の形が蜘蛛のうずくまっているように見えたり、看護婦の使用している楕円形の懐鏡(ふところかがみ)が、巨大な蜘蛛の眼球に見えたり、眼を開いても、眼を閉じても、蜘蛛は一刻の休みもなく私をせめるのでありました。

　ある朝、——それは何となく陰鬱な曇り日でした。看護婦に食事を与えてもらっていると、突然私は、これまで経験したことのない、はげしい咳嗽に襲われ、次の瞬間思わずも、あたり一面に真紅な血の飛沫をとばせました。看護婦は驚いて医師を呼びに行きました。けたたましい咳嗽は続けざまに起って、白い蒲団の上や畳の上は、点々たる血痕で一ぱいに染められました。はじめは、精神が比較的はっきりしていましたが、後に、ぼーっとした気持になりました。と、その時です。畳の上や敷布の上に飛び散った一滴一滴の血痕が、そのまま、小さいのは小さいなりに、大きいのは大きいなりにそれぞれ無数の紅蜘蛛となって、一斉に私の口元めがけてさらさらと動いて来ました。はっと思う拍子に私は人事不省に陥っていました。

四

幾分かの後、気がついて見ますと、私は医師と看護婦とに介抱されていました。

「気がつきましたか、よかった、よかった。静かになさい」と医師はやさしく言いました。私が何か言おうとすると医師は手を振って制しました。人事不省の間に注射が行われたと見え、左の腕がしくしく痛みました。

医師は看護婦に向って、私の胸に氷嚢（ひょうのう）を当てるように命じ、私に向って、もう大丈夫だから、絶対安静にしていなさいと言って病室を去りました。私ははじめ、ぼんやりしていましたがだんだん意識が明瞭になるに連れ、いよいよ紅蜘蛛の祟りで死なねばならぬことを悟りました。

死ぬと定（き）まった以上私は医師に向って懺悔しておきたいと思いました。で、私は、看護婦に医師を呼ばせました。医師はすぐさまやって来て、私の意志をきいて、はじめは話しをすることに猛烈に反対しましたが、私の態度が真剣であったので、遂に内証声で話すことを許しました。

私は私の冒険の一伍一什（いちぶしじゅう）を話し、紅蜘蛛の幻想に悩まされた顚末を告げ、そうして最後に、

「こういう訳ですから、私が死んだら、どうかあなたから、警察の人に委細を告げて下さい」と申しました。

語り終ると、私は何となく胸がすがすがしくなるのを覚えました。医師ははじめ好奇心をもって聞いていましたが、後には意外であるというような顔附をしました。そうして私が語り終るや否や、

「ちょっと、御待ちなさい」といって、急いで病室を出て行きましたが、暫らくすると、手に一枚の新聞を携えて帰ってきました。そうして医師は三面を開き、ある写真を指（さ）して、

「これに見覚えがありますか」とたずねました。

私はその写真を見て血を喀きそうになる位びっくりしました。その写真こそ、私が夢寐（むび）にも忘れぬ彼女――即ち紅蜘蛛の女であったからです。

「あなたの先刻御話しになったのはこの女でしょう。これを読んで御覧なさい」と、医師はそのそばの新聞記事を指しました。

……紅蜘蛛お辰捕縛（ほばく）さる……

かねて、浅草、京橋方面に出没して、幾多の男を餌食（えじき）

にしていた女賊紅蜘蛛お辰は、一昨夜、京橋署の手に逮捕された。彼女は病人を装って男を釣り、附近の宿屋に連れこんで、背中の紅蜘蛛の文身を示して、男の度胆を抜き、後に短刀を出して殺してくれと迫り、男が狼狽して逃げ出す隙に、男の懐中物を抜き取っていたのであるが、一昨夜、同様の手段で××町の葛屋に男を連れ込んだところを、張込中の警官に逮捕されたものである。彼女の毒牙にかかった男は数えきれぬほどで、目下関係者を引致して取調中である。〔写真は紅蜘蛛お辰〕

あまりのことに私は私の眼を疑いました。気が遠くなるように覚えました。その時医師は微笑をうかべて言いました。

「これは一昨日の新聞ですよ。どうやらあなたも被害者の一人のようですねえ。紅蜘蛛は死んだどころかぴんぴんしていたのですよ。さあ、しっかりして下さい。もう紅蜘蛛の幻想は起りませんよ……」

×　　×　　×

ここまで語って森氏はほっと一息した。私たち一同はこの不思議な話に息をこらして聞き入った。

「すると、その殺された女は誰でしたか」と、私は待ち切れないでたずねた。

「実は、私もそれが不審でならなかったのですよ。で、その時から、私は刑事になろうと決心したのです。一つにはその殺された女が誰だったかをたしかめるため、今一つには、私のような世間知らずの男をだます女賊をなくしたいと思ったからです。

そう決心すると、不思議にもその日から私の病気は恢復に向い、食欲も盛んになる、熱も下る、盗汗も出なくなる、体重も殖えるという工合に、いわば薄紙をはぐようによくなって、約四ケ月の後には以前にまさる健康状態になってしまいました。

そこで私は上京して、早稲田大学を退き、警視庁の刑事を志願して、首尾よく採用されました。そうして、その夜の事件を探索してみると、御納屋で一人の女が殺されたのは事実でしたが、私たちがはいった宿屋は御納屋ではなく、実はその隣りの銭屋というので、全く偶然に、御納屋の殺人の時間と、銭屋で私が紅蜘蛛の女を残して去った時間とが一致したのです。御納屋で殺された女は、とうとう身許もわからず、また、その犯人も知れませんでした。いや、私は、偶然の事件のために、思わぬ災難を蒙りましたが、こうして健康を恢復した今日から見れば、まことに尊い経験をしたと思うのであります。
……」

稀有の犯罪

一

悲劇というものは、しばしば、まるでお話にならぬような馬鹿々々しい原因で発生するものであります。ほんのちょっとした出来心や、まったく些細ないたずらから、思いもよらぬ大事件を惹き起すというようなことは、よく物語などにも書かれているのであります。

これから私が御話しようするのも、やはり馬鹿々々しい原因で、三人の宝石盗賊がその生命を失う物語であります。というと、察しのよい読者は「ハハア宝石を取り扱った探偵小説だな。今どき探偵小説の中へ宝石を持ち出すなんて古い古い」と仰しゃるにちがいありません。実際そのとおりで、宝石とピストルにはお互いにもう厭き厭きしてしまいました。

けれども、懐中時計が宝石を断念することができぬと同じように探偵小説もなかなか宝石と絶縁することはむつかしいのであります。まったく、宝石の色と光とはたまらなくいいものです、じっと見ていると、しまいには一種の法悦を感ずるくらいでありますから、箕島、仙波、京山の三人が、共謀して、宝石専門の盗賊となったのも、あながち酒色に費す金がほしいばかりでなかったのであります。しかし、どうして三人が一しょになって仕事をするようになったか、また、三人がどういう生い立ちの者であるかというようなことは、この物語とは関係のないことですから、申し上げません。とにかく、三人は宝石に対する趣味を同じくして、他人の秘蔵している宝石を盗んだのですが、いつも一定の時日愛翫すると、それを売り払って、金にかえ、しばらくの間にその金を費い果してしまうのでした。

して見ると彼等三人の宝石に対する趣味は、純なものだとはいわれません。それのみならず、彼等は、宝石を奪うためには、他人を傷つけたり、殺したりすることさえ敢てしましたから、いわば彼等の趣味は悪趣味というべきものでした。

こうした悪趣味は、そんなに長い間、青天白日の下で栄えるものではありませんが、不思議にも、警察は、久しくその悪趣味を除くことに成功せず、実をいうと、彼等三人が、どこに住って、どんな容貌をしているかさえ知らなかったのであります。知っているのはこの物語の作者ばかりで、実は彼等は市内に二ケ所の住居即ち根城を持っていましたが、三人とも非常に変装に巧でありまして、単に風采を変えるのに秀でていたばかりでなく、他人の容貌に扮装することも、彼等にとっては極めて容易な業でありました。だから、警察にはなかなかわからなかったのであります。何しろ盗賊にはいって、ただちにその家の主人公に扮装することなどがあるのですから、無理もありません。

　ところが、悪運が尽きたとでもいうのですか、それとも、阿漕が浦で引く網も度重なれば何とやらの譬か、警察ではやっとのことで、彼等の二つの住居のうちの一つを嗅ぎ出したのです。場所はS区B町という尼寺の多い町でして、まったく宝石盗賊などの住みそうもないように思われる場所なのです。しかも、いざというときには、うまく逃げられるように、警察の知らぬ秘密の通路などがこしらえられてありました。

　で、警察では、こんど、三人がどこかの邸宅にはいって宝石を盗んだならば、すぐこの根城を襲って彼等を取り押える手はずになっていたのであります。このことは、やはり作者が知っているだけで、彼等三人はちっとも知らなかったのであります。さればこそ、彼等がN男爵家にはいって、男爵の秘蔵していた青色のダイヤモンドを盗むなり、警察のために、その根城に踏みこまれ、しかも、妙な行きがかりから、三人とも生命を失うようなことになったのであります。

　N男爵家の青色のダイヤモンドは、彼等三人の久しく狙っていたところのものであります。それは時価少くとも二十万円の宝石でありまして、大さは無名指の頭ぐらいですけれど、その色が南国の海のように青く、たまらなく美しいのであります。実は彼等は、これを奪うなり、暫く日本から離れて、支那へでも渡ろうという計画を建てていたのですが、とかく、世の中のことは、予定通りにはまいらぬもので、とうとう支那よりももっと遠い、十万億の仏土を隔てたむこうまで旅行することになりました。

二

　お話の順序としては、彼等がいかなる手段をもって、N男爵家の金庫の中にあったダイヤモンドをまんまと手に入れたかを語らねばなりませんが、そういう探偵小説はもういい加減に読者諸君が厭き厭きしておられるであろうから、私は、いきなり、三人が、B町の住居の一室で、盗んできたダイヤモンドを中央のテーブルの上に置き、それを取り囲んで、うっとりと見つめながら思うままに賞翫している場面から述べはじめるのであります。いつも三人は、緑色のシェードをもった卓上電燈の光りで、宝石の魅力ある光をながめるのですが、今は丁度午前二時で、三人は一時間ほど前に、男爵邸でかなりに心身を疲労したせいか、青色の光の前で、まるで催眠術にでもかけられているように、ぼんやりした表情をしつつ、長い間、無言の行をつづけました。三人とも煙草がきらいなので、はたから見ると、頗る手持無沙汰に見えますけれど本人たちはそれほどに思わないのでしょう。テーブルの上にのせた手を組んで、前かがみに椅子に腰かけ、宝石の光に刺戟されて、色々の追想にふけるのでした。秋の夜の戸外は至って寂しく、お寺の多い町の静けさは、人々に一種の鬼気を感ぜしめないではおきません。

「美しい！」と、箕島が小声でいいました。

「すごい！」と、仙波がいいました。

「素敵だ！」と、京山がいいました。

それから、再び沈黙が続きました。

凡そ三十分ほど鑑賞の沈黙が続いたとき、聴覚の最もよく発達した箕島は戸外にある一種の異様な物音をききました。もし三人の聴覚が同じ程度の鋭敏さであったならばこれから述べるような悲劇は起らなかったであろうに、仙波と京山の二人は、年は箕島と同じく三十五六歳でありながら、耳の発達が普通で、その時何の音をも聞かなかったのであります。

だから箕島が、青色のダイヤモンドの方へ、フッと手をのばして、瞬く間に、口の中へ入れてぐっと嚥みこんだ時には、箕島が戸外の物音を警察の追跡と直覚し危険を恐れてダイヤモンドを体内にかくしたのだとは思わず、反対に箕島がそのダイヤモンドを独占しようとしたのだと誤解したのであります。

仙波と京山とは、同時に箕島におどりかかりました。その時箕島が、その理由を説明すればよかったであろうに、箕島は三人の生命を完うしなければならぬという方に気をとられ、いきなり卓上電燈のスイッチをひねって灯を消しました。ところが、この行為は、他の二人の疑惑を一層深めました。

「シッ！」といって箕島は、二人の注意を促そうとしましたが、もはや駄目でした。次の瞬間、椅子のたおれる音、テーブルの転がる音、卓上電燈の割れる音が聞えました。いうまでもなく、はげしい暗中の格闘がはじまったのです。

一しきり、どたんばたんという音が続きましたが、そのうちに突然ピストルの音がしたかと思うと、それと同時に「うーん」とうめく声が聞えました。そうしてしばらくの間、ぴたりと物音がとだえましたが、その時室外に突然どやどや沢山の人の足音がしました。即ち警官たちが、N男爵邸の盗難の報に接して、かねて目星をつけていた三人の巣窟を襲ったのです。

警官たちが、三人のいた室にはいるためには、相当の時間を要しました。即ち扉を破らねばならなかったからです。室の中には火薬の煙のにおいが漂っておりました。そうして、警官たちが、懐中電燈をもって室内を照らして見ますと、家具の狼藉の中に、箕島——即ち、いましがたダイヤモンドを嚥みこんだ箕島が、左の胸部から血を流して死んでおりました。

三

もし箕島がダイヤモンドを嚥みこんでいなかったならば、仙波も京山も生命を失うような悲劇を起さなかったでしょうが、箕島の腹の中にあるダイヤモンドを取り返そうと二人が計画したばかりに、はからずも悲運を招くことになりました。

B町の巣窟の秘密の通路から首尾よく逃げ出した仙波と京山の二人は、第二のかくれ家に来て「ほッ」と一息つきました。

「貴様が箕島を殺したばっかりに、せっかく手に入れたダイヤモンドを、みすみす捨ててしまった」と、京山は残念そうな顔をしていいました。

この京山の言葉によると、ピストルを発射したのは仙波だと見えます。

「仕方がないよ。箕島の奴、俺等二人を出し抜いて、自分一人でダイヤモンドをせしめようとしたんだもの。奴にとられるよりはまだましだ」と、仙波は、箕島を殺したことをさほど後悔もせず、またダイヤモンドを失ったことをあまり惜しがりもしないような態度で言いました。

「これでいよいよ日本の土地を離れることが出来るのだと思って喜んでいたのに、すっかり計画がくるってしまった」と、京山は吐き出すようにいいました。

「まあそんなに悲観するな」と仙波は諭しました。仙波は甚だ気が短かい性分でして、だからこそ、一時の激情に駆られて、久しく親密にしていた箕島を殺したわけですが、京山が甚だしく悄気かえっているのを見ると、まず自分から落ついて、京山をなぐさめるより外はありませんでした。

「でも惜しいよ」と、京山はなおもあきらめられませぬでした。

「おいおい」と仙波は京山の注意を促すようにいいました。「おれの身にもなってくれ。おれは人殺しをして、今日から日蔭ものだよ。もっとも、つかまった時には貴様にも、まきぞえを食わしてやるつもりだがな、まあまあ当分はつかまらぬつもりだから心配せぬでもいい。それよりも、何か新らしい仕事を計画しようよ」

「新らしい仕事よりも、おれはあの箕島の嚥みこんだダイヤモンドを取りかえしたいと思うんだ。何とかよい方法はないものかなあ」

京山はどこまでも青色の宝石に未練を残しておりました。

いわれてみれば仙波にしても、まんざら惜くないこともありません。といって、今ごろは警察の手に渡ってしまったであろうところの箕島の死骸の中から、問題のダイヤモンドを取りかえすことは、到底不可能のことであります。

「駄目だよ。箕島の身体はもう、こっちのものでないからな。それにしても、どうして警察の奴等が俺等の巣を嗅ぎ出したのだろう。ことによると、箕島の奴め、警察に密通して、あの場合、俺等二人を警察の手に渡して、ずらかるつもりだったかも知れん」と、仙波は、どこまでも、箕島の行動を誤解しております。

「だから、宝石が箕島に占領されたかと思うと、いよいよ残念じゃないか」と、やっぱり、京山にも箕島の真意がわかっておりません。

「それもそうだなあ」と、仙波も考えはじめました。

「けれど、とてもとり戻す手段はないじゃないか」

「そこを何とか工夫してみようじゃないか。貴様は俺より人間の身体の中のことはずっと委しいはずだから、一つよく考えてみてくれ」

仙波はもと、T医科大学の病理学教室の小使をしていたことがあって、人間の解剖に馴れていたので、京山はこういったのです。仙波は人間の解剖をたえず見ていたので、自然殺伐な性質が養われたわけですが、いかに人体の内部のことにくわしくても、箕島の体内にはいったダイヤモンドを取り返す妙案は浮びそうにもありません。

「待てよ」と仙波は腕を組み、眼を閉じて、しばらくの間考えこみました。朝が近づいたと見えて、街から荷車のとおる音が聞えてきました。二人は別に疲れた様子もなく一生懸命に考えました。

やがて、仙波の顔にはあかるい表情がうかびました。

「あるよ、妙案が」と、仙波はにこにこしながらいいました。

「どんなことだい?」と京山は息をはずませました。

「まあ、ゆっくり聞け」と仙波は得意気にいいました。「箕島の死骸は、今日、大学の法医学教室へ運ばれて、解剖されるにちがいない。おれは病理学教室にいる時分、時々法医学教室へもいったが、法医学教室は教授と助手二人と小使との四人きりで、解剖は教授がやることもあるし、助手がやることもあるのだ。殺人死骸が外から運ばれてくると、とりあえず解剖室に置いて、すぐさま、解剖の始まることもあるが、大ていは、四五時間の後か、或は教授の都合により、翌日に行われるのだ。だから、こんども、その間に、うまく教室へしのびこんで、死体の腹を開いて、胃の中から、ダイヤモンドを取り出せばいい」

「なるほどなあ」と京山もこの妙案に力づけられていいました。「けれど、夜分ならともかく、今日の昼中解剖が行われて警察の人間がそばに居たら、盗みにはいることも出来ないじゃないか」

「それもそうだ」と仙波は再び考えこみました。そうして暫くの後、何思ったか、じっと京山の顔を見つめて、にこりとしながら「いいことがある」と叫びました。

「何だい、俺の顔ばかり、じろじろながめて」

「その貴様の顔が入用なんだよ。というのは、貴様に白い鬘をきせて、胡麻塩の口髭と顋髭とをつけると、法医学教授の奥田博士とそっくりの顔になるんだ。だから、教授に扮装して教室へ入りこみ、ダイヤモンドを取り出してくればよい」

「なるほど、もしそうだったら、そいつは面白い」と、これまで三人のうちで扮装の一ばん巧だった京山は、一種の誇りを感じていいました。が、次の瞬間、急に顔を曇らせました。「けれど、俺は解剖のことをちっとも知らないんだから駄目じゃないか。もし沢山の人がいたら、何とも仕ようがないじゃないか」

「そこだよ、貴様の腕を見せるところは、つまり、教授に扮装して、助手に命令し、万事助手にやらせて見ておればよいのだ」

「けれど、そうすれば、ダイヤモンドをその助手にとられてしまうじゃないか」

「無論ぼんやりしていてはいけない。即ちその助手に命じて、胃と腸は都合によって自分で研究してみたいからといって、胃腸を切り出させ、それを貰って逃げてしまえばよいのだ」

「そうか。しかし、同じ教授が二人おればすぐ見つかってしまうじゃないか」

「それで、俺が力を貸してやろうと思うんだ」と、仙波もいつの間にか、真剣になりました。

「貴様が一しょに来てくれれば訳はない。で、どうするんだ?」

「まず、貴様と一しょに警察のものだと偽って法医学教室をたずねる。教授に逢って二三世間話をし、その間に貴様が教授の声色や癖を研究する。それから突然二人で教授をしばり上げて猿轡をかませる。そうして貴様が持って行った扮装道具で手早く教授に扮装して解剖室へ行く。その間、俺は教授室の中から鍵をまわして本物の教授の番をしている。貴様は解剖室で助手に命じて胃腸を切り出させ、ちょっと自分の室へ行ってくるといって、そいつをもって帰ってくる。そこですぐさまもとの服装にかえり、臓物を新聞紙に包んで法医学教室を抜け出す。どうだい? これなら、そんなにむつかしいことはないじゃないか」

「うまいうまい」と、京山は、はや計画が成功したかのように、うれしそうな顔をしていいました。まったくこの計画が成功すれば二十万円を二人でわけることが出来るのですから嬉しいにちがいありません。「それじゃ、そういうことにして準備に取りかかろう。これから一寝入りしたら貴様すまぬが自働電話をかけて、解剖が何時にはじまるかきいてくれよ。それとも、解剖はもうはじまったかも知れぬかな?」と、不安そうな顔をしました。

「大丈夫だよ。九時より前にはじまることは決してないよ」と、仙波は自信をもっていいました。

四

九時少し前、仙波は法医学教室へ自働電話をかけに行って、にこにこしながら、帰って来ました。二人とも熟睡と朝食とのために、溌溂とした元気でおりました。

「どうだった?」と京山がたずねました。

「上首尾さ」と、仙波は答えました。「午後の正三時に解剖が行われるというのだ」

「そりゃ都合がいい」と、京山も嬉しそうにいいました。「時に、電話で、どういって先方へたずねたのかい?」

「別にむつかしいことはなかったさ」と、いいながら仙波は少なからず得意です。

「こちらは警察のものだが、昨晩、S区B町で殺された死骸はもう着きましたかとたずねたのさ。すると、小使の声で、今朝早く着きましたという返事よ。しめたと思ってね。それから、解剖は何時からですかというと、午後の三時からだという答えなんだ。万事工合よく行ったよ」

それから二人は扮装に必要な道具を吟味しました。そうして、午後二時四十分ごろ法医学教室をたずねた時には、二人はまったく、私服の警察官らしい姿になっておりました。

だから、二人は教授室へ、何の疑惑もなく迎え入れられました。京山は教授の顔を一目見るなり、なるほど自分の顔に似たところがあると思い、同時に教授の態度や声色が極めて真似し易いことを知りました。

教授との二三の会話の後、いま、解剖室には警察や検事局の人が立合って、教授の行くのを待っているばかりであるということがわかりました。で、仙波はすばやく京山に合図をして、あッと思う間に教授に猿轡をはめ、教授をしばり上げました。そうして五分たたぬうちに、京山は、白い手術衣をつけた奥田博士になり切ってしまいました。

贋の奥田博士が廊下に出るなり、むこうから、同じく白服を着た男が来ました。京山は直覚的に、それが助手であると知りました。

「先生、もう皆様がお待ち兼ねですから、呼びにまいりました」

「そうかね、今ちょっと手が離せなかったものだから」

と贋博士は鷹揚な態度でいいました。

助手は敬意を表するため、教授のあとにまわって歩こうとしました。京山ははッと驚きました。解剖室がどこにあるかわからないので、思わずもその場に立ちどまってしまいました。が、さすがはこれまで幾度となく扮装したことのある京山ですから、突嗟の間に、ある考えを思いつきました。

「実は今日の解剖は君たち二人にやってもらうことにしたよ。だから、そのつもりで一足先へ行って、もう一人の助手にそういってくれたまえ」

助手は怪訝そうに教授の顔を見上げていいました。

「矢野君は今日留守で御座いますから、先生と御一緒に解剖するはずで御座いましたが」

「いや、そうそう」と京山は、内心ぎくりとしながら答えました。「ついうっかりしていた。実はねえ、あの死骸は少し怪しいと思うところがあるから、腹の中の……五臓を僕自身で検べてみたいと思うのだ。だから君面倒だが、真先に腹の中のものみんな取出してくれぬか」

「五臓」などという言葉をこれまで一度も先生の口からきいたことがないので、助手は不審に思いましたが、矢野助手の不在を忘れるくらいだから、先生今日はどうかしてるなと思いました。

「承知しました」こういって助手が先になって走り出そうとすると

「あ、君ちょっと」と贋教授はよびとめました。「君、僕はここで待っているが、腹の中のものだけ切り出して持って来てくれぬか。何だか今日は気分がすぐれないから」

少々京山も臆病になってきました。

「でも先生、先生の口から、一応検事にそのことを仰しゃって下さらなければ困ります。先生がそばにいて下されば、私がすぐ切り出して差上げます」

この最後の言葉に急に力づけられた京山は、「よし、それでは挨拶に行こう」と助手のあとから、解剖室にはいりました。

解剖室の中には検事をはじめ、その他の司法官、警察官など数人の人が、鹿爪らしい顔をして立っていました。京山は何となく気がひける思いをしましたが、せっかくここまで事を運んで、やり損なっては何にもならぬと思い、勇を鼓して、かるくみんなに目礼をしました。

が、中央の解剖台上の死体を見るに及んで顔をそむけずにはおられませぬでした。死体の顔と局部はガーゼで蔽ってありましたが、胸の創がまる出しになって、そこから血がにじみ出ていたので、これまで一度も、かようなものを見たことのない京山は、少なからず内心の平衡を失いました。

「この死骸は」と、いきなり京山はいい出しました。その声が少し調子外れでありましたから、みんなは一斉に教授の顔を正視しました。すると教授は一そう興奮してしまいました。「腹の中にダイ……いや大事な……証拠をもっていると思いますので、まず腹の中のものだけを切り出して、それを僕自身で検べてみようと思います。おい君！」と、助手の方に向い、「大急ぎで取り出してくれたまえ」

もとより誰も教授の言葉にさからうものはありませんでしたから、何か質問されやしないかと、はらはらしていた京山は、この後幾分か安心の呼吸をすることが出来ました。けれども、彼は全身に汗のにじみ出たことを感じました。

助手は教授の命令のままに、腹壁(ふくへき)を開いて、手早く、腹部内臓の切り出しに取りかかりました。京山は、はじめはおそろしいような気になりましたが、段々(だんだん)見ているうちに、不思議なもので、何ともなくなりました。そうして幾十分かの後腹部内臓の全部が、琺瑯(ほうろう)鉄器製の大盆の上に取り出されたときには、そばにあったピンセットを取り上げて、臓器の一部分に、もっともらしく触れてみるだけの勇気が出ました。

贋教授はやがて、大盆を取り上げましたが、思ったより重いのにびっくりして下に置きました。

「僕が御室(おへや)まで持って行きましょうか」と、助手がいいました。

「それには及ばぬ」こういって再び持ち上げましたが、その瞬間、ふと、これが昨日まで一しょに語った箕島の「はらわた」であるかと思って、気がぼーっとしました。もしその時、助手が、

「先生!」

と叫ばなかったなら、或は彼はその盆を床の上に落したかも知れません。

助手は言葉を続けました。「胸部の解剖はどうしましょうか?」

「どしどしやってくれたまえ。僕はじきかえって来る」

こういって京山は逃げるようにして、解剖室を出ました。

五

「重い重い。まったく、くたびれてしまった」と、京山は、大きな新聞紙の包(つつみ)をテーブルの上に投(ほう)り出して、ぐったりと椅子に腰掛けました。

「自業自得(じごうじとく)だよ。胃腸だけでいいものを、余分のものまでとってくるんだから」と、仙波は、たしなめるようにいいました。でも、二人の顔には、予定どおり事を運んで、首尾よくダイヤモンドを取りかえした満足の表情がうかんでおりました。

「だって、俺は、胃腸という言葉を忘れてうっかり五臓といってしまったんだ」

「馬鹿、五臓といや、胸の臓器もはいるのだよ」

「でも、あの助手は俺の言葉をすっかりのみこんで、とにかく、目的をとげさせてくれたよ。だが、今ごろは教室で大騒ぎをしていることだろう」

「まったくだ。けれど、教授は俺が番をしている間、神妙にしていたよ。それにしても切出しは随分長くかか

ったもんだ」

「俺も本当に気が気でなかった。……時にぼつぼつダイヤモンドの取り出しにかかろうか。これからは、貴様の仕事だぞ」と、京山は促すようにいいました。

「よし来た」こういって、仙波は新聞紙を解きにかかりました。解いて行くにつれ、生々しい血潮のしみがあらわれましたので京山は妙な気分になりましたが、仙波は平気の平左で手ぎわよくあしらって行きました。

やがて比較的乾いた内臓があらわれました。

「これが脾臓で、これが肝臓だ。こいつが馬鹿に重いんだよ。これが胃で、この中にダイヤモンドがあるはずだ」

こういって彼は、指をもって胃袋の上面を触れました。

「ダイヤモンドは外からさわって見てもわかるはずだ」

暫くさわっていましたが、

「おや、おかしいぞ！」といいました。この言葉に、京山も思わず全身を緊張させて仙波の血に染った指の先を見つめました。

「おい、鋏とナイフを取ってくれ」と仙波がいいましたので、京山がそれを渡すと、手早く仙波は胃袋を切り開きました。

「無い。腸の方へ行ったのかしら」

こういって、仙波は何となくあわてた様子をして、十二指腸、小腸、大腸、直腸を切り開き、次で、その内容を調べて見ましたがダイヤモンドは姿を見せませんでした。

二人は暫くの間、互いに顔を見合せました。腹立たしさと絶望とのために、二人の顔は急に蒼ざめました。

「ないんだよ、おい！」と、気の早い仙波は額に青い筋を立てていいました。

「ないはずがあるものか」と、京山は、不審そうな顔をしました。

「だってないじゃないか」

「もっと捜して見い。その大きな肝臓とやらの中にはないのか」

「こんなところへ行くものか」

「それじゃ、箕島が、口の中へふくんでいただろうか」

そういえば、そうと考えられぬこともないので、仙波は、

「畜生、また奴に一ぱい食わされたのかな。奴め、どこまでも祟りやがる」

といいながら、あたかも、箕島に復讐するかのように、ナイフをもって、肝臓や脾臓を寸断々に切りました。

そうして、残った臓器の塊を、あちらこちらにひっくり

かえしながら、なおもナイフを突きさすのでした。

「おい、よせよ。無いものは仕方がないじゃあないか。俺はもうあきらめたよ。せっかく貴様の力でここまでやってきたが、こんどはよっぽど悪運につけこまれたんだ。貴様もあきらめてしめえ」と吐き出すようにいいました。

　妙なものです。始めは京山の方があきらめかねて事を企てたのですに、今は、仙波の方があきらめかねるのでした。そうして依然として、寸断の行為(しぐさ)を続けました。

「いい加減にしないか」と京山は声を強めていいました。

　と、その時仙波は何思ったか、怖(おそ)ろしいものでも見つけたかのように、そのうちの一つの臓器をじっと見つめていましたが、やがて、手に取り上げて見るなり、

「やッ」と叫びました。「これ、貴様、とんでもないものを持って来たな」と、怖ろしい眼をしていいました。

「何だ?」

「こりゃ貴様、子宮だぞ!」

「え?」

「え?　もないもんだ。これ、よく聞け、貴様がもってきたのは女のはらわただぞ」

「女?」

「そうよ、男に子宮はない」

「だって」

「だってじゃない。女と男と間違える奴があるか。一目でわかるじゃないか」

「でも、顔と局部には白いきれがあててあった」

「髪があるじゃないか、髪が」

「髪はなかったようだ」

「嘘いえ。それに乳房でもわかるじゃないか」

「それが、乳房も大きくなかったようだ」

「おい、おい」と仙波の声は荒くなりました。

「人を馬鹿にするなよ、人を」

「何を?」と、京山も聊(いささ)か憤慨しました。

「貴様、助手をだまして、箕島のダイヤモンドをせしめ、俺には別の死骸のはらわたを持って来たな?　道理でながくかかったと思った」

　身に覚えのないことをいわれて京山の怒りは急に膨脹(ぼうちょう)しました。

「何だと?　いわしておけば、きりがない。貴様先刻から、あちら、こちらにいじくりまわしていたが、俺の知らぬ間にダイヤモンドを取り出して、俺がはらわたのことを知らぬと思って、子宮だなどといって、うまくごまかすのだろう」

　ぱッと仙波は京山にとびつきました。次の瞬間はげし

い格闘がはじまり、やがて、二発の銃声が起って、二人は死体と化してしまいました。

×　×　×　×

翌日の新聞には、「稀有の犯罪」と題してT大学法医学教室の奥田教授の奇禍と鑑定死体の腹部臓器の盗難の顛末が報ぜられておりました。それによると、S区B町の尼寺にその前夜強盗がはいって、尼さんの胸を短刀で刺し殺して金員を強奪して行ったのであるが、その尼さんの死体の臓器を二人の男が持って行ったのであって、何の目的であるのか判らないということでした。なお、焼場の死体の臓器を盗む犯罪はよくあるが、法医学教室へ強奪に来るのは稀有の犯罪だと書き加えられてありました。

これで読者諸君にも、臓器の間違いの理由はわかったことと思いますが、ここに当然起る疑問は、箕島の死体がどうなったかということです。これは翌日の新聞にも出ていなかったのです。というのは、警察は三人組の他の二人をさがすために、秘密に行動したからでありまして、箕島の死体は警察医によってB町の三人の巣窟で解剖され、その結果、当然、胃の中から青色のダイヤモンドが発見されました。そうして宝石は首尾よくN男爵の手にかえりました。

展望塔の死美人

一

何しろその都で一ばん名高いYデパートメントストーアの、しかも展望塔のベンチの上に、都下一流の映画女優花房八重子（はなぶさやえこ）が、春の昼日中盛装して死んでいたというのですから、騒ぎは一入（ひとしお）大きくなったのです。

雄大な景色に接すると、よく人は死にたくなると申します。何故（なぜ）死にたくなるのか、心理学者にでもたずねたら、きっと、むつかしい理窟をつけて説明するにちがいありませんが、理窟はとにかく、すべて愉悦の情が絶頂に達したとき、それが肉体的のものであっても、または精神的のものであっても、ことに女の人は死にたいという衝動に襲われ易いのであります。Yデパートメントストーアの展望塔から瞰下（みおろ）す景色は、ことに春酣（はるたけなわ）なる頃には、実に雄大そのものといってよろしい。後方には白い雪を頂く連山、前方には蒼（あお）く輝く果しなき海洋、幾十里に拡がる瓦（かわら）屋根の中から、ところどころに白く聳（そび）ゆる摩天楼（まてんろう）、満開の桜花（おうか）に取りかこまれた公園の伽藍（がらん）、遥かむこうには古城のそそり立つなど、一たび塵（ちり）深い街頭をのがれてこの展望塔に上ると、その眼に受ける変化のはげしいだけ、それだけ心に受ける変化も甚だしく、従って、ふらふらとした気にもなり易い訳であります。

ですから、女優花房八重子が、展望塔のベンチの上で眠るがごとく死んでいたときいて、恐らく彼女は自殺したのであろうと、多くの人の想像したのも無理はありません。いや全く、自殺の場所としては毫（ごう）も不足はなく、最近人気が幾分か下火になりかけていた彼女として、自殺を選ぶのも決して不思議な心理ではないからです。展望塔の上はかなりに混雑していますけれど、どうかすると、それほど沢山人のあがっていない時もあります。ですから、そのすきを見て毒薬をのみ、ベンチに腰かけて、美しい風景をながめながら、永久の眠りにつく……なんと詩的な死に方ではありませんか、こういう詩的な死に方は、彼女の平素を知るものには、当然のこととして、うなずけるのでありました。

私は今、彼女が毒薬をのんだように申しましたが、それは、彼女の死体が発見されたとき、どこにも傷の痕はなく、また、何の苦悶の形跡もなく、それかと言って、心臓病とかその他の病で頓死したとは考えられず、別に彼女の手提袋の中に毒薬の残りなどは見つかりませんでしたけれど、急報によってかけつけた検死の役人が、多分毒薬自殺をしたのだろうと推定したからであります。

が、ここで、順序として、作者は、彼女の死体の発見された当時のありさまを述べておこうと思います。それは実に美しく晴れ渡った春の日の午後四時頃のことです。同じく展望塔へ上った二人の中学生が、最初は四方の景色をながめて、いろいろ批評しあっておりましたが、そのうちに、何かの話のきっかけから、急に巫山戯出し、小さい方が、大きい方に突きとばされて、よろよろとベンチの方へよろめき、身を支うるひまもなく、そこに半ば横向きに腰かけて眠っていた美人の膝の上に手をついたのであります。はッと顔をあからめて、その学生は失礼を詫びようとしましたが、依然として美人は眠りつづけていましたので、さすがに、これは怪しいと思ったのでしょう。よく近づいて見ると、普通の眠りとどうも様子がちがっているではありませんか。

「もし」

こう言って、件の学生は、思い切って美人の肩に手をかけ、軽く身体をゆすぶりましたが、美人はもはや固くなって動きません。で、大騒ぎになって、デパートメントストーアの事務員などが駈けつけ、直ちにその美人が映画俳優の花房八重子であるとわかり、警察へ変事が報ぜられて係官の出張となったのであります。警察医の鑑定によると、死体の発見されたのは、死後凡そ一時間半だということでしたから、花房八重子は死んでから一時間半も、眠ったものとして、何人にもその真相を発見されずに居たことになります。

警察官の指図によって、直ちに花房八重子の自宅に通知が発せられました。すると約四十分ほどして、大学の制服制帽をつけた男が出頭しました。襟にMの字をつけているのは医学部の学生たる証拠です。

「僕は花房八重子の良人西村安雄の弟で、西村隼人と言います」

西村安雄というのは、有名な新派の俳優です。花房八重子は、凡そ一年ほど前から西村安雄と同棲していたのです。隼人の語るところによると、兄安雄はかねて神経衰弱に悩んでいたが、この四五日は劇烈な神経痛に冒されて臥床中であり、今日は正午に睡眠剤を与えられ、主治医が午後六時まで起してはならぬと言って、病室のドアに錠をおろして行ったから、兄に告げることをしないで、取りあえず自分が出張したというのでありました。

八重子の死を告げられたとき、隼人は、はげしく蒼ざめました。探偵主任の依田氏は、八重子の死体の発見された顚末と、検死の結果多分毒薬自殺であろうと推定する旨を語り、最後に隼人にたずねました。

「最近八重子さんの挙動に何か自殺を暗示するような点はありませぬでしたか」

隼人は考えていましたが、

「さあ、同じ家に居ましても、僕は足夫婦の生活にはあまり干渉しませぬからよく知りません」

「御夫婦の仲はよかったですか」

隼人はチラと眉を顰めましたが、

「それは、兄にきいて下さればわかります」

「八重子さんは今日出がけに何か変った様子はありませぬでしたか」

「僕は朝学校に行き四時頃に帰ったから知りません」

「御宅は幾人お住いになっていますか」

「兄夫婦と僕と女中の四人です」

「兄さんは、そんなにお悪いですか」

「それも主治医にきいて下さった方がよいと思います」

依田探偵は隼人の返事を物足らなく思いましたが、これ以上訊問しても、埒があくまいと思いました。


「毒薬自殺とは推定したものの、どんな毒が用いられたのか、あるいは全然毒とは関係なく、病気による頓死かも知れませんから、とにかく、大学に送って死体を解剖してもらうことにしますから、さよう御承知願いたいと思います」

「その方がよろしいでしょう。では、明日、大学へ死体を引取りに行くことにします。兄がきいたら、さぞびっくりすることでしょう。兄もかわいそうな男です」

こう言って、西村隼人は去りました。

八重子の死体はその夕方、大学医学部の法医学教室に運ばれ、明朝、主任教授執刀のもとに解剖されることになりました。

翌日の新聞の社会面は、映画女優花房八重子の死に関する記事がその大部分を占めました。その記事の多くは彼女の映画スターとしての履歴や、彼女が主役をつとめた映画の紹介でありましたが、中には彼女の素行に言い及んだものもありました。それによると、彼女は現在の良人西村安雄と同棲するまでに、すでに数人の男と同棲しましたが、長くて一年、早いときは三ケ月ぐらいで別れてしまいました。そうした彼女の行動が何の理由に基くかは書いてありませんけれど、それが彼女の淫蕩な性質に基くことは言うまでもありません。その容貌も、いわばコケッチッシュでして、極めて肉感的な、見るからに多情を思わせました。中には西村安雄との同棲が、よくも今まで続いたものだといったような悪口を書いた新聞もありました。西村安雄は芸に熱心であるだけ、至って小心な男ですから、彼が神経衰弱に悩んでいるのは、そろそろ細君が浮気をはじめて、それを心配したためであろうなどという穿った観察を下すものもありました。昨夜各新聞社の記者が、西村の宅に押し寄せて面会を求めたところ、主治医が玄関にがん張って居て、絶対に面会を謝絶したので、いわばその腹癒せに、そうした記事を書いたのかも知れません。

　が、いずれにしても、花房八重子が自殺すべき動機と思われるようなことは、どの新聞の記事にも発見することは出来ませんでした。が、発見することの出来ないのも道理です。死体解剖の結果、実に意外な事実が明かにされたからであります。

　花房八重子の死は、青酸中毒だったのです。しかも青酸は、口から嚥み下されたのではありません。法医学教授の綿密な検査によって、八重子の右の中指の根元で、無名指に面したところに極めて細い針の痕のあることが発見され、その部分から、いわば注射の形式で青酸が体内に送りこまれたことがわかったのです。青酸を注射すれば、その死は殆んど瞬間的に起るから、もし、自殺であるとすれば、針を取り片づけるヒマもあり得ないばかりでなく、針の痕が右手にある以上、八重子は右利であるから、左の手で針で持ったことになる。しかるに針は死体の附近になかったし、左手を使ったとは考えられぬから、どうしても、青酸は、他人の手によって八重子の体内に送りこまれたと断定しなければならない。換言すれば八重子はYデパートメントストーアの展望塔で、何人かによって毒殺されたのだというのです。教授の話によると、西洋ではよく指環の中へ毒を入れ、握手する際に、相手の掌に針がささるような仕掛をして毒殺するものがあるが、この場合も或は、そうした手段が選ばれたのかも知れないということでした。

二

　花房八重子の死が毒殺と決定されると、新聞は一層煽情的な記事を掲げました。そうして一時満都はその噂で持ち切るという有様でした。その噂のまっただ中で、言うまでもなく警察は急に緊張しました。それもそのはずです、局に当る人は、ゴシップだけですましているわけに行きません。一刻も早くその犯人をさがし出さねばならぬことになったのです。探偵主任の依田氏は非常な意気込をもって活躍しはじめました。

すべて一つの犯罪が行われたとき、その犯人を捜す場合には、まず第一に、犯行の現場附近に居た人を知らねばなりません。第二には、犯行の現場をよく観察して、手がかりになるものを見つけ出すべきであります。そうして第三には、犯罪の動機が何であるかを判断せねばなりません。

いまこの事件において、犯罪の動機を知るためには、何よりも先に、西村安雄に逢って、花房八重子の最近の状態をきかねばなりません。ところが、西村安雄は、八重子の死に接してから、神経痛が一層劇甚(げきじん)になり、主治医はたとい警察の人といえども、ここ二三日は面会を謝絶する旨を宣言しました。そこで依田探偵は、女中のお芳(よし)と、安雄の弟の隼人に訊問しましたけれど、お芳はただおどおどしているだけで、満足な返答をすることが出来ず、隼人は、何故か八重子のことになると、返答を避けて、兄に直接きいてくれというのみでしたから、最近花房八重子が、どういう人と交際していたかをさえ知ることが出来ませんでした。花房八重子がかつて同棲したことのある人たちは、一応取り調べる必要があるけれど、差当って誰からはじめてよいか見当がつきません。

次に、犯行の現場の観察は、もはや何の役にも立たなくなりました。展望塔へは、その後沢山の人が昇降して、あたりを踏み荒しているから、犯人を推定すべき手がかりの得られようはずがありません。実際依田探偵は、展望塔へあがって、念のために八重子の死んでいたベンチの附近を捜索しましたが、もとより何の獲物(えもの)もありませんでした。

そこで残るところは、花房八重子がその日何人(なんぴと)と一しょにYデパートメントストーアの展望塔に居たかという問題であります。展望塔へあがるまで、八重子は生きていたにちがいありません。犯人が八重子をどこか他所(よそ)で殺して展望塔までかつぎ上げるということは絶対に想像外に置くべきであります。即ち犯人は八重子と一しょに展望塔へ上ったか、または展望塔で出逢ったにちがいありません。

そうしてその犯人が八重子の不意を襲って八重子を殺したのでないことは、毒の注射された位置から明かであります。即ち犯人は八重子の手を握ったはずですから、もし不意に犯人が手をにぎれば、きっと八重子は大声でさけび他の見物人の注意をひきます。たとい他の見物人の居ない時機に行われたとするも、それはよほどの冒険であります。それ故、犯人は、どうしても八重子の知った者でなくてはなりません。少なくとも八重子は、誰と握手するかを意識していたにちがいありません。握手というのは語弊がありますから、これを普通の言葉で言うならば、八重子は、その犯人に意識して手を握らせたにちがいありません。

　して見ると、犯人は八重子とは相識の間柄でなくてはなりません。しかし八重子はその人に殺されるとは決して思っていなかったにちがいありません。さあ、そうなると、それは一たい何人であろうか。依田探偵は、はたと行詰まらざるを得ませんでした。

　探偵はまずエレヴェーター・ボーイたちに逢って、もしやその日花房八重子が誰かと一しょに展望塔へ上らなかったかをたずねました。しかしボーイたちは、少しも記憶しておりませんでした。何しろ、客がこんでくるとエレヴェーターはすぐ満員になり、人の出入りに気を配らねばならぬので、どんな客が乗りこむかを注意しているひまがありません。

　エレヴェーター・ボーイですらそうでありますから、他の店員はなおさら覚束ない訳であります。けれども、もし、花房八重子が、何か買物をしたとすると、彼女に応対した店員が記憶していないとも限りません。八重子は映画女優として名高いので、大ていの人はその顔を記憶しております。そこで探偵は片っぱしから、各階の店員にきいてまわりましたが運の悪い時は仕方のないもので、花房八重子の姿を見たものはありませんでした。で、察するところ八重子は、メーン・フローアから、すぐさまエレヴェーターに乗って頂上にあがったにちがいありません。

　店員たちが知らなくても、デパートへ来た客のうちには、ことによったら、八重子を見たものがあるかも知れません。ことに八重子と同時刻に展望塔へのぼった者の中には、八重子の存在に気がついていたものがあるかも知れません。そこで探偵は幾分か光明を認めましたが、さて、その日デパートへ来た人をつきとめるということは容易なことでありません。けれども、依田探偵は決してひるみませんでした。即ち、ここに一計を案じたのであります。

　それは新聞紙を通じて、その日Yデパートの展望塔へあがり八重子の姿を見た人は警察へ出張してほしいということを一般の人に広告することであります。以前は、たとい知っていても、警察へ告げて出ると、かかり合いになると言って人々はひたすらに口を噤んだものであるが、普通選挙が実施された時代には、もう、そうした旧式な考を持っているものはなく、きっと何かの反響があるにちがいないと依田探偵は考えました。そうして、夕刊紙上に、その旨を、よく眼につくように記事広告として各新聞に発表しました。

果して、依田探偵の想像は誤りませんでした。その翌日、一人の会社員らしい男が警察に出頭して、依田探偵に名刺を通じました。

「僕は、昨日の新聞を見て、花房八重子の件で御伺い致しました」

依田探偵はうれしさを無理に抑えつけて、

「それでは、展望塔で花房八重子を御覧になりましたか」

「見ました」

探偵は胸をとどろかせました。

「八重子は誰かと一しょに居ましたか」

「紺の洋服を着た男とベンチに腰かけて話していました」

「その男の容貌を御覧になりましたか」

「見ました。髭が顔中にもじゃもじゃと生えて、茶色のロイド眼鏡をかけていました」

「帽子は？」

「茶色の中折でした」

「年齢は？」

「さあ、それはよくわかりませんが、まず中年と見て差支ありますまい」

「二人は仲よく話しておりましたか」

「寄り添って話しておりました。しかし、僕はそれからすぐ降りてしまいました」

「それは何時頃だったか、御記憶になりませぬか」

「二時頃でなかったかと思います」

これ以上その人から聞き出すことが出来なかったので、探偵は、厚く礼をのべ、他言を禁じ、ことによったらまた来て頂くことがあるかも知れんといって、その人に帰ってもらいました。これで、この事件に一つの手がかりが出来た訳です。しかし八重子と一しょに居た男が、髭を顔中にもじゃもじゃ生やし、茶色のロイド眼鏡をかけていたとすると、もしその髭を剃り、ロイド眼鏡をはずしたら、その認識は極めて困難となるにちがいありません。また、別に、その名が知れている訳でないから、誰をさがしてよいか手がつけられません。

「今日は午前十一時から、A斎場で、花房八重子の葬式があるはずだ。ことによると、その場で、何か手がかりになることを聞き出すかも知れない。探偵だということのわからぬように、会葬者の一人に化けて、様子をさぐって来ようか」

こう呟いて、その用意にかかろうとすると、再び、名刺を通じて、花房八重子の件で御目にかかりたいという者がありました。

探偵は好奇心をもって、その人を迎え入れました。

「僕はR工業学校に奉職しているものです。先日Yデパートの展望塔で、花房八重子の眠っているところを見ましたから、夕刊の記事によって御伺い致しました」

「あなたの御覧になったとき、八重子はすでに眠っておりましたか」

「今から考えると、その時にすでに死んでいたのだろうと思います。ベンチに、美しい女が眠っていましても、別に何とも思わずに過ぎたかも知れませんが、ちょうど僕があがった時、一人の男が、つかつかとベンチのそばに歩みよりました。もとより、僕はその時その女が花房八重子であることを知りませんでした。男は女のそばにちかよって、二三度ゆすりましたが、女はかたく頭をふせて起きませんでした。そのうちに男は、急にびっくりしたように立ち上り、急ぎ足で降りて行ってしまいました。今から考えれば、その男は女が死んでいるということを認めて驚いて去ったにちがいありません。けれども、その時、僕は、女が熟睡しているので、強いて起すのを憚って去ったものと思いました。で、僕も、それから間もなく展望塔を下りましたが、翌日の新聞を見て、花房八重子が死んだときき、びっくりした訳です」

「で、その男は、どんな風采をしていたか御記憶はありませんか」

「紺の背広に、茶の中折帽をかぶっていました」

探偵ははッとしました。

「では、その容貌は?」

「顔中に髭がもじゃもじゃ生えて、茶色のロイド眼鏡をかけておりました」

三

まさか、同じ男ではあるまいと思っていたのに、かくもきっぱり言い切られて、依田探偵はすっかり判断に迷いました。先刻の人の話と今の人の話を綜合すると、ロイド眼鏡の男は、一旦花房八重子を殺しておいて、再びその死体を見に来たことになる。そうしたことは常識で考えてあり得ないことだからであります。自分の殺した死体に引き寄せられるという心理は、犯罪者に共通ではあるけれど、それは時と場合によることであって、展望塔の上へ死体を見に帰るというような冒険は、よほどの冷血な犯人にもあり得ないことであります。して見ると、はじめ二人で話していたときはそのまま別れて、二度目に、花房八重子が文字通り眠っていたときに毒を注射したのであろうか。これもやはりちょっと考えにくいことでなくてはなりません。もし殺意があったならば、犯人ははじめに殺すにちがいなく、はじめに殺したなら二度目に見に来ることはしないはずであります。

　すると、毒殺は第三者によって行われたのであろうか。それとも、同じくロイド眼鏡をかけ、また、髭を顔中に生やしていても、その実は別人であろうか。

「その男は指環をはめてはいませんでしたか」と、探偵は、以上のことを、眼をつぶって考えたのち、Ｒ工業学校の先生にたずねました。

「それには気がつきませんでした」

「その男の年恰好は？」

「よくわかりません」

「それは何時頃でしたか」

「学校を出たのが二時ですから、展望塔へ行ったのは二時半少し前ぐらいだと思います」

　依田探偵はその人の厚意を謝し、同じくかたく口どめをして帰ってもらい、間もなく、会葬者らしい服装をつけて、Ａ斎場に自動車を走らせました。

　斎場にはすでに大ぜいの人が集っておりました。さすがに映画関係の人や劇場関係の人が沢山目につきました。花房八重子のファンも沢山来ているらしいことが、彼等の会話で察せられました。人々はいずれも小声で八重子の不思議な死に方を噂し合っていました。依田探偵は、人々の間を、あちらこちら縫い歩いて、何か有力な手がかりになりそうなことをききたいものだと、いわば全身を耳にしておりました。

　葬儀は時間通りはじまりました。喪主は西村安雄の弟隼人が代理をつとめ、式は順序よく運ばれて行きました。生前とかくの風評のあった人も、ああした不憫（ふびん）な死に方をしたことに同情が集って、頗（すこぶ）る盛大にかつ厳粛に行われました。

　式が済むなり人々はなだれを打って帰りはじめました。探偵はこれという手がかりのないのに失望して、人々と別れて帰ろうとすると、ふと、前方を歩いて行く二人の会葬者の話が耳に入りました。

　その会話の内容によって、二人は映画俳優であるらしいことがわかりました。

「花房八重子はかわいそうだが、しかし八重子の死を喜んでいるものがあるぜ」

「誰だい?」と、背のひくい方がたずねました。

「福井耕三の細君よ」

福井耕三といえば、やはり映画俳優で、花房八重子と同棲していたことのある男です。依田探偵はそれを知っていましたから、急に熱心に耳をそばだてました。

「何故だ」

「何故って君、最近、また福井と八重子との関係が再燃しかけたんだ。何しろ、評判のやきもち家だからね。八重子が死んだのでほッとしただろうよ」と、背の高い方が説明しました。

「え? 本当か? まさか。しかし、八重子に死なれた西村安雄は気の毒だよ。西村は随分八重子を大切にしていたそうだからね」

「それだのに八重子はまた浮気をはじめたんだよ。もっとも、福井との仲は、まだ西村も知らぬかも知れない。知ったら大変な騒動が持ち上るだろうからね。八重子という女は、あれでなかなか用心深くて、感附かれるようなへマな真似はしないはずだ」

「けれども、八重子は殺されたというから、やはり、その辺のうらみが原因でないかね」

「それはどうか、わからない。けれど、もし嫉妬の動機なら、西村よりも福井の細君に嫌疑がかかり易いと思うねえ」

「では、福井の細君は、福井と八重子との間をもう感附いていたのか」

「いや、具体的のことは知らぬだろう。いわば第六感というものさ。福井も、あれで、なかなか用心深いからね」

だんだん歩いて行くうちに、会葬者はちりぢりばらばらになり、今や、依田探偵と、その二人の外には、同じ方向に歩いているものがなくなりました。でも、幸いに、二人は探偵の存在に気づかぬようでありました。

「君はまた、どうして、それを知っているんだ?」と、暫らくしてから背の低い方の男がたずねました。

「それか、それは、ふとした事で、福井自身の口からきいたのだ。もっとも、その時、相手が八重子であるとは言わなかったがね。前後の関係で僕は八重子だと睨んだのだ。福井の言うには、俺は恋人と逢う場合には、決して自分が誰であるかを他人に悟らせないような方法を取る。相手の女の顔が知れていても、こちらの顔さえ知れなければ、決して評判にはならぬものだというのだよ。いかにもそれには一理あるがね」

「それはどんな方法だ?」

「いけないぞ、いけないぞ。うっかり教えたら、君も早速やろうというのだろう。その話だけは預っておこう」

いつの間にか一行は電車道へ歩いて出ました。すると背の高い男は、むこうから来た電車を見て、足早に停留場へ歩いて行きました。背の低い男もそれに従いました。依田探偵は、二人の会話が惜しいところで切れたのを残念がりながら、この機を失してはならぬと、二人のあとから走って電車に飛び乗りました。幸いに二人は依田探偵があとからつけていたとは知らず、ことに満員に近い乗客だったので別に怪しむ様子がありませんでした。

電車の中では二人はもはや先刻の話題から離れたばかりでなく、お互にあまり口をききませぬでした。探偵は何とかして先刻の話の続きをきき出したいものだと思いました。背の低い男は、福井が八重子に逢う方法をしきりに聞きたがっておりましたが、これは依田探偵も是非聞きたいものだと思いました。そうして、もし根気よく二人のあとをつけたならば、ことによったら、聞き出すことが出来るかも知れぬと思いました。

二人は二度電車を乗りかえて、Gという繁華な町通りへ出ました。そうしてとある西洋料理店にはいりました。考えてみれば、もう正午過ぎです。で、依田探偵も何気ない振りをして二人に続いてはいりました。二人は窓際にちかいところに陣取りましたが、ちょうどその席の後に衝立が置かれてあって、その衝立のそばの席があいていましたから、これは屈竟の場所だと、心の中で呟きながら、探偵は二人に感附かれることなしに座を占めました。二人は別に後ぐらいことをしている訳でないから、まさか探偵がつけていようとは夢にも思う道理がありません。で、二人は何の遠慮なく話しをはじめましたが、もとよりその一語一語は、探偵に手にとるように聞えました。

探偵は料理を註文して食べにかかりましたが、それをゆっくり味っていることが出来ません。いわば夢中で食べ終りましたが、二人の話は一こう、例の問題に触れませぬでした。けれども、犯罪探偵において、「あわてる」ことが大の禁物であることを体験している探偵は、ゆるゆる煙草をふかして、二人の話の発展を待ちました。昼食時で、かなりに客がこんでおりましたがやがて一人減り二人減ってあたりは大ぶ静かになってきました。幸に衝立のむこうに居る二人も腰を落つけておりましたから、そのうちには、何か手がかりになる話が聞けるだろうと、探偵は胸を躍らせて耳を傾けました。

果して二人の会話は、突然、例の問題に移りました。

「先刻、君は福井の特別なあいびき方法のことを言ったが、それはどういうんだい?」

と、たずねたのは、言うまでもなく背の低い方の男です。

「あはははは」と相手は笑いました。「さては君は、差し当りその方法を講ずる必要があると見えるな。あぶないあぶない」

「いや、冗談はやめてきかせてくれよ」

「きかなくったとて、考えたらわかりそうじゃないか」

「え? どう?」

「よく考えて御覧よ。あいびきというのは、男女共その顔が他人に知られている場合に問題になるのだ。だからどちらか一人が顔をちがえておればいいんだ」

「あ、なるほど、そうか。わかった、変装するんだね。で、福井は八重子と逢うのに、いつも変装するんだね?」

「そうよ。なかなか賢いだろう。話のついでに福井は僕にその変装具をポケットから出して見せたよ」

「え! どんな?」

「茶色のロイド眼鏡ともじゃもじゃの附け髭さ!」

四

依田探偵は、この言葉をきいて、思わず、「あッ」と叫ぼうとして、辛うじて自制しました。その瞬間、事件はもう解決されたような気がしました。花房八重子と展望塔で話していたという、髭のもじゃもじゃ生えたロイド眼鏡の男は、疑いもなく、映画俳優福井耕三でなくてはなりません。映画俳優にとって、変装はわけのないことです。そうした変装によってあいびきを行うことは、たしかに賢明な方法であるにちがいありません。変装していては、何の誰であるかということがわかるはずはなく、またロイド眼鏡をかけて髭を顔中にもじゃもじゃ生やしているような男は、とても女好きのするものではありませんから、よし、八重子がその男と親しげに話していても、まさかそれをあいびきであると考えるものはありません。まずまず八重子が、高利貸から貸金の催促でも受けているぐらいにしか思わぬでありましょう。

福井耕三と八重子とが展望塔に居たとすれば、八重子を毒殺したものは、当然福井耕三でなくてはなりません。しからば、犯罪の動機は何であろう? 或は八重子の心変りをでも憤ったのであるか、それとも他の理由があるであろうか？

が、これはもとより依田探偵にわかろうはずはありません。委細は、福井耕三を訊問することによって始めて明かにされるわけであります。で、探偵は立ち上って、勘定を払い、レストオランを出て一旦警察署に引き上げ、福井耕三を呼び出すか、或は、自ら福井の家をたずねるか、どちらにしたらよかろうかと考えました。

十中八九まで福井が犯人であるとは考えられるものの、なおまだ解き難い点が無いでもありません。第一、今朝出頭して展望塔の模様を語ってくれた両人の話によると、ロイド眼鏡の男は、八重子が死んでから再び展望塔へ出現したらしいが、それが何のためであったのか解釈に苦しみます。第二に、毒殺の方法ですが、普通の人にとって青酸を手に入れることは困難であるし、また、そうした巧妙な仕掛をした指環は、そんなに容易く作れるものでありません。

ですから、福井を嫌疑者として拘引するにはまだ早いと、依田探偵は考えました。で、自分で福井の家へ出張して、事情をたずねることにしたのであります。とりあえず福井の住所を捜し出し、M町十番地の宅をたずねました。例のあとをつけた二人の俳優たちの話から察して、細君が居ては事が面倒になるかも知れんと、心配しながら行きますと、ちょうど福井の宅の十数歩手前まで行ったとき、福井の細君らしい人が家の中からよそ行きの風をして出て来ました。痩せ形の見るからにヒステリックな顔貌は、いかに彼女が嫉妬深いかを思わせました。

玄関のベルを押すと女中があらわれました。訊けば主人は在宅であるという。名刺を出して面会を乞うと、意外にもすぐ、西洋風の応接間に案内されました。

やがて、はいって来た福井耕三の顔は、ひどく蒼ざめておりました。彼ははじめちょっと、おどおどした様子でしたが、やがて、落ついた声をして、探偵に用向をたずねました。

「花房八重子の変死事件で、御たずねにまいりました」

こういって、依田探偵は相手の顔を見つめました。と、蒼白い顔が一層蒼白くなりました。

「どういうおたずねですか」

問い返した福井の声は、たしかに顫えておりました。

依田探偵はちょっと迷いました。そうして、福井のような中肉中背の、神経質らしい中年の男に向っては、いつも高飛車に出た方が埒があき易いと考えました。

「申すまでもなく花房八重子は展望塔で毒殺されましたが、その犯人についての御心当りをききたいと思いました」

　こう言って探偵がふと福井の右の手に眼をやると、なんと、そこには、無名指の根元に金の指環がはまっているではありませんか。

「どうして私が犯人を知りましょう……」

「いや、おかくしなさってはいけません。あなたはあの日、花房八重子と展望塔のベンチに腰かけておいでになりました」

「いえ、ちがい……」

「否定なさっても、もう駄目です。あなたはその時、紺の背広に茶の中折帽をかぶり、茶色のロイド眼鏡をかけて顔中に附け髭をなさっておりました」

　この言葉はさすがに、福井の急所を抉ったらしく見えました。彼は眼をテーブルの上に落していましたが、見る見るその額に汗の玉がならびました。

「もう、何もかもわかっております。どうか包まず仰しゃって下さい」

　福井は深く太息をついて、やがて決心したらしく、徐ろに口を開きました。

「いや、どうも、悪いことは出来ません。私の変装していたことまでわかっては、ありのままに申します。ただ最初に断っておきますが、私はあの日展望塔へは行きましたが、決して八重子を殺したのではありません。私の展望塔へあがったときには、もう八重子は死んでおりました」

　こう言って福井は探偵の顔をじっと見つめました。

「どうぞ、その顚末を御話し下さい」

　福井は続けました。「花房八重子は御承知でもありましょうが、かつて私と同棲したことがあります。その後事情あってわかれました。ところが半年ばかり前から、ふとした機会に旧交を温めるようなことになりました。お互に良人あり妻ある身で御座いますから、知れてはいけないと思って、変装を考えついたので御座います。度々逢っているうちにだんだん引き摺られて行って、西村氏には誠にすまぬことと思いながら、お恥かしい話ですが、二人はどこかへ姿をかくさねばならぬほどに事が進んできたので御座います。あの日は、いよいよその具体的の相談をするから、Yデパートの展望塔へ来てくれと八重子に誘われていたので御座います。けれどもいざとなってみると、気遅れがして、いっそやめようかと思いましたが、あとでどんなに怒られるかも知れぬので、とにかく逢うことにし、約束の二時よりも三十分ほど遅れて行きました。展望塔に上って見ると、八重子がベンチに眠っておりました。さぞ怒鳴られることだろうと覚悟して行ったのに、却って待ち疲れて眠ったかと思うと、不憫の情が催しました。私は近づいて肩を揺りましたが、不思議にも起きません。よく見ると、死んでいるではありませんか。私はその時大声で叫ぶところでしたが、他に見物人が居たので、強いて驚きの情を抑えて、考えました。もし自分が八重子の死を人に知らせたら、自分は当然警察へ呼び出されねばならず、そうなると家内にどんな騒動が起るかも知れません。これはひとまず逃げた方がよいと思って、走って家に帰りました。帰ってよく考えてみても、八重子の死んだ原因がわかりません。翌日の新聞で自殺だと知り、更にその翌日の新聞で毒殺されたのだときいて、ますます私は黙っていなければならぬと思いました。どうしてあなたが、私の変装を御見抜きになりましたか知らぬが、とにかく、今申し上げたのは偽らぬ告白で御座います」

依田探偵はじっときいて居りましたが、

「でも、あなたが、八重子とベンチで御話しになっているところを見た人があります」

「断じてそれはちがいます。私が展望塔へ上ったときには八重子はもう死んでおりました」

「でも、その人は茶色のロイド眼鏡をかけて髭をもじゃもじゃ生やした男と八重子とが話していたと言いました」

「それはその人の何かの思いちがいではありませんか。もし、それが事実とすると、そのロイド眼鏡の男は別人でなくてはなりません」

「別人」という言葉が、ふと、探偵の心に強く響きました。そうだ別人を考えれば、一旦殺して再び戻って来たという不合理が解決出来る……。

福井は言葉をつづけました。「それに、私には八重子を殺すべき理由がありません。また、殺そうと思えば、何も展望塔の上へ行って殺さなくても、他によい機会はいくらもありました。なおまた、八重子は青酸で毒殺されたそうですが、そんな毒を私は見たこともありません。どうぞ、私の言葉を信じて下さいまし」

探偵は突然、

「ちょっと右の手を見せて下さい」

と言って、福井の指環をあらためました。それは普通の金の指環で、何の仕掛も、怪しいところもなく、はめてからよほどの年を経たのか、肉にさまたげられて抜くことが出来ませんでした。

依田探偵は考えました。もし福井が真の犯人であったならば、毒殺に用いた指環を今まではめている訳はないから、たといこの指環が普通のものであっても、福井の無罪の証拠とはなり得ない。また、福井は八重子を殺す動機を持たぬと言ったけれど、八重子にぐんぐん迫られて駈落（かけおち）まですすめられようとした矢先であるから、世間体（せけんてい）を思って八重子を除く気にならぬとも限らない。こう思うと、先刻の福井の話がみんな嘘であるようにも思われました。

「しかし」と探偵は言いました。「とにかく、今まで探偵したところによると、八重子はロイド眼鏡の男に殺されたとしか考えられません。そうしてロイド眼鏡の男はあなたより外にないと思います」

福井は悲しそうな顔をして、暫らくうつむいて考えていましたが、やがて、顔をあげて探偵に媚（こ）びるような口調で言いました。

「その疑いはもっともです。しかし、余計なことに口出しするようで御座いますが、八重子が殺されたときいて、私も、誰が八重子を殺したのだろうかと色々考えてみました。八重子とは最近度々逢って、その内情もよく聞きましたが、八重子を殺すほどの動機を持っている人は、ただ一人を除いては、ほかにないと思いました……」

「ただ一人とは誰のことです?」と、探偵は力をこめて言いました。

「まあ、私の申し上げることをよく御聞き下さいまし。八重子と私との関係は、良人の西村氏には決してわかるまいと思っていたところ、どうやら最近に至って、西村氏がそれを嗅ぎ出したらしいと八重子は申しました。だから私と一しょに逃げてくれと言ったので御座います。それは或は八重子の口実であったかも知れません。あるいは八重子の邪推（じゃすい）であったかも知れません。ところが西村氏は正直な代りに、至って嫉妬深い人でありますから、もし八重子と私との関係が知れたならば、どんな極端な行為に出ないとも限りません。先刻、私より前にロイド眼鏡をかけて髭を生やした男が展望塔に上ったということを承（うけたまわ）ったとき、私はもしやと考えたのです。こういう想像は、西村氏に対しては誠に申訳ありませんが、もし西村氏が私たちの密会を知ったならば、私がロイド眼鏡と附髭をつけていることも知ったにちがいありません。西村氏も俳優ですから変装は雑作もありません。また、私のような変装ならば素人（しろうと）でも出来ます。で、あの日、私たちがYデパートで逢うことを知って、私の遅れたのを幸いに、私の風をして八重子に出逢い、そうして……いいや、あとはもう言うにしのびません」

探偵は直ちに反駁（はんばく）しました。

「西村氏の令弟（れいてい）の話によると、西村氏は四五日、神経痛で臥床中で、ことにあの日は正午に催眠剤を取って六時まで眠られたということです。だからそれは考えられないことです」

「しかし八重子の話によると、西村氏の病気は神経衰弱で、起きていれば起きていられるということでした」

「けれどもその日は主治医がドアの錠を下(おろ)して六時までは誰もあけてはいかぬと命じたそうです。外からあけることが出来ねば、中からもあけられません。だから西村氏は家をしのび出ることが出来ません」

この弁駁(べんばく)に辟易(へきえき)するかと思いの外、福井は却って我意を得たように言いました。

「そうきけば、ますます西村氏を疑いたくなります」

「何故ですか?」と、さすがの探偵も了解に苦しむといったような表情をしました。

福井は得意気に言いました。

「実はやはり八重子からきいたことですが……」

「え?」

「西村氏の寝室には秘密のドアがあって、そこから地下の秘密の通路をとおって、自由に戸外(そと)へ出ることが出来るのです」

五

あまりに意外なことに、探偵は暫らく、相手が作り話をしているのでないかと疑って、福井の顔を見つめました。

「御疑いはもっともですが」と福井は続けました。「西村氏の宅は、没落した船成金(ふなりきん)の屋敷を買ったものでして、大部分は西洋造りになって、地下室や秘密の通路などが作ってあるそうです。そういう訳で、たといドアに錠が下してあっても、自由に、しかも家人に気附かれずに出ることが出来るのです。ことに正午から六時まで、誰もあけてはならぬと主治医の命じたのは、解釈の仕ようによっては、西村氏が命じさせたのかも知れません」

言われてみれば、いかにもその通りである。もし福井の述べたように、西村氏が単なる神経衰弱に悩んでいて、その寝室に秘密のドアのあることが事実ならば、福井の推定は、動かし難い道理を含んでいる。これは一応西村安雄に逢って彼が果して動き得ない病気に罹(かか)っているかどうかを確めねばならない……。

こう考えて、依田探偵は、それから間もなく福井の家を辞しました。春の日は西方に傾いて、家々の桜の花が風に散らされ、何となくざわざわした気分が街にただよっておりました。

「負うた子に教えられた観がある」

こうつぶやいて探偵は足早に歩きながら、都合よく途中で自動車を拾って西村家にかけつけました。家の中は葬式から帰った人々によってごたごたしていました。出て来た女中のお芳に、

「今日はどうしても御目にかからねばならんと、取りついで下さい」と言いました。

「どうぞお上り下さい。旦那様は先刻警察の人が見えたらすぐ御通し申せと申してみえました」

さては、西村は罪を自白するつもりかな、と、探偵は考えました。

病室にはいって、西村の顔を一目見るなり、探偵は福井に暗示された推定を捨てざるを得ませんでした。夕暮が迫っているせいもあるだろうが、その顔には重病人の相好があらわれておりました。西村は寝ながら、物うげに探偵に会釈しました。

「どうも、今回は非常に御愁傷で……」

探偵はいくらかどぎまぎして言いかけました。

「色々御手数をかけました」と細い力ない声で病人は言いました。

「実は、こちらへ御伺いしたのは、ある推定を下して来たのですが、お顔を見て、誤っていることがわかりました。あなたは単なる神経衰弱で歩行にはお差支ないと思ったのです。それにこの寝室には秘密のドアもあるとききましたので……」

病人は軽く笑って言いました。「それでは、私が家内を殺したと御推察になったのですね。もし私が自由に動くことが出来たら、ロイド眼鏡に附髭をして秘密のドアからしのび出して、展望塔で彼女を殺したかも知れません。けれども、神経痛のために数日来床を離れることさえ出来なかったのです。私は自分で手を下して殺さなかったことを残念に思うくらいです」

言葉と共に眼は鋭く輝き、だんだん興奮の情があらわれてきました。探偵は一種の圧迫を感じましたが、それと同時に、一方には冷静な探偵本能がはたらいておりました。

さては西村は、やはり、福井が変装して八重子に逢うことを知っていたのか。もしそうとすると、西村を全然嫌疑の外に置くことが出来ない。ことにこの際西村を除外したならば、もう他に犯人として疑いをかくべき人がなくなるではないか。……

探偵の意中を汲みとったのか、病人は枕の下へ手をやって、そこから一通の手紙を取り出し、それを探偵に渡しました。

「どうぞこれを読んで下さい」

探偵は顫える手をもってそれを開きました。

兄　上　様！

姉さんの葬式は滞りなくすみましたから御安心下さい。僕は今火葬場の控室で、姉さんの焼ける間にこれを認めます。そうして、親戚の人が骨をあげて帰るときにこれを託します。兄さん、僕は、兄さんに何と御わびしてよいかわかりません。けれども、すべては兄さんを愛するのあまり行ったことです。どうか兄さん、僕をうらまないで下さい。

姉さんを迎えてからの兄さんは実に不幸でした。兄さんの神経衰弱もつまるところは姉さんの淫蕩な性質がその原因をなしています。それを思うと僕は実に堪えられぬ思いがしました、何とかして禍根を除かなければ、兄さんは死んでしまうと思いました。

あの淫蕩な姉さんを何故兄さんがあんなに大切になさったか、僕は時々了解に苦しみました。あれが本当の恋というものであろうかと思ってもみましたが、その兄さんの弱点に乗じて、ますますいい気になっていた姉さんを僕はうらまずに居られませんでした。そうして、兄さんが姉さん故に神経衰弱になったのを、姉さんは却っていい気になって、乱行をほしいままにしました。

姉さんとFとの関係は、もはや兄さんも感附いておられたことと思います。僕は兄さんを思うのあまり、ひそかに姉さんの行動を監視することにしましたが、最近、二人の密会の度がだんだん殖えて行きました。Fはいつも茶色のロイド眼鏡をかけ、顔中に附け髭をしていますので、ちょっと見ると、男女の密会とは思われぬ有様でした。二人が夜分公園などで出逢うときは、僕はひそかにその後にしのびよって二人の会話をぬすみ聞きました。すると最近に至って彼等は恐ろしいことを計画しました。その計画は、あまりにも極端なことですから、兄さんには申しません。とにかくそれをきいて僕は姉さんを殺す気になったのです。

僕は、自分で、Fのとおりの変装をして姉さんに近づき、そうして姉さんを殺そうと思いました。殺すにはなるべく巧妙な手段を選びたいと思いました。平素愛読した探偵小説や犯罪物語が、意外なところで役に立ちました。Fが右の無名指に指環をはめているのを幸いに、「毒指環」をもって殺そうと計画しました。これは決してFに嫌疑をかけるわけでなく、姉さんに近づく手段でした。

毒指環を作るぐらいのことは雑作がありません。青酸は薬物学教室から取って来ました。医学部の学生にとって、毒を手に入れることは極めて容易です。で、いよいよ用意が出来たとき、こんどはただその機会を選ぶだけになりました。けれども二人はいつも正時間に約束の場所にあらわれるので、それには少々閉口しました。けれども僕は根気よく時機を待ちました。そうして遂にその機会を得たのです。

あの日姉さんは一足先に、Yデパートメントストーアの展望塔にあらわれました。僕は兄さんの紺の背広をきて中折帽子を眼深(まぶか)にかぶって、眼鏡だけはずし、附髭を手でかくして、姉さんに見つからぬよう、様子をうかがいました。二分、三分、五分と経過しても、Fはあらわれませんでした。姉さんはいらいらしている様子でした。で、僕は立ちどころにその機に乗じました。とりあえずロイド眼鏡をかけて近づきますと、姉さんは、Fだと思って、うらみをのべ、ベンチに腰かけました。そこで僕は、Fの声色(こわいろ)をつかって巧みに弁解し、姉さんと並んで腰かけました。暫らくあたりに眼をくばっていますと、やがて展望塔上に一時人が居なくなりましたので、僕は右手をもって姉さんの右手を握り、力強く圧迫しました。死は一瞬の出来事でした。僕は姉さんの身体をベンチに眠っているように直して、そのままその場を去りました。

兄さん、これが姉さんの死の真相です。姉さんを殺した以上僕はもとより生きておろうとは思いません。葬式が済んだら自殺する覚悟をしました。ただそれまでに、警察の手に捕えられると困ると思いましたが、幸に予定通り計画が進行しました。兄さん、僕は死にます。自殺します。しかし、誰にも死体の発見されぬような方法を講じます。で、恐らく、兄さんには死体としても再び御目にかかることはあるまいと思います。どうか兄さん、僕の罪を許して下さい。そうして身体を大切にして下さい。何だか、気がせきますから、これで失礼します。

隼人

読み終った探偵の眼には涙が浮んでいましたが、ちょうどその時ぱッと電燈がついたのであわてて顔を横向けました。

『好色破邪顕正』

変人書肆

四月も半ば過ぎたというに、寒さが急に逆戻りして、中国一帯は時ならぬ冬景色を見た。桜は大方散ったあとだったが、静岡あたりでは、花片と共に、真物の雪がちらついた。尾張から三河にかけて、桑の芽がすっかり黒変し、養蚕家は一大恐慌を来した。

一旦しまい込まれた冬着がまた取り出され、老人などは憚かる色もなく襟巻をまいた。しかし冬着を質に入れた連中は、急に金の工面も出来かねて、寒さに慄えるだけであった。都会には、そうした輩が多いと見え、昨日今日、名古屋の街にあらわれる面々は、ほとんどみな、俯むき加減で、足早に歩いた。

かくの如き人々にまじって、春らしくない片破月に照されながら、黒ずんだ細い街を比較的ゆったりした歩調で進み行く洋服姿の青年があった。彼は、大津町通りだの、広小路通りだの賑かな街をわざと避けて歩いたが、それは、彼の性質が、そうした都市的喧騒を嫌うためだというよりも、むしろある別の理由があった。

戸針康雄。これがこの青年の名である。彼は名古屋でも屈指の財産家の一人息子と生れたが、中学時代に父を失い、東京大学文学部を卒業した去年の夏、母を失って今はまったくの一人ぼっちであった。本重町の、父祖伝来の宏大な邸宅を、いさぎよく売り払って、郊外御器所に洋式の文化住宅を建て、出入りには鍵を用い、食事は外出して済し、必要な時には家政婦を雇うのみで、常には召使いを置かず、いわば出来る限り係累を少なくした生活を営んでいるのであった。

親譲りの財産がたっぷりあるので、職を求めようとはせず、友人から妻帯をすすめられても、その気にならず、それかといって女ぐるいをするのでもなければ、モダン・ボーイ流にカフェー通いをするでもなかった。ただその趣味に至ってはかなりに多く第一に音楽と読書。読書のうちでも、探偵小説だけは、むしろ熱狂的であるといった方がよいかも知れない。第二には映画と芝居。名古屋ではよい芝居が見えぬので、時には大阪、時には東京へわざわざ出かけて行くこともあった。

第三に……この第三にあげる趣味は、熱狂というよりも、少し度をはずれていると言った方がよいかも知れない。それは何であるかというに、古書の蒐集即ちいわゆる珍本、稀覯本の蒐集なのである。最初芝居の趣味から、演劇に関する古書を集めにかかったのが、謂わば病みつきのもとであるらしいが、何分、金に不自由の無い身であるから比較的容易に欲しいものを集めることが出来た。従って年の若いに似合わず眼が肥えて、今ではその道の通人といっても差支ない程度であった。ことに最近は何の動機か好色本に興味を持ったが、かの、男女秘戯の画冊には一向執着なく、好色本のうち、比較的真面目なものをあさるだけであった。

今日の夕方、康雄は、袋町の書肆古泉堂から、珍本、『好色破邪顕正』を手に入れたから、見に来てくれという葉書を受取った。実は持参して御目にかけたいのであるが、娘が先日来病気をして、まだ十分快復しないから、失礼ながら御足労を願いたいと書き添えてあった。

『好色破邪顕正』は、柳亭種彦の『好色本目録』にも出ていて、彼がかねてから欲しいと思っていたものであるから、まるでまだ見ぬ恋人に逢いに行くときのような気持ちで、康雄はわが家を出たのである。

鶴舞公園前の行きつけのレストオランで夕食を済ますなり、心はかなりに急いだけれども、楽しみの時間をなるべく多くするつもりか、彼はわざと徒歩で、比較的人通りの少ない街を選んで歩いた。珍本『好色破邪顕正』が、後に至って彼に思いも及ばぬ運命を齎らすであろうこと、しかも好色破邪顕正という言葉が、その運命を象徴していたことは、もとより、その時知る由もなく、彼は寒月のように冴える月光を浴びながら、やがて古泉堂の軒をくぐった。

彼は古泉堂の主人紺野小太郎老人に迎えられて、店の間にあがった。老人は六十前後の小男で、頭が禿げ、白い短い鬚髯を生やし、旧式な眼鏡をかけた、極めて無愛想な顔だった。単に顔ばかりでなく、客を応接する態度も至って冷淡に見え、古本屋仲間では「変人」の綽名で通っていた。康雄の顔を見るなり、無言で、古本をぎっしり並べた店の間の座蒲団を指し、そのまま奥へ行ったが、戻って来たときには、四冊の黒みがかった表紙の半紙本を手にしていた。

「これです」と、老人は、康雄の前に投げるように差し出した。

「好色本目録には三冊とあったが」

「下巻が二冊になっているのです」

ここでちょっと読者諸君に御ことわりしておかねばならぬことは、紺野老人は純粋の名古屋人であるから、その会話には、無論名古屋言葉が使用されているのであるが、そのまま書いては、読者にとって不明であるばかりでなく、時には不快な響を伴うかも知れぬので、わざと普通の言葉になおして書くのである。

さて、康雄は、心臓の鼓動を高まらせながら第一冊の表紙を開いた。表紙の題簽には「好色破邪顕」と「正」の字を抜かしてあったが、その序文にも、「好色破邪顕序」とあって、次の文句が書かれてあった。

「後法性寺殿、馬を花山の陽に放、牛を桃林の墟に繋といふこころばへを詠玉ふは今の御代なるべし、その若葉茂りあひて條を鳴さず、鳴は好色の硯の海、うきたる瓢箪も鳴ばやかましとて撞砕たる所を破邪顕正と名づけて諌迷論を俟もの也。

貞享丁卯皐月日　　白　眼　居　士撰」

康雄は次に、第四冊の最後のページを見た。そこには「書林西沢森本板行」と書かれてあった。ところどころに挿画があって、吉田半兵衛の筆らしい。康雄は一も二もなく欲しくなった。

「いくら?」

「五百円」老人の返答は鮮かであった。

近頃の好色本の値は、まったく法外である。けれど、珍本ならば、いくらでも出すという客があるので、五百円も或は時の相場かも知れない。

「少し高いな」康雄は言いながら老人の顔を恐る恐る見た。

「高ければおやめなさい」

言いながら老人は眼鏡を外した。気に喰わぬときに為る老人の癖の一つである。が、どうした拍子か、その時一方の玉がはずれて、ぱたりと畳の上に落ちた。老人は舌打ちしながら、それを拾い上げて金色の枠にはめた。いつぞや老人の機嫌のよい時、康雄は、その眼鏡が祖先伝来のもので、水晶で作られている証拠には、玉の縁のところが「草入」になっているとて、その草入模様を見せてもらったことがある。

「あなたのように、長枕褥合戦に二百円も出したくらいなら、この本の五百円は安過ぎますよ。平出文庫にも、霞亭文庫にも、春城文庫にも、天鈞居蔵本にも、最近の有名な売立てにこの本だけは見当らなかったのです」

老人は再び眼鏡をかけながら、諭すようにこう言った。

「よし買おう」

「お買いになるか。仕合せだ」

どっちが仕合せなのかわからない。老人はにこりともせず、傍の新聞紙を取り出して珍本を包みにかかった。

と、その時、中じきりの格子戸があいて、蒼白い、一見病人らしい女が奥から歩き出して来た。

「どうしたんだ？」

紺野老人は眼鏡の上からながめながらたしなめるようにたずねた。

「お父さん、わたしこれからお湯に行ってくるよ」

「この寒いのに、いけないいけない」

「だって寒いから、暖まってくるのよ」

「まだ身体が本当でないから、風邪をひくといけない」

「いいわよ」

言いながら娘は、二人を尻目にかけて出て行ってしまった。

娘といっても三十はたしかに越しているらしい。それに病後のせいか、年よりも老けて見えた。ヒステリックな、きかぬ気の性質であるらしく、顔はなかなか綺麗であるが、眼光はいやに鋭かった。さすがに頑固な老人も、娘には一目置いていると見え、

「強情な奴だ」

と、呟いたきり、間もなく四冊の本を包み終って康雄に手渡した。康雄はポケットから小切手帖を取り出し、それに書き入れて捺印した。

「娘さんがあるとは知らなかった。病気だったのかね？」

「よそへ嫁付ていたのが、この間離縁されて帰って来たのですよ。それからぶらぶら病で寝たり起きたりです」

老人は小切手を受取りながら、多少やさしい言葉で言った。

「それは気の毒だねえ」

「……」

何思ったか、老人はそのまま口を噤んでしまって、もう用がなくなったから出て行ってくれと言わんばかりの態度をしたので、康雄は薄気味悪くなり、挨拶もそこそこに、逃げるようにして古泉堂を出た。

走り出す美人

街路には寒い風が吹いていたけれど、変人と対座して息詰る思いをしていた康雄は、冷たい空気に触れてほッとした。仰げば片破月が、いよいよ冴え渡って、西の空に笑っていた。

康雄は無闇にうれしかった。古書蒐集狂が珍本を手に

入れたときの喜びは、到底他人には想像されるものでない。仏者の所謂「法悦」にも較ぶべきであろうか、これまで幾度となくこの気持を味ったとはいうものの、それは実に飽くことのなき楽しさであった。

　この嬉しさを購うがためには、五百円は決して高くないと思った。蒐集狂とは言うものの、集めることそれ自身を目的としているのでない文学士戸針康雄は、欲しい書物なら、いかなる多額を支払っても惜しくなかった。平素投資的蒐集を嘲っている彼は、『好色破邪顕正』に五百金を投じたことに、むしろ一種の誇りをさえ感じたのである。

　彼は手にした新聞紙の包を揺ぶって、人知れずほほ笑をもらした。もし昼間であったならば、心ある人から、精神病者ではないかと疑われたかも知れない。平素探偵小説を読んで、むずかしい犯罪の謎が、作者の鮮かな筆で、見ごとに解決されたとき、言に言えぬ嬉しさを感じて、時には部屋の中を、雀躍して歩きまわることがあるけれど、珍らしい書物を手に入れたときの感じは、その幾十倍、幾百倍の大きさであった。

　彼はこれまで珍らしい書物を得たときに、いつも新栄町の芳香亭という日本料理店で祝盃をあげるのが例になっていた。今夜も、彼の足は、無意識にその方に向っていた。芳香亭へ行くには、広小路通りに出た方が便利であるけれど、彼は今のこの喜悦を、人波に洗わせたくはなかった。名古屋の街の特徴として、大通りから一丁離れると、まるで世界が違うかと思われるほど、がたりと寂しくなるのであるが、今宵は時ならぬ寒さのために、彼の通って行く街には、人影さえ稀であった。八時九時といえば、都市では宵の口であるのに、まるで深夜のような感じがした。それと同時に寒さが身に沁みたので、彼は聊か歩を早めた。

「まあ、戸針さま、お珍らしい。また、好い古本が手に入りましたの？」

芳香亭の玄関に立つなり、出迎えた女中が愛嬌たっぷりの態度で言った。

「ああ。だが馬鹿に寒かったよ。熱いのを持ってきてくれ」

　やがて一間に案内されて、沢山は飲めない酒を、あっさりとした料理を前に、女中の酌で、ちびりちびりと傾けながら、とりとめのない話をしているうちに、いつしか時間が経って、時計を見ると十一時を過ぎていた。独身者の気楽さは、時間に制限がないとは言うものの、かなりによい気持になったから、いい加減に切り上げることにして、康雄が芳香亭を出たときは、月も西に傾いて、都会特有の物音も追々静まりかけていた。

もし康雄が芳香亭から自動車を雇うか、或は電車に乗っていたならば、これから述べようとする、彼の将来の運命を左右するような事件に出逢わなかったかも知れない。寒さに拘わらず、また、常になく酔っていたに拘わらず、彼が徒歩を選んだのは、いわば運命の手が彼の心に働いたと見るべきであろう。

康雄は例のごとく、人通りの少ない街を選んで歩いた。新栄町から御器所へ向って行くのであるから、この辺一帯の町は昼間でもそれほどに賑かでないのに、まして深夜のこととて、比較的大きな通りでも、時たま自動車が疾駆して行く外には、人影は殆んど見られなかった。康雄は、酒のために、珍本を手にした喜びを廓大されて、てらてら光る頬を、冷たい風になぶらせながら、ゆっくりした歩調で進んで行った。

丸太町通りを過ぎて、とある横町に入ると、そこは右側の一面が明地になって、左側には、門構えの邸宅が四五軒並んでいた。同じような恰好の二階建であるところを見ると、一つ家主の貸住宅であるかも知れない。往来から半間ほどの高さの石垣で境され、その上に芝で覆われた低い土手が築かれ、土手にはかなめ樫らしいものが植えてあった。門と言っても、二本のあまり太くない石柱が立っているだけで、それに鉄の扉がついていたが、いわば文化住宅式で、植込を隔てて玄関が見られ、隣り同志の境には、別に垣根とてないらしく、槙か何かの林が見られるだけであった。

突然、そのうちの一軒から女の悲鳴らしい声が夜の空気を破って響いた。康雄は、はッとして立ちどまり、暫らく様子をうかがっていたが、それきり声は絶えて、樹々を吹く風の音が物凄く聞えた。あたりはもう大方寝静まったものと見え、どこの家からも何の物音も起らなかった。

「たしかに人の声のようだったが」

こう呟いて康雄がなおも去りかねていると、俄然、

「がらッ」

と玄関の格子戸のあく音がした。これはと思って振りかえると、転ぶように門の方へ走って来る人影がある。見れば髪を振り乱した跣足の女。

「あッ」と言う間もなく、康雄はその若い女に抱きつかれていた。

「助けて下さい」

たしかに康雄は女がこう言ったように思った。或はしかし、単なる呻き声をそういう風に聞き違えたのかも知れない。とにかく、気がついて見ると、女は苦しそうに

呼吸して、物を言うことの出来ぬ様子であった。

「どうしたのです?」

機械的な康雄の質問に対して、女はもとより返事をしなかったが、彼女の態度から察すると、早くこの場を逃げてくれという希望らしかったので、康雄は女を小脇に抱え、半ば女に足を引摺らせながら、やっとのことで丸太町通りまで引返したが、何だか女は人事不省に陥ったらしいので、取りあえず踞んで、女の上体を俯向きに膝の上に横わらせた。もし冷たい水がコップに一杯あったならば、どんなにか女を喜ばすことが出来るであろうにと思ったけれど、それは及ばぬ願いであった。けれど、よく見ると、女は気絶しているのではなく、かすかながらも呼吸をしているので、康雄は一安心して女の顔を見つめた。

月はもう彼方の屋根に近づいていたが、それでも、女の眼鼻を見分けるには十分であった。二十歳を越したばかりぐらいの年恰好で、一口に言えば凄いほどの美人であった。康雄は衣服の知識に乏しかったが、手ざわりと見た所からして、卑くない服装であることを知った。人通りの全く絶えた深夜の街頭に、黒髪を乱した美人を介抱するなど、今はまったく小説中の人物となり終った訳であるが、現実の康雄はその女をいかに処置すべきかに思い迷ってしまった。

その時、遥か彼方から、自動車のヘッド・ライトが見えたので、康雄は、もし「あき車」であるならば、とにもかくにも女を我が家に伴って、しかる上で、よく事情をたしかめようと決心した。

自動車は近づいた。右手をあげて呼ぶと、幸にもあき車だったので、康雄は運転手の手を借りて女を扶けて乗せた。

自動車は、やがて電車通りを南に走り、鶴舞公園に入った。女は相も変らず無言を続けたが、どうやら多少は気力を恢復したらしかった。生れてはじめての経験であるから、康雄は、不安と好奇心とに占領されながら、女の姿をあかず眺め入るのであった。

十分たたぬうちに、自動車は康雄の家の前にとまった。康雄はまたもや運転手を煩わして、女を家の中に吊りこんだ。

「君、これには深い理由があるのだ。今夜のことは決して口外せぬようにしてくれたまえ」

こう言いながら、康雄が数枚の銀貨を握らせると、運転手はうなずいて去った。一しきりエンジンの音がして、やがて、あたりは再び静寂にかえった。

康雄は、今夜はじめて人手をほしく思った。女中でも書生でも居たならば、どんなにか、介抱が行き届くであろうにと、もどかしく思った。彼は女をひとまず寝台に運んで彼のベッドの上に横わらせた。

はじめて明るい電燈の光で女をながめて、彼はまずその美しさに驚いた。もとより彼は直接多くの女には面接しなかったが、美人の写真はかなり沢山見たことがある。けれども、これほど顔の輪廓のよく調った女は、いまだかつて見なかった。事情を聞かぬ康雄には女が善人であるのか、または悪人であるのか知れないけれど、たとい女が、世にいう毒婦であるとわかっても、とてもにくむ気にはならないであろうと思うほど、康雄は女の美に心をひかれた。女の美に心を引かれると同時に、今まで経験したことのない一種の情が胸の中でときめき始めた。

女は、あかるい電燈の下に寝かされても、はっきりそれを意識し得ないらしかった。彼女は謂わば半睡半醒の状態にあった。医学的素養のない康雄にも、この状態が、彼女の受けたショックに基するであろうことは想像された。

女の美に見惚れていた康雄は、突然、我に返って、洗面所へ冷水を取りに行った。二三日の寒気で、水道の水が氷のように冷たくなっていることを、今の康雄は嬉しく思った。彼はコップになみなみと水を盛って、寝室にかえり、女の上体を抱き起して、血の色の失せた唇に、ガラスの縁をあてがった。

咽喉が渇いていたのであろう。女は無意識に貪りのんだ。

コップの水を傾け尽すと同時に、女はぱっちり、睫毛の豊富な眼蓋をあけた。黒耀石の眼は、康雄を魅せずにはおかなかった。

「御気がつきましたか」

女は康雄の声をきいて不審そうにあたりを見まわした。そうして、見知らぬ部屋で、見知らぬ男に介抱されていることや、自身の取り乱した姿を意識するなり、かすかに頬を染めて、

「わたし、どうしましょう」

言いながら居ずまいを正そうとした。

「まあ、まあ、静かになさって下さい。ここは決して御心配なさるに及ばぬところです。偶然あなたが、あの家から走り出しておいでになるところに行き合せ、僭越ながら、私の家へお連れ申したのです。ここは私のほか誰も居りません。遠慮なく休んで下さい」

「本当に大へんな御世話様になりました。御礼の申上げようも御座いません」

こうは言ったものの、女は明かに落つかぬ様子を示し

た。

「あなたがもし、余所でお泊りになることがいけなければ、これから、どこへでも御送り致しましょう、御かまいにならなければ、今夜はここでお過しになって下さい」

「はあ、有難う御座います」こう言って暫らく考えていたが、

「それでは今夜は、遠慮なくここで御厄介になります。こうして御厄介になる以上、私の名前や、私の今夜の事情などを御話し申し上げねばなりませんが、まだどうも心が乱れておりますから、明日ゆっくり申し上げます」

　康雄はもとより女の意志を尊重した。内心では、女の素性や、あのただならぬ出来事について聞きたくてならなかったが、女のしおらしい口元から洩れて出るやさしい言葉は、彼に一種のはにかみを与えた。で、彼は女にベッドを譲り、自分は隣りの来客用の寝室に退いた。

　一人きりになると、はじめて、静かに考えをめぐらす余裕を生じたが、その時ふと、彼は、今宵古泉堂で買った珍本のことを思い出した。

　『好色破邪顕正』は？

　はッとして彼はあたりを見まわしたが、紺野老人から受取った新聞紙の包はなかった。彼は再び女の部屋を冒して検べたけれど、そこにも見つからなかった。廊下、玄関、門、順次にさがしたけれどやはり駄目であった。

　彼は部屋に引き返し、腕を組んで考えた。芳香亭を出るときはたしかに手にさげていたから、女が走り出して来た時までは持っていたはずである。ただそれからの記憶がどうしてもはっきりしなかった。問題の家の前で落したか、それとも丸太町筋へ来るまでに落したか、或は自動車の中に置き忘れたか、そのいずれかであるにちがいなかった。多分誰かに拾われて警察へ届けられることであろうけれど、それにしても、せっかくの喜びが、たとい一時的にしろ掻き消されることは堪えられなかった。

　いっそこれから外出して、心あたりを捜して来ようかとも思ったけれど、女を一人きりに家に残して外出するのは忍びなかった。彼は言うに言えぬ焦躁を感じて、ベッドの上に横わったが、珍本の表紙や、吉田半兵衛の挿画や、女の顔などが頭の中で渦巻をなして、容易に寝つかれなかった。いつもならば床頭台の上のカルモチンを服むのだが、幾度も女を妨げてはすまぬから、そのままにしていると、眼はいよいよ冴えてきた。

　けれども、宵に飲んだお酒の余効と、女を助けたときの肉体的疲労は、遂に睡眠を誘って、彼が眼をあいたときは、ガラス窓から斜に陽がさしこんでいた。時計を見

ると十時半を過ぎていた。

康雄はがばと起き上った。急いで身支度をして隣室をたずねたが、扉はあけ放されていて、ベッドの上はからであった。不吉の予感がさっと胸をかすめた。彼はすべての部屋を捜したが女の姿は見えなかった。もしや庭にでも出ているのではないかと戸外へ出たが、枝垂桜の若葉がきらきら輝いているだけで、あたりに人影は見られなかった。

彼は女の泊った部屋に来て、室内をながめまわした。と、床頭台の上に一枚の紙片が置かれあった。彼はふるえる手先でそれを取りあげ、鉛筆で記された女文字を読んだ。

「昨夜はまことに思わぬ御迷惑をかけ申し訳御座いません。この御恩は一生涯忘れません。事情を御知らせしないで去ることは、心苦しう御座いますけれど、色々深いわけが御座いまして、却って申し上げない方がよいと思いました。そのうちに、あらためて御目にかかる時節も御座いましょう。どうぞ御身体を大切に遊ばしますよう。

不幸な女より」

康雄は女には珍らしいほどしっかりした筆蹟を、幾度も繰返して読んだ。彼は掌中の珠を奪われたような気がしてがっかりした。いっそ昨夜、眠られぬままに起き上って、それとなく女を見張っておればよかったものをと、今更ながら後悔の念に駆られた。縁もゆかりもなく全く偶然に出逢った女であるから、路傍の人と変らぬはずであるのに、常になく愛着の念に襲われるのを見ると、自分はやっぱり彼女を恋しはじめていたのであろう。『好色破邪顕正』を失い、今また初恋の人を失うとは、何という悪い運命のまわり合せだろう。しかも珍本は再び手に入る希望があるけれど、住所も名も知れぬ彼女に逢う機会はそれこそ千に一つの偶然に頼るより外はないではないか。こう思うと、康雄は、女の仕打がうらめしくなってきた。労力に対する報酬を求める訳ではないけれど、一言の挨拶もなく自分の睡眠中に去るのは残酷だと思った。

が、この恨みの情も「不幸な女より」という署名を思うと、可憐の情に変化せざるを得なかった。恐らく彼女は不幸な環境に置かれ、不幸な運命に遭遇したのであろう。そう言えば、あの凄いほど美しい顔に、たしかに一抹の寂しさが漂っていた。

「可哀そうに。私はどこまでもあなたを捜し出して、きっと幸福にしてあげます」

興奮した彼は思わずこう叫んで、女の泊って行ったベッドに身を投げた。

意外な記事

長い間ベッドに横わりながら、色々な空想にふけっているうち、いつの間にか康雄は再び眠りに落ちて、夢を見つづけ、はっきり眼をさましたのは、六時近くであった。

「よくもこんなに寝られたものだ」

われながら呆れて、立ち上ると、急に空腹を覚えたので、取りあえず彼は買い置きの栗饅頭をたべ、すぐさま夕食を摂るべく出かけようと決心した。珍本の行方を捜すことも、女の行方を捜すことも、差し当ってこれという方針はなく、何よりもまず腹を拵らえて、しかる後ゆっくり考えようと、玄関まで来ると、そこにはすでに夕刊が配達されていた。

何気なく取りあげて社会面を開くなり、彼の目は、二号活字の標題しで報道されている殺人記事に吸いつけられた。

奇怪なる殺人事件
犯人未だ縛に就かず

市内中区富倉町三十二番地、メトロ生命保険会社々員大平八蔵氏（五六）は昨夜自宅階下八畳の間において、何者かのために背後より鋭利なる短刀様なもので刺殺された。同家は八蔵氏と雇人なる老婆よねとの二人暮しであるが、よねは昨夜主人の命によりて、大曾根の自宅に赴き、今朝六時半頃帰宅して変事を発見し、直ちに訴え出たるをもって、××署からは、時を移さず、刑事、警察医等出張して、取調べの結果、殺害は昨夜十二時前後に行われ、物品の紛失しおらざる点より、強盗にはあらざることに決し、それぞれ手分けして捜索に従事しつつあるが、未だ犯人は縛に就かない。ただここに奇怪なるは、隣人の証言によると、昨夜十二時頃同家で、女の悲鳴らしきものが聞えたとの事で、犯人は或は婦人ではないかとの疑も抱かれているが、何よりも疑わしきは、老婆よねが昨夜に限って不在であったことで、よねは目下××署に引致され、厳重な訊問を受けつつある。（下略）

読み終った戸針康雄は、暫らくの間、釘附けにされたようにその場に突立った。百千の考が潮のように脳裡を往来した。もはや疑いもなく、彼に介抱された女は、大平氏方から走り出したのである。

　大平氏と老婆との二人暮しという記事から察すれば、彼女は昨夜同家を訪れたのでなくてはならない。して見ると、大平氏を殺したのは彼女であろうか。

　康雄はぶるッと身を慄わせた。

「そんな馬鹿なことがあるものか。彼女は人を殺すような女ではない。人殺しなど彼女に出来そうなはずがない。犯人は必ず他にあるのだ」

　こうは断定したものの、もし、彼女が昨夜同家を訪れたことがわかれば、真先に容疑者とならねばならぬことを不安に感じた。

　彼女は果して大平氏が殺されたということを知っているであろうか。こう考えると、昨夜遠慮して事情をたずねなかったことが残念でならなかった。彼女の去ったことが、いよいよくやしく思われた。何とかして、彼女を警察の手に渡らぬようにせねばならない。恋する女をそのような目に逢わせることは堪えられぬことであった。

　突然、康雄は、あることを考えてぎょッとした。彼女は昨夜（ゆうべ）大平家から跣足で走り出して来たではないか。当然、彼女の履物が大平家に残っているではないか。

「ああもう駄目だ」

　康雄は絶望の悲鳴をあげると同時に、眼の前が暗くなる思いをした。ことによると今頃すでに彼女は警察へ引張られているかも知れない。たといそうであったとしても自分は何とかして、彼女を青天白日（せいてんはくじつ）の身にする手段を講じなければならない。

「よし、自分は探偵になろう」

　今まで読んだ探偵小説の知識を応用するのはこの時である。自分は大平氏殺害の真相をつきとめるために、出来得る限りの方法を講じよう。

　こう決心すると再び眼の前があかるくなった。

　と、その時、入口のベルが蹴（け）たたましく鳴った。

「誰が来たのだろう」

　こう呟いて扉（ドア）をあけると、一人の洋服姿の男が立っていた。

「戸針さんですか。私はこういうものです」

　差出した名刺を受取った康雄は、次の文字を読んだ。

「××署刑事　丑村（うしむら）滝太郎」

探偵志願

　戸針康雄は、訪問者が丑村という刑事であることを知るなり、ぎくりとして、思わずも手にしていた新聞紙を取り落した。不吉な予感が、彼の手を麻痺せしめたからである。

刑事は、す早く身を屈めて、康雄の落した新聞紙を拾い上げ、

「おお、やっぱり、ゆうべの殺人事件の記事を御読みでしたか。実は、私が御たずねしたのも、この事件についてで御座います」

康雄は更にはッとして顔色を変えた。が、つとめて平静を装って、

「と仰しゃると？」

と、無理に怪訝そうな眼つきをした。

その眼付を刑事はじっと見つめて、

「新聞に書いてありますとおり、殺されたのは、メトロ生命保険会社社員大平八蔵氏ですが、その宅は、富倉町三十二番地です」

「それがどうしたというのですか」と、康雄はいらいらしながら、憤慨の語調をまじえて言った。

刑事は、あたりを見まわし、声をひくめて、

「こうした話はなるべく他人に聞かれたくありませんから、もし御差支なくば……」

「こちらへ御はいり下さい」

と、康雄は刑事を請じ入れ、やがて二人は応接室で対坐した。夕暮が近づいたせいか、室内は薄暗くなりかけたが、康雄は面はゆい気がしたので、電燈をつけようとしなかった。刑事はやさしい口調でたずねはじめた。

「昨晩あなたは、殺人事件のあった富倉町を御通りにはなりませんでしたか」

康雄は、ぐさと、短刀で胸をさされる思いをした。

「私は富倉町がどこだか知りません」

取り敢えずこう答えて、丑村刑事がどうしてそのことを知ったであろうかと考えると、康雄ははたと思いあたることがあった。刑事は言葉を続けた。

「あなた昨晩珍しい古本を御買いになりましたでしょう」

果して、と康雄は思った。

「『好色破邪顕正』という書籍、その新聞紙の包みが、ちょうど、殺人事件のあった大平氏宅の前に落ちていたのです。今朝拾得の届出があったものですから、すぐさま手分けして市内の古本屋を調べさせると、袋町の古泉堂で、昨夜あなたが御求めになったのだとわかりました」

康雄はもう隠しても駄目だと思った。けれども、あの美しい疑問の女については語ってはならぬと思った。いわば自分の初恋の女を恐ろしい殺人事件の渦中に引き入

れたくなかった。珍本の出現によって得られた安心は、恋人にふりかかっている運命を危惧するの念に置き換えられて行った。

「私の通った町が富倉町であるかどうかは知りませんが、丸太町の辺を通って来たことは事実です」

「それは何時頃だったでしょうか」

「はっきり覚えておりません」

「あなたは古泉堂から、すぐさま御宅へ御帰りになりましたか」

「いいえ、途中、新栄町の芳香亭へ立寄って帰りました」

「芳香亭を御立ちになったのは何時でしたか」

「よく覚えていませんが十一時過ぎではなかったかと思います」

覚えていないどころか、はっきり覚えていたに拘わらず、彼はこう答えざるを得なかった。

「そうすると、ちょうど、富倉町を十二時頃御通りになった訳ですね。あなたが御通りになったとき、ある家の中から女の悲鳴のような声は聞えませんでしたか」

康雄は何となく、気味が悪くなってきた。

「いいえ」

と答えた声には、ひどく力が無かった。


刑事はさぐるように康雄の顔を見つめていたが、

「もしや、あなたが御通りになったとき、家の中から、一人の若い女が飛び出しては来ませんでしたか」

「知りません。知りません」

康雄の声は顫えていた。

「そうですか」と、刑事は疑うような調子で言った。「実は、古本の新聞紙の包のすぐそばに、セルロイドのヘーヤピンが一本落ちていたのです。地面には別に足跡が見られませんけれども、何となく、中から飛び出して来た女が、通りがかりのあなたにすがりついたように思われるのです。古泉堂できくとあの古本は五百円もするとの事で、それほど貴重なものを落されるには、どうも、そう考えるより外はありませんから」

丑村刑事の推理に驚くと同時に、康雄はだんだん気味の悪い思いをしはじめた。彼は何と答えてよいかに迷った。あの女については決して語るまいとした覚悟が、見る見るうちに刑事の舌で崩されて行くように思った。彼はもう沈黙を守るのが一ばん無事であると決心した。

「御迷惑にならなければ、御話しを願いたいものです」と、刑事は慇懃な態度で言った。「何しろ、殺人という大事件で御座いますから、どうか、私たちの捜査を助けて頂きたいものです。実は」

と、急に調子をあらためた。康雄は、刑事の、「実は」をきくごとにぎくりとさせられたので、こんどは何を言い出すのかと、息を凝した。

「今朝四時少し前のことです。一人の年若い女が御器所の方から跣足で歩いて来るのを、巡邏中の警官が見つけて、ひそかにあとをつけて行くと、女は中央線の高架線路の小針の踏切りを上りかけたそうです。これは怪しいと思って、土手の陰に身をひそめて様子をうかがっていると、折しも汽車の音がごーっと聞えてきたので、間違いがあってはならぬと、駈け上って、有無を言わさず取り押え、事情をきいても、固く口を噤んで何とも言わなかったそうです。住所をも言わなければ、また、どこから出て、何をしに行くのかも語らなかったが、何しろ、はだしではあるし、髪も乱れているし、深い事情があるにちがいないから、ひとまず××署へ連れて来て保護をすることになったのです。署へ来てからも、何をきいても返事を致しません。

ところで、富倉町の殺人事件が報告され、同時に、『好色破邪顕正』とへーヤピンの届出があったので、私はもしやと思って早速そのへーヤピンと、女の現にさしているのとを比較して見ましたら、ぴったり一致したのです。しかし、世の中には同じへーヤピンをさしている女は沢山ありますから、確実な証拠とは言えません」

ここで丑村刑事は言葉をきって、康雄の顔色を熟視した。康雄は恐ろしいというよりも、むしろ恥かしさを感じた。とても知れそうにはあるまいと思った女の行方が、意外にも早くわかって、とにもかくにも、逢おうと思えばいつでも逢える事情になったかと思うと、一種の興奮のために、胸の動悸が昂まった。もうこうなった以上は、すべてのことを打開けて、彼女のために一臂の力を致そうかとも思いはじめた。事情を打あけることは、彼女に対する疑いを濃厚にして、彼女を悲境に沈めるであろうけれど、彼女が無罪であることを、康雄は固く信じて疑わなかった。

「しかし」と、刑事は語を続けて、康雄の思考を破った。「新聞で御承知でもありましょうが、昨夜十二時頃被害者の家で女の悲鳴らしいものが聞えたそうです。ゆうべ、雇いの老婆は自宅へ帰っていたということですから、別の女が居たと推定されます。その推定は被害者の家で発見された女の下駄によって確かめられました。そこで、その下駄を、謎の女に見せますと、一瞬間顔色が変りましたが、やはり否定してしまいました。やむを得ないから今度は、雇いの老婆を呼んで、その女が大平家へ出入りしたことがあるかどうかをたしかめようと、ひそかに見てもらいましたが、老婆よねは、今まで一度も見たことがないと申しました。何か生前殺された主人がその女のことについて言わなかったか、或は、平素女の客がよくたずねて来たかどうかをたずねましても、よねの答えるところによると、主人は自分の内情については一切語らず、別に女客が訪問するようなことはなかったと言いました。

　そういう訳で、どうにも女の身許を知ることが出来ないのです。ところが、『好色破邪顕正』の落し主があなたであるとわかったので、もしや、あなたが、その女の走り出て来るところに出逢われたのではないか、もしそうとすれば、あなたの口から女の身許がわかるかも知れぬと、取りあえず、御たずね致した次第です」

　この条理を尽した言葉に、康雄はもう沈黙していることの不可能を悟った。

　そこで彼は、昨夜の冒険（アドヴェンチュア）について、逐一物語ったのである。新栄町の芳香亭を出てぶらぶら歩いて来ると、突然、ある街で女の悲鳴が聞えたこと、その街の名が富倉町であることを彼は知らなかったこと、悲鳴をきいて立ちどまると、間もなく一人の女が、あわただしく駈け出して来て、彼にすがりついた事、彼は女を半ば引摺りながら、丸太町通りまで引き返して、道ばたで介抱していると、ちょうど一台の空（あき）自動車が来たので、呼びとめて、わが家へ連れて来た事、とりあえず寝台に横たわらせて、冷水を与えると、女ははっきり意識を恢復したが、いたく疲労して見えたので、あくる日事情をきこうと思って、そのまま寝かせて、自分も隣室へ退いて眠った事、今朝十時頃に眼をさまして見ると、女の姿が見えなかったこと、寝室へはいってよく探すと床頭台の上に、鉛筆で走り書きをした置手紙がしてあったこと、等を順序正しく語って、最後に女の残して行った手紙を刑事に示した。もうその時は、室内はだいぶ闇（くら）くなっていたので、康雄は立ち上って、スイッチを捻（ひね）った。

　刑事は熱心に手紙を読んだ。康雄は言った。

「そういう訳ですから、私も女の身許はさらに知らないのです。先刻（さっき）の御話しによると、女は、鉄道線路の踏切を上ったというお話で、自殺を恐れて、警官は捕えなさったということですが、その文面から察すると、どうも、自殺する意志はないように思います。警察でそれほど頑強に口を噤んでいるのは、何か特別な理由があるのでしょう」

　丑村刑事はうなずいたが、やがてたずねた。

「その女が走り出して来たとき、手に短刀でも持ってはいませぬでしたか」

康雄は、予期した質問ではありながら、腹立たしい思いをした。

「短刀など持っていないばかりか、衣服にも血などは附いておりませぬでした。あの人は決して犯人ではありません。あの人に人殺しなど出来ようがありません。私はそれをかたく信じます。そういう疑いをかけるさえ無礼なことだと思います」

刑事の眼が、異常に興奮した自分の顔をじっと見つめていたので、康雄ははッとして赤面した。

「私も、あの女を犯人と認める訳ではありません。ここへ伺うまでは、あの女がこの事件に関係があるかどうかさえ、はっきりわからなかったのです」

「それで、大平氏を殺した犯人はまだわからぬのですか」

と、康雄は徐々(じょじょ)に探偵的興味を湧かせてたずねた。

「わからぬのです。老婆よねが昨夜に限って不在であったことは怪しいと思って、最初の容疑者として拘引したのですが、よく調べてみると、昨夜はたしかに自宅に帰り、しかも朝までそこに居たことが証明されましたから、ひとまずよねは帰らせることになりました」

「現場の捜査からは、何か手がかりが見つからなかったですか」

「今のところ、これという手がかりを得ません」

「死体解剖の結果はどうです」

「鋭利な短刀で背後から右側の腎臓(じんぞう)部を刺されたという外、特に注意すべき発見もなかったのです」

「それで一たいこれからどうなさろうとしますか」

刑事は暫らく考えていたが、

「別にどうするという方針も差し当り立ちませんが、留置場の女が大平氏の家から飛び出したのだとわかった以上、女を訊問して、事情を明かにするより外はないと思います」

康雄は炎症の局部に触(さ)わられたような気がした。あの可憐の恋人が、またまた警察官のために質問攻めに逢うかと思うと、堪えられぬ心地がした。彼は先刻から、いつの間にか空腹も忘れてしまったくらい興奮していたが、この時一層胸を時めかして、

「いっそ、私にその訊問をさせて下さいませんか」

「え?」と、刑事は怪訝な顔をした。

「御不審はもっともですが、私の考えるところでは、たとい警察の御方がどんなにして訊問なすっても、彼女は決して返答はすまいと思います。それで、私にあなたがた達の代りをさせて頂きたいのです。きっと彼女に事情を語らせて見せます」

こういった康雄の額には、汗が沁(にじ)んでいた。刑事は暫らく考えていたが、すぐには返答しかねる様子であった。

「私は決して、彼女に逢って、彼女に入れ智慧する訳ではありません。私は彼女の無罪を信じているので、それを証明したいと思うのです。これまで読んだ探偵小説の知識を実際に応用してみたくなったのです。もし出来ることなら、私に現場の捜査をもさせて頂きたいのです。いわば臨時の素人(しろうと)探偵として、この事件だけ、警察の御手伝いがしてみたいのです」

康雄の熱心な語調に丑村刑事は動かされたらしい様子であった。恐らく刑事は康雄の本心をも洞察したのであろう、そうして、康雄の力で、彼女の口をあかせるのが、最上の方法だと考えたのであろう、やがて、決心したような態度で、微笑をうかべて言った。

「探偵小説と実際とは決して同じものではありませんが、あなたの熱心はわかりましたから、署長に願ってみることに致しましょう。素人を捜査に加えるということは異例ですが、いかなる手段を講じてでも、早く犯人さえわかればよいのですから、署長もあなたの願いをきくだろうと思います」

こう言って刑事は立ち上った。

「どうぞ、よろしく願います、これから私は食事をすまして、後刻警察署へ出頭致します」

留置場の対話

それから二時間の後、戸針康雄は、××署の一室で、彼の初恋の女と話していた。

丑村刑事の尽力と署長の好意によって、彼は彼女との対面を許されたばかりでなく、警察の妨害をしない限り現場捜査に携ってもよいという内諾を得た。

康雄が留置場の扉(ドア)をあけたとき、何気なく康雄の方を振り向いた彼女の蒼白の頰は、ぱッと紅をさした。殺風景な、あかるくない電燈に照された留置場で、彼女の姿は掃溜(はきだめ)に咲いた大輪(たいりん)の花にも譬(たと)うべきであろうか。康雄にとっては、まことに、いじらしさの限りであった。

康雄は、元気よくはいったものの、彼女と二人きりになると、急に物を言うことが出来なかった。

「昨晩は……」

と、細い声で言ったきり、おずおずしながら、彼女の傍に腰かけた。

女は軽くうなずいて、彼の視線を避けるように、手巾(ハンカチ)で口元を蔽(おお)いながら俯向いた。警察で与えられた汚ない履物をはいているほか、昨夜のままの姿であったが、髪は一層乱れて疲労の色が頸筋にまで見られた。

「一たいどうなさったというのです」と、康雄は心を強いて落つけながら言った。「今朝あなたの置手紙を見て、私は本当に悲観しました。実際私は一時、あなたの心を恨んだくらいですよ」

女は相変らず顔を上げなかったが、深い呼吸を一つして、

「相済みません」

と、かすかに言った。

康雄はこれをきいて、大に力づいた。一言も発しないかも知れぬという危惧の念が、これで完全に取り去られたからである。

「済むも済まないもありません。ただ私は、あなたの身の上を案じたのです。あなたが、大平家から、ただならぬ様子で駈け出して来られたのは、何かそこに深い事情がなくてはなりません。その事情を今朝ゆっくり承ろうと思ったのに、あなたの姿が見えなかったので、全く失望してしまったのです。それと同時に、あなたの身の上を案じたのです。すると夕方になって、更に心配を増したのは、大平さんが昨夜、何ものかに殺されなさったことです。夕刊を読んで、本当にびっくりしました。するとそこへ、丑村刑事がたずねて来られて、色々の証拠から、あなたが昨夜、私に出逢ったであろうと推定して、あなたの身許をききに来られたのです。ところが、私も、もとより存じません。しかし、あなたが、大平家から昨夜走り出して来られたことがわかった以上、警察はあなたに疑いをかけて、なおも執拗に訊問するにちがいありません。それを私は堪えられなく思いましたから、あなたのことは私にまかせてくれと願って、ここへ御伺いしたのです」

康雄はこれだけのことをすらすらと言って退けた。彼は女の姿を見れば見るほど、いじらしさが増して、恋の心が募って行った。

「御心配をかけてすみません」と、女はまたもや深い呼吸を一つして言った。「けれども、私の身の上だけは、どうぞ御たずねにならないで下さいまし」

「身の上は別に御聞きするには及びません。けれども、あなたは殺人という重大な事件の渦にまきこまれなさったのです。死んだ人のことを思うと、一刻も早く犯人を見つけてあげたい気がします。あなたが、犯人でないことは、私は飽くまでも信じています。ですから、少なくとも、あなたの口から犯人でないというあかしを立ててほしいのです。さもなくば、いつまで警察は五里霧中に

さまよわねばなりません」

けれども女は返事をしなかった。

「私はまだ、あなたのお名前をさえきいてはおりません。しかし、強いて御聞きしなくてもよいのです。ただ、私はあなたのためにどこまでも忠実な助力者でありたいのです。何とかして、真犯人を見つけて、あなたに覆いかぶさろうとする疑雲を散らしたいと思うのです。あなたが何の用事で、また、いかなる事情のもとに大平家をたずねなさったかをたずねる必要はありません。ただ、あなたが悲鳴をあげなすって……私はただ直感的に悲鳴をあげたのはあなただと思うのですが、それから戸外に走り出されるまでの事情だけをきかせて頂けばよいのです」

気がつくと女は、しきりに手巾で涙を拭っていた。康雄はいささか狼狽した。

「これは申し訳ないことをしました。何も私は、あなたを苦しめるつもりはなかったのです。許して下さい」

「いいえ」と言った女の声は、はっきりしていた。「そうではありません。御親切を思って、つい……」

「それでは私の願いをきいて下さいますか」

女はじっと考えていた。

「お話しになりにくいかも知れませんから、私から一つ一つ事情を推定して御たずねしましょう。大平さんは、昨夜、何かあなたを苦しめるようなことをしたのですか」

女の顔はその時たしかに紅みを加えた。それは或は憤怒の思い出であるかも知れない。

彼女はだまってうなずいた。

「その時、あなたは救いを求めるための悲鳴をお上げになったでしょう」

女はうなずいた。

「すると、それと同時に、大平さんは、背後から、何ものかのために短刀で刺されて、血まみれになってたおれなさったのでしょう。で、あなたは、その思いがけない惨状にびっくりして、家の中から走り出されたのでしょう」

女は軽く頭を横にふった。

「では、あなたは、大平さんを刺した人を御覧になって、それで、驚いて逃げて来なさったのですか」

「ちがいます」と、彼女は、漸く口を開いた。「私はあの人に襲われて、驚きのあまり一声叫んで、そのまま気を失いました。暫らくの後気がついたときには、あの人は血まみれになって私のそばに倒れておりました。そこで怖ろしさのあまり、夢中に飛び出したので御座います」

康雄は、ほッとした。目的を達した安心と、彼女が無罪であることを知った安心とは、彼の胸の中から重荷を取り除いた。

「そうでしたか、よく仰しゃって下さいました。もう、それだけ伺えば沢山ですが、しかし、あなたには、あなたのことを御心配になっている御両親や、御姉弟（きょうだい）が御ありでしょう。その人たちのために、あなたは一刻も早くここを出なければなりません。それには……」

「私には、両親も姉弟（きょうだい）も何も御座いません」

「え？」と、康雄は、思わずも、彼女の横顔に眼を注いだ。彼女の置手紙の中にあった、「不幸な女より」の文句が、彼の心に浮んだ。

「有難う御座いました。もう、これ以上は、あなたを苦しめますまい。しかし、もう一度だけ、お心をきかせて下さい。あなたは昨夜、私の家を御出になって、中央線の踏切に御あがりになったそうですが、まさか、自殺なさるつもりはありませんでしたでしょう？」

女は強くうなずいた。「そんな気は少しもありませんでした」

「ああそれで安心しました。最後に御願いしておきたいのは、ここを放免されなすっても必ず、行先を私に知らせて頂きたいことです。もっとも、この事件が片づくまでは、多分あなたは、不自由な目をなさらねばならぬだろうと思いますから、一刻も早く片附くよう私は及ぶかぎりのことを致します」

意外な発見

翌朝、わが素人探偵戸針康雄は、大平氏宅に赴いて殺人現場の捜査を行った。といっても、別に系統的な捜査を行うのではない、恋人の身を思うあまり、恥を忘れて、いわば無鉄砲に乗りこんで来た訳である。

大平氏の死体は別室に安置され、親戚や知己（ちき）の人たちが、葬儀の準備に忙（せ）わしかった。兇行のあった部屋は、襖（ふすま）が立てこめてあって、誰も中に入らぬよう、一人の警官が番をしていた。

康雄が署長の名刺を示すと、警官は襖をあけて中へ入れてくれた。そこは八畳の居間で、床（とこ）の間の脇は押入れになっていてやはり襖が立ててあったが、その襖の前には、黒赤色（こくせきしょく）の血が、畳の上に物凄い地図を描いていた。捜査中の事件であるから、現場には少しも手を触れてないのである。

康雄は、女からきいたことを思い浮べて、暫らくの間、部屋の中央に立ったまま、あたりを見まわした。そうして、次の結論を得た。

犯人は多分、押入の中にかくれて居て、大平氏が、彼女を襲ったとき、突然、襖をあけて、背部から短刀で刺したのであろう。

彼は押入をあけて見た。中は上下二段に区切られていて、上の段には、二三の道具が置かれ、下の段には夜具が積み重ねられていたが、向って右の隅に、いうに一人の人間がはいれるだけのすき間があった。彼は、その部分を懇ろに捜したけれども、別にこれという手がかりを発見することが出来なかった。

彼はそれからなるべく血痕を踏まぬように歩いて、座敷の前の縁側に出て、奥庭をながめた。奥庭といっても、大して広くはなく、数本の檜と一二本の梅と、蕾を持った霧島が三本ほど植っていて、飛石つたいに、左手に行くとそのまま、家をめぐって玄関の方へ出られるのであることがわかった。

殺人者は恐らく玄関からしのび込むようなことはすまい。きっとこの奥庭からあがって押入の中にしのび込んだにちがいない。

こう考えたので、彼は、一応、屋敷のぐるりを見ておこうと決心し、幸いに、手洗鉢のそばの沓脱ぎに、庭下駄が一足あったので、それを突っかけて、奥庭の上に出た。

前は、黒板塀で境されていたが、右隣りと左隣りの境界には、槙の木がまばらに植えられてあるだけで、自由に出入りすることが出来た。家の左隣りに面したところは台所になっていて、物置小屋の中に色々な道具が雑然として置かれてあったが、右隣り即ち街から見て左隣りとの境に当る部分は、別に何の障害物も置かれてなかったから、もし、人が裏の方へ出入りするならば、この部分を通路とするにちがいないと思われた。で、康雄はその部分の地面を熱心に捜し歩いた。

「おや、戸針の若旦那様ではありませんか」

突然、前方からこう声をかけられたので、驚いて康雄が顔をあげると、槙の木のむこうに一人の五十あまりの女が立っていた。見るとそれは、康雄の両親の健在した頃、本重町の本宅へ二三年雇ったことのある、豊という女なのである。

「おや、お豊さんか、久し振りだなあ、お前、今このお隣りに住んでいるのか」

「いいえ、私は患者さんの附添婦に雇われているので御座います。あなた様はまたどうして、こんなところへ御出でになりました?」

「実は少し理由があってね。お前ももうとくに知っているだろうが、このうちの主人が殺されて犯人がまだわからぬのだよ。それを私は物好奇半分に検べに来ているんだ」

「まあ、そうで御座いますか。それで、何か手がかりは御座いましたか」

「いやまだ。何か手がかりは見つからぬだろうかと、こうして庭の上をさがしまわっているんだ」

すると、何思ったか、お豊は小声になり、

「若旦那様ちょっと!」

と言って康雄を手まねきした。

意味ありげな様子に、康雄は好奇心に駆られて、槙の木の間を通りぬけ、隣りの屋敷にはいった。

お豊は、無言のまま先に立って、やがて、とある物陰に康雄をつれて行った。

「何だい?」と、康雄は辛抱し切れなくなってたずねた。

するとお豊は、用心深くあたりを見まわし、

「実は若旦那様、私は昨夜、お隣の御主人を殺した人を見ました」

「ええっ」と、康雄はびっくりした。

「いえさ、もとより、その場に居合せた訳ではありませんが、犯人ではないか思われる人を見たので御座います」

「そうか、一通り事情を話してくれ」

「こうなんで御座います。今私が附添っている息子さんは、胸の病をわずらってみえますが、夜分はどうもよく御やすみになれないので、たいてい、午前の三時頃までは、私も起きているので御座います。今はちょうど、患者さんが眠ってみえますので、こうして戸外へ出た訳で御座いますが、昨夜、十二時頃、お隣りで、甲高い女の声がきこえました。それきり静かになりましたので、別に怪しみもしなかったのですが、それから十五分ほど過ぎて、はばかりにまいり、何気なく、窓から、お隣りの裏庭を見ますと、一つの黒い人影が、頻りに庭の上をさがしているようでありました。もうそのとき月は西にはいっていたらしゅう御座いますが、人影だけは、くっきりわかりました。暫らくの間、その人は捜しつづけていましたが、とうとうあきらめたと見えて、逃げるように去ってしまいました」

「男か女か」

「年寄った男の人で御座いました」

「え? 本当か」

「たしかに、そうでした。それから朝になると、人殺し騒ぎが始まりましたので、さては私はあの老人が、大平さんを殺したのだろうと思いました」

「それでお前はそのことを警察の人に告げなかったか」

「はい、かかり合いになるのが恐ろしいですから、黙っておりました」

「その老人はどんな風采をしていたかね」

「さあ、それは暗いのでよくわかりませんが、実はその老人が、頻りに捜していたものを、私が見つけたので御座います」

「ええっ？」

「たしかに、老人は捜し損なって行ったと思いましたから、今朝、まだお隣りの婆やさんが戻って来ない先に、悪いこととは知りながら、そっとお隣りの庭の上をさがしたのです。そうしたら、苔の間に、木片の陰になって落ちていたのです」

「それは何だったかね」

お豊は暫らく躊躇していたが、

「私が拾ったということさえ、黙っていて下されば御渡し致します」

「黙っているとも」

「あなた自身で御拾いになったことにして下さい」

「ああ、そうしよう。で、お前は、その品をここに持っているのか」

「持っています」

お豊は袂に手をやった。康雄は全身の血が好奇心のためにかたまるかと思うほど興奮しながらお豊の取り出すのを待ちかまえた。やがてお豊は、花紙に包んだ勲章大のものを取り出して、康雄の眼の前で開いた。

中からあらわれたのは？

康雄は一目見るなり、思わず、「あッ」と叫んだ。

「この品を御承知なので御座いますか」

お豊も興奮してたずねた。

「うむ、知っている！」

こう言って康雄が手に取り上げたのは、一個の眼鏡の玉であった。しかもその玉こそは、彼が昨夜、『好色破邪顕正』を求めた古泉堂の変人、紺野小太郎翁が祖先伝来のものとして、常に珍重してかけている、草入模様の水晶のレンズであった。

留置場の恋

奇縁と言おうか、不思議な運命と言おうか、思いもよらぬ発見に、わが素人探偵戸針康雄は、暫らくは一切が夢ではないかと疑わざるを得なかった。これまで探偵小説を読んで、こういう場面に邂逅して、驚き喜んだことは度々であるが、今、現実の世界にまざまざとその例を見せられては、そう思うのも無理ではなかった。

書肆古泉堂の主人、紺野小太郎老人の、まがう方なき水晶のレンズが、不吉な血をもって彩られた大平氏宅の庭に落されていたということは、そもそも何を意味するのであろうか。一時的の驚きが消えると、それに代って、この疑問がむくむくと頭をもたげた。そうして、それと同時に、一昨夜、古泉堂を訪ねて、紺野老人と対談した時の光景が、まざまざと眼の前に浮んだ。

康雄が『好色破邪顕正』の値をたずねて、「少し高いな」と言ったとき、紺野老人は、かけていた眼鏡をはずした。それは老人が気に喰わぬときに行う動作の一つであるが、その時、一方の玉がぱたりと畳の上に落ちた。老人は舌打ちしながら再び金色の枠にはめたが、この事によって、眼鏡の玉が落ち易くなっていたことはたしかである。だからもし、老人が大平氏宅の庭を歩いたとすれば、眼鏡の玉の落ちることは、ちっとも不思議なことでない。

けれど、古泉堂主人は一たい何の用あって大平家を訪ねたのであろうか。こう考えると康雄は、はたと行き詰らざるを得なかった。たとい紺野老人のレンズを発見したとて、必ずしも、紺野老人が大平家を訪ねたとは断言し得ない。これはもっとよく、事情を明かにした上で推理を行わねばならない。……

「一たい、それでは、この眼鏡の主は誰で御座いますか」

突然、お豊が質問したので、康雄ははッと我に返った。彼は附添婦のお豊からレンズを渡されて後、あまりに意外な発見に、お豊が眼の前に居ることも打ち忘れて、空想に耽っていたのである。

「ああ、それがね」と康雄は慌てて答えた。「まったく思いがけない人なのだ。うっかり喋舌るのはよくないから、名前は預っておくが、それは私のよく知っている老人なんだ。時にもう一度念を押してきくが、お前が見たのはたしかに老人だったかね?」

「それはもう間違い御座いません。顔はよくわかりませんでしたが、姿恰好が、どうしても年寄った人で御座いました」

「その人が庭を捜していたのはお隣りで女の悲鳴が聞えてから十五分ぐらい過ぎてからだと言ったねえ?」

「正確なことはわかりませんが、十五分或はことによると二十分ぐらい過ぎていたかも知れません」

康雄は腕を組んで考えた。大平氏が殺害されたのは、女の悲鳴の起ったのと殆んど同時でなくてはならぬ。もしその老人を犯人とすると、一たい老人はその間何をしていたのであろうか。悲鳴が起ったとき、自分はちょうど大平氏宅のおもてに居た。そうしてあの謎の女が走り出して来るまでは誰も大平氏宅へ出入りしたものはなかった。

「いやどうもありがとう」康雄はお豊に謝した。「お前のお蔭で、いわば手柄をたてることが出来たよ。いずれ事件が片づいてから、あらためて一度おたずねする。どうか、患者さんを大切にしてあげてくれ」

こう言って、大切な証拠のレンズを内ポケットに収め、康雄はお豊に別れを告げて槙林の間を抜け、大平氏宅の裏庭に戻った。そうして庭石づたいに、座敷に向って歩きながら、一昨夜、疑問の老人（それはやはり紺野老人にちがいないが）が、眼鏡の玉を捜していた光景を想像した。

再び座敷にかえって血に染った畳を一瞥し、やがて康雄は、いそいそと大平氏宅を出た。

が、街へ出てみると、さて康雄は、どこへ行ってよいかに迷った。普通の探偵ならば、当然、古泉堂の紺野老人をたずねるのが順序である。けれどももし紺野老人が真犯人であったならば、そこに甚だ気まずい光景が出現する。それに自分は、××署長の好意によって、この事件の捜査に従事することは許されていても、犯人を逮捕する権利は与えられていない。自分が紺野老人をたずねて、眼鏡の玉を拾った話でも為ようものなら、却って紺野老人を警戒させ、或は紺野老人に逐電させるような結果を惹き起さぬとも限らない。

大平氏宅の前に立ちどまって腕組みをしながら考えていた康雄は、ふと、一昨夜、その場で謎の女に抱きつかれたことを思い出した。それと同時に、心は、「彼女」の方に向いてしまった。そうして、この意外な発見は、誰よりも先に彼女に知らせるのが至当であると思った。

彼女は昨夜安眠したであろうか。もしや自分との約束にそむいて留置場を逃げ出すようなことを仕出来しはしなかったか。こう思うと、康雄は何だか不安な心持ちになった。一刻も早く彼女の顔が見たくなった。犯人の手がかりを見つけたことを告げて彼女を安心させたくなった。たとい紺野老人が真犯人でなくても、老人の眼鏡の玉が大平氏宅に落ちていたことによって、紺野老人と今回の事件とが何等かの関係を持っていることがわかる。それを話して彼女を慰めたく思ったのである。言うまでもなく真犯人さえわかれば、当然彼女は放免されるからである。

康雄はそこで××署をさして急いだ。早く恋人に逢いたいと思うと、足は宙を走った。

署へ来ると、丑村刑事は留守であったが、署長はにこにこして、この素人探偵を迎えた。康雄は、事件の報告よりも、彼女の安否を気づかって言った。

「あの女はどうしましたか」

さすがに彼は頬のほてるのを覚えた。

「昨夜は安眠が出来たということですよ。今日は大へん機嫌がよいようです。しかし相変らず自分の素性については語りませんが、こちらも強いてたずねようとはしません。今日の様子では、あなたが逢われたら、何もかもお話しするかも知れません。が、それはそうと、捜索は進みましたか」

康雄は署長の丁寧な言葉づかいに恐縮しながら、

「どうせ素人のことですから、さっぱり駄目です。しかし、いま大平氏の宅へ行って、ちょっとしたことを見つけて来ました」

「それは何ですか」と、署長は康雄の言葉を遮るようにして、畳みかけてたずねた。

康雄はどぎまぎして、「それはあとで御話しすることにして、それより先に、あの女に逢わせて頂きたいと思います」

署長はちらと康雄の眼をながめたが、そのまま大きくうなずいた。

留置場へはいると、彼女は昨日のままの姿で、つつましやかに腰かけていた。見れば昨日より遥かに血色もよく、康雄の姿を見るなり、頬笑んで迎えた。その頬笑みは、康雄をして、一瞬間、殺人のことも、探偵のことも、レンズのことも、紺野老人のことも、何もかも忘れしめてしまった。康雄の心の中は、美しい恋人の姿によって占領し尽されたのである。

彼はつかつかと彼女の方に近寄ったが、何といって声をかけてよいかに迷った。とりあえず彼は彼女の傍に腰掛けたが、心臓の鼓動が急に高まって、呼吸が促迫しはじめた。取り乱すまいと思えば思うほど、胸は高鳴りを増すだけであった。

が、彼のこの苦境を、彼女は早くも見て取って、それを救うべく声をかけた。

「本当に今回は色々御迷惑をかけてすみません」

その声が、至って晴々しかったので、康雄は急に嬉しくなり、言葉が咽喉から迸るように出た。

「迷惑どころか、私はあなたのためならどんなことでも為ようと思っています。私がこうして素人探偵を志願したのも、いわばあなたの無罪を証拠立てようと思ったからです。ところで、私のこの希望は幸いにも叶いかけました。というのは、先刻、あなたの一昨夜お訪ねになった大平家の捜索に行きましたところ、幸いにも、真犯人を捜る手がかりとなる品を見つけたのです。ですから一刻も早くこれをあなたに御話して安心してもらおうと、とりあえずこちらへ駈けつけたのです」

「まあ、何という御親切でしょう。で、その手がかりというのは何で御座いますか」

彼女は今までとは打って変った熱心な態度となった。「手がかり」という言葉が恐らく彼女の好奇心を刺戟したのであろう。

「手がかりと言っても、それが果して私の予期するような大切なものかどうかは知りませんが、恐らくそれによって真犯人を手ぐり出すことが出来ると思います。真犯人さえわかれば、あなたは直ちにこの陰鬱な、殺風景な、不愉快な場所から解放されることが出来るのです」

こう言って康雄は彼女の顔をのぞきこむようにした。と、どうした訳か、彼女の顔には喜色の代りに、一抹の憂色が漂いはじめた。康雄は早くもそれに気附いて、

「どうなさったのです。何か私の言葉が御気に障りましたか」

「いえ、いえ」彼女は慌てて否定した。乱れた髪の毛と、膨れ気味の眼瞼は、一層彼女の美しさを廓大した。彼女は寂しく笑って続けた。「私は、昨日も申し上げましたとおり、身うちのものは誰一人無い寂しい身分で御座います。なまじ世の中へ出るよりも、いっそ、この留置場に居た方が、どれほど気楽か知れません」

彼女の眼には涙がたまった。何といういじらしい姿であろう。康雄は、かたき抱擁のもとに、彼女を慰めてやりたいような衝動に駆られた。

「いけませんよ、そんな心細いことを言っては!」と、康雄は幾分か声を顫わせて言った。「ああ困りましたねえ、私は、こういう際に、何といってよいかを知りません。いっそざっくばらんに言いましょうか」

と、暫らく躊躇した後、

「私もあなたと同じく一人ものです。いっそあなたは私と……」

「結婚してくれ」という意味は、たしかに彼女に通じたらしく、思わず彼女は康雄に顔をそむけた。

「おや、私はこんなことを言って、あなたを怒らせたでしょうか」

「いいえ!」彼女の声は強かった。

「本当ですか」と、康雄が彼女の腕にすがると、彼女の首はわずかに縦に動いた。

途端に、隣室の方で、無風流な振鈴の音が、響き渡った。二人ははッと美しい夢からさめた。多分それは、巡査たちを何かの目的で集合せしめる合図ででもあるのであろう、ざわざわと人の歩く音が続いて起った。

「いけませんねえ、こういう話をするには、ここは不似合な場所です。時に私たちは何の話をしていたのでしょう。ああ、そうです、あなたに大平氏宅の庭で拾った手がかりを見せるはずでした。これはまだ署長にも誰にも見せてありません」

こう言って康雄はポケットから、例のレンズを取り出して、彼女の前に差し出した。

「これです!」

彼女は、珍らしい昆虫でも見るときのように、こわごわのぞきこんでいたが、

「これがどうして手がかりになりますか」

「私はこの眼鏡の玉の持ち主を知っているのです」

こう言って康雄は、お豊に逢った顚末を悉く語ってきかせた。

「すると、その眼鏡の玉の持ち主は誰でございますか」

彼女もだんだん乗気になってたずねた。

康雄はあたりを憚かるようにして、声をひくめ、

「市内のある古本屋の主人です」

この言葉をきいた彼女は暫らく考えていたようであるが、やがてその美しい眼を輝かして、

「もしや古泉堂とかいう古本屋では御座いませぬか」

康雄は驚いた。

「え? え? どうしてあなたはそれを知っているのですか」

彼女はすぐには返事しなかった。暫らく俯向いて考えていたが、やがて、決心したもののように顔を上げた。

「もう、何もかも御話し致します」彼女は大きく呼吸した。「今まで口を噤んでいたことはどうぞ御許し下さいませ。私の名は篠田歌代と申します。父はある役所につとめていまして、四五年前まで両親と私と三人暮しで名古屋に住んでおりましたが、その後父が転任することになって、東京へまいりました。ところが一年たたぬうちに父は病死して、母と二人暮しになり、差し当り食う

には困りませんでしたが、私はタイピストとなって生活の資（たす）けと致しておりました。その間至って平和に過しましたが、不幸は重なるもので、先日母に突然死なれて、私はまったく途方に暮れてしまいました。

　大平さんは母の遠縁に当る人で、名古屋にいる時分から、よく往来（ゆきき）しましたが、先日私の葬式の時は、わざわざ上京して、いろいろ親切にして下さいました。今から考えてみますれば、その親切には多少の不純な分子が含まれていたようで御座いますが、たった一人きりになった寂しい私の心には、実に実に嬉しいもので御座いました。その時大平さんの御話しに、幸い、自分の会社にタイピストが一人ほしいから、あなたが来る気なら世話をしてあげるがどうかとの事で御座いましたから、私もその方が遥かに心強いような気がして、どうぞよろしく願いますと申上げておいたので御座います。それから二三日過ぎると大平さんから手紙がまいりまして、いよいよ会社であなたを雇うようになったから、そちらを片附けて名古屋へおいでなさい。私の家に同居なさってもよいが、それでは世間の口もうるさいから、幸い自分の心当りの家を一軒借りて、婆やを雇うことにしたということで御座いました。で、一昨日の朝、東京をたって、こちらへ参ったので御座います。名古屋駅へ着くと大平さんが出迎えて下さいまして、途中で夕飯をいただき、自動車で、私のために借りて下さった家にまいったので御座います」

「それはどこでしたか」

「小針の十番地で御座います」

「おお、それでは一昨夜、あなたが私の家を出て、中央線の小針の踏切りを越えようとなさったのは、その家へ帰るつもりでしたか」

「さようで御座います」

「それからどうしましたか」

「その家へ着いたのは八時過ぎで御座いましたでしょうか。家は小じんまりとしていて、誰か住っていたあとをそのまま借り受けたように思われ、頗る気持のよい住居（すまい）で御座いました。十番地はその家一軒きりで、隣り近所とは植込みでかけはなれ、ちょっと郊外の家という感じで御座いました。私は大平さんの親切に感謝致しました。

　ところが、来るはずになっていた婆やが、どうした訳か姿を見せません。大平さんは頻りに気を揉んでおられましたが、十一時になっても来ませんので、電話をかけて来るからと言って出て行かれました。そうして、ほどなく帰って来て、今、口入屋（くちいれや）にたずねたところ、婆やは明日の朝でないと行けないとの事、一人でこの家に寝るのは物騒だから、今夜だけは私の家に泊って下さい。そのつもりで、ついでに自動車を雇ってきたとの事で御座いました。

　大平さんの話によると、大平さんのお宅にも婆やが雇ってあって、今夜は婆やと同じ部屋に寝られたらよいであろうとの事でしたので、全く安心して大平さんにお伴をすることに致したので御座います。

　ところが先方に行きますと、居るべきはずの婆やさんが居りません。これはおかしいと思っておりますと、大平さんは私を奥の座敷へ呼んで妙なことを仰しゃりかけたのです。私ははじめ大平さんが、まったくほんの冗談を仰しゃっているのだと思っていますと、しまいには、私と結婚してくれというようなことまで言い出されました。あまりのことに私はびっくりしてしまいました。今までの大平さんの親切はこうした魂胆から出ていたのかと思うと、奈落の底へつき落されたような、言いようのない悲しさが胸に迫りました。私はただもうぼんやりとして、その場に坐っておりますと、やがて大平さんは突然私に躍りかかって来られました。

　私は思わずも一声、大声に叫びましたが、そのまま一瞬間気が遠くなりました。それからはッとして気がついて見ると、意外にも大平さんは血に染まって死んでみえました。私の精神はもう滅茶々々に掻き乱され、前後の考もなく戸外へ走り出ましたが、そこへ運よくもあなたが通りかかって下さって、私を救って下さったので御座います」

　はじめてきく女の素性と一昨夜の出来ごとに、康雄はすっかりその方へ精神を奪われていたが、この時、我にかえって言った。

「いや、よく話して下さいました。ではこれからは歌代さんと呼ばして下さい。それであなたは古泉堂のことをどうして御承知なのですか」

「それは小針の家で、大平さんが電話をかけに出かけなさった留守中、ふとあたりを見ますと、机の上に和本の古いのが二三冊置かれてありましたので、何気なくそれを手に取って開いて見ますと、中に、紅い短冊形の紙がはさまれ、それに、『古書売買　古泉堂』と書かれてありました。それが、はっきり私の頭にきざみつけられたので御座います」

「それは何という書物でしたか」

「題は忘れましたが、人情本らしい体裁で御座いました」

「不思議ですねえ、こんどの事件は古泉堂の古書とだいぶ因縁を持っておりますねえ。それにしても、どうして古泉堂の古書がそこにあったのでしょうか」

こういって、康雄は考えはじめた。が、それは容易に解決出来る問題ではなかった。

と、その時、留置場の扉があいて、はいって来たのは丑村刑事であった。二人は立ち上って刑事をむかえて挨拶をかわした。

「今、署長にきいたら、あなたは何か発見されたということですねえ」

「ちょっとした手がかりです」

「それは何ですか」

「では、署長さんの前で御話し致しましょう。それに今、歌代さん、いや、この女の方から御名前や何かを承りましたから、ついでにそれも御話し申しましょう」

二人は歌代をあとに残して署長の前に来た。

康雄は言った。

「実は一昨夜殺害の行われた時分、大平家をたずねた者のあることがわかったのです」

「それは誰ですか」と、署長と丑村刑事は殆んど同時にたずねた。

「それが全く思いがけない人なのです。私があの、『好色破邪顕正』を買った、古泉堂の主人です」

これをきくなり、刑事は大きく眼をむいて叫んだ。

「や、それは真実ですか、そりゃ大変だ！」

「何が大変かね」と署長。

「その古泉堂の主人は昨夜家を閉めて、どこかへ行ってしまいました‼」

真犯人

「それでは逃げたんだな？」

と、署長は、畳みこんでたずねた。

「実はこうなんです」と、丑村刑事は興奮して語りつづけた。「今朝早く、私は大平家をたずねて来た人をよく思い出してくれと言いましたところ、よねは暫らく考えておりましたが、四五日前の夜古泉堂という古本屋がたずねて来たと申しました。昨日の朝戸針さんの御買いになった書物についてたずねに行ったとき、どうも少し様子が変だったことを思い出して、とりあえず古泉堂へ行きますと、驚いたことに、戸がしまっておりました。附近の人にきいてみますと、これまでこうして戸を閉てて古本の仕入れに出かけるのは折々のことで、最近は娘さんが帰っていて、こういうことはなかったが、娘さんがまたどこかへ行ったので、古本仕入れのために戸をたてて出かけたのだろうと教えてくれました、少し怪しいとは思いましたけれども、そのまま私は大平さんの勤めていた会社へ行ったから、家宅捜索の許可は得て行きませぬでしたから、色々たずねましたが、これという手がかりは得ませぬでした。今、戸針さんの御話で、一昨夜古泉堂の老人が大平家をたずねたとすると、ことによると逃亡したのかも知れません。それはそうと、戸針さんは一たいどうしてそれを聞き出されたのですか」

そこで康雄は一伍一什を話した。もとよりお豊に約束したとおり、レンズを自分自身が拾ったことにし、隣家をたずねて、附添婦から事情をきいたと告げた。そうしてそれから、いま留置場で歌代からきいたことを残らず語った。

「探偵として、実に珍らしい腕前です」と、署長は賞めて言った。「それではとにもかくにも、古泉堂老人の行方を捜さねばならぬ。が一たいどこへ行ったのだろう」

こう言って署長は腕を組んだ。

「私はまず古泉堂へ行って家宅を捜索してこようと思います。許可証を渡して下さい」

丑村刑事がこう言って署長に願うと、署長は立ち上って奥へ行った。

「それでは私も私の心当りを捜して来ます」

こう言った康雄の声がいかにも自信に満ちているようだったので刑事は、

「え？　お心当りがあるのですか」

「もとよりはっきりしたことはわかりませんから、ともかく盲目滅法に出かけてみようと思います」

が、その声には、確信がありそうであった。けれども、それ以上、刑事は追求しなかった。

それから三時間の後、丑村刑事は失望の色を浮べて帰って来た。そうして署長に報告した。

「家宅捜索をしましても、別に逃亡したような様子は見られませんでした。やっぱり一時的に留守にしたとしか考えられません。平素隣りの人たちとあまり交際していないので、老人の行っていそうなところは誰も知りません。そのほか大平さんと関係のありそうなものは何も見つかりませんでした」

話しているところへ、わが素人探偵戸針康雄が帰ってきた。彼の顔には、いわば勝利の色が漲っていた。

「どうでした？」と、丑村刑事が言った。

「わかりましたよ」康雄の声は朗らかであった。

「え？　老人の行方がわかったのですか」

「今私は、老人に逢って来ました」

「老人を連れて来ましたか」

「そのまま別れて来ました」

「そりゃ大変だ。逃げられてしまう。老人はどこに居ますか」

「大丈夫逃げは致しません。これから私は紺野老人の居るところへ、あなたと署長さんを案内したいと思います」

　自動車が用意されて、三人は乗った。そうして十分たたぬうちに目的地に着いた。それは小針の十番地、即ち歌代が一昨晩、大平氏に最初に連れられて来た家であった。あたりは森閑として、植込には、西に傾いた日が、さびしく照って、四月とはいえ、先日来の気狂い気候で霜枯れのような寂しい感じが漂っていた。

　康雄が先に立って中へはいると、紺野老人が悄然として出迎えた。老人は新らしい眼鏡をかけていたが、その顔には悲しい表情が刻まれていた。老人は恐縮しながら三人を一間に導いた。

　康雄は語りはじめた。

「委しいことは一切私から申し上げます。最初私が大平家の庭で紺野老人のレンズを発見したときは、老人を真犯人でないかと疑いましたが、留置場で歌代さんから事情を聞くに及んで、その疑は漸次崩されて行きました。歌代さんからこの家の様子をきいたとき、大平さんの知った人が、最近まで住んでいたにちがいないと思いました。それから大平さんが歌代さんを自宅へ連れて行って手ごめに為ようとしたときいて、私は、大平氏殺害の動機をその情事関係に求むべきであると思いました。犯人はきっと女にちがいない。ヒステリカルな、嫉妬深い女にちがいない。その女が大平氏にそむかれて大平氏を殺害したにちがいない。こう考えた時、私はこの家に、大平氏の愛を受けた女が住んでいたにちがいないと推定しました。しからばそれは誰であろう。と考えたとき、私の胸にはたと思いあたったことがありました。この家に古泉堂の人情本のあったこと、殺害の夜、紺野さんが大平家をたずねたこと、それから、一昨夜私が古泉堂をたずねたときに、老人には一人の娘さんがあって、老人は、最近余所から離縁になって帰って来たと語ったこと、私が見たその娘さんはたしかにヒステリカルであったことを思い出したのです。私はその時、あの娘さんが大平氏によってこの家に囲われていたのだろうと想像しました。そうして最近事情があって別れることになり、それに嫉妬を感じて恐ろしき事件を引き起したのだろうと思いました。

その晩、娘さんは大平氏宅の屋敷の押入れの中にしのびこんで大平氏の帰宅を待っている。そこへ大平氏が歌代さんを連れて来て、暴行を加えようとする。そこで押入から飛び出して、大平氏の背後に短刀を刺す。そうして一旦、室（へや）の隅なりまたは庭の隅なりへ姿をかくす。こうしたことが行われたことと私は推定したのであります。そうして、それが、果して、真実であることを知りました」

かう語って康雄は一息ついた。紺野老人は先刻から、神妙にかしこまって、康雄の言葉を肯定するかのようであった。

「それでは、一刻も早くその娘さんを……」

丑村刑事がこう言い出した時、康雄は立ち上って無言のまま隣室との堺にある襖を静かに開いた。

おお！　そこには一人の女が、否、女の死体が敷布団の上にさみしく横わっていた。

「これが私の娘で御座います」と紺野老人は言った。平素他人に向って、ぶっきら棒な挨拶をする老人も、今は丁寧な口調であった。「実はあそこの梁（はり）に紐をかけて縊死（いし）を遂げておりましたが、あまりに見にくいので、そのままお届けも致さないで、下（おろ）して寝かせました。お恥かしい話で御座いますが、娘は大平さんの寵愛（ちょうあい）を受けて、世間には秘密にこの家に御厄介になっておりました。ところが、先日、どうした訳か帰されてきました。その理由をきいても娘は一こう話しもせず、非常に悲しむと同時に、大へん大平さんを恨んでおりました。そのためぶらぶら病を引き起し、寝たり起きたり致しておりましたので、私も気になりますから、この間の晩大平さんの御宅をたずねて理由をきいてみますと、ある女と正式に結婚することになったからというような御話で御座いました。

一昨夜、戸針さんがおいで下さった時、娘は風呂へ行くといって出て行きました。ところが一時間過ぎても帰って来ません。そこで私は心配になって風呂屋に行ってきいてみますと、娘は来なかったとの事、さては変な気でも起しはしないかと、この家をたずねて来ますと、誰も居る様子がありません。かれこれするうち十二時近くになりましたが、もしやと思って大平さんの御宅の前まで行くと、入口があいているのが見えました。これはおかしいと思って、裏口から座敷へしのび込みますと、大平さんは殺されてみえました。あまりのことにびっくりして逃げ出しましたが、その拍子に眼鏡の玉が落ちたことに気づき、手がかりになっては悪いと思って、さがしましても気が慌てているので、遂に見つけることが出来ず家にかえりました。

　ところが娘はまだ帰っておりませんでした。私は大平さんを娘が殺したことと思いこみ、もう外出する勇気もなく一夜をあかすと、この御方（丑村刑事）が見えましたので、一時はびっくりしましたが、それは意外にも『好色破邪顕正』に関する御たずねで御座いました。

　夜になるのを待ちかねて、虫が知らせたとでもいうのか、どうも娘がこの家に居るような気がしましたので、ひそかにたずねて来ますと、もはや、娘は死んだあとで御座いました。とりあえず死骸を下へおろして御通夜をしましたが、今日になっても、どうしてよいか途方に暮れておりますと、先ほど戸針さんがたずねて御いでになったので御座います。ここに娘の書置（かきおき）が御座いますからどうか御覧なすって下さいませ。書いてあることは、ただ今、戸針さんが仰しゃったとおりの事情で御座います」

　署長は沈黙のままその遺書を受取ったが、別にそれを読もうとせず、静かに死人のさびしい顔に眼を移すのであった。

×　×　×　×　×

　幾日かの後、文学士戸針康雄の御器所（ごきそ）の住宅は、新たに一人の同棲者を得た。それは言うまでもなく篠田歌代であった。

探偵戯曲　紅蜘蛛奇譚

（一）

それは、はげしい風の吹く、厳冬の夜更のことです。

大江戸のまん中、江戸橋の袂に万町の箕島小十郎という目明し、俗にいう岡っ引の手先が二人、退屈そうに夜の警戒をしておりました。

「寒いじゃないか」と若い方の男、三治が言いました。

「いやにきつく風の吹く晩だ」と、もう一人の房蔵が答えました。

「もう何時だろう、腹がへった」

「仕様のない奴だ、もう四つ半過ぎだよ」

「一杯やりてえなあ、己やさっきから、水にうつる河岸の灯が、刺身のように見えてならねえ」

「馬鹿、もう暫らくだから我慢せい」と、房蔵は年をくっているだけ辛抱も強いです。

「世の中が物騒で、四つ過ぎからは猫の子一疋通らねえのだから、こうして張番をしても、さびしくって仕様がねえ。せめて年増の美人でも通りかかるといいがなあ」と三治はそろそろ本音を吐き出しました。

「馬鹿、年がら年中、食う事と色事ばかり考えてやあがる」

「だが兄貴、いくら学者が何といおうが、今の世の中は、この二種で持ちきってるぜ」と三治はなかなかの哲学者です。

「屁理窟ばかりいってやがる。呆れた奴だ」

と房蔵は言いましたが、こいつは呆れる方が間違っているかも知れません。

「まあ、怒らなくったっていいよ。兄貴だって、寒のうちに泥棒の番をするより、柔かい膝を枕にあつ燗で……」

「おいおい、いい加減にしないか」

「けれど兄貴、くだらないことをいっておりゃこそ、世の中は無事に暮せるというものだせ、真面目に考えた日にゃ、人間一日だって平和に暮せねえや、第一お互に何のために生れて来たのか、さっぱりわからねえからなあ、母親が己を生んだとき、まさか御用聞きの手先にならせようとは思っていなかっただろうて」

「そりゃそうだ」

「それ見い。だから、己れや、食う事でも色事でも、その場その場を存分に楽しんでおきたいと思うんだ」

「そんなら不平を言わずに、張番することも楽んでやれ」

「あッ、こいつあまいった……それはそうと兄貴、冗談はさて措いて、こんな寒い晩にはさすがのお辰も稼ぎをしないだろうなあ」

お辰というのは、昨今、この界隈に出没する女賊なのです。

「いやそれはわからない。何しろ神出鬼没だからなあ。今日は生娘の風をしているかと思えば、明日は世話女房の姿となり、そうかと思うと、女易者を装ったり、時には女行者に化けたりして田舎から出て来る、うぶな若者どもをだまして、持物を巻きあげるのだ。何しろ、こちと等はまだ本当の顔を見たことがないのだもの、こうして番をしていてもまるで雲をつかむようなものさ」

「でもお辰はすてきな美人だというじゃないか」

「という話しだ」

「そんなら己も一ぺんだまされてみたい」

「馬鹿」

「だが、あいつは、さすがの親分も手古摺った形だ。でも親分は二三度あったというじゃないか」

「そうよ」と少しく考えて房蔵はいいました。「親分といえば近頃、何だか塞いでいるようじゃないか、何か心に大きな変化でも起ったのではあるまいか」

「こんなに不景気じゃ、お前、誰の心も変化するよ」

「おいおい、噂をすれば影とやら、あそこへ来たのは親分のようだ」と房蔵は早くもこちらへ近づいて来る人を見つけて言いました。

(二)

それは、やっぱり、彼等の親分箕島小十郎でありました。五十前後の、何となく犯しがたい威厳の具わった風采です。

「ご苦労だなあ」と、小十郎は二人に近づいた時、声をかけました。「どうだい、何事もなかったかい。誰も怪しいものは通らなかったかい」

二人は、誰も通らなかったことを告げました。

小十郎は空を見上げて申しました。「すっかり雲が蓋をしてしまった。この塩梅じゃ、雪になるかも知れねえ。

雪といえば、昨今の世の中は、丁度この雪模様の空のように、重くるしくなってきたなあ」

三治はまたかといった顔で言いました。「親分は近頃、世の中がどうのこうのと馬鹿に心配していますねえ」

「心配しないで居られようか。この重くるしい気分は、今に爆発しないではおかぬよ。だから、局に当る人は、みんな神経過敏になって、夜の警戒が厳重になった。とりわけ、このあたりは、あのお辰めが出没するから、こうしてお前達(めえたち)まで余計な苦労をさせるのだ。けれど、よく考えてみるに、一人か二人の賊をあげたって、到底時の流れをくいとめることは出来ない。己はもう、眼明(めあ)かしという商売が厭(いや)になってしまった」

三治はますます驚きました。「親分、今晩はまた馬鹿に里心(さとごころ)がつきましたね?　やっぱり、寒いせいですか」

「まあよく考えてもみるがいい」と、小十郎はいよいよ真面目です。「悪人というものは、みんな境遇が生んだものだ。罪を犯す性質はどんな人間にでもあるものよ。昔から偉人英雄と崇(あが)められている人で、人を殺さぬものがあるかい。己やお前達だって、ほんのちょっとしたはずみで、捕(とら)えられる身になったかも知れねえ、己あ、いつも捕縄(ほじょう)をかけるたんびに、自分だっていつなん時、こうした身にならぬとも限らぬと、顔では威張って心では泣いているよ。捕(と)る身になるのも捕える身になるのも、まったく一枚の紙の裏と表だ。もう己れは遠からず、さっぱり足を洗いてえと思う」

「こんな冷たい時節(じせつ)に足を洗っちゃ、親分、霜焼(しもやけ)がきれますぜ」

「巫山戯(ふざけ)ちゃいけねえ」と小十郎は軽く叱りました。

と、この時、房蔵が口を出しました。「ですが親分、捕り手がみんなそういう心になった日にゃ、天下は闇(やみ)になるじゃありませんか」

「世の中は、いつだって闇だよ」と小十郎は考えながら言いました。「それ、百鬼夜行(ひゃっきやこう)という言葉があるだろう。それだのに、今の世の中は百鬼が真昼に横行している。だから、世の中はいつも夜さ。まっくらさ」

「それでは」と三治がまたもや言いました。「親分は、あかるい国へ行きたいというのですね?」

「そうよ。ただお互の魂だけは、いつでもやっぱり明かるいのだから、己は、その魂の国に住(す)みてえのさ」

「わからねえなあ。親分の仰しゃることは」

と三治。

「わからぬ方が幸福だよ。虚偽と安逸(あんいつ)とは、人間から、物を考える力を奪ってしまった。己は暫らく、じっと考えてみたいのだ」と言ってから、俄(にわか)に軽快な言葉になり、

「いやつまらぬ理窟をならべてしまった。九ツの鐘が鳴ったら帰ってかまわない。それから先は来栖の手先が来るはずだから。だが呑ん気な奴等だから、時刻通りには来ないだろう。己はこれからちょっとむこう河岸まで行って用をたしくてくるよ」

こういって小十郎は二人に別れて橋を渡って歩いて行きました。

（三）

小十郎の姿が見えなくなると、三治は房蔵に向って言いました。

「まったく親分は、少しどうかしているなあ。妙にむつかしいことばかり言っているじゃないか。清姫と安珍とが物を考える力をとって行ったなんて、己にゃ何のことだかさっぱりわからねえ」

房蔵は思わずふき出しました。

「馬鹿、虚偽と安逸だよ。虚偽とはうその事、安逸とはのらくらすることだ」

「なーんだ、そんならそうといってくれりゃよいものを、兄貴、漢字は制限してほしいものだなあ」と、この哲学者なかなか隅に置けません。

その時、九ツの鐘がきこえて来ました。三治は待っていましたとばかり房蔵を促して帰ろうとしました。

すると、むこうから一人の男がとぼとぼあるいて来ました。男は頸に小さな荷物をいわえ、旅装束をしておりました。

「もし、伝馬町はもうじきで御座いますか」と、男は二人にたずねかけました。

三治は手をあげてむこうの方を指し、

「四五丁先ですよ」といって相手の男の姿をつくづく打ちながめ、「どうやら旅の人らしいねえ」とたずねました。

「はい」と男は若いはっきりした声で答えました。「学問を致したいと、三州岡崎からはるばる大江戸の空をあこがれてまいりましたが、都会の美くしさに目うつりがして、今日の夕方までにつく予定でしたのを、つい遅れてしまいました」

「ふむ」と三治はいいました。

「学問をするとて江戸へ来たのかね。今も兄貴と話したことだが漢字などは、あんまり身を入れて習わぬ方がいいねえ」

「はい。私は西洋の学問を致したいと思いまして」

「へえ西洋の学問を」と三治は不審そうな顔になって言いました。

「そいつあ、なおさらいけねえや、よく日本のことを知りもしないで西洋の学問をする人があるが、お前さんも、その類ではねえかねい？」

「いえ、世の中がだんだん進歩してまいりましたから、これからは、どうしても洋学を志ざさねばならぬと思い、決心して出てまいりました」

　この時房蔵が言いました。「まあ、大いにやって下さいよ。だが用心しないといけませんよ。都会は美しいかも知れねえが、都会に住む美しい女には油断をしなさるなよ。この辺は旅の人がよく出入りするので、その旅の人を餌食にしようと、爪を研いで待っているものが沢山あるからねえ、気をつけて学問して下さい」

　こういって房蔵は三治と共に去りました。男は、寒い風が吹くにも拘らず、橋の上に立って暫らく都会の夜景に見とれておりました。

　彼はその名を西川勇次郎といって、岡崎の商家に生れたのですが、田舎の町がいやになり、都会の空気にあこがれて、学問することをむしろ口実として、両親の反対を物ともせずはるばる大江戸へやって来たのです。

　彼は今青年にあり勝の感傷的な気持になって、眠ろうとしている大都会の美を心から讃嘆しました。

「人はよく、都会の危険ということを口にするが、この美しい大江戸のどこに危険があるだろう、また人はよく旅の悲愁ということを語るが、この大都会の夜の魅力の前にはさびしさなどは消しとんでしまう」

　こう考えながら、勇次郎は橋の上をあちらこちら歩いて、欄干のそばに立ちどまっては、静かな夜景に見とれておりました。

　と、その時です。河岸から橋の方へ、つかつかと走り寄る黒い影がありました。

(四)

　その黒い影は三十前後の仲働きのような風をした女でありました。

　彼女は、むこうを向いている勇次郎に知られないようにこっそり歩いてこちらの欄干の前で合掌しあわや身を躍らせて、河の中に飛び込もうとした。

　敏感な勇次郎は、忽ちそれを見つけて飛鳥の如く、女の傍に駈けより、力強く抱きとめました。

「どうぞ放して下さい」と、女は声をしぼって言いました。

「いけません、何をするのですか」

「どうぞ私に身投げをさせて下さい」

「いけません、身投げをすれば死んでしまいます」

「死なねばならぬ身体で御座います」

「いけません、一旦とめた以上放しません」

「でも私は生きておれない身で御座います」

「何故ですか」

「それには深い理由があります」

「それではその理由をききましょう」

「それは話せません」

「理由をきかねば放しません」

　女はうらめしそうな顔をして勇次郎をながめましたが、突然発作的に泣き出しました。

「何故泣くのです」と、勇次郎は驚いてたずねました。

「あなたを恨みます」と女はすすり上げつつ申しました。

「何故です、たとい死なねばならぬ事情があっても、半時や一時死ぬことを延ばせぬことはないと思います。わたしにつかまったのを災難とあきらめて、とにかく、事情を話して下さい」

　女は何とも言わずに泣いておりましたが、どうやら観念した様子でした。

「死ぬほど思いつめるのは、よくよくのことです」と勇次郎は言いました。「その苦しい心を御察しします。けれども死ぬ前に、もう一度考えなおすべきだと思います。私も一たんとめた以上、どこまでも御相談にのります。さあ、どうか話して下さい」

　この時女は急に腹を押えて苦しそうな表情をしました。

「どうしました、どこか痛いですか」と、勇次郎は、あわててたずねました。

「はい、持病の差込が。寒いものですから」と、女はかすかな声で答えました。

「それでは、早速近くに宿を求めようではありませぬか」

「はい」と女はもはや泣き止んで、はずかしそうな顔をして答えました。

　勇次郎は何となくうれしそうに言いました。

「それでは、私の言うことをきいて、身投げを思い止まってくれましたか」

　女はうなずきました。

　その時、一しきり寒い風が吹きました。勇次郎は女をかばうように寄りそいました。

「まあ、ありがとう御座います」と女はやさしく申し

ましたが、

「でも御迷惑になりましては」と、なおも躊躇(ちゅうちょ)する様子でした。

勇次郎は、決して迷惑でない旨をつげて、女を立たせようとしました。すると女は立ち上る拍子に勇次郎の胸にたおれかかりました。

「あら、御免下さい」

といった女の美しい声は、勇次郎の神経をあまく戦慄(せんりつ)せしめました。

「今日が今日まで、世間は鬼と思っておりましたのに、しん身も及ばぬ御親切、わたしうれしゅう御座います」

と、女はしみじみ申しました。

勇次郎は、どういって答えてよいかに迷いました。と、その時、ちらちら雪が降って来ましたので、空を見上げて、

「おや雪が」とてれかくしを申しました。

それから二人の姿は程なく闇に吸いこまれてしまいました。

（五）

勇次郎と女は小船(こぶな)町の蔦屋(つたや)という宿屋にはいりました。

雪はだんだん降りつのりました。

それから、幾時間かの後のことです。

ふと、勇次郎が気がつくと、女は夜具の上でしきりに泣いておりました。

「ど、どうしたのです。何故泣くのですか」と、勇次郎は驚いてたずねました。

けれども、女はそれに答えないで、なおも悲しそうに泣き入りました。

女の身の上話しにほろりとさせられ、便りない身に同情を寄せた結果は、つい、引摺(ひきず)られるままに深入りしてしまったのでありまして、勇次郎は女が、それを後悔しているのではないかと思いました。で、そのことを言って女に詫(わび)ようとすると、女は、そうでないと言って頭をふりました。そうして、ついに、決心したもののように、

「実は今まで、申し上げませぬでしたが、わたしはお上(かみ)の御たずねもので御座います」ときっぱり言ました。

勇次郎はぎくりとしました。それを見た女は、

「あれまあ、あなた、顔色まで変えて……それには深い事情があります」

　こういって、女が語りはじめた事情は、大たい左の如きものでありました。

　彼女はその日まで松平家に仲働きを務めていたのでありました。ところが殿様が好色漢で、彼女をわがものにしようとしました。けれども彼女は断然それを拒みました。親兄弟の無い身で、便るべきところは御屋敷だけであり、しかも御恩を受けているのであるから、殿様の無理な願いをきくべきであるかも知れぬが、彼女は好かぬ人に身を任せることが、どうしても出来ませぬでした。すると殿様は色々な方法で彼女をいじめ苦しめました。殿様はいわゆる変態性慾の持主で、彼女を笞でたたいたり、彼女の身体から血を流して喜びましたが、遂にある夜、彼女に麻酔薬をのませ、刺青師をして、彼女の胸一ぱいに、紅の絵の具で大きな蜘蛛をほらせました。彼女はこれまでどのような虐待をも辛抱してきましたが、この事があってから、彼女は遂に堪忍袋の緒をきらし、殿様に対して復讐しようと決心しました。

　けれども、か弱い女の身の、適当な復讐法を見つけることが出来ず、日夜考えに考えた結果、殿様が、さる高貴の人から預かっている名刀を盗もうとしました。それは匕首でありますが、それを失えば、殿様は切腹しなければならぬかも知れないからです。

　とうとう今朝、彼女はその匕首と、その傍にあったお金を盗んで御屋敷を抜け出しました。ところが運悪く、その金を途中で落としてしまい、匕首だけが懐に残りました。そこで、彼女は身の置きどころがなくなって一日中死に場所をさがし、遂に江戸橋から身投げをしようとしたところを、勇次郎に救われたのであります。

　勇次郎のやさしい言葉によって、彼女は一旦死ぬことを思い止まったものの、どう考えてみても生きておれぬ身であるから、再び死のうと決心して、今このように泣いているのでありました。

　勇次郎は仔細をきいて、色々と諭しましたけれども、彼女はいっかな自害の心を翻そうとしませぬでした。そうして一層はげしく泣き出しました。

　勇次郎は困ってしまいました。何といって慰めてよいかに、はたと当惑しました。すると彼女は涙の顔をあげて、勇次郎に向い、

「あなた、どうぞ私と一しょに死んで下さい」と申しました。

（六）

　勇次郎はぎょっとしました。あまりに意外な言葉をきいて、恐ろしさに身がすくむほどでありました。

　女は申しました。「驚きになるのは無理もありませんが、どうぞ私の心を察して下さい。今日が今日まで私は男の情(なさけ)というものをちっとも知りませぬでしたが、今夜はじめてそれを知りました。これまで男は怖いもの、厭なものとばかり思っておりましたのに、今夜はじめて、恋というものを知りました。けれどもわたしは生きておれない身体で御座います。それかといって、恋しいあなたをこの世に残して死にたくはありません。ですから、私と一しょに死んで下さいというのです」

　勇次郎は何と答えてよいかに迷いました。女は続けました。「私は一旦こうと思い立ったら、やりとげなくてはおきません。私は死にます。けれども一人では死にたくありません。さあ私のこのせっぱ詰った心がわかったならばどうぞ御願いです。一しょに死ぬと言って下さい」

　勇次郎はただ呆然としておりました。

「厭だというの？」と、女の口調は砕けてきました。

「それなら、せめて、私を、あなたの手で殺して下さい」

　こういって女は、おずおずしている勇次郎の顔を見ながら、徐(おもむ)ろに胸を開きました。そこには直径五寸もあるほどの胴体をもった真赤な蜘蛛が右の乳房の傍(わき)に巨大な眼を据えて、八本のふとい足を肋(あばら)から背中、頸筋へかけ、あたかも女の身体をしっかりと抱きしめているかのように、俯向きに蟠(わだかま)って居りました。勇次郎は、それを見て眼がくらむような思いをしました。

「御覧なさい」と女は言いました。「これが、殿様の悪戯(いたずら)ですよ。昼となく、夜となく、私はこの蜘蛛のように執念深い女となったのよ。私が呼吸するたんびに、この蜘蛛もぴくりぴくりと動くでしょう。これはもう絵ではないのよ。真実の蜘蛛なのよ、一旦睨んだが最後、誰だってもう放しゃしないわ。あなたもこの蜘蛛に睨まれたのが災難なのよ。さあ、この殿様のところから盗んできた匕首で、この蜘蛛の眼をずぶりと刺して下さい」

　こういって、女は懐から匕首を取り出し、鞘(さや)を払って、勇次郎に渡そうとしました。勇次郎は思わず後退(あとずさ)りしました。

「まあ、あなたは、私のこの願いさえもきいてはくれないの。卑怯(ひきょう)もの！」と、女は荒っぽい口調になりました。「いいわ、人をさんざん弄んでおいて、今になって私の願いをきかぬというの。いいわ、いいわ、さあ、もう用はないから、さっさと出て行っておくれ。もうもう、薄情な男の世話になんかなりゃしない。立派に自分で死ぬからいいのよ。けれど、覚えていらっしゃい。あんたは私に手をかけて殺さなくても、こうなったらわたしを殺したも同然だからいいわ。いいえ、自分で死んであんたに殺されたように見せかけるから、覚えているがいい。そうして、死んだら、すぐに死霊となってあんたの一生涯にとりついてやるからいいのよ。死霊とならなくっても、この蜘蛛が、日夜あんたを苦しめるからいいわ。あんたの身体にへばりついて、あんたの血を吸いつくしてやるからいいのよ」

　勇次郎は、あまりの怖ろしさに舌の根が固ばって、言葉を発することさえ出来ませぬでした。全身がぶるぶる顫えて、あたかも水に溺れようとするものが、苦しみもがくような挙動をしました。

　すると、女は突然、

「ええ、面倒な、こうして突くのよ」

と叫んで、勇次郎の右手に短刀をつかませ、あわや、その胸を突かせようとしましたので、勇次郎は猛烈に振り切って、室外に飛び出しました。

（七）

　勇次郎は無我夢中で宿屋の表へとび出し、雪の降る中を十五六町宛もなく走りましたが、だんだん興奮状態が去ると、女を残して逃げ出したことを、何となく後悔するような気持になりました。

　彼女は果してあのまま死んでしまったであろうか。もし、あれから自害したのであったなら、やっぱり自分が手をかけて殺したものと思われるにちがいない。そうすれば、自分は当然御たずねものとならねばならぬ。部屋に忘れてきた風呂敷包みの中に路用金と名札がはいっているから、すぐに郷里へ手がまわり、二度と再び、帰国することは出来なくなる。

　こう思うと、勇次郎は、底無し沼へ吸いこまれるような恐ろしさを感じました。そうしてその恐怖は、寒風のために一層強められました。

「しかし」と、彼は考えなおしました。「ああは言ったものの、女はまだ生きているかも知れない。もし生きていたら、もう一度ゆっくり説諭して自害を思いとどまらせよう」

そこで、彼は、踵をめぐらせて今来た道をすたすた戻りました。雪はしんしんと降りつのり、夜更けの街上には誰一人通っておりませんでした。

ところが、小船町へ来ますと、意外にも、はるかむこうに人だかりがしておりました。何事が起きたのかと、近づいて見ますと、驚いたことに、人々は、勇次郎の泊った蔦屋の前に立って、中をのぞき込むようにしておりました。

よく見ると蔦屋の戸口には、彼がその夜江戸橋で逢った二人の男が提灯を持って番をしておりました。彼はそれを見て、二人が眼明しの手先であることを知り、蔦屋に容易ならぬ事件が起きたにちがいないと思ってはッとしました。で、ひそかに物蔭にかくれて様子を伺っておりますと、その時にわかに、家の中がさわがしくなって何人かが、戸板にのせられて、吊られて出て来ました。そうして、その後から、五十ばかりの威厳をもった男が出て来て、二人の男に向って言いました。

「もう、どうやら、息は切れたようで、とても助かるめえと思うけれど、念のために、外科の淳庵先生に診てもらってやりたいのだ。お前たち、御苦労だが瀬戸物町まで一しょについていってくれないか」

二人はうなずきました。読者諸君のすでに御承知のごとく、この二人は房蔵と三治で、二人に命じた男は小十郎親分であります。三治はたずねました。

「それで、親分、相手の男のあたりはつきましたか」

「うむ、まだ、よくわからねえが、大して面倒なことは無さそうだ。とにかく、己はもう少し委しく調べてこよう。じゃ、よろしく頼んだぜ」

こういって、小十郎は再び奥へはいって行きました。

勇次郎は恐ろしい予感に襲われながらも、戸板で吊られて行くのが誰であるかを見よう思って、人々を押しわけて傍へ行きますと、三治はふと、勇次郎の姿を見つけて言いました。

「おや、お前さんは、今晩江戸橋であった旅の人じゃないか」

「はい」と勇次郎は声を顫わせて言いました。

「お前さんも、やっぱり人殺しを見に来なさったのか」

「え、あの人殺しが御座いましたか」

「そうよ。蔦屋で女が殺されたのだ」

「ええっ、女が……」

と、叫んだまま、勇次郎は走り出しましたので、三治は、呆気にとられて、暫らくその跡を見送りました。

（八）

女が殺されたときいて夢中で走り出した勇次郎はそれから二日の間、紅色をした巨大な蜘蛛の幻影に攻められて、物も食わずに、江戸の街を、ふらふらとさまよい歩きました。

自分は決して女に手をかけて殺しはしなかった。だから、女の死には何の責任もないはずである。と考えても、女に触れたという弱点が、恐ろしい良心の苛責の種となって、彼をくるしめ、それと同時に「蜘蛛となって一生涯あなたの身体に取りつき、あなたを苦しめてやる」といった女の言葉と、女の胸にぴくりと生きているように見えた巨大な蜘蛛の刺青の印象が、純朴な彼を、一種の精神病者とならせてしまいました。

二日目の晩、彼は女と泊った蔦屋の方へ、吸い寄せられるようにさまよって来ました。そうして田所町の稲荷社の前へ来ると、思わずも赤い鳥居をくぐって、社殿の前に額づき、豊川吒枳尼天の名を唱えて、恐ろしい幻想の苦しみから救って下さいと、一生懸命に礼拝しました。ところが塀の上や、木の枝にたまっている残雪が、時折雪崩となって夜の静寂を破り、却て彼の幻想を強めました。

突然彼は立ち上って、境内の彼方此方を「蜘蛛々々」と叫びながらあたかも、蜘蛛の巣にかかった蝶がもがくような動作をしながら、苦るしそうに走りまわり、遂に疲労の極み、その場にたおれてしまいました。

ふと気がついて見ると、彼は一人のがっしりとした男に介抱されておりました。

「おい若いの、どうなすった?」と男はたずねました。

我に返った勇次郎は、

「ああ」と嘆息したかと思うと更に、「蜘蛛が、蜘蛛が、私を苦るしめます」と叫びましたが、その時、はじめて、すっかり正気づいて、

「あなたは、どなたで御座いますか」と、たずねました。

男は言いました。「安心しなせえ。わしは、十手を預かる万町の小十郎だ」

十手を預かる人ときき、人殺しの嫌疑をかけられていると信じていた勇次郎は、突然立ち上って逃げ出そうとしました。しかし、小十郎は苦もなく彼をその場に捩じ伏せてしまいました。

小十郎は勇次郎が田舎者であることを知って、これに

は何か深い事情があるであろうと推察し、親切な言葉をかけました。すると勇次郎は決心して、

「親分さま、私は、私は人殺しを致しました」と、悲しそうに白状しました。

「えッ?」といって驚いたのは小十郎です。

「どこで? いつ?」と、畳かけてたずねました。

「一昨日の晩、蔦屋で女を殺したのは、この私で御座います」

小十郎はますます驚きました。そうして、不審そうに勇次郎に向って、どんな女を殺したかをたずねました。

そこで勇次郎は、一伍一什(いちぶしじゅう)を物語りました。江戸橋で身投げする女を助けて蔦屋に連れこみ、それから女に情死を迫られ、果は、女に殺してくれと頼まれて、恐ろしさのあまり飛び出し、再び気がかりになって戻って来ると、その時丁度、男に刺された瀕死の女が蔦屋から吊り出されて行くのに出逢ったので、再び逃げ出して、今まで、恐ろしい幻(まぼろし)に攻められつつ、さまよったことを告げました。

すると小十郎は、意外にも、蔦屋で女を殺した男はすでに自分の手で逮捕された旨を告げました。そうして、このおそろしい間違いが、どういう原因で起ったかを知るために、

「先刻お前さんは蜘蛛の話をしていたようだが、蜘蛛が一たいどうしたのか」とたずねました。

すると再び勇次郎は、蜘蛛の幻影に悩まされ、自分が蔦屋へ連れ込んだ女が胸に蜘蛛の刺青をしていたことを語りました。

十小郎ははッと思い当りました。と、その時です、社殿の扉が開いて巡礼姿の女が静かにそこへあらわれました。それを見た勇次郎は、「あッ女の幽霊が」と叫んで、その場に気絶しました。

(九)

勇次郎の気絶すると同時に、小十郎は、女の方に進んで、

「お辰、御用だ」といって躍りかかりました。その女こそは、勇次郎が蔦屋へ連れこんだ当(とう)の女であり、また小十郎が捜しつつあった女賊紅蜘蛛お辰でありました。

「親分、野暮(やぼ)なことをしないで下さい。私はもう逃げもかくれも致しません。せめて暫らくの間、しんから恋しいこの人を介抱させて下さい」と、お辰は小十郎の手をはねのけて言いました。

「そんなら、お主は自首する気か」

「あい、私は今、命が惜しくなりました」

「命が惜しくて自首するとは？」

「親分、まあ一通りきいて下さい」とお辰は語りはじめました。「十五の春から世の中のどん底を経めぐって、肉はただれ、血は汚れましたが、魂だけは、ただれもけがれもせぬことを、今度はじめて知りました。一昨日の晩はからずも、いい獲物がひっかかったと身投げを装って、蔦屋へ連れこませ、だんだん話をしているうちに、この人の生一本な気象がうれしくなり、はじめは金が目的の狂言だったのに、中頃真実の心がわき、今までの掟をやぶって身を許し、でもまあやっぱりいつもの手段で、この人を追い出し、まんまと路用を奪いました。丁度その時、同じ宿屋に人殺しがあって、家中大騒ぎになったので、どさくさまぎれにしのび出し、今日はまた、ここにかくれて網をひろげて居りました。ところがはからずもこの人がよその人殺しを間違えて罪なき罪に苦しんでいるのを見て、にわかにいとしくなりました。親分、私はただ男をだますのが面白さに罪を重ねてまいりました。女にとって、世に男ほどあまいものはありません、男ほど女の狂言を真実に思い易いものはありません。けれども親分都会の男は不純です。彼等はだまされることを好みます。それが私には不愉快でした。ですから、私は田舎の男を好んでわなにかけました。しかし親分、私は今まで自分の狂言が相手にどんな影響を与えるものかを知りませんでした。苦しむがいい、男は苦しむのが当然だと思うばかりでどの程度に男が苦しむかを知りませぬでした。ところが今、この人の苦しみのただならぬことを知り、空恐ろしくなりました。人間は、すべて自分の作った幻のために苦しむものだときいてはおりましたが、私故にこの人が、若い身空をだいなしにするかと思うとたまらなくなりました。そうして、恋しさが急に募りました。私はこの人の精神を再びもとにもどらせて、私の身体をささげたいと思います」

小十郎はじっときいておりましたが、一時の感情で物をいうのであろうと、容易にお辰の言葉を信じませぬでした。

お辰は無念な表情をしてうつむいていましたが、ふと、小十郎は、「お主泣いているな」といいました。

「いいえ、何の泣くものですか、私も紅蜘蛛お辰です」と、いいながらも、その声はうるおっていました。「けれども親分、無抵抗な男の前で、女が嘘をつくと思いますか」といった時には、お辰はもう堪えられなくなって、袖で眼をおおいました。

小十郎ははじめて、お辰の心を知りました。

「けれどお辰、一旦罪を犯したものは、たとい自首しても法のさばきを受けねばならぬぞ」

この言葉にお辰ははっとしました。そうして暫らく苦悶したあげく、「親分どうしょう」といいながら小十郎にすがりました。

「泣くな」と小十郎は決心して言いました。「お前一人が悪党じゃねえ。世の中はみんな悪党だ。刀で人を殺さなきゃ、口先で人を殺す。だから誰一人特別に悪い人間というものはねえのだ。それに牢屋は必ずしも人の心を清めない。牢屋は時として、罪人を別の罪人に鋳なおす鍋に過ぎない。人の心を清めるものは運命だ、機会だ、恋だ。しっかり介抱しておやり」

この時、勇次郎は息を吹きかえしました。お辰は親切に男を抱き上げました。それを見た小十郎は「恋は美しい。己は今日から十手を捨てる」と叫びました。

晴れた冬の夜はしんしんと更けて行きました。

探偵小説劇 龍門党異聞　全三幕七場

時＝幕　末

所＝江　戸

登場人物＝一、講釈師南龍（四十四五歳）

一、女房お玉（三十前後）

一、弟子東狸（二十八九歳）

一、家老水野兵庫（五十前後）

一、乳母お浅（五十七八歳）

一、娘　雪　枝（十七八歳）

外に独楽を廻す男、歯を抜く香具師、蟇の油を売る男、易者、龍門党員三人、侍（大勢）、茶店の女（二十一二）、町人風の隠居（二人）、中間、供、講釈を聞く男女大勢

序幕第一場　浅草観音境内

中央上手寄りに銀杏の太い立木。下手に辻講釈の席、満開の桜の枝たれかかる、上手に茶店、その奥座敷、正面に床台あり、その奥の方に桜の樹など。花ちらちら散る。花見時の八ツ頃。

町人風の隠居甲、乙、床台に腰をかけて物語る中央に煙草盆置かれてある。

茶店の女奥で茶を仕立てている。

隠居甲「だいぶ花も咲き揃ったようでございます」

同乙「さようでございます、咲いたかと思うと早やあの通り散りかかります。まことに花時はあわただしいことで御座います」

同甲「今年はどちらかへ花見にお出掛けになりましたか」

同乙「イヤもうとんと出無精になりまして、十年ばかりは一度も花見に出掛けたことがありません」

同甲「私も御同様でございます。どうも花などというものは、皆んなで一緒に見るものではないと思いま

す」
同乙「仰せの通りです。それがしかし若い時はみんなと騒ぎたくなるものでございましてナ。こう歳を喰いますと、そういう根気がなくなるので、まアまア私達は講釈でも聞いて楽しむ位のことでございます。別して、この講釈はいつも大へん面白いので、こうして毎日やってまいります」
同甲「そうでございますよ、私もその面白さに、引っ張られてやって来るので御座います。とりわけ、昨今やかましく評判されている龍門党の活躍する有様をきくと、全く心が若返るようで御座います」
同乙「さようで御座います、ここの講釈師は龍門党の話になると実に手に入ったもので御座います。……時に大きな声では申せませぬが、近頃はまったく物騒な世の中になったでは御座いませんか」
同甲「さようですな（トあたりを見まわし）それにしてもお大名の横着をこらす龍門党。全く小気味のよい徒党です。龍門党は龍の門と書きますから、いずれは勤王のともがらで御座いましょうな？」
同乙「大方そうで御座いましょう。京の御公卿様の姫君をだまして連れて来て、人質としたり無理に婚姻を迫ったりする御大名のやり口にはまったく感心出来ません。何かまつりごとの上に、ある魂胆があってのことか知れませぬが、実によくないことがはやりかけたもので御座います」
同甲「ですから、世間の者は皆んな龍門党のやり口に、かげでヤンヤと味方をしております。何しろ神出鬼没とは龍門党のことで、どこにかくれて何をしている連中なのか、ちっとも分らないのに、突然御大名衆の屋敷に現われて、まんまと公卿の姫君を取りかえして行く有様は、人間業とは思えません。細川様、本多様、松平様を始め、今までおよそ二十数回、厳重に番のされている御屋敷の中へ、自由自在に這入りこんだ手際には、感心の他ありません」
同乙「それに龍門党は物を盗まず人を殺さぬというのが嬉しい事ではございませぬか。よく義賊等と申して、御大名衆の金を奪って、貧しいものに施してやるものがありますけれど、いくら慈善をするといっても、物を奪るのはよくない事だと思います、賊はやっぱり賊で、義賊という名をつけるのは間違っているではありますまいか。それと違って龍門党は正しいものに味方して、よこしまなものを懲らそうとするのですから、世間の人がヤンヤと云うのも無理はございません。御公儀におかせられても、大名の仕打をあんまり快よく思われないのか、さして厳しい詮議もないようでございます」

この時、茶店の女、盆に茶碗を二ツ載せて運んで来て、二人の前へさし出す。

隠居乙「姐(ねえ)さん、もうかれこれ講釈のはじまる時分ではないかえ?」

茶店の女「はい、いつも八ツ時にはじまりますから、もうじき南龍さんは見えることで御座いましょう」

隠居甲（下手の方を見て）「おお、おお、あそこへ来たのが師匠です」

この時下手から、講釈師南龍、草稿らしいものをふところの中に入れ、扇を持って出て来る。隠居二人に軽く挨拶して席の中へ這入って、見台(けんだい)の前へ立ち扇をポンとその上に置いて煙草を喫(す)いはじめる。隠居二人立ち上って、その方へ行く。見る間に群集、どこからともなく集って来る、群集の中に二三人女も混じる。これ等各々(めいめい)話合う仕草よろしく。

この時、乳母お浅、上手から中間を連れて登場。茶店の床台に腰をかける。

隠居甲「師匠、きょうもまた是非とも龍門党の講釈が願いたいもので」

群集も、口々に望む。

南龍「また、龍門党の話でございますか、仏の顔も三度と云って、同じことをやりましては、そろそろお厭(あ)きではございませぬか」

隠居乙「厭きませんよ決して。面白い話は何度聞いても面白い。歳を喰うと子供と一ツことでしてなア」

南龍「それではお好みによって一席弁じましょうか、（と湯呑みに水をさし、講釈師のする仕草あって）おさしさわりがありますから、毎度申し上げます通り、昔の事に直して弁じまする。（以下、講釈師の口調になる）それ国乱れて忠臣(ちゅうしん)現われ、家貧しくして孝子(こうし)出ずとかや。ここに本朝人皇(ほんちょうじんこう)のはじめ、神武(じんむ)天皇より九十五代の帝(みかど)、後醍醐(ごだいご)天皇の御宇(おんとき)にあたって、武臣相模守平高時(さがみのかみたいらのたかとき)というものあり。この時、上(かみ)、君徳にそむき、下臣の礼を失う、これより四海(しかい)大いに乱れて一日も未だ安からず、狼煙(ろうえん)天をかすめ鯨波(げいは)地を動かす、今に至るまで四十余年、一人(いちにん)として春秋にとめることを得ず、万民手足を措(お)くところなし、つらつらその濫觴(らんしょう)をたずぬれば……」

突然二ツ半(ばん)鐘鳴る。

聴衆あわてて口々に、「火事だ火事だ」と云いながら奥の方、または下手の方へ走って行く、隠居の甲、乙二人とも歳に似合わず、いち早く駈け出す。

茶店の床台に腰をかけていた中間、乳母お浅に何やら告げて同じく火事を見に駈け出す。乳母お浅、依然として腰をかけ、席の方へ目をやって何やら思案する態。

南龍「ハハ……皆んな駈けて行ってしまった。イヤどうも江戸の人は気が早い。ヂャンと来るともう龍門党も何もあったものじゃない、あッハハ……」

半鐘頻りに鳴る。

茶店の女やはり火事を見に駈け出して行く。

南龍「花時の昼火事は珍らしいものではないけれど、風がこんなに吹いていては火足はキッと早いだろう、あんまりタント拡がらないようにしたいものだ」

ト、言いながら、講釈師の道具をふところに入れ、扇を持って席の中から出て来る。上手の方に向って進み、乳母お浅の前を通り過ぎる。

このあたりより半鐘だんだん鳴り止む。

お浅「ああ、もし」

南龍「ヘッ、何ぞ御用でござりまするか」

お浅、腰をかけるようにすすめる。南龍無雑作に床台に腰をおろす。

お浅「只今龍門党の講釈をお始めになりましたが、今世間で噂している龍門党というのは、ほんとうにあるので御座いましょうか」

南龍（乳母の顔をジッと眺めながら）「ありましょうとも。現に度々御公卿様の姫君を大の名屋敷から連れ戻して行ったではございませぬか」

お浅（暫く考える）「もしや師匠は龍門党がどこに居るのか御承知ではありませぬか」

南龍「ええ、（思い入れ）それは一向存じませぬが、何か龍門党に御用があるのでございますか」

お浅「はい、あの――何んとかして私はその龍門党の人に逢いたいものでございます」

南龍（熱心な口調になり、からだを近づける）「それはまたどういう訳でございますか、御見受け申せば、あなたはこの頃中、度々観音様へ御参詣になるようでございますが、何かお願いの筋でもございますか」

お浅「はい、何を隠しましょう、私は京の四条の呉服店、若松屋に乳母奉公を致しております浅と申す者でございます、先達お店では故あってお嬢様を、黒門町の井上壱岐守様の御邸へ見習奉公に御出しになりまして、私がお供を致してあがりましたが、殊の外お気に入りまして、お嬢様を側室（そくしつ）になさろうと致されました」

南龍「ええッ、井上様が？」

お浅「はい、ところがお嬢様はどうしてもそれがお厭（いや）なので御座いまして、殿様の御意（ぎょい）にお従いにならぬので御座います。そこで殿様は私に勧めてくれと仰せになりますけれど、こればかりはどうすることも出来ないので、遂に殿様はお嬢様を一室にとじこめになりまして、毎日々々御せめになり、それがためお嬢様は自害をなさりかねないような有様となりました。私も見るに見兼ねて御暇（おいとま）を下さいますように御願い致しましたけれど、どうしても殿様は御聞きになりません。御国元へも話しましたが、長いものにはまかれよの道理で力及ばず、旦那様はじめ皆様は愁嘆（しゅうたん）に暮れていられます。ところが世間の噂では近頃龍門党という徒党があって、お大名の邸にとりこになって苦しみを受ける公卿の御ひい様を取り返して行くということを聞きました。公卿の御姫様ですら助けてくれる龍門党の事でございますから、ましてあわれな町家（ちょうか）の娘の難儀ならば助けてくれるにちがいないと思いまして、何とかしてその龍門党の耳に入ってくれるようにと、観音様へ御願をかけにまいるのでございます」

南龍「それはそれは、まことにお気の毒様でございます。井上様の御屋敷といえば御家老の水野兵庫様には私も二三度お目に掛（かか）ったことがございます」

お浅「ああ、あの水野様、顔は人間でも心が鬼とはあの人のこと。近頃は水野様までが、お嬢様に恋慕（れんぼ）して……」

南龍「ええ？」

お浅「重ね重ね、御嬢様は御不幸（おふしあわせ）でございます」

南龍「聞けば聞くほどお可哀そうなお話、何んとかして龍門党の耳に早く入れてやりたいものでございます」

お浅「と申してもまるで雲を摑（つか）むようなこと。どこに龍門党が居りますやら、いつまたその耳に入ることやら分りませず、その間にお嬢様は殿様と水野様とに迫られて……ああ、私はそれを思うとどうしてよいか」（と泣く）

南龍（ホロリとする）「いやなに、きっと観音様の御引（おひき）合（あわ）せがございましょう。（と立上ってあたりを見廻し、誰もいないのを見て、決心したように乳母に近より何やら耳に囁く）

乳母「エッ」と驚く。それから嬉しい思い入れ。

やがて南龍ふところから、紙包を出して乳母の手に持たせる。乳母しっかりふところへ蔵う。南龍なおも何やら囁く。乳母頻りにうなずく。
ト、この時、上手から水野兵庫、供をつれて出て来る。
南龍と乳母の語るところを眺めて立ち止まる、南龍早くも見つけ、立上って水野の方へ行く。お浅も立上って控える。
南龍「これはこれは水野様」
水野「おお南龍か」
南龍「久し振りにお目にかかります、いつも弟子の東狸がお邪魔して何かと御厄介になる様子一度お礼に上ろうと思っていましたが、ついつい忙しいため、御無沙汰致しておりました」
水野「忙しいのは結構、近頃景気はよいか」
南龍「お蔭様で大した不景気もなく暮しております る」
水野「それは何よりだ」
南龍「きょうは観音様へでも御参詣で?」
水野「いやナニ、(と乳母の方を指さし)これなる人に、少し用事があって参ったのだよ、もう講釈は済んだのかえ」
南龍「はい、突然火事がございましたので、聞き手が皆んな駆け出して行ってしまいました。では私はこれで失礼致します」(と水野に挨拶し、乳母の方を向いて意味ありげに挨拶して下手に去る)
水野(乳母に向い)「お浅どの、中間はいかが致しましたか」
お浅「近所に火事がございましたので、それを見に参ると云って走って行きましたが、もうおっつけ帰るでございましょう」
水野「若いものとて仕方のない奴ですなア」
この時、茶店の女帰って来る。
茶店女(水野の方に向って)「どうぞお休み下さいませ」(とお辞儀をする)
水野(立ったまま供を顧み)「これから少しお浅殿に話がある、おぬしは暫らくその辺りをぶらついて半時も過ぎたら戻るがよい」
供の者「畏りました」
ト、下手へ去る。
水野「姐さん、座敷はあいているか」
茶店女「はい、どうぞお通り下さいませ」
水野(浅に目くばせして先に立って座敷に通る、水野上手に坐って、お浅と向合う、茶店の女、煙草盆を運ぶ、水野女に向って)「用があったら呼ぶからなア」

茶店女「どうぞごゆっくり遊ばしませ」
　女、さがる。
水野「時にお浅どの、先日のこと雪枝どのにお話し下さ
　ったか」
お浅「はい、あの……」
水野「雪枝どのは何んと申されました」
お浅「ただもう悲しんでおいでになるばかりで（と顔を
　上げて水野を眺め）けれども水野様、もし御嬢様が
　御殿様の仰せに背いて、水野様の御心に従い遊ばさ
　れたら、それこそ短気な殿様の御立腹により、もし
　やあなた様の御身に御災難が……」
水野「その事ならば大丈夫です、実は近頃世間で騒ぐ龍
　門党……」
お浅「ええッ」（と驚く）
水野「あの龍門党が雪枝どのを盗み出したように見せか
　け、御屋敷からひそかに連れ出して、しかるべきと
　ころへかくまい申そうと思います」
お浅「それではその龍門党とやらの仕業に見せかけ、
　（とふところに手をやって思い入れ、そうして決心
　したかのように急に様子をあらため）……でもそん
　な事が出来ましょうか」
水野「それは訳のない事です」

お浅「それではどんな風にして……？」
水野「屋敷の中の事はわしの一存でどうにでもなります、
　そんな事は一切心配下さるな」
お浅「さようでございますか、それで私も安心しました。
　お嬢様も貴方様の御親切をお聞きなすったら、どん
　なにお喜びなさる事でしょう」
水野「ナニ、すりゃ雪枝どのは殿様の御立腹を恐れて、
　今までわしの意には……」
お浅「いえナニ、……まあまあ委細はこの浅に任せてお
　いて下さいませ」
水野「では、そなたから雪枝どのによしなにお話し下さ
　るか」
お浅「はい」
水野「雪枝どのさえ承知ならば、あすにも直ぐに……」
お浅「まあまあ、そんなに気短かに仰有ってはいけませ
　ん、あれでなかなか頑固な御嬢様、どうぞここ二三
　日お待ちなされて下さいませ、その間には必ず色よ
　い御返事を」（と、意味ありげに水野を見る）
水野「ああ、それですっかり安心致した。万事よろしく
　頼みます」
お浅「それはもうきっとうれしいお便りを今にお聞かせ
　申します」

ト、云いながら、傍を向いて心配そうな、顔つきをする。

水野（嬉しそうに）「やれやれ、何んだか心が明るくなりました」

お浅「あらまあ、水野様としたことが、若い衆のように顔を赤くして……」

水野「へへへ……」

ト、笑いながら、手拭を取りあげて首筋を拭く。乳母、よろしき思い入れあって。

——幕——

序幕第二場　稲荷町南龍宅

あまり豊かならぬ生活の、入口に格子戸を持った三間ほどの家。座敷には長火鉢、古びたる簞笥など、講釈師の住いらしく、稲荷など祭ってある。大道芸人四人、程よき処に居る。すべてこれは龍門党士の変装したるものにして、独楽を廻す男、歯を抜く香具師、易者、蟇の油を売る男、それぞれその風体らしく、易者と独楽を廻す男の二人は寝ころんでいる。七ツ頃。

歯を抜く香具師「近頃よく独楽は廻るかい」

独楽を廻す男「ようく廻るよ、そのかわり首は廻らないがね、そういうお手前は歯がよく抜けるか」

香具師「抜けるとも、あんまり他人の歯ばかり抜いた故か、近頃は前歯の抜けた夢をよく見る」

独楽廻し「よくないぜ、そういう夢は、気をつけないといかん、なア八卦見の兄貴、そうじゃないか」

易者「ウン、前歯の抜けた夢を見ると、女房をなくするよ」

香具師「ハハハハハハ、女房はあいにく持ち合せていないからいいや」

易者「それじゃ首がなくなる」

香具師「そいつはいけない、あんまり恰好のよい首ではないが、もう少しの間くッ付けておきたいからなア、もしも首が落ちかけたら、蟇の油でクッ付けてもらうかな、なあ蟇さん、その時はよろしく頼むぜ」

蟇の油を売る男「よしきた。……だがおい、こんなにぼんやりしていたって仕様がないじゃないか、何か退屈しのぎにはじめようか」

独楽廻し「何をやるったって、碌な事ア出来やアしない、いっそこれから皆んなして八笑人の真似をして花見にでも出掛けようか」
易者「もう遅いよ、花見なんかに出掛けるよりも、ここで一杯やって花を見たつもりになろうじゃないか」
香具師「なるほどそれもいい。じゃお上さんを呼んで一本つけてもらおうか、（奥に向って）おかみさん、おーい、おかみさん」
お玉「あいよ」（と奥から返事をしながら出て来て、長火鉢の前に坐る、同時に寝ころんでいた男たち起きなおる）
お玉（皆んなを眄目に見て）「まあ、呑気な人達ばかりだね」
油売り「おかみさん、一本つけてくれませんか」
お玉「また呑むの、こんないいお天気に稼ぎもしないで、ごろごろして酒を飲むなんてあきれ返ってものが言えない」
独楽廻し「まアおかみさん、そんなにむきになって怒らなくたっていいですよ。きょうあたりお江戸のやつらは花見に出てしまって、日中は大道芸もまことに暇なものですよ」
お玉「冗談じゃない、花見に人が出掛けるなら、そっちへ行って商売すりゃアいいものを」
香具師「だがおかみさん、たまには骨休めということをしなくちゃね」
お玉「毎日骨休めをしているやつがあるものか」
ト、云いながら徳利を出して燗をつける。
易者「だが、おかみさん、お上さんが矢場にいた時分は商売を休んで遊びに行くと、大へん喜んでくれたじゃありませんか」
お玉「そりゃアあの時分はこッちも商売だったもの」（と言いながら皿にしかるべきものを盛って箸と共に出す）
易者「だが考えてみりゃ、月日のたつのは早いものですね、おかみさんが師匠と夫婦になってから四月もたちましたね」
お玉「そうだね」（としんみりとする）
独楽廻し「お上さんはいつ見ても、みずみずしているが師匠は美しい女房を持って苦労する故か、近頃急にふけましたぜ」
お玉「ナニ、あれはお酒のせいだよ。ほんとうに内の人ッたら呑んだくれになってしまった。一緒になるまではあんなしまりのない人とは思わなかったのに」
香具師「何んのかんのと言っても、やっぱり師匠がいいでしょう、口では呑んだくれとかしまりがないとか言っても、心の中では惚れ抜いているのだからな」

お玉「よしておくれよ、だがね、夜になると時々家をあけて、たまには二日も帰らない事があるよ、何をするのかちっとも言わないけれど、私しゃ何んだか気味が悪い」
香具師「そりゃアお上さん、やきもちと云うものですぜ」
お玉「やきもちじゃないわ、私しゃいつも自分の事は自分のこと、他人の事は他人のことにして、内の人の事だって一度も深入りして訊ねた事はないけれど、もう少しあの人がハッキリしていてくれるといいがね、何んだかちっとも摑みどころのない人間だよ」
油売り「その摑みどころのないところへおかみさんは打込んだのじゃアありませんか」
お玉「そうさね、だが今になってみると、あの時分の私の心が分らない」
油売り「今だってどこかに引きつけられておればこそ、こうして一緒に居るのでしょう」
お玉「そうかも知れないね」（とやさしく言う）
油売り「おや御馳走さま、さア燗がついたようだから一杯頂だいしましょうか」
皆んなお玉の酌で呑む。（間）
独楽廻し「おかみさん、私しゃ女に惚れられたことはないが、女は一体男のどういうところに惚れるものですね」
お玉「むつかしいことをお聞きだね、どういうところッて、ちょっと口で云うことは出来ないよ」
独楽廻し「けれどもね、おかみさん、たとえばだね、亭主は亭主としておいて、他になつかしいと思う人はないものですかね」
お玉「そりゃアあるね」（と事もなげに言う）
香具師「おや危ない危ない」
お玉「心配はおしでないよ、私には今のところそんな人は一人もないから……」
易者「それじゃ昔はあったと言うのですか」
お玉「昔はなおさらありゃしない。けれども今でもそんなような人があると言えばあるし、無いと言えばないというようなものさ」
易者「おや、おかしな事を言いますね、それは一体どういうことですか」
お玉「何もそんなに不審がらなくてもいいよ、たとえばだね、噂に聞く龍門党の頭、ああいう人とならちょっと話しをしてみたい気もするね」
易者「亭主を捨ててその方へ行くというのですか」
お玉「いいえ、亭主は亭主さ、操はどこまでも立て通すのさ、ただなんと云うかね、こう心の中へ祭っておくんだよ」

独楽廻し「心の中へ祭ったらやっぱり操を売ることになるじゃありませんか」

お玉「そこがね、そうじゃないのだよ、（と考えて）何と云うか、ええ、もうじれッたいね、どうも……」

独楽廻し「龍門党の頭が聞いたらさぞ喜ぶことでしょう」（意味ありげに皆んなと顔を見合せる）

お玉「くだらない話になっちまったね、まあ、そんな話はよそう、（と酒を強(し)いる）だが今言ったこと、内の人には内証だよ」

独楽廻し「ますますいけないね、師匠が帰ったら早速云いつけてやりましょう」

　この時、南龍格子戸をあけて這入る、お玉立ち上って迎えに行く。

香具師「噂をすれば影が射す、師匠御無礼しておりますぜ」

南龍「やあ、お揃いだなア」（と火鉢の前へ坐る）

　お玉、よろしき所に坐る。

独楽廻し「今ね師匠」

　お玉手を持って制する。

南龍「何んだえ」

独楽廻し「おかみさんが龍門党のかしらのような人とならら、一苦労してみたいと言っていましたぜ」

南龍「ハハハハハたまには浮気もするがいいさ、酒ばっかり呑んでいる亭主には、もう、厭いたことだろうからな」

お玉「仕様がないね、この人達は。お前さん、今、冗談を云っただけよ」

南龍「冗談にしても龍門党のかしらに惚れてくれるのは有難い。俺は近頃龍門党の講釈で食って行くんだからなア」

香具師「おやおやいい亭主を持ったもんだ。他の男に惚れたのを、亭主にほめられるなんてえことは、三千世界を探したって、滅多にあることじゃない。おかみさん、みっちり浮気をするがいいですぜ」

お玉「おふざけでないよ」（とテレながら何か取りに奥へ這入って行く）

南龍（奥を覗きながら、皆んなに目くばせする、皆んな額を集める）「待乳山(まっちやま)、九ツ。皆んなにそう云ってくれ、ただ弟子の東狸にゃ言ってくれるな。九ツ、待乳山、いいか」

　皆んな、うなずく、その時お玉は取りに行ったものを持って出て来る。ちょっと思い入れあり。

お玉（やや皮肉に）「おや、お前さん達また悪い相談でもしていたんじゃないかえ」
独楽廻し「今夜これからね、皆んなで吉原（なか）へ繰り込もうという相談だが、おかみさん師匠を借りて行っちゃいけませんか」
お玉「いけないよ」（ツンとした声でキッパリ言う）
独楽廻し「妬（や）かないとか、何んとか云ってもイザとなると目の色が変るね」
お玉「おふざけでないよ、お前達のお蔭で、内の人はすっかりだらしがなくなってしまった、いい加減にしてくれないと、これから一切出入りはやめてもらうよ」
香具師「大へんなけんまくだな、いや嘘ですよ、これから皆んな稼ぎに出るのですよ、おいおいそろそろ出掛けるとしようか」
皆んな口々に、「御馳走さま」と挨拶をして去る。
お玉「お前さん、きょうは大へん早かったのねえ」
南龍「ウン、恰度（ちょうど）八ツの講釈をはじめると、ヂャンヂャンと来て、みんなが駈け出して行ってしまったんだ。（暫らく考え）それにもう俺はこの講釈師という商売が少々嫌（いや）になってきた」
お玉「おや、きょうに限って変なことをお言いだね、お前どこかにいい女でも出来たのではないかえ」
南龍（お玉の顔をじろじろ眺めながら）「おぬしこそ変なことを云うじゃないか」
お玉「だって男の気の変るのは大てい、いい女の出来た時だからね」
南龍「おや、えらい事を知っているなア、もうこの歳になって、色の恋のとさわげるものか」
お玉「どうだかね、何しろお前は時々、夜分に家をあけるんだからね、いい女もたまには出来るだろうじゃないか」
南龍「おいおい、俺が夜家をあけるこたア、詮索（せんさく）しない約束じゃあなかったか」
お玉「だって私しゃ、妬くのじゃないがお前のからだが案じられるからさ」
南龍「そんなに俺のからだを心配してくれるか（と考え）そのからだで思い出したが、おぬし、俺が遠いところへでも行くと言ったら、このからだについて来てくれるか……」
お玉「そりゃアついて行くわ」
南龍「こんな呑んだくれでも、面倒見てくれる気があるか」
お玉「夫婦じゃないかね、（と覗き込むようにして）何んだかきょうはいつものお前さんじゃないね」
南龍「実はなア、俺アしばらく上方へ行って来たいと思うんだが、住み馴れた江戸を離れてまで、おぬしゃ俺について来る気か」
お玉「そうだね」(と考える)
南龍(目をかがやかす)「やっぱり江戸が恋しいか」
お玉「そういう訳じゃないけれど」(とうつむく)
南龍「龍門党の頭となら、どこまでもついて行く気か」
お玉「あらお前さん、龍門党なんて生きてる人かも知れないが、私しゃやっぱり太閤さんを慕う気持ちと、おんなじなんだよ」
南龍「だがなア、仮りに龍門党のかしらだったらどこまでも一緒について行くだろう」
お玉「まアそんな雲を摑むような話はやめにしようじゃないかね」
南龍「だって俺が上方へ行くのは間違いないぜ」
お玉(真面目顔になる)「お前さんそれではほんとうに江戸を発つ気かえ」
南龍「ほんとうさ」
お玉「いつもお前さんの言うことア、どこまで本当で、どこまで嘘だか分らぬことがよくあるからねえ」
南龍「たまには俺だって本当の話もするんだよ」
お玉「そうさね、(と考え)どうせ親兄弟はなし、住めば都というから、ついて行ってもいいと思うが……」
南龍「ついて行ってもいいとは心細いなア、おぬしにしてみりゃ、知らない土地へ行くのは随分困るだろうけれど、上方へ行きッ切りにするという訳ではなし、それに俺アいつまでもおぬしと離れて居たくないのだ……」
お玉(軽く驚く)「たしかに、お前さんきょうはどうかしているよ、一ツ気晴らしに……」
南龍「一ぱいついでくれるか」(と盃をとりあげて差出す)
お玉「あい」(と注ぐ)
南龍「おぬしもやらぬか」
お玉(だまって盃を差出す、南龍つぐ)
南龍「久し振りに夫婦さし向いだ」
ト、しばらく献盃。
お玉「いつの間にやら暗くなったねえ」
ト、立ち上り、行燈を持って来て灯を入れる。
(——間——)

外で新内の流し、かすかに聞ゆ。

南龍「あッ、すっかりいい気持ちになった、おやもう流しの来る時分か、何んだか行きたくないけれど、や

　っぱり夜の席へ出掛けて来ようか」
お玉「今夜はお前さん、よしたらどう……？」
南龍「イヤ、それにまだちょっとした用事もあるから」
お玉「アラまたお前さん、今夜も家をあけるの」（と、少し不満の顔）
南龍「そうじゃないよ」
お玉「せっかく久し振りに、いい気もちになったのに……」
南龍「まあ我慢してくれ」（と立ち上る）
お玉「仕様がないね、早く帰っておくれよ」（送り出す）
　南龍出て行く。
　お玉、もとの座へ坐って酒を呑みかける。
　南龍出掛ける時分、弟子の東狸格子戸をあけて顔を出し、様子をうかがって、再び引き込む。南龍が出て行ってから、暫らくの後に格子戸をあける。
東狸「お上さん、今晩は」
お玉「だアれ」
東狸「おかみさん私です」
お玉「東狸かえ、お上（あが）りよ」（東狸上る）
　お玉、頻りに酒を呑む、東狸、お玉の前へ長火鉢を挟んで坐る。
東狸「おやおかみさん上機嫌ですね、一ツお酌をしましょうか」
　お玉だまって盃を出す。
東狸（お玉の顔を見て）「どうかしましたか、何かお気にさわったことでもありましたか」
お玉「何だか先刻（さっき）からクシャクシャしてならないのだよ」
東狸「なにがそんなにくしゃくしゃするんです、師匠の夜遊びにでも気がもめるのですか」
お玉「そうじゃない、ちょっと考えていたことがあるんだよ」
東狸「淋しい時は誰でも考えます」
お玉「ええ？」（と不審顔する）
東狸「私しも今夜は淋しくなってまいりました」（と意味ありげにお玉を眺める）
お玉「変なことをお言いだね」
東狸「おかみさんにゃ、私の心持ちが分らないか知らん」
お玉「心持ちって何のことだえ」
東狸「そう白らッぱくれちゃ困りますよ、この頃中あれだけ言っているのが分りませんか」
お玉「私はね、察しの悪い女だから、真直ぐに言ってくれなきゃ分らないよ」

東狸「お上さんは冗談だと思っているかも知れないが、私はこれでも真剣なんですよ」（真面目顔になる）
お玉「ホホ……何を云っているのさ、まさか五ツや六ツの子供じゃあるまいし、お前そんなことを言って恥かしくないのかえ」
東狸「恥も外聞もいとわねばこそ、嫌われながらもこうして師匠の留守を見込んで来るのです」
お玉（だんだん酔いが廻ってくる）「お前それじゃ女一人だと思って、つけ込んで来るのかえ、古い言い草だが、私しにゃアれっきとした亭主があるのだよ、矢場の女はしていたけれど、はばかりながら女の道は一通り心得ているつもりさ」
東狸「でもおかみさんは、この頃師匠に、いや気がさしているでしょう」
お玉「いらぬお世話だよ。いや気がさそうが、さすまいが、お前の知ったことじゃない」
東狸「今夜はお酒の故か、いつものおかみさんじゃないなア」（と嘆息する）
お玉「何を。（と東狸をジッと見る）そんなに今まで私を甘く見ていたのか」
東狸「でもおかみさんは、かねがね龍門党のかしらを慕っているじゃアありませんか」
お玉（しばらく東狸の顔を見て、幾分かやさしくなる）「龍門党なんてお前逢ったことも見たこともないじゃないか」
東狸「たとい見たことがないといっても恋しい心はあるでしょう」
お玉「……」
東狸「そうれ御覧なさい、そうすりゃアおかみさんには恋する男の心が分るはずです、ねえおかみさん、この私の心はお内儀さんにはようく分っているでしょう」
お玉「分ったと言えばどうしようと言うの」
東狸、お玉の手を取ろうとする。
お玉（振りのけながら）「ええ、くどい、かりそめにも師匠の女房に向って、よくもそんな大それた真似が出来たもんだ、だまっておればキリがない、今度こそは師匠に言いつけてやるから、そう思うがいい」
東狸「何を云っているんだ、師匠々々と云うけれど、師匠はお内儀さんなんぞに関っちゃいないんですよ」
お玉「何んだって……」
東狸「おかみさん、お前さん、師匠が毎晩家を外にして出歩く訳を知っていなさるか」
お玉「……（やや真面目になる）」
東狸「お内儀さんは知るまいが、師匠はね……（と思入れ）止しましょう」
お玉（いよいよ熱心になる）「それじゃ東狸、やっぱり師匠に好い女でも出来たというのかい」
東狸「まアそんな事アどうでもいいです」
お玉「よくはないよ、さあお云い、云わないんだね……」（思わず傍へ寄る）
東狸「私が云わなくったって、お内儀さんも生娘じゃあるまいし、師匠のこの頃のそぶりで大抵は判っていそうなものじゃありませんか」
お玉「エッ、師匠のそぶりで……」
東狸「そうですよ。師匠の仕打ちや言葉のはしに、何か思い当るようなことはありませんかね」
お玉「思い当る事が……？（ジッと考える）そういやア……」
東狸「何かありましたかね」
お玉「さっきの話しでは……今夜九ツ……」
東狸「エッ」（と驚く）
東狸思わずお玉の手を握る。お玉、フト握られた手に心づき、ハッとはなれる。そうしてジッと考え込む。

――幕――

序幕第三場　待乳山龍門党会合

深夜。

前面ほどよき処に立木数本あり、そのうしろに小高い樹木の鬱蒼たる山、中央にのぼる階段あり。幕あくと、上手より按摩の笛聞え、按摩（前の場には独楽廻しに扮装せし男）笛吹きながら出て来る、下手から南龍、いつものままの姿で出て来る、按摩突然笛をやめ、杖をかついで歩きながら南龍につき当る。

時（九ツの）鐘が鳴る。

南龍「おいおい、気をつけてお歩き」

按摩「へへ、これはどうも失礼致しました」

南龍「按摩のくせに杖をかつぐ奴があるものか」

按摩（眼をあき、声をかえて）「へえ、かしら今晩は」

南龍「誰だ、何だお前か、今夜はそんな風をして来るにゃ及ばなかった」

按摩「つい、いつもの洒落気が出ましてね」

南龍「おい皆んな」（と闇がりに向って云う）

立木のかげに隠れていた男六人、その中には前の場で歯を抜く香具師、蟇の油売り、易者に扮した男が混っている、多くは手拭で顔をかくして、誰が誰だかよく分らない。

南龍中央の階段に腰を掛ける。

党員その前へ車座になってしゃがむ。

南龍「きょう図らずも京の四条で名代の若松屋の娘が、黒門町の井上壱岐守の屋敷に側室にならぬからといって奥の一間に虜にされていることを、その乳母から聞いたのだ、俺は今まで公卿の姫君ばかりを取りかえしていたが考えてみりゃ町家の娘がそうした難に遭っているのはなおさらに可哀想だ、だから俺あ公卿の姫君と同様にその娘をとりかえし京へ送りかえしてやろうと思うのだ。そこであすの晩九ツの鐘を合図に井上の屋敷へ忍びこむことにしたが、幸い乳母はよくものの分る女で、おそらく間違いなく、こっちの言ったことを守ってくれるだろう」

党員一「かしら、それではあすどの手を用いになりますか」

南龍「例の南蛮伝来の眠り薬を渡しておいた」

党員二「あの二日二夕晩全く死んだようになる薬ですか」

南龍「そうだよ、あれをあすの晩九ツにお嬢さんがのむはずだから、その頃屋敷へ忍び込もう。幸いきょう井上の家老、水野兵庫に逢ってよくその顔を見覚えておいたから、あすは水野に扮装して、不浄門から棺桶を持って這入って行くつもりだ。それからお嬢さんを仲働きの死骸だといつわり、乳母をその母親にでも仕立てて連れ出して来よう」

党員三「井上壱岐と云えば、東狸がよく出入する屋敷ではありませぬか」

南龍「そうよ、だから俺は今日乳母から奥山の講釈場で聞いて少し妙に思ったのだよ、東狸の奴その位の事は聞き出して来てもよいからなア、あいつ何か井上の屋敷に義理立てをする訳でもあるか知れない。だから今夜のこの会合には東狸の奴を呼ばなかった」

党員四「かしらの前ですが、あいつどうも近頃様子がかわりました、あいつはお内儀さんに変な色目を使っていますよ」

南龍「それも俺は感づいている。しかしなア、俺の女房は決して浮気をする女じゃない」

党員五「その腹癒せに捨鉢になって、仲間を売ようなことをしでかすかも知れません」

南龍「だからなア、ヤツに裏切られない先に俺達は一旦京へ帰えろうと思う。そのお嬢さんを取りかえしたら、あいつに置いてけぼりを喰わしてやろう、それからまたあらためて出直して来ようじゃないか、そこであすの晩には、船を佃の沖へ廻してくれよ、東狸に知られてはまずいから、今まで一度も行かなかった、佃の沖から船を出すことにしよう」

党員六「もし仲間を売るようなことがあれば叩き殺して仲間への見せしめにするのが当り前ではありませぬか」

南龍「いいや龍門党はどんな場合にも決して人を殺さない。裏切りものは、裏切りものとして、自然にその報いを受けるだろうよ、もともと俺達は諸大名の横着と御公卿様の悲しみを見るに見兼ねて義憤を感じたというものの、一つには大名をからかうのが面白さに、危い瀬戸際をくぐって仕事をやってきた。だから何もそう血なまぐさい事をやるには及ばないよ」

按摩「けれどもかしら、龍門党の仕事は強ち遊び半分ではありますまい」

南龍「だがなア人間の事は、よう考えてみると皆んな遊び半分だよ、御大名が御公卿様の姫君を奪って行くのも、見ようによっちゃ一つのいたずらかも知れない。けれども盗られた方では、いたずらだと笑ってすますことア出来ないので、それで俺達は真面目になってとり返えしたんだ。けれども一度だって暴力は用いなかった。俺は刀を使うことが大きらいだ、刀はもう時代遅れだよ。今に見るがいい、刀を廃する時節が来るから、俺はどこまでも知慧で行きたいのだ、うまく機会を摑んで、すべての難儀を切り抜けたいのだ。大名は暴力で姫君を盗む、俺達は知慧でそれを取りかえす、いわば知慧と暴力との戦いだが、やっぱり御覧、知慧はいつでも暴力に勝ったじゃないか」

按摩「しかしかしら、いくら知慧を働かしても、裏切られちゃア、何んにもならぬじゃありませんか」

南龍「そうだよ、裏切るということは、情の問題だからなア、情という奴はある場合智慧に勝つ」

党員六「でも東狸の奴に裏切られちゃア龍門党の名折れです」

南龍「まあまあそう云うな。どんなたっしゃなからだにも病気は降って湧いてくる。東狸の奴は龍門党のからだに出来た腫物と思えばいい」

党員五「腫物ならば切って捨てたがいいじゃありませんか」

南龍「切るには及ばない、大きい腫物ならともかくだが小さな腫物なら捨てておけばいいよ、何にしてもあすの晩までは東狸の奴に感附かれないようにしてくれ。いいか」（皆々承知するこなし）
南龍「それじゃあすは九ツに井上の屋敷に忍び込む事にしようぜ。勢揃いはいつもの処でいい（と仰向いて）おやひやひやするのは雨かな、花時はすぐにこれだ、あすは大雨にならぬようにしたいものだ」
党員四「シテかしら、お玉さんはどうなさいます？」
南龍「お玉か、お玉は一緒につれて帰えるつもりだ」
党員三「お内儀さんは龍門党のかしらを内証で慕っておりながら、到頭きょうまで気附きませんでしたね」
南龍「あの女は女に似合わぬ疑（うたがい）の浅いタチだよ、いよいよ京へ帰えるとなりゃ、訳を話さにゃなるまいが話したらさぞガッカリするだろうよ、来て見ればさほどにもなし富士の山、人間というものは、評判だけを聞いて、逢わない方がよっぽど得だよ」
党員二「でもお内儀さんは、訳を聞いたらほんとうに喜ぶでしょう」
南龍「どうだかなア、女というものは、いつまで交際（つきあ）っても曲者（くせもの）だ、だがあいつ、あれでなかなかシッカリしたところがあるよ」
党員二「龍門党のかしらの女房にゃ、まことにふさわしいですよ」
南龍「だからいつまでもあいつを離したくはない、俺が江戸での掘り出しものは、笑うか知らぬがお玉一人だ。お前たちもいい女があったら、あすの晩は遠慮なく連れて来るがいいぜ、（空を見る）何んだい雨が降ったかと思えばもう星が出ているよ、今夜で江戸の見納めだ。これからゆっくり遊んで来いよ」
皆んな立ち上る。よろしき思い入れあり、按摩笛を吹きにかかって、
按摩「それじゃ頭、御無礼します」
党員一同「御免なすって御（お）くんなさい」
南龍（うなずく）
一同去る。
南龍ジッと見送る。
南龍「皆は江戸の町に名残りをおしみに行ったようだが、俺は別にどこへ行く先もない、早く帰ってお玉に安心させてやろうか」
ト、下手へ行きかける。
行く手からお玉いそいで出て来る。
お玉「おお、お前さん」
南龍「ヤ、お主（ぬし）はお玉じゃないか」
お玉「アア苦しかった」

南龍「苦しい……一体どうしたんだ今頃」
お玉「どうしたも無いもんだ、私しゃ今夜こそ現場を押えてやろうと思って一生懸命に駈けて来たんだ、(四囲を見廻して)だがこんな処にいようとは思わなかった、方々探したもんだからとうとうおくれてしまったんだね、ああ口惜しい」
南龍「おくれてしまったって……何が」
お玉「お前さん、今夜九ツを合図にこの待乳山で会う約束をしていたじゃないか」
南龍「エッ、手前、それをどうして……」
お玉「知らなくってさ、私しゃお前さんの先刻の話しを聞いたんだ」
南龍「俺達の話しを聞いた」(キッとなる)
お玉「お前さんが私しにかくれて浮気をしている事位は私しゃちゃんと知っているんだよ」
南龍「何、浮気……(ホッとして)何だ、そうか、ハハハハハハ」
お玉「オヤ、お前さん笑ったね」
南龍「笑ったよ、可笑しいから笑ったよ」
お玉「そりゃ可笑しいだろう、亭主が浮気しているのを知らないで心中立をしている女房の顔を見りゃ可笑しいだろう、お笑い、うんとお笑い」
南龍「そうか、お前にもそんな心があったのか、お前もやっぱり女だなあ」
お玉「エッ」
南龍「今の俺にゃ色恋よりももっと大きい仕事があるのだ」
お玉「何をお前さん」(と寄る)
南龍(軽くおさえて)「今に……今に判るよ」
ト、双方思入れ。

――幕――

第二幕第一場　井上壱岐守邸宅奥座敷

上手に座敷、下手に庭。座敷には文机、鉄瓶をかけた火鉢、その他しかるべき道具配置よろしく。

夜のこしらえ。

雪枝中央に泣いている。

水野うしろから出る。

水野「雪枝どの、あなたは今、殿の御意に従うと云われたそうだが、本当に殿の思召に従いなされるか」

雪枝「……」

水野「それは本当の心ですか」

雪枝（うなずく）

水野「もし、それでは」（と云って雪枝の手を取ろうとする）

雪枝「ええまあ」（とふり払って向方をむく）

この時乳母お浅障子をあけて這入って来る。

水野おどろいて飛のく。

お浅「まあ、水野様としたことが、お気の早い」

水野（恥かしそうな顔）「お浅どの、昨日の一件よろしく頼みましたよ」（意味あり気に目くばせして去る）

お浅、万事を心得ましたと云うような風をしてうなずく。

お浅「お嬢様……」

云われて雪枝向き直りそれから用心するようにして、あたりを見廻しキッパリした声で云う。

雪枝「乳母や」

お浅「はい」

雪枝「わたしは到頭龍門党の言葉を信じて（と乳母の方へ顔を近づけ）殿様の御意に従うと云い切ってしまったよ」

お浅「まあ、よくもそれまでに御決心なされました」

（と嬉しがる心地）

雪枝「殿様の短慮を思い、あまりに憎くい水野兵庫へのつら当てに、つい口をすべらして心にもない事を云いました、もしや今宵龍門党が助けに来てくれなかったら、乳母や、わたしのからだは、どうなるだろう」（心配そうな顔をする）
お浅「何の、何んの、お嬢さま、龍門党は決して約束の言葉を反古には致しません、それに観音様の御引合せ、どうぞ御安心なすって下さいませ」
間
雪枝「長い間の乳母やの心尽し、いよいよこれからは籠を出た鳥、乳母や、ようこそこれまで私を親切にしてくれたねえ」
お浅「何を仰有います、お嬢様こそ私を親切にして下さいました、（と急に真面目になる）でも、考えてみれば悲しいことばかり、何んの罪もないお嬢様がこうした、御苦労をなさいますのは、どうした前世の因果かと思いましたが、これもやっぱり時世が悪いのでございます、それでも到頭時節が来て龍門党のお蔭で、いよいよ京へ帰れることになりました、さぞまあ京の旦那様がお喜びなされるでございましょう」
雪枝「帰ったならばお父様にそう云って乳母やに沢山お

褒美を貰ってあげるよ」
お浅「何の、お嬢さま、お嬢様のうれしいお顔を見さえ
すれば御褒美などはいりません」
雪枝「小さい時にお母様に死に別れたわたし、わたしは
乳母やをお母様だと思っているよ」
お浅「まあ勿体ない、（と涙ぐむ）何の御苦労なくお育
ちになったおからだで、このような荒い浮世の風に
お当りになることは、どうしても私、時世がうらめ
しくてなりません」
二人ともしんみりと泣く。
間——
雪枝「ねえ、乳母や」
お浅「はい」
雪枝「あの眠り薬を呑んだら、もしやそのまま死んでし
まうような事はあるまいか」
お浅「そんな事がありますものか、龍門党が眠り薬を用
いたのは、お嬢様だけでありますまい、どうぞ安心
してお呑みになって下さいませ」
雪枝「けれど、一旦のんだら私は二日二夕晩死んだも同
じこと、その間乳母やはきっと私の傍に居ておくれ
よ」
お浅「居りますとも、居りますとも、どうしてお傍を離
れられましょう。たとえどんな事があっても、私は
お嬢様を守っております」
雪枝「どうせこのままこのお屋敷にいるならば死なねば
ならぬこのからだ、私もう喜んで薬をのむわ」
九ツの鐘鳴る。
雪枝「おお、あれは九ツの鐘、龍門党の約束の刻限よ、
さあ乳母や、きのうの薬を出しておくれよ」
お浅「（立ち上って火鉢にかけてあった鉄瓶の湯を湯呑
についで盃を載せ雪枝の前へ持って来る。そうして
ふところから紙に包んだ薬を出す）ああ、（と小声
で嘆息する）」
雪枝「乳母や、わたしがこの薬で眠ったら眼が覚めるま
ではきっとね」
お浅「きっとおそばについて居ります」
雪枝「眼が覚めた時、乳母やの顔が一ばん先に見えるよ
うにねえ」
お浅「はい」（と涙をふく）
雪枝薬を取り上げる。
お浅「お嬢様しばらく」（と、とめる振する）
雪枝「ええッ」（と躊躇する）
お浅（悲しそうに泣き出してしまう）
雪枝（涙ぐむ）「乳母や、お前がそんなに悲しむと、な

んだかわたしはこのまま死んでしまいそうな気がします、どうぞもう泣いてくれるな」

お浅「ああ、お嬢様、（と涙を払って決心し）わたしが悪うございました、さあ、お呑み下さいませ、龍門党の来るまで私はお嬢様を抱いて居りましょう」

雪枝「それでは乳母や、しばらくの……」（とにじり寄る）

お浅「お嬢様……」

雪枝決心して薬を呑む、乳母抱く、雪枝漸々(だんだん)に眠りに落ちる。

この時分南龍水野の風を装い党員二三、いずれも中間風を装って下手木かげに出(い)ず。

乳母不安になってくる、雪枝がッくりする。乳母はもしや雪枝が死にでもしまいかと今さらながら驚き、
お浅「お嬢様、お嬢様、しっかりして下さい」
ト、呼ぶ、南龍すすみ出で、お浅の肩に静かに手をかける。
南龍（心配するなという科(しぐさ)）
お浅（見て驚く）「アッ、水野様……（ジッとすかし見る）オオ、貴方は……」（と嬉しがる）
南龍（制して、党員に指図(さしず)する）
党員（下手に向って人を呼ぶこなし）
（暗転(だんまり)）

第二幕第二場　井上壱岐守邸宅の一室

中間部屋。夜のこしらえ。
お玉身体(からだ)に縄をかけられて、柱に縛りつけられている。
東狸その前に立ってお玉を責めている。
東狸「おい、お内儀さん、お玉さん」
お玉「ええ、くやしい」（身もだえする）
東狸「たんと苦しむがいい、美しい女が苦しむと、ますます美しく見えるものだ」
お玉「畜生(ちくしょう)！」
東狸「何んとでもお言い、こうなったらもうこっちの自由自在だ」
お玉「フン、何が自由自在になるものか」
東狸「いくらお前が強情(ごうじょう)でも、時と場合を考えるものだよ、いい加減に往生(おうじょう)するものだ」
お玉「何をこしゃくな……」
東狸「俺のいうことを聞きさえすりゃ、痛い目をせずに

済むのだ、あんまり往生ぎわが悪いから、可哀そうだと思いながらも、やむを得ず縛ったのさ、苦しいと思ったらいさぎよく俺の心に従うさ」
お玉「たとえ死んだって、お前の心に従うものか」
東狸「そりゃ誰でも言うことだ。だが……（と考え）うちの亭主はのんだくれだとか何んとか言いながら、やっぱり亭主が可愛いさに井上様のお屋敷で師匠が今難儀に逢っているとだましたら、夜夜中（よるよなか）にも係（かかわ）らず一生懸命に駆け出して来たのだからなア、俺（お）りゃアますますやけてならない」
お玉「いらぬお世話だよ、いくらのんだくれの亭主でもわたしにとっちゃ、この世に二人とない大事の人だよ」
東狸「その大事な亭主にお前はもう今日から添うことはならぬのだぜ」
お玉（無念の表情をする）
東狸「くやしいだろう、だが俺の心も察しておくれ」
お玉（うつむいている）
東狸「これほどまでに云っても、まんだお前は折れないのか、それほど亭主に未練があるなら、言っちゃまずいが、教えてやろうか」
お玉（顔をあげる）「何を」
東狸（躊躇する思い入れ）「ええ、（と決心して）どうせ言わなきゃならないことだ。おいこれ、お前の亭主はなア、音に聞えた龍門党の首領（かしら）だ」
お玉「ええ、（とびっくりするが、すぐに）ほ、ほ、ほ、何を馬鹿な」
東狸「とても本当にならぬと云うのか。そうだろう、あのとぼけたような講釈師が龍門党のかしらだなどとは、本当にならぬも無理はない、だがお前、亭主が度々内をあけるのを、女のことばかり思っていたのか」
お玉「ええ?」（と真面目顔になる）
東狸「お前のところへ立寄る大道芸人、あれは皆んな龍門党の一味のものさ」
お玉「それじゃ、お前も……」
東狸「その仲間さ」
お玉「ああ、すまなかった、かんにんしておくれ」
東狸「何を?」
お玉「お前のことじゃないよ、かりにもわたしが敬（うやま）っていた人を、のんだくれだと云ったのは……ああどうしたらいいだろう」
東狸「ままお聞きよ、その龍門党が昨夜（ゆうべ）このお屋敷へ忍び入り京の若松屋の娘を盗み出して行ったのだ、今度に限って俺はその相談に入らなかったが、御家老の水野様はそのやり口を見て、てっきり龍門党の所業(しわざ)だと思って、だんだん考えてみたところ師匠が昨日(きのう)奥山で娘の乳母(ばあ)やと何やらコソコソ相談していたのを思い出し、さては龍門党は師匠に違いないと見込みをつけ、殿様が是非娘を取りかえせと云われたので、俺の処へ使(つかい)をよこして折入ってのたのみだった。俺は水野様に義理があるからお嬢さんを取りかえしてあげようと、こうしてお前を擒(とりこ)にしたのさ」

お玉「ナニ? それじゃ、お前は仲間をうる気か」

東狸「そうよ、どうせ師匠の女房に恋をする俺だ、いつまでも一緒にゃ居られない」

お玉「ええ、恥知らず」

東狸「何んと云われたって仕様がない、俺はもうお前のためにスッカリ眼がくらんだのだ、お嬢さんの行方(ゆくえ)を俺は知らぬから、水野様と相談して、お前をこっちへ連れて来たんだ、こっちへ擒にしておいたら、お前にぞっこん惚れているかしら、きっとこの屋敷へ来るに違いない。来たらその時、ひっくくって、お嬢さんのありかを吐かせ、それから殿様の御成敗(ごせいばい)にまかせるつもりさ」

お玉「まあ何んという恐ろしい……ああじれったい、どうぞ、お稲荷様、うちの人が来ぬように」

東狸「来ぬことがあるものか、実は朝から今に来るか、今に来るかと水野様はじめ、みんなが手ぐすね引いて待っているのさ」

お玉「ああ、どうしよう」

東狸「だからものは相談だが、師匠が助けたいと思ったら、俺の女房になっておくれよ」

お玉「……」

東狸「お前がうんといいさえすりゃ、師匠の生命(いのち)は助けてもらってやる、さあ、どうだ、これでもお前はまんだがん張るのか」

お玉「さあ」

東狸「それとも師匠を見殺しにする気か」

お玉「ああ」(と苦しむ)

この時障子があいて、南龍全身に縄をかけられ、水野に縄尻をとられて這入って来る。

お玉(南龍の姿を見て、思わずも)「まあ、お前さん」(と苦悶(くもん)の態)

水野(東狸に向い)「やっぱりその方が云った通り、飛んで火に入る夏の虫、難なく捕まえたよ」

南龍、東狸の顔をぎろりと眺める。にらまれて東狸ちぢみ上る、そろそろ気味悪がって逃げ出そうとする。南龍睨みつづける、東狸遂に水野に耳打ちして、匍(は)うように出て行く。

水野（二人に向い）「もうこうなったら貴様達は、袋の鼠(ねずみ)も同然だ、さあ南龍、お嬢さんをどこへかくしたか、偽(いつわ)らずに申上げよ」

南龍「せっかく連れ出したお嬢様、そう易々(やすやす)と、かくし場所は申上げられませぬ」

水野「言わなきゃ二人を拷問(ごうもん)する」

南龍「何んなりとおやりなさいませ。拷問にかかって白状するような龍門党じゃありません」

水野（考える）「貴様、女房が可愛くないか」

南龍「可愛いけりゃこそ連れに来ました」

水野「その女房が苦しい目にあっても、お嬢さんのありかは言えぬというのか」

南龍（意味あり気に）「場合によっては云いますよ」

水野「どういう場合だ」

南龍「無事に女房と私をかえしてくださいますならば取り戻したお嬢さまをそっくりそのままお返えししましょう」

お玉「もしお前さん、それは本気かえ、私しゃ死んでもかまわぬから、どうぞ男を立てておくれ」

水野「やかましい、だまっていろ、（とお玉を叱る）しかし貴様の女房は、今では東狸の預りもの、東狸に相談してみなくちゃア、貴様に渡すことはならん」

南龍「それなら、やっぱり致方(いたしかた)ありません、けれども水野様、たとい二人を返してでもあなたはお嬢様を取り返えさねばなりますまい」

水野「ナニ？」

南龍「お浅どのから、委細を聞いて知っております」

水野「ええ」（と少してれる）

南龍「ですから、ここは私の言うことをお用いなさっていかがです、女房はもともと私のもの、それに私が戴いて行ったとて、あなたには痛くもかゆくもないはずです、どうぞいさぎよくウンと云って下さいませ」

お玉（南龍に向い）「もし」

南龍「えーい、おぬしは口を出すな」

水野（考える）「だが貴様、一たいお嬢さんをどうして御座敷から連れ出した」

南龍「それはもう御承知のことと思います、お浅どのに渡した眠り薬をお嬢様に呑んでいただき、失礼ながら私は水野様に扮装して、不浄門の門番をあざむき、棺の中へ入れて持ち出しました、あの薬は二日二タ晩死んだようになりますので、今もお嬢様は棺の中に入ったまま、固く蓋をして隠し場所にお出になります。あの薬をのんでからは、風に当るとよくありません、もし、二人をお返えし下さいますなら、これから隠し場所へ御案内して棺のまんまお渡しすることに致します」

水野「でも貴様は、そういう口実を作って、こっちを出しぬくつもりだろう」

南龍「いつわりは申しませぬよ、もしお疑いになるならば、私達を縛ったまんま案内させなすったらよいでしょう。受取る人数はいくたりなりともお連れなされて下さいませ」

水野「でも、貴様の仲間が、手向いでもした日には……」

南龍「龍門党は決して人をそこないませぬよ、決心がお付になったら一刻もお早く、お嬢様をお受取りになってお屋敷へなりと、どこへなりと」（と意味あり気に云う）

水野（その最後の言葉を打ち消すように）「それじゃそういうことにしてもよい」

南龍「では御承知下さいましたか」

水野（うなずく）

お玉「お前さんそれは正気かえ、私しゃ死んでも構わぬから、取りかえしたお嬢様は国元へ届けて上げて下さいよ」

南龍「お主の知ったことじゃない」

お玉「いえいえ、どうしてもわたしゃお嬢様を返えすことはいやだよ」

南龍（水野に向い）「これ、この通り、お玉がなかなか言うことを聞きません。これから篤とさとして聞かせますから、ちょっと暫らく二人だけに願いとうございます」

水野「そんな事を云って逃げるつもりではないか」

南龍「それじゃ、どこかへ縛りつけて下さいませ、そうして、その間に受取りに来ていただくお侍さん達を仕立てておいて下さいませ」

　水野、南龍を柱に縛りつける。何んとなく警戒しつつ去る。

水野「じゃ人数を仕立てて来る、早く相談するがよい」

お玉（待っていたと云わぬばかりに、しみじみした調子で）「お前さん、かんにんしておくれよ」

南龍「何を?」

お玉「龍門党のかしらと知らず……」

南龍「よしてくれ、女房の口から龍門党などと呼ばれたくない」
お玉「それに私故にこんな苦労をかけて」
南龍「おぬしのためなら、どんな苦労でもいとわぬよ」
お玉「それにしても憎いのは東狸のやつ、お前さんがこの屋敷で、難儀をしていると、夜夜中つげに来たので、取るものも取りあえず、走って来たら、それはみんなあいつのたくみ、本当にわたし噛みついてやりたい位だ、あいつをお前さん一体どうする気なの」
南龍「別にどうする気もないよ」
お玉「いっそ殺してしまうがいい」
南龍「いや、龍門党は決して人を殺さない」
お玉「でも裏切りものなら殺したって……」
南龍「いいや、裏切りものと云われて生きているのは死ぬよりもつらい事だ」
お玉「でも性根（しょうね）のくさったあいつのこと恥を恥とも思うまい」
南龍「だがなあお玉、東狸のやつは、お前が言うことかぬ意趣（いしゅ）返えしに仲間をうったただけなんだよ。俺はその心持ちを察してやる、こうして俺がお屋敷へ来てしばられたのも、やっぱりお前が恋しいからだ」
お玉「それじゃ、あの憎い東狸をゆるしておくのかえ」
南龍「そうよ、生命（いのち）は助けてやるつもりさ、だが、あいつもそれ相当の成敗は受けにゃなるまいよ」
お玉「あいつが先刻云うのには、お前さんを擒にしたらお嬢様の在りかを吐かせ、それからお前さんを殿様の成敗にまかせるけれど、私があいつの女房になるなら、御家老に頼んで、お前さんを助けてやると云っていたよ」
南龍「は、は、は、あいつには、あいつの魂胆、御家老には御家老の魂胆。御家老はお嬢様さえ取りかえしたら、あいつのことなど、どうでもいいんだ」
お玉「それでお前さんは本当にお嬢様と、私達二人をかえ事にするの」
南龍「そうよ」
お玉「それでは龍門党の名折れじゃないかね」
南龍「お主の身体にゃかえられぬ」
お玉「まあ、私を可愛がってくれることは有難いが、龍門党は龍門党らしくしてほしいねえ、私は人知れず龍門党の首領（かしら）を慕っておったが、恋故に党の名を汚す人とは思わない、お前さんが本当に龍門党のかしらなら、お嬢様を京へ送って党の名を立て通しておくれ」
南龍「けれども、こうして二人とも縛られていちゃア、どうにも仕様がないじゃないか、俺を一緒に死なせてもお主は構わないというのか」

お玉「さあ、そこを何んとか切り抜けるのが龍門党じゃないの」

南龍「うむ、けれどなあ、俺はお前が恋しいのだよ」

お玉「まあ、お前さんはそんな弱い人だったかえ、そんな弱い人が龍門党のかしらだとは思えなくなった」

南龍「なに、人間は誰だって弱いものだよ、強い人間なんて、みんなカラ威張りだ、ここはやっぱり俺の言う通りになってくれ」

お玉「お前さん、せっかく取りかえしたお嬢様を、みすみす返えして、それが残念でないのかえ」

南龍「今になっては、もう、どうにも仕様がない」

お玉「あああ、もう、何んだかお前さんに愛想がつきかけてきた、そんな意気地のない人なら、今日からもう赤の他人だよ。わたしはやっぱり、私の思っている龍門党の党首(かしら)を心に祭って、一生涯を暮したい」

南龍「困ったもんだなア、女はやっぱり恋を恋するのか、じゃお玉、おぬしにちょっと訊ねるが、おぬしは龍門党をそれほどに慕っておりながら、龍門党のやり口を、ちっとも知らないのか」

お玉「ええ?」

南龍「龍門党はこれまで、どんな難儀をも切り抜けて、一旦思いたったことは一度も失敗しやしないよ。今のおぬしの言葉では、龍門党を恋しても、龍門党をちっとも信じていないようだ。俺は今お主に恋は名よりも重いということを云っただけだよ、俺は女房にさえ、今まで俺の正体をあらわさなかったじゃないか、東狸の口から聞かなかったら、お主はやっぱりおれの正体を知らずに居ただろう。俺がこの屋敷へみすみす縛られに来たのも、(とあたりを見廻して警戒する)深い魂胆があってのことだ」

お玉「ええッ?」

南龍「俺は御大名をからかってやりたいのだ。世の中の人をあっと云わせてやりたいのだ」

お玉「それでも、お前さんは私達二人とお嬢様を替え事にするつもりだろう」

南龍「そうよ」

お玉「それが私には……」

南龍「おいお玉」(と意味ありげに目くばせする)

お玉はじめて安心の色。この時水野兵庫あわただしく這入って来る。

水野(南龍に向い)「貴様、東狸を連れ出したな」(と息づかいはげしく迫る)

南龍「冗談仰有ってはいけません、私はこうして縛られております」
水野「何んでも今しがた、美しい娘が東狸を呼び出しに来て、東狸が御門の外へ出たら物かげに隠れていた五六人の男が、ウムを云わさず、東狸をかついで行ったということだが、きっとそれは龍門党の奴等だろう」
南龍「大方そうでございましょう」
水野「どこへ東狸をつれ出した」
南龍「それは一向存じませぬ、女に甘い東狸のこと、美しい娘と聞いて門外へ出たのが、ヤツの落度でございます」
水野「いよいよにっくい……」
南龍「まあまあ水野様東狸の詮索よりあなたにとってはお嬢様のせんさくが御大切ではありませんか、唯今お玉に話しましたところ、やっと納得致しました、この上は御家来の皆様をお嬢様の隠し場所まで御案内致すでござりましょう……」
水野「それじゃ二人とも、縛ったまんま連れて行くぞ」
南龍「ええ、よろしゅうございますとも。（とお玉の方をかえりみ）じゃ、お玉これから一緒に出掛けるんだぜ」
お玉「あい、行くわ」

――幕――

大詰第一場　佃　沖

夜。

中央から上手にかけて大船（たいせん）の船体大部分見える。風かなりに吹くけれども、波比較的穏かである。帆柱その他色々の道具がある。大船の船ばたは舞台前端によほど近く、船上の芝居がよく見える範囲において、なるべく高くつくる。

船ばたに近く龍門党員二人、前方の海上をながめて話している（この党員は序幕第三場に出たうちの人誰でも可なり）

党員一「おい、（と前方を指し）あそこへ来たのが、あれが頭首（かしら）の船ではないか」

党員二「どうやらそうらしい、かれこれ十五六人ものっているようだ」

党員一「うまく行けばよいがなあ」

党員二「こっちの用意は出来たし、それに頭首のことだ、万々一にもやり損いはあるまいて」

この時下手から伝馬船徐々に出て来る。

水野舳先に立ち、続いて南龍、お玉、しばられたまま侍に縄尻とられて立っている。

その他侍数人見える、やがて伝馬船は大船の横腹に少しの角度をなしてつく。

伝馬船のともの方はかくれて見えない。

水野「まさかこんなところにお嬢さんがかくしてあるとは思わなかった、久し振りに船にのって、何だか気持が変になった」

南龍「どうも遠いところを御苦労様でございました、さあ、ひとまず船へあがって頂きましょう、(と大船の方を見上げ)おいおい梯子を渡してくれ」

党員梯子をかついで来て、大船と伝馬船との間にわたし懸ける。

南龍「さあ、水野さまお上り下さいませ」

水野躊躇する。

南龍「それでは私が御無礼致します。お玉、おれについて来い」

南龍船へ上る。縄持つ侍続く、お玉上る。縄持つ侍続く。

水野刀に手をかけて上る。

侍二三人上る。いずれも刀に手をかけている。

水野(侍に向って)「おいおい念のため二人をその帆柱へしばりつけてくれ、どんなことをされるやらわからぬからなあ」

南龍、お玉、しばりつけられる。

南龍(しばりつけられたまま)「おい、みんな」

党員数人出て来るつもり、但し見物に見えなくてもよい。

南龍「残念ながらお嬢様を御渡ししなければならない」

党員一「ええッ、(と驚く)それでは……」

南龍「東狸の裏切りでせっかくの計画がめちゃめちゃになった」

党員一「でも、それは」

南龍「仕方がない、棺のまんま、ここへ御連れ申してくれ」

党員渋々ながら下へ降りて行く。やがて白い寝棺をつって出て来る。

乳母お浅ついて出てくるが、水野の後ろ姿をすかし見て、ぎょっとして、後ろの方に差し控え、不安気に立ちながら、不吉な予感に、はらはらしている。

南龍(水野に向い)「この中にお嬢様が眠っておいでになります、かねて申し上げましたとおり、お嬢様のおのみになりました眠り薬は、二日二晩死んだようになりますからちょうど明晩目を御あきになると思います、その間なるべく風にあててはなりませぬかららこの通り蓋が釘づけに致してありますが、出来るだけ早く御検分下さいませ。（党員に向い）おいおいがん燈をもって来て、蓋をあけてお嬢様をお目にかけてくれ」

党員釘抜をもって棺の蓋をあける。やがて蓋を取る。

党員、手をかけ、雪枝の上体をだき起して水野に見せる。水野がん燈で雪枝の顔を照らして、肌に手をふれてみる。

水野「いかにもお嬢様にちがいない、ほとぼりのあるところを見ると、その方のいうとおり、寒い風に当っては悪い、早く蓋をしてくれ」

党員蓋をして釘を打ちこむ。

南龍（党員に向い）「ついでにその釘抜を御渡してくれ（水野に向い）もし棺の中でうなり声が致しましたら、それは御目のさめたときですから、すぐ蓋を取って風にあてて下さいませ」

この時乳母お浅遂にたえかねて駈け出す。

お浅（水野にむかい）「もし、お嬢様をどうなさるつもりで御座りますか」

水野「おお、そなたはにっくい乳母、そなた故に、御屋敷に騒動が持ち上り、とんだ苦労をさせられた。けれどこのとおりお嬢様をつれて帰るのだから、まだしもの腹癒せだ」

お浅「ええッ、それではやっぱり、（と驚き南龍に向い）あなた、これは本当のことで御座いますか」

南龍「乳母やさん、党員の中に内通するものがあって、この通り夫婦がしばり上げられ、とうとうお嬢様を返さにゃならぬことになりました、悲しいけれど、あきらめて下さい」

お浅「それでは私、お嬢様について行きます」

水野「いけない」（ときっぱり云う）

お浅「いいえ、どこどこまでもついて行きます」

水野「いけないといえば、（と叱り、侍に向い）おいおい面倒だ、早く棺をあちらへ移せ」

侍たち棺に手をかけようとする。乳母かけ寄って棺にしがみつく。

お浅「お願いです、水野さま、どうぞわたくしもつれて行って下さいませ。ゆうべ、お薬を召し上ったとき眼があいたら、一ばん先に乳母やの顔が見えるようにと仰しゃったそのお顔が、今も目の前にちらつきます。どうしてどうしてお嬢様ひとりを、知らぬ他人にまかせておけましょう、わたくしはどんな苦労を致しても厭いませんから、どうぞお嬢様のおそばにおいて下さいませ。もし、御願いで御座います」

水野（冷酷に）「おいおいうるさいから、ついでにそっちへしばりつけてしまえ」

侍、乳母を無理に引き起して縄をかけ、柱にしばりつける。

乳母声をあげ、身もだえして泣く。

お玉（最前から、貰い泣きしていたが、南龍に向い）「お前さん、こんな悲しい目にあうのもみんなお前さんゆえよ、乳母やさんも一緒について行けるように水野様にお頼みなさい」

南龍「水野様、どうぞ乳母やさんの願いをきいてあげて下さいませ」

水野（傲然として）「断じてならぬ、さあ、愚図々々してると時が経つ、おい、早くそっちの船へ移せ」

侍二人棺をあげようとする。なかなか重くてあがらない。

侍二人（口を揃えて）「こりゃ重い」

南龍（党員に向い）「おい、お前達、お手伝いせよ」

党員二人加勢し、四人で棺を支え梯子を伝って降りようとする。そのうち党員の一人が足をすべらし、途端に、棺桶、皆々の手をすべって、どぶんと音をたてて水中に落ちる。皆々「あッ」と叫ぶ。

水野思わず、船ばたへ駈け寄って、

水野「や、や、沈んでしまった、早く、早く」

侍たち誰も水中へ飛びこもうとしない。

南龍（党員に向い）「おいおい、お前たち、早く飛びこんで、上げて来い」

党員二人いさぎよく衣服をぬぎ、おのおの肌着一つになって海の中へとびこむ。

南龍「水野さま、棺は釘づけにしてありますから、一滴も水ははいりません、いまに首尾よく上げてまいりましょう」

水野（船ばたからのぞいて）「おお上った、上った」（とうれしそうに喜びながら梯子をつたって伝馬船へ降りる）

侍たちも続いて降りる、そうして棺をつり上げて伝馬船の中へ移す、水にとびこんだ党員伝馬船へ上り、それから梯子をつたって大船の上に行く。

水野「ああ碌なことはありゃしない、しかしまあお嬢さんが無事でよかった。こんなところに長居は無用だ、おいおい（と、ともの方に向って云う）早く船をもどしてくれ」

船徐々に下手に戻る。水野得意気に、大船の方をふりかえる。やがて伝馬船姿を消す。

大船の上では乳母お浅しきりに悲しむ。お玉も共に泣いている。

お浅（泣きながら）「ああ、どうしましょう、死ぬよりつらいとはこのこと、わたしはもう、生きている気がありません」

お玉（すすり泣きながら）「ほんに御察し申します」

南龍（ジッと考えていたが、党員に向い）「おい、ここへ来て三人の縄を切ってくれ」

党員そばへ寄り南龍お玉、乳母の順で縄を切る。

突然、乳母船ばたへかけよって身投げしようとする。

南龍（駈けよって）「あぶない！」（と乳母を抱きとめる）

お浅「どうぞ離して下さいませ、私はもう生きてはいられません」（となおも飛びこもうとする）

南龍（党員を顧み）「お前たち、乳母やさんをしっかりと抱きとめてくれ」

党員二人南龍に代って乳母をだきとめる。

南龍腕を組んで思案する。

お浅（身もだえしながら）「離して下さい、どうぞ私を死なせて下さい」

お玉（南龍の肩にすがり）「今さら帰らぬことだけれど、この乳母やさんの悲しみを、どうしてお前さんは慰めるつもりなの」

南龍（苦悶の色を見せる、そうして静かに後ろへ手をまわして帯を解く）

お玉「二人があの時死んでおけばこんなことはなかったのに、さあ、お前さん、どうしてお嬢様に申訳をしようとするの」

南龍（決心して）「その申しわけはこうしてするのだ」

着物を脱いだかと思うと、飛鳥（ひちょう）のように身を躍らせて海にとびこむ。

お玉「あれッ‼」

お玉、驚いて船ばたにかけつける。

別の党員お玉の万一のことを思ってお玉を引きとめる。

つかまえられている乳母も共に驚いて、

——幕——

附記

幕が下りた時、その幕は次のような文句を書いた字幕でありたし。

字幕の文句

龍門党のかしらは果して、申しわけのために身を投げたのでしょうか、皆さまはそうでないと思いになりましょう、しからば何のために海の中へとびこんだのでしょうか、どうぞ次の幕をようごらんになって、龍門党のやり口を喝采（かっさい）して下さいませ。

（この字幕は染めてもよし、または、幻燈で幕の上に映写してもよし）

大詰第二場　海岸

夜。前幕（まえまく）のすぐあと。

正面に佃沖を望む、前幕の伝馬船上手より海岸に向って徐々に進む。

水野を始め侍たち乗っている。

やがて船海岸につく。

水野「ああ寒かった、春とは云え、海の夜風は氷のように冷たい、龍門党の奴め、酷（ひど）い目に逢わしやがった」

侍一（沖の方をながめて）「いよいよ龍門党は帆をあげて出かけたようで御座います」

皆々海上を振り向く。

水野「いい気味だ、せっかくのあいつ等の計画もまんまと裏をかかれたのだからなア、今頃あいつ等は、しおしおとして帰るだろう、とりわけ乳母のお浅は雪枝どのをとられて、悲しさに、身投げでもしているか知れん、さあいよいよ船がついたから邪魔のはいらぬそのうちに、早く雪枝どのを運んでくれ、行先きはかねて話した通りだ、わかっているな」

侍たちうなずく、濡れた棺を岸の上におろす。この時、棺の中でうなり声がする。

侍二「ハテ、ただ今棺の中から唸り声が聞えたようで御座います」

水野「なに」（と云って、うつむいて、首を傾け、耳を澄ます）

侍たちも同様の挙動をする。再び棺の中から唸り声が聞える。

水野「おお、いかにもこりゃ唸り声だ、龍門党の言った通り、唸り声のする時は眼が覚めかけた時だから、早速風に当てなきゃならぬ、したが二日二晩眠るはずのが、今夜目が覚めるとは、どうも少しおかしいなア」

段々うなり声がはげしくなる。

水野「ハテ、奇妙な唸り声だ、雪枝どのに似合わぬ太い声だ、おいおい、ともかく先刻の釘抜きで、早く蓋を取ってくれ」

侍たち、釘を抜きにかかり、やがて蓋を取る。

侍たち（一斉に）「ヤッ」

水野駆け寄って中をのぞく。

水野「ヤッ、やッ、こりゃどうだ、こりゃこりゃ、こりゃ、南龍の弟子の東狸じゃないか」

この辺にて風の音頻りに鳴りつのる。皆々あまりの意外な出来事のため、物をも言わずつっ立っている。棺の中の男、（東狸）だんだん息を吹き返す。侍達上体を起してやる。

東狸、猿轡をかまされ、全身を縄でしばられ髪乱れている。

東狸怪訝そうにあたりを見廻す。

水野「き、貴様はどうしてここへ？」

東狸（徐々に声する方へ仰向いて）「あッ、あなたは水野様、さては、さては」

水野「早く申せ、こりゃ一たいどうしたと云うのだ、さっきあちらで検べた時には、たしかに雪枝どのだったのに」

東狸（漸く事情を知った思い入れ）「水野様、残念ながら龍門党にはかられました、私は今夜、お屋敷から元の仲間にだまされて誘い出され否応なしに船に連れ行かれ、こうした縄目を受けました、なんでも仲間の云うのには、あなた様がお嬢様をつれに来るから、その時はお嬢様の代りとして私を差出すのだと言っておりました、お嬢様の棺と同じ大きさの棺に私を入れて、海の中へ沈めておき、それからお嬢様の棺を船へ移す拍子に、わざと水の中へ落し、水の中ですりかえて、私の棺桶をあなたにつかませるのだと云っておりました。私はさっきひどく撲ぐられて気を失いましたがその時私を棺に入れて海へ沈めたものと見えます、そうして、あなたは龍門党に一杯計られなさいましたね」

言い終って苦しそうな息づかいをする。

水野「さては、（と地団駄踏む）それじゃおれ等の出かけた時、雪枝どのの棺桶はまだ海の中に沈んでいたのか、ああ、そうとは知らなかった、今頃は南龍の奴め、自分で海へでも飛び込んで、雪枝どのをたすけ出し、さぞさぞおれのことをあざ笑っているだろう、ええ残念なッ」

恨めしそうに水野、海上遥かを見る。侍たち、海の方を眺めて、同じく残念そうな振りをする。

水野（東狸を見下し）「えーい、こうした手違いになったのも、貴様が南龍の女房に惚れて、龍門党を売ったからだ。この畜生め！」

水野、東狸に鉄拳（てっけん）を喰わす。東狸再び失神して、棺の中に仰向きに仆（たお）れる。


――幕――

作者附記

この脚本は、河合武雄氏の依嘱によって書きおろしたものであります。さきに私は同氏のために「紅蜘蛛奇譚」二幕四場を書いて名古屋、浜松、静岡、神戸で上演されましたが、大阪では、これを上演したくても許可されないであろうという予想のもとに、この脚本を書いたものであります。そうしていよいよ稽古（けいこ）に取りかかった日に、「紅蜘蛛奇譚」上演の許可を受けましたので、二月十九日から大阪浪花座でこれを上演することに決し、この脚本の上演は次の機会に譲ることになりました。

手紙の詭計

一

「私はこれで一度死んだ人間になったことがありますよ」と、ある日、松島龍造氏は私に向って語った。松島氏は久しく英国に滞在して医学を修め、帰朝してから六年、興味半分で犯罪探偵に従事している人である。白髪がかなり沢山あるけれど、まだ五十前であって、艶々した童顔には髭がなく、やさしい表情の中に両眼だけが時々隼のように鋭く輝くことがある。数月前ふとした機会で私は氏と知己になり、その以後、氏の冒険談や探偵談をきかせてもらうことが私の唯一の楽しみとなった。

その日は「宝石に纏る犯罪」の話に花が咲き、先年世間の問題になった朝鮮のR王家の宝石「月光石」紛失事件の話に移ったとき、氏は突然、死んだ人間になったと、言い出したのである。

「死んだ人間と仰しゃると、仮死の状態にでも陥られたのですか?」と私はたずねた。

「いいえ、そうじゃありません。戸籍上死んだ人間となったのです」と氏は軽く笑った。

「どうしてまた、そんな間違が起ったのですか?」と、私は好奇心に駆られ、思わずも大声でたずねた。

「いや、間違ではないんです。故意に死んだ人間にされたのです!」

いよいよ私はその話がききたくなって胸を躍らせていると、松島氏は早くも、私の心を察した。

「そうですねえ、今日はついでに私の身の上話を致しましょうか」

こう言って氏はテーブルの上のコーヒー茶碗を傾けて話し始めた。

二

私が世界を跨にかけて、放浪生活を営むようになったのも、要するに七歳の時母を失ったのがもとです。父は四谷区でも、かなりな財産家でしたが、母が死んでから間もなく継母を迎え、弟を一人生みました。弟は小さい時分から陰険な性質で、所謂不良少年タイプの男でしたが、継母は、弟を極端に可愛がり、反対に私を非常に憎んで邪魔にしました。私は子供心にも幾度か家を抜け出そうと思いましたが父の愛に引かれて思いとどまりました。ところが、中学を卒業した十八の夏に父が死にましたので、私は黙って家を飛び出してしまったのです。

　それから、私は労働者の群に入りましたが、生れつき冒険が好きでしたから、後に支那に渡って各種の労働に従事し、同志と共に支那人として英国に渡りました。英国へ渡ったのは、かの地でみっちり学問をしたいと思ったからです。苦学の結果、幸に私はロンドン大学の医学部を卒業し、ロンドンで開業して、相当の貯金も出来ましたから、一度故国へ帰って様子をながめ、都合で再び英国へ帰ろうと思ったのですが、帰ってみると意外な事情にぶつかり、それが動機で、犯罪探偵を本職にしようという気になってしまったのです。

　家を出でて二十余年、その間私は一度も生家に文通をしませんでした。継母や弟が生きているかどうかさえも知らなかったですが、やはり、多少のなつかしみを覚えて、一度逢ってみたいと思い、いきなり訪ねるのも何となく先がつかえたような気がしましたから、まず区役所へ行って戸籍謄本を取りました。すると驚くではありませんか、継母が十年前死んでいるばかりでなく、この私自身即ち松島龍造も三年以前に正しく死んだことになっていました。

　無論あなたにはそうした御経験もあるまいし、また、そうした時の心持も想像しにくいかも知れませんが、その時、私は、恐ろしいような、擽ったいような、一種の名状し難い感じがしました。松島龍造は法律上死んで居ないのですから、松島龍造の名を持っている私は、他人の名をかたる法律上の犯罪者である訳です。また、松島龍造は死んで居ないのですから、その幽霊である私はどんな犯罪でも自由自在に行い得るような気がしました。私は戸籍謄本をながめながら、悲しむというよりも、却って一種の愉快な気分、即ち冒険心に富むもののみが味う悽愴な愉快を感じました。

　元来私は生家と絶縁することを欲していたのですから、今更、訴え出るような野暮な心は毛頭もなく、無論、父の財産が欲しいなどと一度も思ったことはありませんが、どうして私が死んだのか、その事情が知りたくてなりませんでした。戸籍面で死んだことになるためには医師の死亡診断書が要ります。医師が死亡診断書を書くには、私の死体を診察した上でなくてはなりません。そう考えると、この裏面にはたしかに立派な犯罪が行われているはずです。で、私はどんな犯罪が行われただろうかということに非常な興味を覚えました。

　そこで、だんだん取調べて行きますと、私は三年前、朝鮮京城の某病院で腸チブスで死亡したことがわかりました。自分で自分の死んだときの事を話すなんどは、落語の「粗忽長屋」よりも馬鹿げていますが、まあ、我慢して聞いて下さい。私は朝鮮へ出かけて行って探索してみようかとも思いましたか、まず手紙で、私が厄介になったという病院へ問い合せてみると、幸いに私の死亡診断書を書いた医師が、まだ奉職中だったので、委しい当時の事情を手紙に書いて寄越しました。それによると、私は、弟と共に朝鮮へ渡ったところ、京城で腸チブスに罹ったので、弟が附添って入院し、薬石効なくして死んだというのです。いかにも、そのチブス患者が私の名をかたっておれば、医師は私の死亡診断書を書くのがあたりまえです。ことに、弟が附添っておれば、誰だって、怪しむべき事情があろうとは思いません。ところが、事実、そのチブス患者が私でない以上、死んだ人間はそもそも誰でしょうか。それが誰であるにしても、その人は戸籍上では生きたまま行衛不明になっているはずです。なんと世の中には不思議な現象もあればあるものではありませんか。

三

　さて、事情はかくの如く極めて簡単ですけれど、これが単なる誤謬でないことは誰だって想像がつきます。即ち、これは故意に私を死んだことにするために行われた犯罪に外なりません。私を死んだことにして利益を得るものは、言うまでもなく弟です。しかも私の死ぬときに附添っていたのが弟だったということですから、私は、弟の仕組んだ一つの狂言にちがいないと推定しました。即ち弟は私を法律上死なせて、父の財産を全部わがものにしようと欲したのです。

　これは私が、ずっと後に知った話ですが、あなたは先年、長野県の男が、自分で自分の生命保険金を奪ったことを御承知ですか。彼は、やはり朝鮮へ行って、ある旅館に滞在中、隣室に貧乏な重病患者の居るのを知り、病院へ入れてやる代償として、自分の名を名乗らせ、その患者が死んでから、その死亡診断書をもって、自分の生命保険金を詐取したのです。その患者こそいい迷惑ですが、世間にはこうした犯罪がしばしば行われているようです。私の場合も、これと同じように、多分、弟が、自分の知己に私の名を名乗らせて入院させたのだろうと、私は推定したのです。小さいときに別れたきりですけれど、弟ならばそれくらいのことは仕兼ねないだろうと思いました。

　さて、以上のことがわかってからというものは、私は、弟そのものに非常な興味を覚えました。私を法律上亡きものにする位の大胆な狂言を行う人間ですから、色々まだ外にも犯罪を行っているかも知れんと想像し、弟をよく研究してみようと思い立ちました。戸籍謄本を見ますと、弟はまだ一度も妻を迎えておりません。また、自分に附属する子供もありません。私はまず弟の家即ち私の生家の附近で様子を探ってみますと、弟は継母の死後程なく、家を他人に貸してどこともなく出かけたそうですが、三年前に帰って来て借家人を退(の)かせて住むようになってからは、めったに外出もせず、訪問客をも遠ざけて、女中二人を相手に住んでいるとの事でした。附近に住んでおりながら、弟の顔を見たことのない人が多く、出入りの商人さえめったに逢ったことはないと言いました。私はそれをきくなり、急に弟に逢ってみたくなりました。もとより、財産を奪ってやろうなどという気は毛頭なく、むしろ、弟に逢って、安心させてやりたかったのです。弟が引きこみ勝の生活を送っているのは、罪を犯したための良心の苛責(かしゃく)に基(もとづ)くにちがいないから、私は、潔く私の死んだことを承認してやり、それから英国へ渡って、永久に故国に帰らぬようにすれば、弟も安心して生活することが出来るだろうとの大慈悲心を起したのです。

　ある日、遂に私は私の生家の門をくぐりました。しかし、どうした訳か、なつかしいという気が少しもしませんでした。私がベルを押しますと、丸顔の女中が出てきて、主人はどなたにもお目にかかりになりませんからと断りました。そこで私は黙って「松島龍造」という名刺を出して渡しました。私の考(かんがえ)では、私の本名を刷った名刺を渡せば、悪党の弟は、却って逢ってくれるにちがいないと思いました。果して私の想像したとおりで、私はやがて思い出多き応接室に通されました。洋式応接室の装飾は、私の居た頃とはすっかり変っておりましたが、壁などはもと通りの緑色で、ただ歳月のために黒ずんでいるだけのちがいでした。

　ほどなく主人公たる弟がはいって来ました。見ると、たとい二十余年前にわかれたとはいえ、私の記憶にある顔と、目の前に居る弟の顔とが、聊(いささ)かちがっているのに不審を懐かずにおれませんでした。弟もまた私の顔を見てにこりともしませんでした。もっとも、にこりとしてはいけない重大な理由がありますから、わざと知らぬ振りを装っているのでしょうが、それにしてもうまく芝居をするものだと感心しました。実際私たち二人は、お互に少しも知らぬ人が逢ったと同じ有様でした。

「何の用ですか?」と彼は蒼白い顔の奥に、虎のような眼を輝かせて私を見つめました。彼の顔はモルヒネ中毒患者に見るような無表情のものでして、私は少しく不快を感じましたので、手っ取り早く言い出しました。

「おい順之助、俺はお前の兄の龍造だ!」

これをきいた弟は、顔色を土のように変え、身体をぶるぶる顫わせました。彼ははいって来た当初から、頻りに手足を動かしていましたが、この時強く両手を揉んで、声をふるわせて言いました。

「冗談言ってはいけない。兄は三年前に死んだ」

「でも、こうして俺は生きているんだ」

弟の呼吸はだんだん荒くなってきました。

「貴様は俺を強迫に来たのか。早く出て行ってくれ!」

と立ち上りました。

「おいおい、そんなに興奮しないでもよい。俺は強迫に来たのでも何でもない。潔く死んだ体になってやるから、昔通り交際しようじゃないか?」

弟の手が懐の中にはいったかと思うと、次の瞬間ピカリと光るものが握られていました。いうまでもなくピストルです。

「ふむ、そうか」と私は言いました。「それほどまでにするなら、俺はもう帰る。しかし、俺は決して野暮なことはしないから安心するがよい」

こういって、私は弟の家を出ました。「野暮なことをしない」といった私の言葉は、弟にとっては反対の意味に取れたかも知れません。事実、私も、心では野暮なことをするつもりはないでしたが、弟の態度にむらむらと反感が起きてきましたから、私の言葉は幾分か、反語的な調子を帯びておりました。

しかし、家に帰ってよく考えてみましたところ、たとい野暮なことをしたくても仕様のないことに気附きました。というのは、私が生きているということを法律上証明すべきいかなる手段もなかったからです。私が仮りに前科者であったならば、警察に指紋その他の記録が取ってあるから、却って容易に証明出来ますが、指紋などは一度も取ってもらったことはなし、また、私の替玉にされて死んだ男の死体は焼いてしまってありませんから、どうにも施すべき手段がありませんでした。私は法律の不備を歎くと同時に、弟の狡猾さにも感心しました。悪党の弟は、私が、強迫は勿論、訴訟も何もする事が出来ない位百も承知しているはずです。それだのに私の顔を見て、あれほどの恐怖に襲われたのは、どういう訳でしょうか。私はそれを弟の体質のしからしめる所だと解釈したのです。

四

　私が弟に逢って、その容貌体格を観察しましたところ、明かに弟が胸腺淋巴体質であることを知ったのです。私はロンドン大学の医学部を卒業して、二年間、内分泌腺の研究をしましたので、大ていの人は一目見て、その人が、いかなる内分泌腺の体質に属するかを判断することが出来ます。弟は腰が細く、胸が長く、手足がふっくりとしていて、皮膚が赤ん坊のように滑かで白く、話しをしていても落つきがなく、少しのことに恐怖し易い性質ですから、まさに胸腺淋巴体質に特有です。胸腺淋巴体質というのは、小児期に胸腔内にある胸腺が、大人になれば消失するのが普通であるのに、いつまでも残る体質を言うのでして、かような体質のものは、体内各部の淋巴腺も肥大しておりますから胸腺淋巴体質の名がある所以です。胸腺の作用は人間の所謂「子供らしさ」を保つものでして、胸腺の残存する人は、いつまでも子供らしい体質と性質とを持っているのです。

　即ちこの体質の人は心臓が小さく血管が細いのですから、極端な場合になると、転んだだけで血管が破裂して死ぬことがあります。また、強い恐怖や驚駭のために死ぬこともあります。カンフル注射やクロロフォルム麻酔のために死ぬような人は、多くはこの体質の人です。精神的には非常に気が変り易く、少しの落つきもなくそわそわしていて、残忍性を帯び、僅かなことに悲観して自殺をしたり、また、犯罪を行い易く、殺人を敢てします。統計に依りますと犯罪者の大部分はこの体質のものであるそうです。ことに胸腺淋巴体質のものには変質者が多く、また、モルヒネ中毒にかかり易いといいますが、弟の顔色が異常な蒼白を呈していたのは、多分モルヒネ中毒にかかっているのだろうとその時私は思いました。朝鮮あたりへ出かけるものが、モルヒネの常用者となることは珍らしいことではありません。とにかく、弟の犯罪や弟の態度を見て、私は弟が、定型的の胸腺淋巴体質であることを判断したのです。

　これを知った私はふと一種の好奇心を起しました。彼との対面の際、彼の私に与えた印象があまりに不快なものでしたから、心に何となく憎悪を感じた私は、弟のこの特種な体質を利用して、復讐——というのも大袈裟（おおげさ）ですが、何かの機会に、強い恐怖を与えてやろうと思ったのです。即ち彼のそわそわして落つかぬ性質、いわば慌てものなどに見る短気な性質と、僅かなことにも驚き易い性質に乗じて、一本まいってやろうと計画したのです。あの時、私に快く面会してくれれば、今頃私は英国に居ましょうし、彼もまた悲しい運命に出逢わないで済んだものを、思えば人間の運命というものは、ちょっとしたことで決定されてしまうものです。

さて、弟に恐怖を与えるためには、弟に接近しなければなりませんが、二度と面会してくれないことはわかっておりますから、私はどうしたらよいか、ちょっと、方針に行き詰りました。しかし、何はともあれ、弟にも多少の外部との交渉があるだろうと思いましたから、ひそかに弟の家を監視しますと、驚いたことに弟は、私が訪ねてから急に獰猛（どうもう）なブルドッグを二疋（ひき）雇い入れるやら、面会人を絶対に拒絶するやら、電話までも外（はず）してしまい、ただ、勝手元に関係のある商人や、新聞屋や、郵便配達夫が出入りするばかりでした。何という恐怖の仕方でしょう。しかし私はどうした訳か、気の毒なという気はせず、機会さえあれば初志を貫徹しようと決心したのです。その結果私はふとある奇抜な考を得たのです。

五

それは外でもありません。弟の家へ郵便脚夫の出入りすることから思い付いたことで、強ち（あながち）奇抜というほどのことではないかも知れませんが、とにかく、試みるに価することだと思いました。

あなたは一本の手紙でも、よく人を殺し得るものだということをお考えになったことがありますか。たとえばここに一人の男があって、ある女に激烈な恋をしたと仮定します。それに対して女が、始め多少の好意を見せ、段々男の心を釣り寄せて、最後に一本、きっぱり拒絶した手紙を送ったとすれば、その男は自殺するかも知れません。そうすればその一本の手紙は人を殺したといって差支（さしつかえ）ありますまい。また、今、ここに、医師を絶対に信頼し、疾病（しっぺい）を極度に恐怖する患者があると仮定します。かような患者の尿を検査した医師が、所謂尿診断の結果、患者が胃癌（いがん）にかかっていることを知って、それを手紙で患者に知らせたとしますと患者は自殺するかも知れません。そうすればやはり、その一本の手紙は人を殺したといって差支ありますまい。そうして仮りに、その恋された女が始めから男を殺すつもりであったならばどうでしょう。また、仮りにその医師が始めから患者を殺すつもりであったらばどうでしょう。彼等は兇器を用いずして巧みに人を殺すことが出来る訳です。こういったとて、私はその時弟を殺そうなどとは決して思いませんでしたが、とにかく、一本の手紙でも、それを適当に応用すれば、死ぬ程の恐怖を与え得るものだと思い、それを弟に対して試みようと覚悟したのです。

　そこで私はまず、弟の家の附近を受持つ郵便配達夫になりました。その目的は、弟が、誰から手紙を受取るかということを知るためだったのです。すると、弟のところへ、毎週、火曜日と木曜日とに、同じ発信人から書留の手紙の来ることをたしかめました。発信人は京橋区の旭信託保管会社でして、封筒は必ず封蠟を以て厳重に封がしてありますので、それがどんな内容かを知ることは出来ませんでした。しかし、一週間に二度ずつも郵便の来るところを見ると、弟はその会社と重大な関係を持っていることがわかりましたので、私は郵便配達夫をやめて、旭信託保管会社の社員となるようひそかに運動をしたのです。

　社員となるのは、はじめ甚だ困難でしたが、かれこれするうちに一名の欠員が出来ましたから、私は加藤という偽名で住みこみました。胸に一物ある私は、一生懸命に働きましたので、程なく支配人の秘書となり、支配人の手紙の代書をも受持つことになりました。その結果私は弟のところへ一週間に二度ずつ出す手紙をも代書することになりました。

　ところが、弟のところへ出す手紙の内容は誠に呆気ないほど簡単なものでした。それは何であるかと申しますと、弟は会社にある貴重品の保管を頼んでいるのでして、一週間に二回の手紙は即ち、その貴重品が無事であるということを知らせるのに過ぎませんでした。弟の預けた品物が何であるかは支配人といえども知りませんでした。それは鋼鉄の小さな箱に入れて厳重に封のされたものでしたが、支配人は宝石か何かだろうと言っておりました。預けてから三年ほどになるが一度も取り出しに来たことがないという話でした。私の家にはそんな貴重なものがあったはずはありませんから、多分弟が朝鮮あたりで手に入れたものかも知れません。私はそのとき、私の替玉として死んだ男の歯骨でもはいっているのではないかと想像しましたが、歯骨ならば、何もそんなに大切にするには及びません。

　なおまた、それほど大切にしなければならぬものでしたら、自分の手許に置けばよいのに、それを他所へ預けてしかもその安否を気遣うというのはよほど妙だと思わざるを得ませんでした。即ちその品は非常に貴重なものでありながら、しかも手許に置くことを恐れるというものでなくてはなりません。事情を聞いてみますと、つい先達までは、二週間に一度ずつ電話で、無事であるということを報告したのだそうですが、弟が電話を取り外してから、一週間に二回ずつ書留郵便で、無事であることを知らせることになったのだそうです。つまり私が弟をたずねてから、弟は万事に恐怖心を増した訳です。その恐怖の模様は、私の代書する支配人の手紙の出し方にもあらわれております。即ち、弟は、レター・ペーパーを折った両面に支配人の検印がないか、または、封蠟に支配人の特別の印が捺されてない時は、決して手紙を開かないというのでした。つまり弟は私の計画の裏を掻いて、滅多な手紙を封じ込ませないようにするのでした。それを知ったとき私は、弟の用意周到なのに驚くと同時に、ますます彼の虚をついてみたいと思い出しました。つまり私はもう、結果のいかんを顧みる遑はなく、全く意地ずくになってしまったのです。

六

私は機会を狙いながら、一週間に二度ずつ、会社用のレター・ペーパーに、三行ぐらいに亘る大文字で、

「拝啓御保管申上候品は無事に有之候間、御安心下されたく候早々」

と書きました。そうしてそれに会社名と日附と、弟の宛名とを書いて、支配人に見せ、それを支配人の目の前で折って渡すと、支配人は両面に検印を捺し、自ら封筒の中に入れて、封蠟で封をして、特別の印を捺し、給仕に郵便局へ走らせるという手順です。何と世の中には馬鹿々々しいことが行われているではありませんか。

　こういう次第で、私がその封筒の中へ、どんなことを書いて入れても、支配人の検印のない以上、弟は開いてもみない訳です。そうして一旦そういう手紙でも封じたが最後、弟はいよいよ警戒して、却って私の計画は藪蛇に終ってしまいますから、私は慎重の態度を取ってゆっくり機会を待つことにしました。

　ところが、私が社員となってから三月目に待ちに待った機会は来ました。即ちある夜、会社に盗賊がはいって

金庫を破り、金庫の中味を盗んで行きました。金庫は二個ありましたが、有価証券を入れた方だけがアセチレン吹管(すいかん)を以て破られました。盗賊もさるもので、貴重品は足がつき易いので、貴重品のはいった方の金庫には手をつけず、従って、弟の依託品は無事でした。この時の盗賊は程なく捕えられましたが、その詳細はここで申し上げる必要がありません。とにかく、そのあくる日会社は大騒動でした。

　金庫破りのことがその日の夕刊に出ると世間では大評判になりました。弟も新聞を取っている関係上、必ず見たにちがいありません。果して翌日大至急として、弟から保管品の安否を気づかった手紙が来ました。電話があれば直ちにきくことが出来るのに、彼は恐怖のために電話を廃したので、こうした時には却って、長い間の不安に苦しまねばなりません。私は弟が、さぞさぞ心配しているだろうと思いながら、支配人と相談して次のような返事を書きました。

「拝復、今回は一方(ひとかた)ならぬ御心配を相かけ誠に恐縮仕(つかまつ)り候、幸に貴下の御依託品は無事に候間、御安心下されたく候、二個の金庫のうち、有価証券を入れし金庫は、遺憾ながら開かれ、内容全部を持ち去られ申候(もうしそうろう)ため、依託者に対し誠に御気の毒千万に御座候、右とりあえず御返事まで早々」

と、例の如く大きい字で書きましたから、レター・ペーパーの二枚に亘りました。私は日附その他御定まりの文字を書き、それを支配人に見せ、その目の前で折って支配人に渡すと、支配人は昨日(きのう)からかなりに忙しい思いをしながらも、注意して両面に検印を捺し、形(かた)の如く封蠟を用いて、書留郵便で出させました。

　実は、私はその手紙を書く時と、折るときに、ある詭(き)計(けい)を用いたのです。それは極めて自然な方法で、もとより支配人は気附くはずがありませんでした。しかし私の詭計は、私の欲した効果を十分にあらわしてくれることと確信したのです。一たい私がどんな詭計を用いたと思いになりますか。

七

それよりも先に、私の用いた詭計が、予期したとおり有効であったということを申し上げておきましょう。実に、弟は、その手紙を受取るなり、恐怖のあまり、ピストル自殺を遂げたのであります。今御ききになったような何の罪もない手紙は遂に弟を殺しました。あの手紙を見たなら、安心すべきであるのに、却って恐怖したとはどういう訳でしょう。もとより弟は死にましたから、手紙を見て自殺したのか、或（あるい）はもっと深い理由があって自殺したのかわかりませんが、私はやはり、その手紙を見て自殺し、しかも私の詭計が効を奏したことと信じております。

　私の詭計とは、もはや御察しかも知れませんが、誠に簡単なことです。私はあの手紙がレター・ペーパーの二枚に亘ったと申しましたが、自然に二枚になった訳ではなく、わざと二枚にしたのです。即ち「拝復」より始めて「有価証券を入れし」までを第一枚に書き、「金庫は」以下を第二枚に書いたのです。そうして、それを折る拍子に第二枚を上にし、第一枚を下にしたのです。それ故、手紙が先方へ着いて、弟が開いて見ると、まず、

「金庫は、遺憾ながら開かれ、内容全部を持ち去られ申候ため、依託者に対し誠に御気の毒千万に御座候、右とりあえず御返事まで早々」

という文句が目に入る訳です。冷静な人間ならば、二枚重なっていることに気附くでしょうが、弟のような胸腺淋巴体質のものは、気が早いですから、かっと逆上（のぼ）せて、自分の依託品が盗まれたと思うにちがいないと考えたのです。つまり、そこを私は狙ったのでした。果して、弟は貴重な品を失ったために自殺してしまいました。

　私の行った詭計のために、弟は自殺したのですから、いわば私が彼を殺したようなものですけれど、私はその時、少しも後悔しませんでした。あなたは弟の行った犯罪に対して、彼の死を以て酬（むく）いるのは残酷だと御思いになるかも知れません。しかし、弟は死なねばならぬほどの罪を持っていたのでした。私が弟に逢ったとき、非常な不愉快を抱いたのは、つまり、弟の罪が直感的に私の潜在意識の中へ通じたのかも知れません。私は弟が自殺したときいてむしろ一種の愉快を覚えました。そうして今でもまだ頗（すこぶ）る愉快に思っています。というのは、実は、私の逢った弟は、私の異腹の弟ではなく、弟の替玉に過ぎなかったからです。

八

　こう申すと、あなたは定めし意外に思われるでしょう。私も実は弟、いや、弟の替玉の遺書によって、始めて事の真相を知り、非常に驚きました。

　朝鮮で腸チブスで死んだのは、弟自身だったのです。弟は、継母の死後、悪い仲間に誘われ、家を他人に貸し

て朝鮮へ行きました。何をしていたのかよくわかりませんが、そこで彼はある悪漢と知己になりました。ところが弟は不幸にも旅館に滞在中腸チブスの重いのに罹りましたので、私の家の事情をよく聞いて知っていた悪漢は、弟が病気のために意識の溷濁しているのに乗じて、弟に私の名を名乗らせ、自分がその弟だといって、弟に附き添って入院したのです。

　弟が死んでから、その悪漢は、弟になりすまして上京し、人を遣わして借家人を立ち退かせ、自分がその跡に住みこみました。そうして私の死亡診断書を以て法律上の手続をすまし、私の弟として、私の家の財産を相続しました。しかし、さすがに世間へ顔出しするのを怖れて、家にのみ閉じこもりましたから、世間の人は弟の替玉だとは少しも知りませんでした。悪漢でも良心の苛責はあると見えて、心を静めるためにモルヒネを愛用したのですが、私が訪ねてからすっかり恐怖してしまって、とうとう私のために自殺するようなことになったのです。思えばそれは胸腺淋巴体質のものに特有なる運命であるかも知れません。

　さて、最後に残る問題は、弟が旭信託保管会社に預けていた品物が何だったかということです。弟があれほどまでに、その安否を気づかい、それが盗まれたと知って自殺するに至ったについては、よほどの曰く因縁のあるものでなくてはなりません。

　実に、それこそは、朝鮮のR王家の宝石「月光石」そのものだったのです。その悪漢は二人の人を殺してこの「月光石」という世にも珍らしい青色のダイヤモンドを盗み出したのです。彼が弟の替玉となったのも、私の家の財産を横領することの外に、追跡の手をのがれるための目的もあったのです。そうして、彼が上京して家に引こみ勝であったのもやはり、この理由が加わっていたのです。この「月光石」には、やはり、どの宝石にでも纏っているような不吉な伝説がありました。R王家以外のものの手に入るときは、その持主は後に必ず変死して宝玉はもとにもどるという伝説です。彼は即ちこの伝説を恐れて、会社に保管を頼んだのですが、気になるものですから、ああして度々安否を問い合せました。そんなに伝説を恐れるならば、宝玉を、どこかへ捨ててしまえばよろしいのに、二人まで人を殺した位ですから、やはり宝玉に対する執着心が強かったのでしょう。とにかく宝玉は伝説どおりもとに戻りました。

　以上のことが、書置やその他の事情で判明したので、私は再び裁判上の手続を経て生き返り、私の家の財産を相続しました。従って、英国行をやめて、犯罪探偵に従事しようと決心しました。金庫盗難事件をきっかけに、私は会社を辞職しましたから、秘書の加藤が松島龍造だったということは、支配人といえども、今以て知るまいと思います。要するに私は、手紙の詭計によって、私の財産を取り返しましたが、思えば弟の替玉が、あの時私に面会したのが、彼の運の尽きでした。昔ならば神さまの引き合せとでも言う所でしょう。いや、思わず長話をしましたが、今日は「宝石に纏る犯罪」の話が出た関係上、ふと、私の身の上話をしてしまいました。……

外務大臣の死

一

「犯人は芸術家で、探偵は批評家であるという言葉は、皮肉といえば随分皮肉ですけれど、ある場合に、探偵たるものは、芸術批評家であるということを決して忘れてはならぬと思います」と、松島龍造(りゅうぞう)氏は言った。

晩秋のある日、例の如く私が、松島氏の探偵談をきくべく、その事務室を訪ねると、ふと英国文豪トーマス・ド・キンセイの、「美術としての殺人」という論文が話題に上(のぼ)り、にわかに氏は、その鋭い眼を輝かせて語り出したのである。

「あなたは、無論、エドガア・アラン・ポオの『盗まれた手紙』という探偵小説を御読みになったことがありましょう。フランスの某国務大臣が、皇后の秘密の手紙を盗んだので、パリー警察の人々は、一生懸命になって、大臣の居室の隅から隅まで探したけれど、どうしても見つからないで弱っていると、素人(しろうと)探偵オーギュスト・ヂュパンは、警察の人々のやり方を批評して、大臣が詩人であることに気がつかぬから、いくら探しても駄目である。大臣はその手紙を普通の人が隠しそうなところへは決して隠してはおらない。最良の隠し方は実に隠さないでおくことだということを大臣はよく知っているのだといって、易々(やすやす)と手紙は取り返して来ますが、殺人でもそれと同じことでして、数多い殺人者の中には、立派な殺人芸術家がありますから、探偵たるものは、決してそのことを忘れてはならぬと思います。さもないと、犯人の捜索は不可能になり、事件は迷宮に入り勝ちになるのです」

「しかし、犯罪学の上から言うと、一般に無頓着に行われた殺人の方が、計画された殺人よりも却って探偵するに困難だという話ではありませんか?」と、私は反問した。

「無論そうです。計画された殺人では、いわば犯人の頭脳と探偵の頭脳との戦(たたかい)ですから、探偵の頭脳さえ優れておれば、わけなく犯人を逮捕することが出来ます。これに反して、無頓着に行われた殺人は、万事がチャンスによって左右されるのですから、むつかしい事件になると随分むつかしいですけれど、その代り容易な場合には呆気ないほど容易です。ところが、もし犯人が文字通りの殺人芸術家であって、故意に無頓着な殺人を行ったとしたならば、それこそ難中の至難事件となるのです」

「故意に無頓着な殺人を行うとは、どんなことを言うのですか?」

「つまり意識して無頓着な殺人を行うことです。一口に言えば最上の機会をとらえて、無鉄砲な、大胆な殺人を試みることです」

私は松島氏の説明が十分腑に落ちなかった。

「そういうような実例があるものでしょうか?」と私はたずねた。

「沢山あります。一昨年問題となったD外相暗殺事件もその一例です」

私の頭の中に、一昨年九月二十一日の夜に起った外務大臣暗殺事件の記憶がまざまざと甦った。当時多数の嫌疑者が拘引されたけれども証拠不十分で放免され、その後数ケ月を経て、内閣が更迭したので、遂に事件は迷宮に入ったまま今日に及んだのである。私は松島氏の言葉をきいて、氏が意外な例を引用したのに頗る驚いたのである。

「けれど、あの事件は、まだ犯人がわかっていないのですから、果して殺人芸術家の仕業かどうか断言出来ないではありませんか」

松島氏の唇には微笑が浮んだ。

「実は犯人はわかったのですよ」

「え?」と私は驚いて、思わず松島氏の顔を見つめた。

「びっくりするでしょう。内閣が更迭したのも犯人が知れたためです。そうして犯人の名は正式には発表されなかったのです」

「その犯人の名をあなたは御存知なのですか?」

「知っていますとも。実はその犯人が知れたのは、私があの事件に、内密に関係したからだといってもよいです」

私は好奇心のために、息づまる思いをした。私は松島氏に向って、是非その探偵の顚末をきかせてくれと頼んだ。

「お話し致しましょう。その筋の人はもう大抵知っていて、いわば公然の秘密といってもよろしいから、お話ししても差支ないと思います。犯人の名を知っている人の中でも、私があの事件に関係したことを知っているのは非常に少ないと思います」

二

一九××年九月二十一日の夜、D外務大臣の官邸で、盛大な晩餐会（ばんさんかい）兼舞踏会が開催された。この会合は、ある重大な政治的、外交的の意味をもって行われたのであって、当夜は首相をはじめ各国務大臣夫妻、各国の使節夫妻、その他内外の顕官が招待されて一堂に集まることになった。その日は朝から空模様が頗る不穏であって、夕方から風雨がはげしくなったが、俄（にわ）かに延期することもならず、会はそのまま開かれた。しかし、招かれた客は一人も欠席せず、所定の時間には、所謂（いわゆる）綺羅星（きらぼし）の如く着飾った婦人連と、夜会服に身を固めた男子連が、雲の如くに参集した。

戸外（こがい）の喧囂（けんごう）たる状態とは反対に、戸内では順序よく晩餐が終って、やがて舞踏会が開かれた。管絃楽の響は、さすがに風雨の音を圧迫して歓楽の空気が広いホールの隅から隅に漂った。白昼の如き電燈の光は無数の宝石に反射して、ポオの作「赤き死の仮面（かめん）」の、あのダンス場の光景を思わしめるほどであった。

と、突然、電燈が消えて、ホールの中は真の闇（やみ）となった。即ち、強風のために起った停電である。三十秒！　一分！　依然として電燈はつかなかった。音楽は止んで人々は息を凝した。その時、ホールの一隅にパッと一団の火が燃えてドンという音がした。ヒューという戸外の風の音と共に、二三の婦人は黄色い叫び声を挙げた。次でどさどさ人々の走る音がした。外相官邸は瓦斯（ガス）の装置が不完全であったから、電気の通ずるまで待たねばならず、従って何事が起ったか少しもわからなかった。

凡そ五分の後、数人のボーイが、手に手にランプを運んで来た。そのランプの光によって、ホールの一隅に起った恐ろしい出来事が明かにされた。即ち、当夜の主人公たるD外務大臣が、胸部をピストルで打たれて、椅子から辷（すべ）り落ち、床の上に仰向に斃（たお）れていたのである。

丁度その時、外相は、首相と、米国大使と、I警視総監と四人で雑談に耽（ふけ）っていたのであるから、いわば外相暗殺は、皮肉にも警視総監の眼前で行われた訳であって、平素冷静そのものといわれている総監も聊（いささ）か狼狽（ろうばい）したらしく、外相を抱き上げて口に手を当てたり、脈搏（みゃくはく）を検査したりしたが、外相は既に絶命していていかんともすることが出来なかった。

丁度その時パッと電燈がついて、真昼の明るさにかえったが、あまりに恐ろしい出来事のために、人々は三々五々寄り集まって小声で囁き合った。暗殺の行われたときホールの反対の隅に居た外相夫人は直ちに駈けつけ、平素女丈夫と言われているだけに、少しも取り乱すところがなく、暫らくの間外相を介抱していたが、最早助からぬと見るや、警視総監と相談して、取りあえず官邸の内外を厳重に警戒せしめ、総監は自ら警視庁へ電話をかけて、現場捜索その他の手順を命令した。

前後約十分間停電していたため、犯人が兇行後逃げ出して行ったという可能性は十分あった。しかし、停電は外相官邸ばかりでなく、その附近一帯に亘っていたから、停電が起ってから、犯人が外部から侵入したものとは考え難く、犯人は変装して客となってはいりこんでいたか、或は現にホールの中に居る客のうちの一人かも知れなかった。警視庁から駈けつけて来た捜索係も、ただ外相が自殺したのでなく、他殺されたのだという事実をたしかめる外、何の得るところがなかった。警視総監は首相及び内相と鳩首して、形式的にでも、来賓の身体検査を行うか否かを相談したが、事が外交の機微に関係していることとて差控えることとなった。

かくて人々は、いずれも暗い気持を懐きながら、段々はげしくなった風雨を冒して帰って行った。I総監は捜索の人々と共に深更まで外相官邸に留まって、今後の捜索方針を凝議したが、犯人捜索の責任は自分の双肩にかかっているので、さすがに興奮の色をその顔に浮べていた。

三

局部的解剖の結果、外相の心臓から一個のピストルの弾丸が取り出された。その弾丸はアメリカ製のものであるとわかったが、日本へは沢山アメリカ製のピストルが輸入されていることとて、兇行に使用されたピストルそのものが発見されぬ以上、何の手がかりにもならなかった。兇行の現場には何一つ物的証拠はなく、従って、外相暗殺は、「完全な犯罪」といってもよいものになった。

物的証拠の何一つない場合に、犯罪は当然動機の方面から観察され捜索される。中には外相は首相の身替りになって殺されたのだという説をなす者もあったが、まず、外相自身を中心として考察するのが順序であった。外相は公人であるから、殺害の動機は当然、公的と私的との二方面から研究すべき必要があった。そのうち私的の方面については、夫人の知っている範囲では何一つ心当りとなるものはなかった。これに反して公的には対支問題、対米問題、対露問題など、考慮すべき事情が沢山あったので、警視庁ではまず、その各方面を厳重に取調べることになり、その結果、嫌疑者を数人引致するに至ったが、いずれも暗殺当夜の行動を明白に立証することが出来たので、事件は迷宮にはいってしまった。

　外相暗殺後約一ケ月を経ても、何等捜索上に光明を認めなかったので、新聞は頻りに警察の無能を攻撃し、I警視総監は非常に興奮して、大いに部下を督励したが、やっぱり駄目であった。総監は平素犯罪学に興味を持ち、難事件などは、自分で捜索の意見を立てるほどの人であって、今度の事件は自分の眼前で行われ、しかも外相暗殺という重大な事件であるに拘わらず、どうした訳か捜査が思わしく発展しなかったので、興奮するのも無理はなかった。

　丁度警察の方で弱り切った時、松島龍造氏が、外相夫人から、犯人捜索を依頼されたのである。D外務大臣がかつて駐英大使としてロンドンに滞在していた頃、松島氏は外相夫妻と懇意に交際していたことがあるので、夫人は同氏に内密に捜索を依頼したのである。松島氏は、従来、警視庁の探偵たちにとっては苦手であって、警視庁では総監始め、松島氏の非凡な頭脳を常に恐れているのであるから、今、この警視庁の持てあました事件を松島氏が引受けるようになったのも、いわば運命の皮肉というべきであった。

　松島氏は外相夫人に依頼される前に、既に自分一人の興味のために、この事件を研究していて、到底尋常一様の手段では犯人を捜索することが出来ぬと信じていたので、夫人に依頼されたとき、そのことを告げて一応辞退したが、夫人は、「良人を犬死させたくはありません。出来ないまでも、とにかく手をつけてみて下さい」と泣かんばかりに懇願したので、松島氏は熟考の結果、

「それでは、私が従来試みたことのない探偵方法を行ってみますから、その取計らいをして下さいますか?」

と言った。

「どんなことでも出来ることなら致します」と夫人はうれしそうに答えた。

　松島氏のいう所によると、兇行後一ケ月を経た今日現場捜査をしたところが何も見つかる訳がないから、それよりも当夜の気分をもう一度発生せしめて、その気分によって判断を下したい。それには当夜集った客のうち、日本人の男子だけでよいから、適当な夜を選んで、三十分ほど官邸へ集ってほしい。しかもそれは極内密にしてほしいというのであった。

　夫人はそれくらいのことならば訳なく出来ますと答え

て、松島氏の要求を首相に相談すると、首相も大いに同情して、その手順を追ったので、いよいよ十月下旬のある夜、松島氏の探偵実験が、外相官邸で行われることになったのである。D外相の死後、首相が外相を兼任したので、外相官邸は、当分の間依然として前外相の家族によって住われていた。

首相の御声掛りだったので、数十人の人々が、所定の時刻に参集した。まったくの秘密だったので、この夜のことは勿論新聞などに記載されなかった。人々は半ば好奇心をもって来邸したが、中にも警視庁の人々は、I総監をはじめとして、松島氏がどんな実験をして、どんな風に犯人推定を行うかと、胸を躍らせて待ちかまえた。

やがて松島氏は人々にホールの中へはいってもらい、外相の殺されたところに、首相とI警視総監に先夜のように着席してもらった。人々はどんなことをするのかと堅唾を嚥んだが、その時首相から二間隔って立った松島氏が左の手を上げると、その途端に夫人の手で電燈が消されて真闇になり、次でパッと一団の火が燃えたかと思うとドンと音がした。松島氏がピストルを打ったのである。実験とはいいながら、さすがに人々は胆を冷したが、程なく再び電燈がついて、首相にもI警視総監にも何の異常もなかったのでホッとした。総監は過去一ケ月間の心労によって、その頬に窶れが見えたが、電燈がついた時、いかにも寂しそうに笑って首相と顔を見合せた。

「どうです、得る所がありましたか?」と、首相は立ち上りながらたずねた。

松島氏は軽く会釈した。人々は何を言い出すかと一斉に松島氏の口元を見つめた。松島氏はその時、極めて落ついた声で言った。

「実に難事件です。あまりにスキのない完全な事件ですから、慾をいえば、たった一こと欠けております」

「え? 何か事件に欠点があるというのですか?」とI総監は訊ねた。

「そうです、いわばこの事件には、たった一つ大きな手ぬかりがあります」といって、松島氏はにこりと笑い、更に言葉を続けた。「それに、犯人もたった一つ手ぬかりをしております!!!」

四

不思議な実験によって、事件そのものに大きな手ぬかりを発見し、犯人の手ぬかりをさえ見つけた松島氏も、犯人そのものを見つけることは出来なかったと見えて、一月を経、二月を過ぎて、その年が暮れても、D外相暗殺の犯人は逮捕されなかった。松島氏は外相夫人に向って、ただこの上は時節を待つより外、施すべき術のないことを告げ、いつかは犯人の知れる時期があるであろうという、はかない希望を与えるに過ぎなかった。

それにしても、松島氏の見つけた、事件の大きな手ぬかりとは何であろう？ また、犯人はどんな手ぬかりをしたのであろうか？ 実験の当夜それについての首相の質問にさえ答えなかったくらいであるから、無論外相夫人にも告げなかったが、I総監はじめ警視庁の人々は、何とかしてそれを知り出さねばならなかった。で、総監はそれについて非常に焦心したらしかったが、松島氏の頭脳には叶わぬと見えて、部下の人々のうちでも、松島氏の発見した二箇条の手ぬかりを発見するものは一人もなかった。

あくる年早々、I総監が半身不随に罹った旨が報ぜられた。世間では外相暗殺犯人の出ないことを心痛したために、そのような病気を起したのであろうと、大いに同情するものがあった。松島氏も同情組の一人であって、折があったら、一度総監を見舞おうと思っていると、二月の始めのある寒い夜、総監の官邸から、総監が是非御目にかかりたがっているから即刻来てくれという使者が来た。

事情をきいてみると、総監は数日前より肺炎を併発し、主治医から恢復の見込がないと宣言されたので、息のあるうちに、是非松島氏に逢ってきたいことがあるから、訪ねてくれというのであった。松島氏は早速、身仕度をして、迎いの自動車に乗った。その夜は殊更に寒くて、空から白いものがちらちら落ちていた。

総監の官邸は見舞の客で賑っていた。主治医に案内されて松島氏が病室にはいると、中央に据えつけられたベッドの枕許に夫人と看護婦とが椅子に腰かけて病人の顔を心配そうに眺めていた。総監は頭部に氷嚢を当てて苦しい息づかいをしていたが、松島氏の顔を見るなり、にっこりと寂しく笑った。わざと薄闇くした電燈の光に照されたその顔は、非常に蒼白く、唇は少しく紫がかった色を呈していた。頬は著しく痩せこけて、濃い鬚がかなりに伸びていたので、久しく逢わなかった松島氏には、別人のように思われた。

やがて総監は主治医と夫人と看護婦とに別室に退くよう命令した。夫人は気づかわしげな顔をして躊躇していたが、総監が苦しい息の中から、更に厳格に命令したので、名残惜しそうに立ち去った。

「松島さん」と総監は細い、しかしながら底力のこもった声で言った。

松島氏は軽く礼をして、枕元の椅子に腰を下し、総監の方へ顔を寄せた。

「わたしは、外相暗殺者の逮捕されないうちは死んでも死に切れません……」

松島氏は黙って点頭いた。

「あなたはもう犯人の見当がつきましたか？」

松島氏は軽く頭を横にふった。

「いや、きっと、見当がついているはずです」と、総監は目を輝かせた。室内は静まり返って、暖炉の上に置かれた金盥の水が軽く音を立てて湯気を発散していた。

「いえ、全く見当がつきません」

「しかし、あなたのような鋭い頭脳の人が、今日まで手を束ねて見ているはずはありません」

「ところが、私は、この事件を引受けた当初からとても犯人逮捕はむつかしかろうと思いました」

「すると、犯人の目星がついていても、犯人の逮捕だけが出来ぬというのですか？」

「犯人の目星さえつかぬのです」

総監は、湿った眼をもって暫らく松島氏の顔をながめた。

「あなたは隠しております」と、総監は声を搾り出すようにして言った。

「決して隠してはおりません」

総監は暫らくの間苦しい呼吸を続けた。雪がガラス窓を打つ音が聞え出した。

「でも、あなたは、この事件に大きな手ぬかりがあると言ったではありませんか？」と、総監は穴のあくほど松島氏を見つめて言った。

松島氏はにこりと笑った。

「それはそう言いました」

「それに犯人もたった一つ手ぬかりをしていると言われたではありませんか？」

「そう申しました」

「それですよ。わたしはその言葉からあなたが、犯人の目星をつけられたに違いないと思いました。わたしはその言葉を色々と考えて、どこに事件の手ぬかりがあるか、また犯人がどんな手ぬかりをしたか見つけたいと思い、部下を督励して大いに研究させたのですが、どうしてもわかりません。外相暗殺者を逮捕せねばならぬ責任上、わたしは、あなたから、その言葉の意味が聞きたいのです。その言葉をきかぬうちは死んでも死に切れないのです」

平素、冷静そのものといわれた総監が、病気のためとはいえ、かほどまでに気の弱くなるものかと、松島氏は不審に思うくらいであった。責任観念の強い人とはきいていたが、自分の発した言葉の意味をきかぬうちは死んでも死に切れぬという位、事件のことを心配しているかと思うと、世間ではとかくの評判のある総監に対して、松島氏は好意と同情を持たざるを得なかった。前に述べたように、松島氏は、あの二つの言葉の意味を何人にも説明しないつもりであったが、死に瀕している人の頼みを拒絶するのは残酷であると考えて、その言葉の意味を告げようと思った。

「私は今回の事件の経過を観察したとき、尋常一様の暗殺者の仕業ではないと思いました。犯罪が極めて無雑作に行われておりながら、犯人の見つからぬのは、その無雑作が、深く計画された無雑作であると思いました。即ち犯人は犯罪芸術家としての天才です。天才の作品に向っては、批評家たる探偵は、ただ驚嘆の言葉を発するより外ありません」

「でも、あなたは、この事件に大きな手ぬかりがあるというではありませんか?」

「そうです。しかし、その言葉は、事件を批評した言葉ではなくて、むしろ事件に驚嘆した言葉です」総監は不審そうな顔をした。

「こう申すと、或はおわかりにならぬかも知れません。つまり当夜の事情を再演した結果、犯人の天才に驚いて……」

「早くその手ぬかりをきかせて下さい。苦くなったから……」

「つまり、私はこの位完全な事件でありながら、犯人の知れぬのは大きな手ぬかりだと申したのです。……」

総監はにこりと笑って、さもさも安心したというような顔付をして眼を塞いだ。その時、松島氏は、その顔色を見てぎょっとした。即ち、今始めて総監が自分を呼び寄せた真意を見抜いてぎょっとしたのである。松島氏は驚きのため息づまるように感じた。総監が自分の言葉を聞きたがったのは、責任観念のみのしからしめたところでなく、もっと大きな動機があったのだと知って松島氏は恐怖に近い感じを起した。

見ると、総監の唇は暗紫色を帯び、顔には苦悶の表情があらわれたので、松島氏は隣室に退いた人々を呼びに行った。夫人を先頭に主治医と看護婦とがあたふたかけつけ、主治医は取り敢えずカンフル注射を、三回総監の腕に行った。

総監は眼を開いたが、あたりの人の存在に気づかぬものの如く、松島氏を見つめて言った。

「しかし、しかし、犯人の……手ぬかりとは……何ですか？」

それは、やっと聞きとれるか、とれぬ位の細い声であった。松島氏はこの質問に答えることを躊躇して、主治医の顔を見た。脈搏を検(み)ていた主治医は夫人に向って、もう絶望だという合図をした。松島氏はそれを見て、一層返事することを苦痛に思った。しかし、総監はその言葉の意味をきかねば死に切れぬのである。いかにも、その言葉の意味をきかねば死に切れぬということを松島氏はたった今本当に知ったのであるから、たとえそれがどんな恐ろしい意味であっても、総監にだけは聞かせねばならぬと思った。そこで松島氏は総監の耳もとに口を寄せ、ほかの人々には聞えぬくらいの声で囁いた。

「たった一つの手ぬかりというのは、犯人が、臨終の床へ、探偵を呼び寄せて、手ぬかりの意味をたずねたことです……」

五

「総監は私の言葉が終るか終らぬに絶命しました」と、松島氏は語った。「もはや、申し上げるまでもなく、D外務大臣暗殺の犯人は、I警視総監その人だったのです。私がこの真犯人を知ったのは、総監が第一の言葉の意味をきいて、安心して眼を閉じた瞬間でした。

私がこの事件を研究したとき、犯人はよほどの天才だと思いました。従来の暗殺の歴史を考えてみましても、犯人が知れぬという事件はさほど沢山はありません。しかも警視庁であれほど熱心に捜索しても駄目だったのは、もしや、当夜招待された顕官の一人が犯人ではないかという疑いだけは持ち得ましたが、その疑いだけが何の役に立ちましょう。そこで私は、天才的犯罪者に向っては、芸術批評家として行動せねばならぬと思いました。一般に芸術家は、すべての批評家の言葉を非常に気にするものです。ですから私は、外相暗殺という芸術的作品に向って、批評を試みようと思ったのです。そこで私は、その批評の言葉を犯人の耳に入れんがために、首相始め多くの人々に官邸へ来てもらって、ああいう芝居をしたのです。あの芝居には何の深い意味はなく、ただ私の批評の言葉を一層切実ならしめるためだったのです。ああすれば、たとえ犯人がその場に居なくても、いつかは犯人に私の批評の言葉が伝えられるにちがいないと思いました。で、私は故意(わざ)と事件に大きな手ぬかりがあると申しました。そうすれば、芸術家たる犯人は、きっと私自身から、その意味をききたがるにちがいないと思いました。それがために犯人が私に接近して来れば、やがてそれが犯人の手ぬかりになると思って第二の言葉を発したのです。あの芝居を行ったときには、無論、誰が犯人であるかを知る由もなく、ああしておいて、その後、犯人が私に接近して来る時節を辛抱強く待っていたのです。果して私の予想は当りました。しかし、犯人が総監自身であろうとは全く意外でした。外相夫人にたずねても、総監自身を疑うような動機は一つも見当らなかったのです。I警視総監の遺書によると、総監はある陰謀を企て、それを真先に外相に知られてしまったので機会を待って外相を殺したのですが、ああいう華やかな機会を選んだのは、さすがに犯罪研究者だけあると感心せざるを得ません。総監の遺書の委しいことは私も存じませんが、それが内閣の総辞職の導火線となったことは事実であります。

……」

催眠術戦

一

「自然科学が人間そのものを改造し得るまでに発達しない以上、当分の間、迷信は決してなくならぬものだと思います」

例の如く私が松島龍造(りゅうぞう)氏の探偵談を聞くべく訪問したとき、同氏は、白髪(しらが)の多い頭を掉(ふ)り、やさしい童顔から、眼だけを鋭く輝かせて語り始めた。「就中(なかんずく)、丙午(へいご)の迷信のごとき、あれだけ、新聞や雑誌でやかましく論ぜられて、丙午(ひのえうま)の女の結婚生活が必ずしも不幸に終らなかった実例さえ示されても、丙午の年に生れた女は、やはりそれが非常に気になるものと見えて、各種の悲劇を生じます。これから御話しようとするのも、やはりこの丙午の迷信に関係した事件なのです」

× × × × ×

ある日、一人の青年が私の事務室を訪ねました。「田安(たやす)健吉」という某会社に勤務している美男子でした。来訪の目的をきくと、婚約した女が、最近にわかに丙午(へいご)の迷信の擒(とりこ)になって、婚約を破棄してくれと言い出したので、何とかして、あなたの力で、女の迷信を取り除く工夫(くふう)をして下さいと言うのでした。私は少々意外に思いました。犯罪探偵ならば経験はあるけれど、他人の迷信を除くなどということは一度も企てたことがないから、誰か宗教家にでも御頼みになってはどうかと申しますと、青年――以下、田安君と呼びます――は、

「それが到底宗教家ぐらいの力では除かれる程度のものでありません」と答えました。

「おかしな話ですねえ」と私は言いました。「それほど深い迷信を持っているのなら、あなたと婚約しないのが当然ではありませんか？」

「まったくです。実際、婚約した当時は、丙午の迷信など少しも問題にしていなかったようでした。ところが、最近になって、急に、しかも猛烈に恐怖し出したのです」

私は暫らく考えました。「すると、何か他に婚約を破棄せねばならぬ重要な理由があって、ただ表面上の理由として、丙午の迷信を持ち出したのではありませんか？」

「いいえ、決してそうではありません。彼女は斎藤百合子と言いますが、百合さんのいうには、私があなたと結婚すれば、良人たるあなたに不幸が起る。あなたを愛すればこそ結婚を遠慮するので、私は一生独身で暮す決心をしたというのです」

「ふむ」と私は申しました。「で、その百合子さんの御両親の態度はどんなですか？」

「百合さんには両親がなく、今年五十になる叔父さんの家に住い、女中と三人暮しです。叔父さん――僕も、やはり叔父さんと呼んでいます――は百合さんを僕にくれることを快諾してくれました。百合さんの話によると、百合さんは叔父さんにもその迷信のことを告げないので、叔父さんは今でも僕等が結婚するものと思っているのです」

「いよいよ奇妙ですねえ。で、あなたからでも叔父さんにそのことを言い出すつもりですか？」

「いいえ、百合さんは叔父が心配するといけないから、決して迷信のことは話してくれるな、ただ僕に、已むを得ない事情が出来たから、破約をすると告げてくれというのです」

私は変なことがあればあるものだと思いました。しかし、人間というものは昨日まで何の恐怖をも感じなかった事情に対して、今日から激烈な恐怖を感ずることがあります。もっとも、それには何か特別な出来事がなくてはなりません。即ち、百合子さんの心に、さような急激な変化が起ったについては、何かその有力な原因がなくてはならないはずです。それは果して何でありましょうか？

「最近叔父さんの家に何か変ったことでもありはしなかったのですか？」と、私はたずねました。

「別に変ったことといってはないようでしたが、一月ほど前から、叔父さんの家に、叔父さんの遠縁に当る若い医学士が寄寓しています」

私は耳を欹てました。「百合子さんが、丙午の迷信を恐怖し出したのも、その人が寄寓してからではありませんか？」

「そういえばそうです」

「何かその人が影響を及ぼしたのではないでしょうか？」

「柘植君――その医学士の姓です――が、僕たちの間を割こうとしたのだと仰しゃるのですか？　僕は決してそうでないと思います。ここで言うのも変ですが、同君は非常な醜男で、おまけに少し傴僂なんです。ですから、普通の医者をやっても決して流行らないだろうと思って、精神病学を修め、A精神病院の医員を勤めているのだそうです。身体も滑稽なら、性質も至って滑稽な楽天家で、百合さんの家に居ても、百合さんとは全く没交渉です。こんどのことでも柘植君に打明けたら、きっと、百合さんの迷信を取り除いてくれるかと思うのですが、それでは百合さんが承知すまいと思うから話せないのです」

私は黙って考え、それから言いました。「それじゃ、私に御話しになってもいけないじゃありませんか？」

「実は、今日か明日、百合さんの要求で、叔父さんに婚約の破棄を申し出ねばならないのです。その時、あなたも一しょに行って下さって、叔父さんに事情を告げ、百合さんの迷信を取り去って下さいませんか？」

「どうやって取り去るのですか？」と、逆に私はたずね返しました。

「そりゃ、僕にもわかりませんが、先日、ある雑誌を見ましたら、催眠術で、ある迷信を取り除くことが出来たという記事がありました。あなたは催眠術に非常に堪能だときましたから、つまり百合さんに催眠術をかけて、丙午の迷信を除いてもらいたいと思うのです」

私は考えました。いかにも私は催眠術にかけては、相当の自信があるばかりでなく、少くとも日本のどの催眠術者にも負けないつもりであります。英国でも私の師のスウォープ先生以外の人ならば、誰にも引けを取りませんでした。催眠術の術くらべというようなことは滅多に御聞きになったことがありますまいが、同一の人に同時に二人の術者が催眠術をかけるとき、施術者の意志の強い方に、被術者の意志は支配されるのであります。それはとにかく、通常催眠術によって、迷信を与えることは容易ですが、迷信を取り除くことは頗る困難であります。元来人間は、物に恐怖するように出来ております。それを理性の力で抑えつけているだけですから、催眠術によって、その抑えつけている力を除くことは極めて容易であります。ところが、その恐怖心に理性の力を働かせるということは幾倍も幾倍も困難なのです。もっとも、催眠術をかけて、どうして、迷信を得るようになったかという事情を明かにすることは比較的容易です。しかし、その事情がわかったとて、必ずしも迷信を除くことは出来ません。今この百合子さんの場合においても、百合子さんの迷信を除くには、催眠術に依るよりも、むしろ、簡単な詭計を用いて、百合子さんの生れた年は、丙午、即ち明治三十九年でなく、実は明治四十年だったとか、または明治三十八年だったとかいう風に信ぜさせるに限ると思ったのです。

で、私は以上のことを田安君に告げ、

「百合子さんは何月に生れたか知りませんか？」とたずねました。

「知りません」

「百合子さんの御両親のことなど、あなたはよく御承知ですか？」

「ちっとも知らないのです。何でも御父（おとう）さんは日露戦争に行って、いまだに生死がわからぬそうですが、多分戦死されただろうということです」

「そうですか、だいぶ事情が複雑しているようですねえ、何となく興味を覚えましたから、これから一しょに、百合子さんの家をたずね、叔父さんに逢って、事情を聞き、それから、適当な詭計を考えることにしましょう」

二

百合子さんの叔父さんの家は小石川の掃除町（そうじ）にありました。初夏の午後の日が、二本の門柱の上の磁器製の標札に当ってきらきら輝いておりました。標札の上には「斎藤圭治」の四字が読まれました。門柱には扉が無く、突き当りの玄関の右側が洋風の平家、左側が日本風の平家で、かなり広そうな邸宅でした。

玄関にはいると、女中が出てきて一旦奥へ去り、やがて私たちは右側の応接室に案内されました。応接室は書斎を兼ねた、十畳ほど敷けると思われる様式の室でして、私たちは中央の四角な卓子（テーブル）を前にして、椅子に腰かけました。ほどなく主人の斎藤さんがはいって来られましたが、五十だと聞いていたに拘わらず、二十も年寄った御爺（おじい）さんに見える位、白髪（はくはつ）で、皺（しわ）の多い顔でした。私は、田安君によって、ありのままに紹介され、一つ二つ世間話をしてから、田安君が私の家を訪ねた顛末を物語り、最後に、

「こういう訳ですから、何とかして百合子さんの迷信を除く工夫を御相談申し上げたいと思って参った次第で御座います」と言い添えました。

斎藤氏は私の話が進むにつれて、その顔に驚きの表情を浮べましたが、この時田安君に向い、

「田安君、それは本当か？　本当に百合子がそんなことを言ったか？」とたずねました。

田安君はうなずきました。

「そりゃ、何としてでも、そんな愚にもつかぬ迷信は捨てさせにゃならん。何かよい方法がありますか？」と、斎藤氏は私の方を向いて申しました。

「田安さんは催眠術を応用してくれと言われますが、催眠術は、人に迷信を与えることは出来ても、人の迷信を除くことは頗る困難です。ただ、どうしてその迷信が与えられたかという事情ならば、催眠術で知ることが出来ますが、しかし、……」

「それじゃ、百合子に催眠術をかけて、どうして、そんな馬鹿な気になったか検べて頂こうではありませんか？」

「御言葉ですけれど、たとえその事情がわかったとて、必ずしも迷信を取り除くことは出来ません。それよりも、まず簡単な常識的な方法を講じたならばどうかと思います」

「どんな方法ですか？」

「承りますと、百合子さんには、御両親が無いとの事ですから、何かその間に複雑な事情を拵えることは出来ないでしょうか？」

「と仰しゃると？」と、斎藤氏は何故か、急に顔を蒼くしてたずねました。

「百合子さんの生年月日を御存じでしょうか？」と、私は答える代りに反問しました。

「明治三十九年二月十日です」

私はそれをきいてほっとしました。

「そりゃ大へん好都合です」と私は喜んで申しました。「それじゃ、百合子さんが御生れなさったとき、何かの事情で籍を附けるのが遅れたとか、或は、百合子さんは月足らずで生れなさったのを、ある事情で、已むを得ず月満ちて生れなさったように取り計らわねばならなかった……という工合に、その事情を捏造して、うまく詐って証拠立てたらどうでしょうか？」

私がにこにこして話しているに拘わらず、斎藤氏は、何故か、反対に、ますますその顔の色を土のようにして、はてはその額の上に汗さえにじみ出ました。

「そ、そんなことは、どうせ拵え話しになるから、百合子は到底信じますまい。それに百合子の生れた当時のことはかなり事情が複雑していて、百合子にはこれまで何も知らせてはないのですから、今さら彼女の心を乱したくはありません」と、氏は声を顫わせて言いました。

私は心にたくんでいた計画が、着手せぬ先に打ち破られたので、頗る当惑しました。「でも、百合子さんの幸福のためではありませんか？」と私は詰るように申しました。

斎藤氏は、袂（たもと）から手巾（ハンカチ）を取り出して、額の汗を拭い、田安君に向ってたずねました。

「一たい、百合子はいつ頃から、そんなことを、君に言うようになったかね？」

「二十日（はつか）ばかり前からです」

斎藤氏は眉をひそめ、腕組みをしながらじっと考えていたが、急に立ち上り、

「とにかく、百合子をここへ呼んでたずねてみよう」

といいながら、入口の柱に取りつけてあるベルを押そうとしました。

私は両手を伸（のば）して制しました。

「まあちょっと待って下さい。それでは、致し方がありませんから、思い切って百合子さんに催眠術をかけ、どういう事情で丙午の迷信を得られるようになったかを探ってみましょう。それには三人一しょのところへ来て下さってはまずいのです。で、初め、私だけが御目にかかり、うまく催眠術がかかってから御立ち合いを願うことに致しますから、その間別室へ退（しりぞ）いていて下さいませんか？」

斎藤氏はベルを押して女中を呼び、百合子に来るよう伝えてくれと命ぜられました。そうして、田安君と共に、別の扉（ドア）から隣室へ去られました。あとに私は立ち上って、固唾（かたず）を呑んで待ちかまえました。経験によりますと、被術者に、最初多少の驚きを与えた方が、呼吸を深からしめることが出来て、催眠術をかけ易いのです。

三

やがて威勢（いせい）よく入口の扉があいて、百合子さんがはいって来ました。私はその顔を一目見て、百合子さんが極端に催眠術にかかり易い性質の女であることを知りました。非常に美しい顔でしたが、頬が蒼白（あおじろ）く、大つぶな眼が何となくうるんで見えました。彼女は私の顔を見るなり、怪訝（けげん）そうに、

「あら、叔父さんはどうなさったでしょうか？」と、たずねました。

「今、隣室に見えます。突然で御座いますが、私は田安さんの知人で、松島というものです。ちょっと御嬢さんにお話をしたいと思いまして、来て頂いたので御座います。さあ、そこへ御かけになって下さい」

椅子をすすめながら、私は彼女の呼吸をはかり、その呼吸に応じて、私の右の手を律動的に動かしつつ漸次（ぜんじ）上の方へ挙げて行きました。彼女は椅子の中にぐったりと

腰を下し、眼を細目にあいたまま眠りました。私は彼女の額に右手の食指をあてたまま五分間じっとしていました。それから、隣室の二人を小声で招きました。

斎藤氏は何か怖ろしいものでも見るかのように、眉をひそめて彼女の姿を見つめました。田安君は半ば口を開き、好奇の眼を輝かせて、斎藤氏と共に立ちすくみました。

私は百合子さんに向って言いました。

「あなたはこれから私の質問に答えて下さるのです」

百合子さんはうなずきました。

「あなたは丙午の迷信を怖れますか?」

百合子さんは頭を横に掉りました。

「あなたは田安さんとの婚約を破棄したいと思いますか?」

百合子さんは頭を横に掉りました。

「では誰が婚約を破棄せよと命じましたか?」

百合子さんは答えませんでした。

「誰か命じた人がありましょう?」

百合子さんはうなずきました。

「それは誰ですか?」

百合子さんは暫く考えておりましたが、やがてはっきりした声で言いました。

「私の母です」

この意外な言葉に私ははっとして心の緊張をゆるめました。と、百合子さんは急に両手をあげて頭をかかえ、はげしく呼吸し出しました。

「御母さん! 苦しいでしょう。御母さんの肋骨のうちが私の頭に響きます。私はどこへも行きません。御母さんのところへ行きます。私は今御母さんの臨終と同じ苦しい呼吸をしています。きっと御母さんについて行きます。ええ、行きますとも……」

こう言って百合子さんは椅子からつと立ち上りました。そうして入口の方を向きました。私は言葉に聞きとれていて、ついぼんやりしていたことに気づきましたが、それと同時に、ぎくりと致しました。

「誰か今、どこかで百合子さんに催眠術をかけているものがあります」と、私は叫びました。

これをきくなり、田安君は室外へ飛び出そうとしましたので、私は左手で強く引きとどめ、その時入口に近づいていた百合子さんの額と上唇とに、それぞれ私の右の食指と拇指の先端を附けました。百合子さんはぴたりと止まりました。そうして、私が右手を徐々に引いて来ると、百合子さんもそれに従って動き、再び椅子に腰を下しました。が、その時私は容易ならぬ敵に面していることを知りました。即ち、敵は巧妙にも百合子さんの母親を引き出して、百合子さんの意志に背(そむ)いて、結婚を妨害しようとしているのだとわかりました。即ち丙午の迷信の暗示はほんの一部に過ぎないとわかりました。また、これによって迷信のことを叔父さんに話すのを嫌う理由もわかりました。よし、それならば、今度はこちらから、逆に百合子さんの母親を応用して、百合子さんの本心をたしかめようと、私は決心したのです。

　この時、百合子さんの催眠状態は第一段、第二段を経て第三段に立ち至っていました。

「百合子さん、今御母さんが見えています」と私は百合子さんの左の方の空間(あきま)を指して言いました。百合子さんは左に向きました。

「まあ、お母さん、御治りになって、うれしいですわ。あら、そう、田安さんとの結婚を許して下さる？　わたし、本当にうれしい……」

　私は思わずも、田安君の方を見ました。はッと思ったが遅かったのです。百合子さんは両手をあげて駈け出そうとしました。

「あれーッ、御父さん！　私は決して結婚しませんから、どうぞ御母さんを助けて上げて下さい。御母さんと叔父さんとは決して……」

　私はいきなり両手をのばし、更に指をのばして、百合子さんの後方(うしろ)から、耳を隔つる三寸ばかりのところに支えますと、百合子さんはぴたりと立ちどまりました。私は敵の策戦にむしろ感心しました。こらが母親を出せば、先方が父親を出して対応するところ、実に驚くより外(ほか)はありませんでした。私の全身は汗を浴びました。しかし、結局は私が勝利を得ました。勝利を得た以上、今に敵は姿をあらわすにちがいないと思いました。私が百合子さんを再び椅子に腰かけさせると、斎藤氏はいつの間にか椅子に腰を下し、顫える声で言いました。

「松島さん、もうやめて下さい。百合子が可哀そうです」

「しかしまだ、百合子さんに丙午の迷信を吹き込んだのが誰だかわかりません。もっとも今に姿を見せるだろうとは思いますが……」

「わたしには、もうよくわかりました……」と斎藤氏は言いました。

「え？」

　この時、入口の扉(ドア)を誰かが、コツン、コツンと二つ叩いたかと思うと、中の返事を待たずに、扉をぱッとあけました。見ると、それは洋服を着た傴僂の醜男で、私は一目で、それが、この家に滞在している柘植医学士であると思いました。

「やあ、これは失礼、御客さまでしたか、とんだ秩序紊乱(びんらん)でしたねえ、アハハハハ」と作り笑いのような声を出しました。「おや、百合子さんは御客様の前でねんねしてますね？　行儀が悪いじゃありませんか？　田安君も御一しょでしたか、僕は柘植というものです」と、私に向ってぺこりと御辞儀をしました。

斎藤氏は闖入(ちんにゅう)客の姿を見てチラと不快の表情を浮べたが、やがて私を紹介して事情を告げた。

「催眠術？　へえ、それは惜しいことをしましたねえ。僕も拝見すればよかった」

私が百合子さんの頤(おとがい)に右手の拳(こぶし)を当てると、百合子さんは間もなく意識を恢復しました。

「まあ、わたし、どうしたでしょう」と顔を真紅(まっか)にしました。

「田安さんまで見えていますのねえ、恥かしくなってしまった。御免を被(こうむ)りますわ」

こう言って百合子さんが去ると、柘植医学士は斎藤氏に向い、用があるから、ちょっと出てくれといって相伴って去りました。あとには私と田安君とが残りました。

私は小声で申しました。

「もう御わかりになったでしょう？」

「え？」と田安さんは言いました。

「柘植医学士は恐ろしい人です！」

「だって？」

「今に、どんなことを起すかも知れません。ことに私との戦(たたかい)に敗れたのですから危険です。あなたはどこまでも百合子さんを保護しなければなりません」

「保護します」

「今日から二三日、斎藤さんに願って、この家に泊りこんで下さい。その間に僕が適当な手段を考えますから」

「どうぞ願います」

「決して怪しい食物などに手を触れてはなりませんよ」

この時斎藤氏がはいって来ました。氏は悲しそうな表情をしていました。

「松島さん大へん御苦労でした。追い出すようで済みませんが、早速帰って頂きたいのです」と、大声で言いました。

私はうなずきました。

「叔父さん、今晩から当分、僕を泊めて下さいませんか？」と、田安君は申しました。

斎藤氏はちょっと躊躇(ちゅうちょ)して、「いいとも」とうなずきました。

四

その同じ夜の事でした。午前二時頃、電話のベルがはげしく鳴りましたので、出てみると、田安君の声です。

「大へんです、すぐ来て下さい。……僕、柘植君を殺しちゃったんです……これから自首しようと思うんです……」

まったく大へんな慌て方なので、私の行くまでは決して何ものにも手を触れてはならぬこと、また、警察へも電話をかけてはならぬことを十分注意して、タクシーを雇って斎藤氏の邸宅へかけつけました。応接室には電燈がついていて、庭の樹木をうすく照していました。玄関のベルを押すと、田安君が戸をあけに来ました。

玄関の土間の隣りの室に上りこんで、私と田安君とは対座しました。

「一たいどうしたというのです。斎藤さんも、百合子さんも女中も出て来ないじゃありませんか？」

「叔父さんは、室（へや）に居ないし、女中はいくら呼んでも起きて来ないし、僕は今、百合さんの室で、百合さんを介抱していたのです」

「百合子さんがどうかしましたか？」

「僕が柘植君を殺したのでびっくりして気絶したのです」

「どうして殺したんです？」

「寝る前に女中が紅茶を持って来てくれたけれど、あなたの忠告があったから手を触れずにおきましたが、さて、寝床にはいると、どうしても寝つかれません。だんだん考えているうちに柘植君がにくらしくなってきて、何とかして打ち懲（こ）らしてやる手段はないかと考えていると、ふと、隣りの室に足音がしました。で僕は寝床から抜け出して襖（ふすま）のふちに、闇の中で身をしのばせていました。すると襖がスーッとあきました。曲者（くせもの）は手に光るものを持っていたので忽ち躍りかかって、それを奪いましたがその拍子にピストルがドンと鳴って、曲者は襖と共に、僕の室の方へたおれました。早速電燈をつけて見ると、殺されたのは柘植君でした。物音をきいてかけつけて来た百合さんが死体を見て気絶したので、とりあえず、寝室へ抱えこんで今まで介抱をしていたのです」

私は直ちに死体の検査を始めました。見ると死体は田安君の寝室の閾（しきい）の上に、上体を襖の上に載せ、俯向きに血溜りにつかっていました。私は腰を屈（かが）めて傷口を検査しましたが、思わずも吹出しました。

「田安さん、いい加減のことを言ってはいけませんよ！」

「え？」

「死体は短刀で刺されています」

「え？　本当ですか？」

「これを御覧なさい」私は背部右側、肩胛骨下の傷口を見せました。「さあ、早く本当のことを言って下さい」

「では言います」ほっとしたらしい声で言いました。

「僕が寝床の上で寝つかれなかったことは本当です。丁度、午前一時頃でした。廊下を歩くかすかな足音がしたので、僕は寝床を抜け出して、室の隅に蹲り、闇の中で耳を欹てていました。すると、廊下に面した僕の寝室の襖がスーッとあいて、はいって来たのは、驚いたことに百合さんでした。見ると百合さんは手に光るものを持っています。やがて、室の中央まで進んだと思う頃、百合さんはドンと一発打ち放しました。と、その時隣室にウーンという声が聞えたかと思うと、襖と共に一人の人間がたおれ込んできました。私はとりあえず電燈をつけましたが、見ると殺されたのは柘植君で、百合さんは、煙のなお出ているピストルを手にしたまま気絶しました。そこで僕は百合さんが柘植君を殺したのだと思いこみ、百合さんの気絶したのを幸い百合さんを寝室へかつぎ込んで介抱しました。すると百合さんは正気づき何も知らなかったので、僕が柘植君を殺したことにして、あなたに電話をかけたのです」

　私は立ち上って田安君の寝床を検べると、枕の中から一個のピストルの弾丸が出てきた。

「やっぱり、あなたが殺される手順でした」

「え？　それでは百合さんは僕を殺しに来たのですか？」

「そうです。柘植医学士に催眠術をかけられて、あなたを殺そうとしたのです」

「まあ」といってはいって来たのは百合子さんでした。

「いけない、いけない」と田安君は制しました。

「もうわたし、すっかりいいのよ！」

「それにしても柘植君を殺したのは誰でしょうか？」と田安君は暫らくしてから申しました。

「それは女中と斎藤さんとを探してきけばわかります」

三人が女中室へ行くと、女中は正体もなく寝入って、揺っても起きなかった。

「麻酔剤を飲まされたのですよ。あなたももしその紅茶を飲んでいたら、きっと予定通り殺されたのです」と私は申しました。

「叔父さんも麻酔剤を飲まされたのでしょうか?」と田安君がいいました。

「先刻、書斎に電燈がついていたようでしたからことによると、書斎で眠っていられるのかも知れません」

書斎の入口の扉は中から鍵がかけられてありました。敲いても返事がありませんでした。私はポケットから特別の道具を取り出し、顫える手先で、二分の後、扉を明けることに成功しました。

すると、中には意外な光景があらわれました。斎藤氏は応接室の椅子に腰かけたまま卓子の上に俯伏しになって冷たくなっていました。そうしてその前には、血に染んだ短刀と、百合子さん宛の書置と、青酸の瓶とがありました。言うまでもなく斎藤氏は柘植医学士が催眠術をかけるのに夢中になっている後からしのび寄って刺殺し、次で自殺をしたのです。

五

百合子さん宛の書置によりますと、百合子さんは斎藤氏の実子でした。百合子さんの法律上の御父さんが日露戦争に従軍され、戦死の報があったので、その弟たる斎藤氏は、百合子さんの御母さんと心を許し合って、百合子さんが出来たのです。ところが百合子さんが八ケ月の頃、戦死された御父さんは、露軍に捕虜になっておられるとわかったので、大へん狼狽したのですが、今さらどうにも仕様がなく、明治三十八年十月に生れた百合子さんを、一時里子に預け、御父さんの帰朝を待っていると、幸なことに、御父さんは、今日で言うシェル・ショックのような病気に罹り、完全に記憶を失って帰って来られたのです。それが丁度三十九年二月のことでしたから、直ちに百合子さんの籍を入れ、表面上、百合子さんは、法律上の御父さんの子になりました。その御父さんはその後今日までA精神病院に入れてあって、斎藤氏は百合子さんに内密で、仕送りをしてきたのです。御母さんは百合子さんの五ツの時に亡くなり、爾来斎藤氏は百合子さんの成長を楽しみに暮してきました。

ところが百合子さんの目出度い婚約が済むと、ここにはからずも、悪魔があらわれて来ました。それは外ならぬ柘植医学士です。柘植医学士はA精神病院で、百合子さんの法律上の御父さんを受持っていた関係上、不具者に特有な犯罪性を発揮して、斎藤氏の秘密を知り出し、斎藤氏を圧迫してその家に住い込み、果は催眠術を応用して百合子さんの婚約を破ろうとしました。私たちが斎藤氏を訪問して私が百合子さんに催眠術をかけた時斎藤氏は百合子さんの幸福のために柘植医学士を亡きものとしようと決心せられたのだそうです。

　こうしてこの事件は片附きました。百合子さんは丙午生れではないとわかり、安心して田安君と結婚しました。A精神病院の記憶を失った患者には、新夫婦が仕送りすることになりました。それにしても医師が自分の地位を利用して犯罪を行うほど憎むべきことはありません。しかし幸に悪人は亡(ほろ)びましたが、彼の催眠術は誠に恐るべきものでありました。

×　×　×　×　×

　松島氏が語り終るなり私は言った。「ですが、その斎藤氏ぐらいの秘密は、世の中に随分あり勝のことではありませんか。何も、血腥(ちなまぐさ)いことをせずに、一切百合子さんに打明けたらどうでしたでしょう」

「さあ、そこが問題ですよ。人間は書置に必ずしも真実を書くものとは限りません。況(いわ)んやそれは百合子さん宛の書置でした。世の中にはどうしても墓へ持ちこまねばならぬほどの大きな秘密がありまして、斎藤氏がそれを持っていなかったと、誰が保証し得ましょう。あの書置は斎藤氏の創作だったかも知れません。しかしたとい創作であっても、それによって新夫婦を幸福にすれば、斎藤氏の目的は達したといわねばなりません……」

新聞紙の包

一

　それは平穏な夏の夜の航海であった。

　八千噸のS丸は午後四時横浜を出帆していま、神戸に向う途中である。欧州行の汽船ではあるが、乗客の過半は、汽船というものに乗ったことのない人が、航海とはどんな気持がするものかを経験するため、納涼を兼ねて神戸まで旅をするだけであった。それでも横浜の埠頭を離れるときは、それ等の人々も、何となく一種の悲哀を催おし、汽船が沖へ出てからも、じっと甲板の上に立って、夕靄にかくれて行く遠山をなつかしんだものである。中には夫婦づれで睦まじく一夜の旅をする西洋人もあった。中にはまた、まったく弥次馬式に、用もないのにW・Cの水を流したり、或は機関室をたずねたりして、船の中を隅から隅へ駈けまわってあるく学生もあった。

　先刻夕食が済んで、まったくの暗闇に包まれた汽船は、地鳴りのようなエンジンの音を立てて、快く波を切って進んだ。湿気を帯んだ風は、なまぬるく頬をかすめた。風に一種のにおいのあるのは、恐らく海のにおいではなく、船そのもののにおいであろう。そのにおいが、また、旅らしい気持をそそった。一時間凡そ十三ノットの速力を出しながら、船は少しも動揺せず、まるで畳の上を這って行くようであった。

　甲板は一等船客をもって埋まっていた。ある者は檻に入れられた北極熊のように、ただ訳もなく強い歩調であちらこちらを散歩した。あるものはデッキ・チェーヤに腰をかけ、消化管を十分働かせるために、放心したように海の彼方をながめていた。またあるものは、手すりに身を寄せて、何にも見えぬ海の表面を物珍らしそうに眺め入った。あるものは下の甲板へ行ったり、船長室に通ずる梯子段をのぼったりして、いたずらに勤勉振りを発揮した。

　薄ぐらい電燈に照らされた甲板上の人々の顔は、日本人も西洋人も、あまり見よいものではなかった。一般に上から照らす弱い光線で、夜分人間の顔を見るときは、一種の恐怖を覚えるほど、変に見えるものであって、人々が楽しそうに笑う顔さえ、ちょうど罪人が裁判官の前でもらす苦笑に似た感じを与えた。

すべての人が悲哀に見える顔をしている中では、本当に悲哀を持っていても少しも目立ちはしない。また、多くの人が甲板の上をあちらこちらしている中では、焦燥（しょうそう）のため、じっとしておれなくて足踏みしていても少しも気づかれるものではない。現に今、一人の青年が、悲哀と恐怖と焦燥とを抱いて、先刻から、あちらこちら歩いているのであるが、誰一人その青年を怪しむものはなかった。

青年は名を時国英三郎（ときくにひでさぶろう）といって、丸の内のM商事会社に勤務している年若い法学士である。彼が今日、神戸まで行くべくこの汽船に乗りこんだのは、納涼のためでもなければまた会社の用事のためでもなく、まったく特種の目的を遂行するためであった。しかしそれは彼にとって極めて重大な意義を持っていた。世間見ずの彼は、恐らくこの船が建設されて以来、自分のような目的をもって乗込んだものは一人もなかっただろうと思った。その目的というのは、ある犯罪に関係したものであった。こういうと読者は、時国君が、何か探偵めいた仕事をしているのではないかと想像されるかも知れぬが、決してそうではなく、時国君自身がある犯罪を犯そうとしているのである。といっても掏摸（すり）を働くとかまたは人殺しを行うというのではなく、彼はただ自分の行ったある犯罪の跡始末をこの船でつけようとしているに過ぎないのである。

ある犯罪！　といっても彼は単に共犯者たるにとどまるけれども、その犯罪はいわば彼のために起ったといってよいものであった。だから、彼がいま、その跡始末をするのは正に当然のことであるかも知れない。そうしてその跡始末たるや頗る（すこぶる）簡単なことである。それは、今彼が夏服の上衣の右のポケットに入れている拳大（こぶしだい）の新聞紙包（づつみ）を海中に投げさえすればよいのである。ポンと一思いに投げさえすれば、それで忽ち解決がつくのである。けれど、時国君は、その簡単な行為を遂げることが、予期に反して、極めて困難なことを知った。船へ乗り込む前には、船がまだ埠頭を離れぬ先に投げ入れることが出来ると思った。実際、来てみれば乗客は、果物の皮や、弁当の折を平気で投げた。中には新聞紙の包を投げるものさえあった。で、自分も、あのように何気なく投げればそれでよい。と思いながらも彼は船の動き出すまで投げることが出来なかった。万が一にも誰かがその新聞紙を拾って中をあけて見たら……

警官——検事局——法廷——宣告。こう考えて時国君はぞっとしたのである。そうして、船が動き出してからでも、日のある中に捨てることは極めて危険であると思って、夜となるのを待ち兼ねた。彼は食堂のテーブルに着いても少しも食慾がなかった。皆が楽しそうにはしゃいで食べる姿を見て一種の反抗心さえ起った。海が穏かであったからよかったものの、もしさもないならば、あるいは嘔吐を催おしたかも知れなかった。

早々に食事を済して甲板へ出て見ると、意外にもそこには沢山の人が往来し、間もなく人で埋まってしまった。こんなに人目の多い中で、どうして包を海に捨てることが出来よう。こう考えて彼は腹だたしい気持になり、無暗に甲板の上を歩き廻った。

「何でもないことだ。船は一時間十三ノットの速力で走っているではないか。さっと投げてやれば、包はたちまち船尾の渦巻の中に吸いこまれるではないか」

彼の心は彼の耳元でこう囁くのであった。しかし、どうした訳か、彼の右手が心の命令に従わなかった。そうして、誰かが、自分を、どこかの隅で監視していて、右手を振り上げた拍子に、「あッ、ちょっと」といって、ぐいとつかみそうに思われた。

検事局——法廷——宣告。こう考えると、背中を冷たいものが流れ落ちて行くような感じがした。些細な包であるとはいえ、それは自分と彼女との罪をあからさまに示す動かぬ証拠ではないか。

おお彼女！　自分にこの新聞紙の包を海中に捨てるべく依頼した彼女は、今頃はもう自分がこの包を無事に海中に投げ入れたと思っているだろう。と、思うと、時国君はじっとしては居られぬような気がした。そうして、チョッキのポケットから時計を出して見ると、十時少し過ぎであった。

「自分はこれで二時間も迷っているのだ！」こう呟いて、上衣の右のポケットに手を入れると、問題の包が、がさがさという音を立てたので、時国君は、何か恐ろしいものにでも触れた時のようにつと手をひいた。

彼はそれからじっと手すりによりかかったまま、海の方をながめた。人々が急に笑いはしゃぐ音が耳元で聞えたけれども、振り向いて見る勇気がなかった。正面の空には水平線に近く蝎座の星が力ない光を放って明滅していた。そうして煙のような銀河を仰いだとき、過去の記憶がまざまざと浮んだ。

茨城県の素封家の長男に生れ、何不自由なく育ってT大学を卒業するまでの、なつかしいような、また腹立たしいような記憶の数々が、走馬燈を見るように眼の前に展開した。中にも彼女との恋のシーンは幾度となく繰返してあらわれた。彼女との恋！　その恋故に自分が今、言うに言われぬ苦しい思をしているかと思うと、あの、まじり気のない恋が呪わしくも思われた。

　彼女は自分が世話になった素人下宿の娘であった。友人たちの中には、自分と彼女との恋を知って、彼女について面白くない評判のあることを告げてくれるものもあったが、そんなことに耳を傾ける余裕のないほど彼女と自分との恋は真剣であった。二人の関係は、卒業後、自分が女中と共に一家を持つようになってからも続いた。

「先方は君の財産を宛にしているのだよ。気をつけたまえ」

　こう言って忠告してくれる友人もあったが、どうして彼女に、そのような不純の心を認めることが出来よう。もし真にそうであるならば、彼女が二人の仲を母にかくしているはずがなく、また、こんどのような好機会があれば、この上もない善い口実となるのではないか。それを彼女は、自分に迷惑をかけまいと思って、二人の愛の紀念を除こうとしたのである。最初その決心を彼女から聞かされたとき、自分は一種の戦慄を感じた。今まで世間というものを知らなかった自分は、この現実の問題に出逢って、どうしてよいかに迷った。彼女は××に広告されている薬を取り寄せて服用すれば、たしかに効を奏するから、ただあなたが跡始末さえして下さればよいと言った。そうして今、自分はこうして跡始末すべくこの汽船に乗り込んだのである。彼女は賢こかった。跡始末をするのは海に限るといった。いかにも彼女の言葉は道理を含んでいた。が、が、いざ実行をするとなると、彼女といえども想像し得ないほどの困難に出逢わねばならなかった。すでに東京駅を出立する時から、あたかも殺人者が、被害者の死体を処置する時に起すような感じがした。誰か自分の後をつけているように思われた。そうして今でも、誰かが自分を監視しているような気がしてならない。もしこの新聞紙に包まれたものが、食物の屑か何かであるならば、現に今、何の躊躇もなく、衆人の眼の前で投げることが出来るであろう。それだのに……

　罪を犯すものの心がこれほど苦しいものとは、いまだかつて知らなかった。この苦しい心に同情しないで犯罪者を裁判するのは間違いだ。一度罪を犯したものでなくては裁判官をしてはならない。……ここまで考えて、時国君は長い間の幻想から覚め、何かこう、恐ろしいものでも見るかのように、しずかに首をめぐらせて、自分の後ろにはどんな人達が居るかを見ようとした。

　と、その時、時国君の背後には、いつの間に来たのか、彼と同じ年輩ぐらいの、美術家のように頭の髪を長くして、鉄縁の眼鏡をかけた男が立っていた。

「どうです、静かな航海ではありませぬか」と男はにこりと笑って言った。時国君は何となくぎくりとして、ただ軽くうなずくだけであった。

「欧州へでも御出かけですか？」と、男はたずねた。

「いえ、神戸まで……」

「僕も神戸へ行くのですが、こんなに平穏無事では、少し物足りませんな」と、いいながら時国君と並んで、手すりに身を寄せた。

時国君は威圧を感じた。自分の行わねばならぬ仕事を思って妙にいらいらしてきた。

「暴風雨にでも逢うと面白いですがな」と男は続けた。

時国君は思わず男の顔を見つめた。

「いや、こういうと変に思いになるかも知れませんが、僕は平凡な世の中にあきあきしました。だから、汽船に乗って、せめて暴風雨にでも逢うチャンスを得たいと思うんですよ。しかし、汽船というものは、暴風雨に逢わなくても愉快なものです。何かこう一種の神秘を包んでいるようで、今にも誰かが発狂して海へ飛び込むか、または血みどろな犯罪を行いそうですからな」

時国君は胸がどきんとした。脚がぶるぶる顫(ふる)えるような気がした。

「ははは、僕のような人間はまあ少いでしょうな。しかし、御心配下さるな。僕は決して海へとび込みもしなければまた犯罪を行いもしませぬから。僕は探偵小説家なんです」

こう言って男は去った。しかし時国君は笑うにも笑えないほど心が重かった。ああいう人間が居ては、いよいよ決行する機会がないように思え出した。そうして無暗に悲しくなってきた。

時は遠慮なく過ぎて行った。時計を出して見ると十二時少し前であった。だんだん甲板の上の客は減って行ったが、まだ当分は賑(にぎわ)いがやみそうになかった。時国君は、もう少し後になって決行しようと思い、疲れた脚を引摺(ひきず)るようにして、自分の船室にかえった。船室は一人用であったから、彼は誰に憚(はばか)る必要もなく、いきなり寝台(バース)の上にごろりと横になるのであった。

横になって暫らく低い天井を見つめているうちに、いつの間にか眠りに落ちた。ハッと思って眼がさめ、むくりと起き上って時計を見ると、午前二時半少し過ぎであった。右のポケットに手を入れてみると、呪わしき新聞紙の包は依然としてそこにあった。彼は誰かに追い出されるように、船室を出て甲板に来てみると、甲板にはさすがに人一人居なかった。

しかし、それと同時に、彼はまたはげしい恐怖に襲われた。この真夜中に、たった一人甲板へ出て新聞紙の包を海へ投げれば、それこそ怪しく思われるではないか？　何故、自分は人々がまだ甲板に居る間に投げこまなかったか？

しかし、愚図々々していれば朝になってしまう。朝になれば機会は永久に失われる。こう思うと、頭が急に熱して、前後の分別がつかなくなってしまった。そうして彼は本能的に包をつかみ出し、パッと海面に向って投げた。その途端に新聞紙は風のために拡がってひらひらと水平に飛んだ。と、どこかで、「あははは」と笑うような声がしたので、急に怖ろしくなって、くるりと後ろを向くなり、ひた走りに走って船室に帰り、あたかも失神したかのように、寝台の上にぐたりと身を横たえるのであった。

二

と、こう語ってきた時国君は、ここで暫らく言葉を切って、私立探偵松島龍造氏の顔を見上げ、急に悲しそうな表情をして更に続けた。

「ところが、海面に落ちたと思った包は、風のために、下の甲板の上に落ち、丁度そこに居た船員らしい二人の男に拾われたのです。そうして私が東京へ帰った翌々日、即ち今朝、それを証拠にその二人が金員を強請りに来ました」

松島氏は相手の語るのを熱心にきいていたが、やがて徐かに口を開いた。

「で、金をいくら呉れといいましたか？」

「あまりの恐ろしさに、明日もう一度来てくれといって帰し、早速あなたに御相談に上った訳です」

「それは大へん賢明なやり方でした。で、あなたは、その新聞紙の包を一度でも開いて御覧になりましたか？」

「どうしてどうして、私は恐ろしいような気がして、開く気になれませぬでした」

「東京へ御帰りになるなり、すぐ、先方の娘さんに御通知になったでしょうね？」

「はあ」

「その二人はたしかに船員だといいましたか」

「いいえ、ただ私がそう察しただけです」

「無論、娘さんとは何の関係もない人たちでしょうね？」

「ありませんとも、私たち二人の秘密は、あなたの外に誰も知るはずがありません」

「二人の名前を御聞きになりませんでしたか」

「きいても言いませんでした。黙ってこの品を買ってくれればよいと言いました」

「その品を御覧になりましたか」

「いいえ、しかし、風呂敷包の中にはたしかに広口のガラス罎が入っていた様子です」

松島氏の顔は、この言葉をきくと急に輝いた。

「よろしい。それでは明日の朝、その二人の来ない先に御宅へ伺いましょう。あなたはまだ先方の娘さんに、この話をしませぬでしょうね？」

「無論まだ話しません」

「娘さんの御所をきかせて下さい」

時国君は躊躇した。「こんなことが知れたら、きっと心配するから……」

「大丈夫です。私は娘さんには逢いませぬから」

翌日、松島氏は早朝、一個の風呂敷包をさげて、時国君の家をたずねた。午前九時を打つと間もなく二人の男がやって来た。彼等は読者が想像せられるような、強請者にふさわしい顔附と服装をしていた。時国君は二人を客間に案内した。

「いくらに買って頂けるでしょうか」

ほどなく、一人が切り出した。

「さあ、いくらに買ってよいか、私にはわかりませんから、売り値を仰しゃって下さい」と、時国君は落ついて答えた。

「それでは率直に申します。二千円頂きたいです」と今一人の男が言った。

「二千円、随分高いですね。でも品物によっては買います。まずその品物を見せて頂きましょう」

第一の男は包を解いた。取り出したのは、アルコホル漬の胎児を入れたガラス罎であった。

この時突然襖があいて、松島氏が風呂敷包をもってはいって来た。包を解いた男は、びっくりして、罎をかくそうとした。

「それには及びませんよ」と松島氏は手で制して言った。「私は時国の親戚のものです。二千円という大金を出すについては、念をいれて品物をあらためねばなりませんから、私も一しょに立合わせてもらったのです」

こういって、松島氏は、その場に座りながら、手をのばして、罎を取りあげた。

「なるほど、アルコホル漬ですね。見事なものです。しかし、二千円は少し高いと思います」

「けれども時国さんにとっては高くないはずです。いわば、御自分の罪を買うのですから」と、第二の男が言った。

「するとこれが、何か犯罪の証拠となるとでも仰しゃるのですか」と、松島氏は空とぼけて言った。

「立派な証拠じゃありませんか」

「私にはそう思えませんが。時国君、君はこの罎を船から投げたのかい？」

「いいえ」

「ふむ。して見ると、御二人が、腐敗を恐れてアルコホルへ御入れになったのですね。しかし御二人はアルコホルへ入れることが、却って証拠湮滅になることを御気附きにならないようですねえ、法律上の証拠というものは、警察の手にはいるまでは、手を触れてはならぬのです。アルコホル漬では何の証拠にもなりませんよ。こんなのなら私も一つ持っております」

こういって松島氏は、自分の持ってきた風呂敷を解いて、同じようなガラス罎を取り出した。その中には同じく胎児がアルコホル漬になっていた。

「どうです、これもやっぱり証拠になりましょうか。何なら、二千円で御譲りしましょうか」

二人の男は顔見合せた。第一の男は、怒気のために顔をあからめて言った。

「だって、こちらには、これ以外に、もっと有力な証拠がありますよ」

「へえ、それはどんな証拠ですか」

「時国さんは、素人下宿の娘をそそのかして……」

「あははは」と突然松島氏は大声で笑って、男の言葉を遮った。「とうとう白状しましたね。そのことを白状してもらうために、私がこの罎を持ち出したことに気がつきませんでしたか。御二人が、下宿の娘さんと連絡があるとわかれば、鐚一文だって出せませんよ。二千円でも三千円でもいいから、どこへなりと、売れる所へ行って売っておいでなさい」

× × × × × × × ×

「二人の男は這々の体で帰って行きましたよ」と、松島氏は例の如く氏の探偵談をききに行った私に向って語った。「どうです、うまく仕組んだものじゃありませんか。私は時国さんの話をきいて、どうもその娘が怪しいと思いました。真実男のためを思うならば、何もあのような大仕掛な跡始末をさせるには及びません。で、私は早速娘の家の附近へ行って、娘の素行をきいてみますと、どうしてなかなか、母も娘もしたたかものでした。そういう連中のことですから、子が出来たなら、それを種に金を強請った方がどんなに得策か知れません。で、娘が妊娠したことも、堕胎したこともみんな詐り（いつわり）だと思いました。どういう手段で彼等が胎児のアルコホル漬を手に入れたかはわかりませんが、世間知らずの男を強迫（きょうはく）するには、誠に屈竟（くっきょう）な品物です。時国さんも、詐偽（さぎ）だとわかって始めて眼がさめたようでした。え？　私が持って行ったアルコホルの罎ですか、あれは大学の産婦人科教室に立寄って、事情を話して一時貸してもらったものです。それにしても胎児を二千円に売るとは奇抜な商売もあったものです。私なんか、大きな身体（からだ）をしていても、とても二千円には買ってくれ手がありますまいよ、はははははは」

偶然の成功

一

「丸の内Hビルヂングの三階T商会の支配人から、ある重大な事件が起きたため、すぐさま来てくれという電話がかかったのは、大正△△年十一月の始めの午後五時頃でした」

と、松島龍造(りゅうぞう)氏は語りはじめた。例の如く、私は氏の探偵談をきくべく訪れたのであるが、その日は、「探偵と偶然」ということが話題となり、氏は、世の中のことの多くがチャンスによって支配されるということを主張してから、その実例を語るべく、こう言い出したのである。

×　　×　　×　　×

松島氏がHビルヂングに着いた時は、午後五時半少し前であって、あたりは薄ぐらく、大きな建物の中はひっそりとしていた。三階に上(あが)って、T商会の入口のベルの釦(ボタン)を押すと、支配人の各務(かがみ)氏は心配そうな顔附をして出迎え、松島氏を支配人事務室に案内した。各務氏の外(ほか)に、事務員らしい一人の男が居て、お茶の給仕をした。

「早速ですが、実は先刻(さっき)、この事務室で大切な手紙を盗まれたのです。で、あなたにそれを取返して頂きたいと思って、御運びを願った訳です」と、五十を越した年輩の、つるりと禿(は)げた頭をした各務氏は、声を小さくして言った。

「どうか、詳しい事情を御話し下さい」と、松島氏は答えた。

各務氏の話はざっと、次のようであった。

各務氏は四五日前、約半年ばかり女秘書として使用していた鳳恒子(おおとりつねこ)というモダーン・ガールを解雇した。彼女はその顔が所謂(いわゆる)妖婦型であるばかりでなく、どうやらその心にも怖(おそ)ろしい犯罪性を持っているらしかったので、各務氏は頗(すこぶ)る気味を悪がって、機会があらば解雇しようと思っていた。ところが、最近恒子は、事務員の一人なる田山友治と同棲することになったが、その田山が先日商会の金を無断で使用したので、それを機会に二人を解雇したのである。

　すると今日三時半頃、恒子は、用事があるからと言って面会を求めた。各務氏が事務室へ呼んで、デスクのむこう側に腰をかけさせ、用向をきこうと思うと、その時隣の室から事務員が来て、ちょっと御話したいですがと言って扉のところにつっ立った。各務氏は立ち上って、扉のそばに行き、その事務員と二言三言話した。その間は僅かに三十秒ぐらいであった。各務氏が戻って来ると彼女は立ち上った。

「わたし、今ふと、他の用事を思い出したから、また、明日にでも御伺い致しますわ」

　こういってさっさと廊下に通ずる扉の方へ歩きかけたので、各務氏は聊か面喰って彼女を送り出し、デスクの前へ帰ると、はじめて机の上に置いてあった大切な手紙の紛失したことに気附いたのである。

　はっと思って、彼女の後を追って廊下へ出て見ると、彼女はエレヴェーターを待ちながらこちらを向いてにこにこしながら立っていた。で、各務氏は彼女を呼び戻し、事務室へ戻ってもらって、やさしく、手紙の返却を迫ると、彼女は大に怒って、各務氏を罵ったので、各務氏も癪に障り、事務室に命じて、警視庁から女刑事を呼んで、彼女の身体を検査せしめたのである。

　その結果、彼女の身体のどこにも手紙は発見されなかった。彼女は、この侮辱を与えられたことは一生涯忘れないからそのつもりでいるがよいという捨台詞を残して去ったが、どう考えてみても、手紙は恒子が盗ったにちがいないから、各務氏は、彼女がその手紙をどこへかくしたかを見つけ、そうしてその手紙を取り戻してもらいたいと思って松島氏を招いたのである。

「女はどんな服装でしたか」と、各務氏の話を聞き終ってから松島氏はたずねた。

「洋装です」

「手には何か持っていましたか」

「瑪瑙色の手提袋を持っていました」

松島氏は暫く考えてから言った。

「そのような大切な手紙が、どうして机の上に置いてあったのですか」

「丁度、受取って読んだばかりのところへ、女が訪ねて来たのです」

「その手紙の内容は？」

「それはちょっと複雑していまして、他の同業者の秘密を洩すことになるから、申し上げ兼ねます」

「女はその手紙の内容を知って盗ったのでしょうか」

「いいえ、知っているはずがありません」

「女はその手紙の来ることを知って訪ねたのでしょうか」

「その手紙の来ることは、私にもわからなかったのです。ですから、偶然盗ったのに過ぎません。書留郵便でしたから、一つには好奇心にかられ、一つには私を困らせようとして行ったのだろうと思います」

「それならば別に、女にとっても、大して利益になる手紙ではないじゃありませんか」

「ところが、その手紙の内容が、女と同棲している田山の手にわたると大へんなのです。田山がもしそれによって悪事をたくんだならば、T商会は少くとも十万円の損をしなければなりません」

松島氏は再び考えに沈んだ。

「でも、もう女はその手紙を見てしまったかも知れませんねえ。そうすれば、手紙を取返したとて駄目じゃありませんか」

「さあ、そこが問題です」と各務氏は、電燈の光に顔を輝かせて言った。「どうも、あの短い間に女が手紙を読んで、破って捨てたとは考えられないのです。それにも拘わらず、手紙が彼女の身体のどこにも隠されていなかったというのは不思議です。だから、私は、手紙がどこかこの辺にかくされているのでないかと思います」

「その田山という男が廊下に待っていて、女から手紙を受取ったのではないでしょうか」

「そんなことはないと思います。第一、田山も、その手紙の存在を知る訳がありませんし、それに、エレヴェーター・ボーイにきいてみましても、田山らしい男は見えず、女は一人でやって来て、一人で帰って行ったと申します」

松島氏は立ち上って事務室内を検査し始めた。事務室は頗る簡単な装飾で、中央にデスクが置かれ、附近に二三の椅子が並べてあるだけであった。そうして、手紙のかくされていそうな場所はどこにもなかった。

「むろん、抽斗の中へ御入れになったのではありませんね？」

「念のために抽斗をみんなさがして見ましても、手紙はもとよりありませんでした」

「それじゃ、とにかく、私は一度その女に逢ってみようと思います。どこに住っていますか」

「目黒の第三文化アパート・メントの六階です」

「同棲している田山というのはどんな男なのですか」

「柔道三段の男です」

「そうですか。それじゃ、腕ずくではとてもかないませんですねえ。で、もし先方が手紙を売ると言ったら、いくらまで出してもよいですか」

「二万円まで出して下さい」

それから松島氏は支配人に別れを告げて廊下に出た。エレヴェーターは、三間ほど先の右手にあったが、近づいて見ると、エレヴェーターの傍のところに、郵便物を投函する口がついていた。これを見た松島氏ははっとして咄嗟に事件の真相を知ることが出来た。そこで松島氏は引き返して各務氏にそのことを告げようかとも思ったが、その時丁度エレヴェーターが来たし、むしろ急いで警視庁へ行って応援を求めた方がよいと思ったので、そのままエレヴェーターに乗って降りたのである。

Hビルヂングの外に出たとき、晩秋の日はとっぷり暮れて、あたりに人通りはなかった。ペーヴメントの上を凡そ七八間も歩いたと思う頃、後ろから、ばたばた駈けて来る足音が聞えたので、何事が起きたのかと思って振りかえろうとした途端に、松島氏は後頭部にはげしい痛みを感じて、そのまま人事不省に陥った。

二

ふと気がついて見ると、松島氏は一人のがっしりした体格の男と、自動車に同乗していた。自動車は人通りの少ない夜の街を快速力で走っていた。はじめ松島氏の頭はぼんやりしていたが、だんだんはっきりしてきて、前後の事情が記憶に浮んだ。そうして、自動車に同乗しているのが、多分、田山という男だろうと想像した。というのは、彼は、三十七八のがっしりとした体格で、眼附きのよくない顔をしていたからである。

「おい君、何をしようというんだ」と、松島氏はたずねた。

「黙っていたまえ、他人の仕事の邪魔をすると、いつでもつらい目に逢わねばならぬよ」

二人の間に再び沈黙が続いた。かれこれするうちに、自動車は郊外に出て、大きな建物の前にとまった。それは第三文化アパート・メントであった。男は松島氏を引っ張り出すようにして、自動車を降り建物の中にはいって、エレヴェーターで六階まで運ばれ、六十二号室のベルを押した。

扉をあけたのは耳かくしに結った洋装の女であった。松島氏は一目でそれが問題の女であると知った。男は松島氏を伴って中にはいり、女の耳元に何事をか囁くと、女は二三度うなずいてにっこり笑った。

やがて松島氏は奥の客間に案内された。そこには中央に円形のテーブルが置かれ、その上に、瑪瑙色の手提袋が投げ出してあった。松島氏は、「ははあ、これだな、今日、女が持っていたというのは」と心の中でつぶやいて、意味ありげに眺めた。そうして松島氏は遠慮なく、室のつき当りに置かれてあった、ふかふかしたソーファに腰をかけた。

男と女とはテーブルを隔てて松島氏と対座した。男は比較的やさしい声を出して言った。

「僕等は決して君に害を加えやしないから安心したまえ。ただ明日の昼までここに居てくれりゃ、それでよいのだ。大方君にもその意味はわかっているだろう」

松島氏はうなずいた。そうして、落つきを示すためにわざと叮嚀な言葉をつかった。

「よく、わかりましたよ。しかし物は相談ですが、どうです、あの手紙を売ってくれませんか」

「ははは」と男は笑った。「多分、そう来るだろうと思ったよ。そう言われれば、ますます売れないね」

「でも、手紙の内容がどんなものかを御承知ないでしょう」

「知らぬさ。恒子はちょっといたずらに、手近にあった手紙を失敬したのだからね。けれど、警視庁の女刑事を呼んだり、有名な私立探偵を頼んだりするところを見ると、よほど貴重なものにちがいないじゃないか。恒子は今日別の用事で各務に逢いに行ったのだが、書留郵便だったから、好奇心にかられたのさ。ところが各務が大袈裟に騒ぎ出したので、きっと重大な手紙だと思って、先刻電話をかけてよこしたのだ。で、僕が出張して様子をうかがっていると、君がやって来て暫らく各務と話し、それから廊下へ出てエレヴェーターのところに立ち、ふと、郵便投入口に目をつけて、うなずいたから、さては君が感附いたなと思ったのさ。で、僕は君のあとから追かけ、少々無理な手段でここへ来てもらったのだ」

松島氏はこれをきいて、あのとき、エレヴェーターの前で、事件の真相を知って、すぐ、各務氏に告げなかったことを後悔した。もはや読者も推察されたであろうが、手紙は恒子の手に奪われ、恒子が手提袋に持っていた封筒の中に入れられ、鉛筆で恒子自身の宛名が書かれ、同じく手提袋の中にあった切手が貼られて、エレヴェーターの傍の郵便物投入口から投ぜられたのである。で、手紙は明日の朝、恒子のもとに到着するはずなのである。松島氏は郵便投入口をながめて、以上の事情を推定し、すぐさま警視庁へ行って、知った刑事に頼んで手紙を横取りしてもらおうと思ったのであるが、その計画はみごとに覆されて今はもう絶望にちかい状態に陥ってしまった。

田山の言葉によって、田山がまだ手紙を見ていないことをたしかめると、松島氏は、どうにもして、彼等の手に入らぬ前にその手紙を横取りしたいと思った。しかし、電話はあっても、もとより使わせてはくれないし、手紙を書いても、誰も運んでくれないし、まるで袋の鼠同様に手も足も出ないことを思うと、松島氏は非常にくやしかった。けれど、松島氏は、決して心から希望を捨てはしなかった。見たところ絶望であっても、何かそこによいチャンスがありそうに思われたからである。

氏は徐ろにポケットから大形の手帳を出して、膝の上で何事かを書き始めた。それを見た男は皮肉な笑い方をして言った。

「君、君がいくら外部へ通信をしようとしたとて駄目だよ。むだなもがきをしないで、静かにしていたらどうだ」

と、その時、隣室で電話のベルが鳴った。男は立ち上って、隣室へ行った。やがて、男の話す声が聞えた。

「ああ、結城さんですか。恒子は居ります」

この声をきくなり恒子は男がまだ帰らぬ先に隣室へ行った。すると、松島氏は、飛鳥のごとく身を起して、テーブルの上にあった手提袋の口を開き、目にもとまらぬ早さで中から何物かを取り出してポケットに入れ、男が帰って来たときには何喰わぬ顔をして、相変らず手帳の中へ何事かを書き続けていた。

書き終ると松島氏は手帳を閉じて、ポケットに入れ、時計を見た。それはちょうど八時十五分前であった。

「少しお腹がすきましたよ。何か御馳走を頂けませぬか」と、とくに電話から戻って来ていた女に向って言った。女は男と顔を見合わせ、奥へ行って、ビスケットを持って来て、松島氏に差出した。

「まあ、これでも食べて我慢したまえ」と、男は言った。

松島氏は遠慮なくビスケットを喰べ、ついで差出されたお茶を快く飲んだ。田山は松島氏の落ついた態度を見て、はじめは多少気味を悪がったが、後には松島氏が、万事をあきらめたものと解釈したらしかった。

「どうだね、もう観念しただろう」

「参りましたよ。けれど、何とかして売ってほしいものですねえ。……時に今晩はどこでやすませてもらえますか」

「今晩はそのソーファの上で寝たまえ。僕等はここで徹夜して番をしているから」

「そうですか、それでは僕も御つきあいに寝ないでおきましょう。その代りあなたがたが眠くなるかもしれませんよ」

「ふん、君は催眠術が得意だそうだが、まさか、僕を眠らせることは出来まい」

「催眠術なんか、こんなところではやりませんよ。それよりも自分自身に催眠術をかけて、この後ろの窓から飛び降りてみましょうか」

「冗談いいたまえ、いくら催眠術をつかっても、六階の窓から飛び降りた日にゃ、身体が粉微塵(こなみじん)に砕けるよ」

「しかしどこかに足をかけるところぐらいはあるでしょう?」

「あるものか。そんなことを言うなら、見せてあげよう」

　こう言って、男は立ち上って、松島氏のそばへ来て窓をあけた。松島も立ち上って窓際により、頭を出して下を見ると、果して足をかけるところなどはなく、遥か下方のペーヴメントには、まだ宵のこととて、ぽつぽつ人通りがあった。

「なるほど、これじゃ、この窓からは逃げられませぬねえ」

　こういって松島氏は、さもさも恐ろしかったというような表情をして、手ずから、窓をしめるのであった。

三

　それから、甚だ気まずい通夜が始まった。男と女とはひそひそ話をはじめ、松島氏はソーファの上に身を横にして、目をつぶったが、その顔には何となく安心したような色が見られた。

　時間は刻一刻と過ぎて行った。松島氏は一こう何もする様子が見えなかった。恐らく、明日の朝になって何か奇抜な方法を講ずべく計画をたてているのであろう。

　長い長い時間が過ぎて、とうとう朝になった。松島氏は別に疲れた顔もせず起(た)ち上った。田山と恒子とは、何となく希望に満ちた顔をしていた。恐らく彼等は午前の第一便に配達される手紙を待ちこがれているのであろう。郊外のことであるから、第一便は午前十時前後に配達されることを松島氏はよく知っていた。だから、松島氏は

それまでに談判を取りきめなければならぬと思ったらしく、パンとミルクの朝飯を食べ終るなり、

「さあ、これからが真剣の談判です。どうです、綺麗さっぱりと、手紙を売ってくれませんか」と、恒子に向って言った。

「いけないわ」

「まあ、そう言わないで、千円で譲って下さい」

男は、せせら笑った。

「三千円」松島氏は男に向って言った。

男は相手にならなかった。

「五千円」

「いくらせり上げても駄目だよ。手紙を見てからならば相談に乗ってもいい」

「では一万円出させましょう。これから電話をかけて現金を届けさせます」

男は頑として承知しなかった。松島氏は気が気でないと見え、時計を出して見た。九時が二十分過ぎていた。

それから松島氏が、手を換え、品をかえて口説いたが田山は金輪際、動かなかった。

かれこれするうちに十時が打った。すると、こんどは男と女が興奮し始めた。

「今日は遅いのねえ、郵便が」と恒子は心配そうに言った。

「今に来るよ」と、男は慰めるように言った。

しかし、十時半になっても、十時四十五分になっても、郵便は来なかった。

「わたし、ちょっと、電話でボーイに聞いてみるわ」

こういって彼女は隣室へ行った。洩れ聞えてくる会話によって、第一便が既に配達されたことがわかった。男は意味ありげに松島氏をながめると、松島氏は顔色も変えずに言った。

「さあ、どうです、一万円で売って下さいよ。手紙は紛失したかも知れませんから、今のうちに手紙を売る約束をしておいた方がいいではありませんか」

この時、女は顔色を蒼くして帰って来た。

「おかしいわ。けれど午後の配達にはきっと来るわ」

「たしかに投函したかい?」

「ええたしかに入れたわ」

「それは可笑しい」こう言って男が松島氏の方を見ると、松島氏は意味ありげににやりと笑った。それを見た男は、急に顔色をかえて、つかつかと歩み寄り、松島氏に何事かを問いただそうとしたが、その時入口のベルがはげしく鳴ったので、男は立ちどまり、恒子があけに行った。

その瞬間、恒子の言い争う声が聞えた。と、重々しい足音が聞えて、ひょっこりそこにあらわれたのは、松島氏の友人で警視庁の刑事をしている柔道五段の富谷（とみや）氏であった。富谷刑事は私服を着ていたが、その堂々たる体軀には、さすがの田山も辟易（へきえき）したと見え、

「君は誰だ?」

と、とがめたが、富谷氏はただにこりにこりと笑うだけであった。すると、松島氏は、

「手紙は?」

と、たずねた。しかし富谷氏はそれに対しても返答せず、相変らずにこりにこりと笑った。けれど、松島氏にとっては、それで十分であった。氏は、恐怖のために呆然としている二人に向って相変らず、やさしい声で言った。

「お二人は、どうして私が手紙を横取りしたかを不審に思うでしょう。あなた方の一大失策（しっさく）は、昨夜ここで私が手帳に物を書いた時、それを止めないでおかれたことです。あれはいうまでもなく各務氏に宛てた手紙でした。しかし私は封筒も切手も持ちません。けれど封筒と切手が、まだ手提袋の中に残っているだろうと思ったのです。そこで私は、電話がかかってきたとき、ほんの暫くの間、御二人とも留守になったので、手提袋の中から手早く必要なものを取り出し、何喰わぬ顔をして手帳に文字を書き込んでいるような風をして、私のかいた手紙を封筒に入れ、切手を貼って、宛名を書きました。さあ、そこで、こんどは、どうしてその手紙を各務氏に届けるかが問題でした。私はその時ただチャンスに任せればよいと思ったのです。で、私は、私たちの会話を適当に導いて、窓をあけてもらったのです。窓の下が往来になっていることを私はよく知っていましたから、手紙を往来の上へ投げさえすれば通りがかりの人に拾われる。拾った人は、その手紙を見て、誰かが、投函すべきのを落したのだろうと思って、必ず最寄（もより）の郵便函（ポスト）に入れてくれる。私はつまりその機会をまったのです。果して私の予想は当って私の手紙は今朝七時頃にT商会に配達され、各務氏は八時に出て来て、手紙を開き、富谷君に横取りを依頼したにちがいありません。ね富谷君、その通りだろう?」

富谷氏は相変らず、黙ってにこりにこりと笑うだけであった。

× × × ×

「全く偶然の機会に任せるだけのことでしたから、果して目的が達せられるであろうかと考えて、随分気を

もみましたよ」と松島氏は最後に附け加えた。「しかし、世の中のことは、すべて案じるよりも産むが易いものです。その晩もし雨でも降っていたら、私の計画はさっぱり駄目でしたでしょうが、とにかく万事好都合に行きました。問題の二人は私と富谷君とが意気揚々として立ち去る姿を、まるで鳶に油揚をさらわれたとでもいうべき顔をして、ながめておりましたよ。……」

妲己の殺人

一

八月のある夜、例のごとく、松島龍造氏の探偵談を聞くべく、その事務所をたずねた。

「暑いではありませんか。とても日中には外出出来ませんから、御迷惑かもしれませんが、こうして夜分に御伺いしました。……夏の夜には怪談がふさわしいと言われておりますから、出来るなら、怪談めいた探偵談を御話し願いたいと思います」

「そうですねえ」と松島氏は暫らく考えこんで言った。「私たちの怪談と称するものは、怪談らしく見えても、事実は怪談でも何でもないというのが多いのです。しかし、たった一度、変な殺人事件に出逢ったことがありません。怪談といえば怪談ですが、ちっとも凄くはありません。また、探偵談といえば探偵談ですけれど、別に探偵的興味の深いものでもありません。だから、お話しすれば、きっと失望なさるにちがいないと思いますが、とにかく、御望みに従って、申し上げることに致しましょう」

× × × ×

たしか四月の末だったと思います。T裁判所検事局の市江検事から、ある事件について探偵してもらいたいから、御足労ながら即刻来てくれぬかという電話がかかりました。市江検事とはそれまでに数回顔を合せたことがありますが、かつて検事局から探偵を依頼されたことは一度もなかったので、どんな事件かと思って、好奇心に駆られながら、出頭しました。そうして、市江検事に逢って話をきくと、事件というのは大たい次のようでした。

府下S村の閑静なところに、二人の青年芸術家が、一軒の西洋風のアトリエを建てて同棲していました。一人は西川という彫刻家で、他の一人は小山という画家です。西川はW大学の法科を出たのですけれど、天才肌の男で、彫刻に異常な天分を示す事が出来ました。炊事のために、村の百姓家の婆さんが頼んでありましたが、婆さんは二人の家に寝泊りはしないで、朝十時頃に来て、晩の七時頃に帰って行くのが例でした。

二人は非常に親密で、まるで兄弟のように仲がよいので、二人の交際する芸術家たちの間では、二人が同性愛に陥っているであろうと専ら評判しました。しかし二人は、人の噂などに少しも気にかけないで、おのおのその道に精進するのでした。

ところが、ある朝、雇われの婆さんが、アトリエに行くと、昨日まで達者であった画家の小山が死んで、彫刻家の西川が、まるで失神したような顔をしてその死骸に取りすがっていました。婆さんはびっくりして、交番に届け出でました。次で警察の人が出張し、警察医が死骸を検査すると、どこにも、何の痕跡もありませんでした。けれど何となく小山の死に疑わしいところがあると見たので、遂に市江検事の活動となったのです。

市江検事は直に出張して、彫刻家の西川を訊問したのですが、彼はぴったり口を噤んで返答をしませんでした。やむを得ないので死体を解剖に附せようとすると、彫刻用の鑿を振りまわして、どうしても人々を近づけないから、検事は西川の精神が落つくまで待とうと決心し、警官に見張番をしてもらって、ひとまずその場を引上げ、それから、平素西川と小山の交際している芸術家たちをたずねて、二人の生活の模様を聞き出そうとしたのです。

その結果、市江検事は西川と小山とが不思議な仲であることを知りました。それはどんなことかと言うと、小山はいわば心霊研究者で、西川を霊媒として、暇あるごとに霊界の人々と交際していたのだそうです。はじめは、あまり沢山の心霊を呼び出すことは出来なかったらしいのですが、後には沢山の世界中の有名な人々の霊とも交際するに至ったということでした。中にも、彫刻家として名高いイタリアのミケランゼロの霊を度々呼び出すことが出来たそうです。友人達は、二人からその話をきいて、

「ミケランゼロとは面白い、同性愛の標本ともいう人だったからなあ」

といって、ひやかしたそうですけれど、二人は至って真面目な顔をして、ミケランゼロの霊の活動状態を話したのだそうです。ミケランゼロの霊が、霊媒即ち西川に完全にのりうつると、西川は異常な緊張をもって彫刻を始め、神韻渺茫ともいうべき作品を製する事が出来たのだそうです。しかしこれはもう半年も前のことで、最近に二人はちっとも姿を見せないので、どうしているのか、誰もくわしいことを知っているものはなかったのです。

市江検事はそれ故、小山と西川の最近の心理状態につ

いては知ることが出来ず、従って、小山が病気のために頓死したのか、それとも、毒をのんで自殺でもしたのか、或はまた、誰かに毒殺でもされたのか、少しも見当がつきませんでした。しかし、二人が霊界と交渉を持っていたというところから、小山の死が、何かそれに関係しているように思われるし、また、西川の口をあかせるには、心霊学を利用した方がよいように思われたので、私が催眠術を得意とすることを知っている市江検事は、一しょにアトリエに行って、西川の訊問に立ち合ってほしいと告げたのであります。

　私は催眠術の知識だけは、人なみに持っているつもりですが、心霊学の知識は至って覚束ないのですから、そのことを検事に話して、誰か他の人を選ぶようにと言いました。すると検事は、もし、私と共に行って不成功に終ったならば、別の人に頼むとして、とにかく、一度、一しょに行ってくれと言ったので、私も、多少の好奇心が手伝って、同行を承諾しました。

二

検事局から、自動車で凡そ四十分、私たちはS村の美しい丘に到着しました。その辺一帯はいわば森林地帯ともいうべく、ところどころに赤い屋根の文化住宅が散見する有様は、ちょうどパリーに近いフォンテンブローの森を思わせました。フォンテンブローの森といえば、やはり、芸術家たちがたくさん住っているところですが、西川、小山の二人の芸術家も、恐らく、それにならって、この地にアトリエを建てたのであろうと思いました。

　アトリエのまわりは広い庭になっておりました。アトリエそのものは、さほど美しい建物ではありませぬでしたが、老松がぎっしり取り囲んで、いかにも気持ちのよい雰囲気をつくっておりました。庭の上には、アネモネや、チューリップや、ムスカリーや、パンジーなどが咲きみだれて、無風流な見張番の警官の姿が、その場には不要なものであるとしか思えませんでした。ことに、アトリエの中に、霊界と交際している人が住んでいるかと思うと、老松の枝のうねりなどが一種の神秘的な気分を作って、ミケランゼロの霊が、そこらあたりに飛びまわっているのではないかと、一種の不気味な戦慄にさえ襲われたのでした。

検事が先に立ってアトリエの玄関に進み、ベルを鳴らすと、蒼い顔をした髪の長い青年が出て来ました。いうまでもなく彫刻家の西川でした。彼は検事の顔を見るなり、また来たかと言わんばかりに肩をひそめましたが、検事が私を紹介して、

「これは松島さんといって心霊研究者です」

というと、西川の顔は急に晴れやかになって、

「さあ、おはいりなさい」

といって、馴々しい態度で私たちをアトリエの中に案内しました。私は、市江検事が私を心霊研究者にしてしまったことに、心の中で苦笑を禁ずることが出来ませんでしたが、心霊研究者ときいて、西川が急に元気づいたことは、何となくうれしい気がしました。

案内されたのは、ブロンズの塑像や作りかけの胸像の沢山ならべてある室でして、私たちは取りあえず、そこにあった籐椅子に腰をかけて西川と対座しました。

「先刻はどうも失礼しました」

と、西川は意外にもやさしい態度で申しました。彼は昨夜眠らなかったのか、眼の廻りに黒ずんだ輪が出来ておりました。

「非常に悲しんでいたところへ、皆さんがどやどやはいって来られたので、つい腹が立って、何事をきかれても返答すまいと決心したのです。それに、私が本当のことを言っても、心霊学を知らぬ人には到底了解出来まいと思ったから、かたく口を噤んだのです。しかし心霊研究者が来て下さったとなれば、質問に答えます」

「小山さんはいつなくなりましたか」

と検事がたずねました。

「なに、なくなったのではありません。霊界へ行っただけです」と、彼は、アトリエの天井の一隅に眼をやって答えました。

「それでは、いつ霊界へ行かれましたか」

「ゆうべの真夜中です」

「どういう原因で、霊界へ行きましたか」

「殺されたのです」

私たちは思わず顔を見合わせました。

「え？　殺されたのですって？」と私が口を出しました。「誰に殺されたのですか」

彼は暫らく隣室の方を見つめていましたが、

「彼女です、彼女が殺したのです」と答えました。

「彼女とは誰ですか」

「……」

私は少しく気味が悪くなりました。暫らくの間、会話がとだえてしーんとしたため、戸外で小鳥の鳴く声がしきりに聞えました。

「すると、小山さんは自然な死に方をなさったのではないですね?」と検事がたずねました。

彼は何を思ったか、妙な笑いを洩しました。

「人間が死ぬに自然も不自然もありませんよ」

「だって今、あなたは小山さんが殺されたと仰しゃったではありませんか」

彼は急に真面目顔になりました。「そりゃ、私が以前法律を修めたことがあるので、法律家の前だから、そういう言葉をつかっただけです」

「よくわかりました。で、小山さんは、どんな風に殺されなさったのですか?」

彼はうつむいてじっと考えました。そうして、

「そのことも話さねばならぬのですか」と悲しそうな顔をしてたずねました。

「お話しにならなければ、小山さんの死体を解剖に附せなければなりません」

解剖ときいて、彼はぶるっと身ぶるいをしました。

「それは残酷です。では何もかも御話しします」

三

「私と小山君との仲、即ち内面的の交際がどの程度のものであったかは、到底他人にはわからぬと思います。私には生れつき不思議な能力が具(そな)わっていました。それは何であるかというに、私の霊魂は容易に私の肉体を離れて、霊界の人々と交際し、私の睡眠中には、私の肉体に他人の霊魂が宿り得るのでした。そうして最近私の肉体へは故人となった世界で有名な人々の霊魂も宿るようになりました。

小山君は、私のこの性質をよく知って、反抗することの出来ぬ強い力をもって、私を眠らせ、色々の人の霊魂を呼んで私の肉体に宿らせました。時には孔子(こうし)の霊が宿るかと思えば、時にはアレキサンダー大王の霊が宿りました。或はまた、ミケランゼロの霊が宿るかと思えば、菅原道真(すがわらみちざね)の霊が宿りました。そうしてそれ等の霊は、彼等が生きていた時のことや、霊界へ去ってから後の生活状態をつぶさに物語りました。その物語によると、私たちが学校の歴史でおぼえたことと、大へんな隔りのあることを知りました。今の歴史と称するものはみんな嘘で

す。ある時代の完全な歴史を編纂(へんさん)しようと思ったならば、その時代の著名な人間や、または、著名ならざる人間の霊魂を呼んできて、彼等自身に物語らせばよいと思います。生きているうちは、本人自身でも、自分の過去をはっきり物語ることは出来ませんが、霊魂は、寸分の間違いもなく、過去のあらゆる出来事を物語ることが出来るからです。

　それはとにかく、偉大な政治家や芸術家や科学者の霊が私に宿って、彼等と自由に交際の出来たことは、一面からいえば非常に愉快でありました。どんなにむつかしい哲学上の問題でもカントの霊を呼び出せば容易に理解し、または解決することが出来ました。むつかしい彫刻の際に、ミケランゼロの霊を引っ張ってくれば鑿は自由自在に動いて、思うとおりの表現を行うことが出来ました。

　かくて私も小山君も、一時は言うに言えぬ幸福につかっていました。それはまったく他人の想像も及ばぬ大きな幸福でした。ところが、この幸福の時代も、実は長くは続かなかったのです。即ち、一人の女のために、私たちのこの幸福は滅茶々々に破壊され、その結果、ついに小山君が彼女のために殺されてしまったのです。げに、女ほど、人間世界の幸福を奪う悪魔はまたとありません」

　こう語って西川は、再び隣室の方に眼をやりました。彼はそれから、私たちの顔をじっと見くらべましたが、私たちが神妙に聞いていたので、安心したものの如く話し続けました。

「それまで、私に宿る霊魂は、みんな淡白な無害なものばかりで、私の意志に反してまで私の肉体を占領しようとは致しませぬでしたが、彼女に限って、私の肉体を占領しながら、私の意志に反して勝手次第に暴威を逞(たくま)しくしました。

　彼女とは、外(ほか)ならぬ、殷(いん)の紂王(ちゅうおう)の妃(ひ)であった妲己(だっき)です。始め彼女は至って従順でした。彼女の姿体は、私が今まで見たどの女よりも美しいのでした。単に生きた女ばかりでなく、あらゆる時代の名匠の手になった絵画や彫刻にあらわれたどの女よりも強く私の心を惹(ひ)きました。私は彼女の姿を大理石に彫刻しました。それは今、小山君の死体のある隣室、即ち私たちの寝室に置かれてありますが、それを見る何人(なんぴと)をもチャームしないではおきません。彼女はよく語りました。そうして、彼女の残忍性についても、一種の弁解をしました。彼女が人間を焼いたり殺したりする光景を見て喜んだのは、彼女の心が二代も三代も否(いな)十代も進んでいて、当時の人間が、まどろっこく、物足らなくて仕方がなかったから、一人でも多く殺したがよいと思ったためだと申しました。そうして、彼女は二十世紀の現代人ならば、自分の心を満足させてくれるだろうと言いました。

　まったく、彼女が現代人にあこがれる心は旺盛でした。その証拠に彼女は断髪(だんぱつ)していました。スカートの短い洋装をしていました。その姿が何ともいえぬチャーミングなもので、そうしてまっ先に、すっかりチャームされてしまったのが小山君でした。小山君は妲己の霊に猛烈に恋をし始めました。すると妲己も小山君に劣らぬ熱情をもって小山君を恋し始めたのです。これがそもそもの不幸の始めでした。後には彼女の霊は、小山君が呼び出すのも待たないで、勝手に私の肉体を占領しました。小山君も彼女の姿を見ないでは、生きておれぬという程度になりました。遂には彼女は私の意志にさからってまで、私の肉体を占領しますし、私が彼女の霊を私の肉体から遠ざけようとすると、小山君は泣き悲しんで、私に嘆願しました。私は実に困ってしまいました。で、仕方がないから、とうとう私は、犠牲になって、彼女と小山君とのために、まったく自由な恋を味わわせてやることに致しました。

　それから、小山君と妲己とは二月(ふたつき)ばかりも夫婦のようにして暮しました。夜な夜な、抱擁に接吻に、狂態痴態の極をつくした生活が営まれました。しかし、だんだん時を経(ふ)るに従って、それまで殆んど影をひそめていた私の霊魂は眼をさましました。私の心には、製作欲が甦(よみがえ)ってきました。妲己の姿体を彫刻してから、長い間何一つ製作しなかった私は、じっとして居れないような芸術的衝動に駆られました。私はそれ故、妲己の霊を私の肉体から追い出そうとつとめました。ところが、彼女の霊は、冬の川岸にしがみつく根笹の枯葉のように、しつっこく私にへばりついておりました。

　けれども、とうとうしまいには、彼女を私の肉体から遠ざける事が出来ました。私は私の肉体を取りかえすなり、ほっとした気持になりました。そうして、久し振りで製作に従事することが出来るのを喜びましたが、その喜びも言わば束の間(つかのま)でした。即ち、小山君が猛烈に憤慨(ふんがい)し出したのです。私たちは荒い言葉を取りかわしました。これまで一度も経験したことのない敵意を相互に感じました。そうして時には二人の間にはげしい格闘をさえ起しました。

　ある夜、私たちがはげしく争っておりますと、突然妲己があらわれました。そうして小山君と二人がかりで、私を征服して、再び妲己は私の肉体を占領しました。それでも毎晩彼女が私を占領しかける時には、私は全力を尽して抵抗しました。が、彼女の残忍性は日一日強くなり、後にはいかなる方法を講じても私の肉体を占領せずにはおかなくなりました。彼女の力ばかりでも、私は征服されそうになるのに、いつも小山君が加勢するのですから、私は敗北せざるを得なかったのです。こうして私は厭々ながら再び二人のために犠牲的な生活を余儀なくされましたが、以前の時とちがって私の心は、隙さえあらば、反抗しようとしておりました。

恋人同志二人にとっても、かような生活を不愉快であったにちがいありません。しかしそれと反対に二人の恋は、ますます深みへ落ちて行くように思われました。で、早晩、何事か起きなくてはならぬ情勢になっておりました。そうしてとうとう昨夜の悲劇が起ったのであります。

昨夜妲己はいつもの如く、暴力をもって私の肉体を占領しようとしました。私は常に似合わぬ強い反抗心をもって抵抗しました。妲己と私とのはげしい格闘は真夜中まで続きました。

ところがいつもならば、小山君が妲己に加勢するのですが、昨夜にかぎって、どうした訳か躊躇していました。これを見た妲己は、私との闘争をやめて、突然小山君に、とびかかって行きました。次の瞬間二人の間に、世にも恐ろしい格闘が起ったのです。私はこのはじめての光景を見て、暫らくぼんやりしていましたが、はっと気づいて、二人をわけようと思うと、急に私の肉体が軽くなったのを感じました。即ち、妲己の霊は、いつの間にかその姿をかくしたのでした。しかし、それと同時に私は私の前に、小山君が死体となって横たわっているのを発見したのです。

いうまでもなく小山君の霊は妲己の霊に連れて行かれたのです。妲己は私の肉体を占領するの煩に堪えかねて、自由自在に恋愛生活を営むつもりで、小山君の霊を引っ張って行ってしまったのです。

これが小山君が、さびしく死体を残すに至った顛末です。即ち普通の言葉でいえば、小山君は妲己のために殺されたのです。私はもう小山君を殺した彼女の姿を見るに堪えません。これから私は彼女の彫像にも終りを告げさせようと思います」

こう言うが早いか西川は、傍にあった鉄槌をとって、隣室に走りこみました。そうして、私たちが止める間もなく、ベッドの傍に置いてあった大理石像の頭部を微塵に打ちくだき、雪の如き無数の破片が、白いシーツに蔽われた小山の死体の上に飛び散りました。

×　×　×　×

「お話というのはこれだけですがね」

と松島氏は続けた。

「小山が果して妲己の霊に殺されたかどうかは、西川の言葉以外に、何の証拠もありませんでした。西川は『偏執狂（パラノイア）』の病名のもとにS精神病院に収容され、小山の死体は解剖されたのですけれど、暴力を用いた形跡も毒を用いた形跡もありませんでした。執刀者のK博士は、多分自己暗示による死であろうと説明されましたが或（あるい）はそうだったかも知れません。それにしても、妲己が二十世紀に活動するようでは、お互に油断がなりませぬねえ。……」

評論・随筆篇

偶感二題

文芸と早熟

昔から天才と称せられた人には早熟のものが甚だ多かった。そのうちでも所謂文学美術に携わる人に早熟のものが多かった。それは理窟で考えても当然のことであって、通常早熟といえば頭脳の早熟を意味するのであって、必ずしも身体の早熟を伴っていないものを言うのであるから、武術の方面における早熟の人は比較的稀な訳である。八犬伝に書かれてある犬江親兵衛は九歳の時に五人の仇敵を相手にしてその内四人を生捕ったということであるが、これは小説の中の人物ではあるし、また、身体も異常な発達をしていたとしてもあるから、無理もないけれど、実際にはその数が甚だ少いのである。八犬伝にあらわれる八犬士は、いずれも文武両道における早熟者であるから、馬琴も気になったと見え、第二輯巻之五の終りに、次のような弁解の辞を書いている。

「作者云、予この巻を草するとき、或人側より閲して、難じて云、信乃荘助等、英智宏才ありといふとも、もと是黄口の孺子、その年いまだ十五に足らず。しかるに智弁甚だ卓し。絶て童子の気象なし。寓言といふとも甚だ過たり。蓋し小説は、よく人情をうがつをもて、見る人倦かず。今この二子の伝の如きは、情に悖るにあらずや。といへり。予答へていふ。しからず。蒲衣は八才にして、舜の師たり。睪子は五歳にして、禹を佐く。伯益五歳にして火を掌り、項橐五歳にして、孔子の師たり。いにしへの聖賢、生れながらにして、明智俊才、億万人に傑出す。固より夙くさとるのなみなみにはあらず。この他の神童又多かり。謝在杭嘗て集録して、一編の文采をなせり。今かぞへ挙るに遑あらず。五雑俎中において見るべし。八犬士の如きも、亦これに亜ぐもの歟。便ち是予が戯れにその列伝を作る所以也」

この弁解の言葉から察しても「文」の方面の早熟者は支那に甚だ多かった訳である。西洋でもやはりこれと同じであって、ダンテは九歳の時にベヤトリチェに詩を書いて送り、ゲーテは十歳になるかならぬかの時、七ケ国の言葉である物語をかき、ウイーランドは七歳でラテン語を自由に書くことが出来、十六歳の時、「完全なる世界」という詩集を公にした。シルレルは十九歳の時に名作「群盗」を出し、バイロンは十二歳の頃から詩を作った。ユーゴーも十五歳で「イルタメーヌ」を作り、ポープは十二歳で「ソリチユード」を書いた。

日本でも早熟者はやはり文学者に多かった。菅公が「月輝如晴雪、梅花似照星、可憐金鏡転、庭上玉芳馨」という詩を作ったのは十一歳、新井白石が大字を書き初めたのは三歳、伊藤仁斎が「大学」を読んで発奮したのは十一歳の時であった。頼山陽は、六歳の時、母に向って、「天はいかなるものですか」という質問をしたそうであるが、八九歳の頃から寝食を忘れて古今軍記を読んだといわれている。

こういう例をきくと、年をとってから文筆に携わるものは頗る心細い感じがする。せめて自分も五六歳頃から立派な和歌でも作れるとよかったという後悔が湧いてくるが、歳ばかりは後戻りすることが出来ぬから、泣寝入りするより仕方がなく、わずかに、晩熟の天才、例えばゴールドスミス、バアンズ、バルザック、デューマ(父)、ボッカチオ、スコット、フローベルなどの伝記でも読んで、慰めるより外はないであろう。しかし、何といっても年が若ければ前途も多いわけであるから、私はどしどし年の若い探偵小説家の出ることを切に祈ってやまぬのである。

「医師の心もち」

春日野緑氏は本誌前号の「雑感」の中に、「医師の心もち」と題して、拙作「恋愛曲線」の中の、「いままで、兎や犬や羊の心臓を切り出すことに馴れていた僕も、たとい死体であるとはいえ、その女の蠟のように冷たくかつ白い皮膚に手を触れてメスをあてた時は、一種異様の戦慄が、指先の神経から、全身の神経に伝播した」という言葉について、医者ならば、メスを取り上げた時に既に冷たい心持ちになっているべきで、メスをあてた時には戦慄を感じないのが当然ではあるまいかというような意味のことを、M氏の文章や、S氏の談話を引証して論じておられる。全く、いつもそれほどの深い注意を持たないで文章を綴る私は、同氏の鋭い観察に驚くと同時に、大に考えさせられた。その結果この一文を草するに至ったのである。

春日野氏は、私の文中の「戦慄」を、医師の人間味から来る戦慄と解釈せられたようであるけれども、その実、人間味は間接であって、直接の原因は、「始めて物を試みるときの恐怖と興奮」なのである。そうしてそれは私自身の実感に基いて書いたものである。大学の一年級のとき、始めて死体の解剖実習を行ったとき私たちは、メスを取り上げたけれど、誰一人真先に死体の皮膚にメスを当てるものがなかった。教室の助手が来て、「遠慮していてはいけません、こうやるですよ」と、スーッと大腿の皮膚を切ったときは、見たばかりで私の全身がびくりとした。それから自分でメスを当てたときも、変な気持になった。が、それが済んでからは何ともなくなり、二度目からは平気であった。

生理学教室ではじめて蛙を殺したときも一種の戦慄を覚えた。蛙を殺すことに馴れてから兎を始めて取り扱い、耳へ注射を行っただけにも一種の戦慄を感じた。英国の下宿で、料理につかう兎を殺してくれと頼まれたとき、槌で兎の頭を打ったとき甚しい戦慄を感じた。今までそんな殺し方を一度もしなかったからである。また英国の実験室でモルモットを殺すとき、私は内務省の許可を得ていなかったのでKというドクターに殺してもらったが、Kは私にモルモットの頭と胴とをしっかり握らせ、俯向きにして頸の下へビーカーを置き、それから西洋剃刀を仰向きにして、じょきじょき頸を切ったときにももう少しで私はモルモットを離してしまうくらい戦慄した。それまでに私は何百というくらいモルモットを殺したが、そんな殺し方を一度もしなかったからである。また、始めて人間に薬剤の注射を試みたときも戦慄を覚えた。

かくの如く、私はこれまで始めての試みには、いつも戦慄を覚えたのであって、あの場合、人間の心臓を切り出して働かせるのは始めての試みだから、メスを当てた時に戦慄を覚えると書いてしまったのである。無論この戦慄が「人間味」から来ることは争われぬことであるが、度重なるとそれがなくなり、時には戦慄どころか、一種の興味をさえ感ずるものが無いでもない。そういう特種な人間を私は「大衆文芸」第二号の拙作「三つの痣」に取り扱ってみたのである。

死体解剖を度々やって何の戦慄を感じない人でも、恐らく、最初の死体解剖には、多少の戦慄を覚えたことだろうと私は思っている。もっとも、これは私以外の人には見られぬ現象かも知れないから、どなたかの経験を承りたいものである。

課題

「文芸春秋」の四月号に、萩原氏が「雑誌の編輯者へ望むこと」と題して、近頃の雑誌の編輯者が、題を課してしかも何枚位に書いてほしいという註文をして来るのには頗る閉口するという意味のことを書いておられる。そうして、雑誌者が、もっと自由を与えてくれて、自分の書きたいことを書けるだけ書かせてくれると好いと思うとも言っておられる。

ところが、私自身はこれと反対で、少くとも昨今は、題を課してしかも枚数を制限してもらった方が遥に書きよいのである。「何でもよいから随筆を十枚以内頼む」などといって来られると、題を選ぶのに時として一日か二日かかることがある。題を選ぶのに時間をつぶしていては誠につまらぬ話だと思うと、いよいよ心があせって題がきまらなくなる。しかるに雑誌社の方から題をきめてくれると、予定通りの時間に、註文された枚数を書き上げることが出来るのである。

自分で題を選ぶとなると、書きたいことは沢山あるに拘わらず、なるべく興味の多かりそうなものが選びたいと思うものだから、つい、その選択に時間を要するのである。学校の課題作文ならば、頭に無いことは書けぬが、書斎に居るときは、手許に各種の索引があるのだから、よほど自分に縁の遠いことでない限り相当に書くことが出来るのである。だから私は課題註文を歓迎し、時日に余裕のあるときは、編輯者に題を課してくれるようこちらから註文するのが常である。

随筆や雑文は勿論のこと、昨今は、小説を書くさえ、「題があったら」と思うことが決して稀ではない。私の性質として、よい思い附きの出来るまで待っていることが非常に困難である。そんなら、自分で題を勝手に定めたらよいではないかと言う人があるかも知れぬが、前に述べた理由でやはり材料の選択に迷うのである。といって、小説の題まで定めてくれる編輯者はないから、どうしても自分で定めねばならず、従って小説を書くには一ばん余計に時間をとられるのである。かつて、「探偵趣味の会」で、題を出して探偵小説を書くことが行われたが、あれは少くとも、私にとっては、頗る意を得たことであった。
　こういうと、人は、締切期日が制限され、紙数が制限されている小説などに、碌なものは無かろうというにちがいない。全くそのとおりで、私は碌なものを一度も書いたことがない。しかし、期日が十分与えられ、紙数が制限されていなければ碌なものが書けるかというに、やはり私には書けそうもない。他から強いられなくてはとても書けないのである。だから、最近私が小説にしろ、随筆にしろ、自発的に書いた原稿は一つも無いのである。即ち書きたくて書きたくてたまらぬようになって書いたものは無いのである。無論、書きたいと思うことは沢山ある。けれども、その書きたいと思うことは原稿の依頼を待たなければ書けないのである。

　こういう態度で創作をするということは邪道であるかも知れない。しかし、私の性質だから致し方がない。もし今後雑誌編輯者から依頼が来ぬようになったら、恐らく創作はしないであろうと思う。元来自分は創作をしようなどとは夢にも思わなかった。探偵小説を読むことは大好きであったが、病気にならぬ前は、自分で作ってみようとは一度も考えなかった。もし今頃、自分が健康であったなら、創作をするひまもなく、また決してそんな気にもならなかったであろうと思う。

　けれども自分の心というものは自分でもわかるものではない。私は医師の免許状を持っていて、今では患者を診察しようなどという心は毛頭もないが、もし食うに困るようになったら、或は開業しないとも限らない。それと同じように、原稿の依頼がなくなった後でも、金に困ったら或は小説を書くかも知れない。

　かつて私が血清学を修めたとき、指導教授にテーマを貰うと、とやかく考えないで、すぐさま着手したものである。すると不思議なことに、研究中、そのテーマが、先から先へ自然に発展して行って、思いもよらぬ新発見をすることがあった。それと同じように、創作をするときでも、題がきまると、あまり深く考えないで着手し、自然に発展して行くのを待つのである。だから、自分でも、どんなものが出来上るかさっぱりわからない。随分無造作な態度であるけれども致し方がない。そうしてこの無造作な態度を改めようと思ったことは一度もない。もし私がこの無造作な態度をあらためて、何事にでも凝り出したら、ヒビのはいった私の身体は一たまりもなく崩れてしまうであろう。病気を退治することに随分凝っているのであるから、ほかのことにはあまり凝り得ないのである。

作家としての私

　探偵小説を作るようになってからまだ一年半にしかならず、作家としての経験は頗（すこぶ）る浅いが、濫作をするので皆さんの眼に触れることが多く、それがため皆さんの感想をきくことが出来て、得るところが非常に多かった。

　はじめ私は、探偵小説というものは、人間の好奇心を満足させる軽快なものであればよいと思い、作品を製造するにも、肩の凝（こ）らぬ態度でやっておればよかろうと考えたのであるが、段々皆さんの御説をきくに従って、そんな態度ではいかぬというような気がし出したのである。ところがさて、作ってみると自分ながら呆（あき）れるようなものしか出来上らず、それが濫作をするためであることは自分にもわかっているけれど、今一歩進んで考えてみるに、たとい寡作（かさく）をしても、今よりよいものは到底出来そうにないのである。しかし、せめて一生涯のうちに、多少自分にも満足が出来、皆さんにも満足してもらえるような作品を生みたいということは一日も忘れたことがなく、たとい病気のために、思う存分の苦心は出来ないにしても身体（からだ）に障（さわ）らぬ程度の苦心はたえずしているつもりである。

　私の作品にあらわれる異常なる冷たさは、私自身にもかなりに気になっている。そうして何とかして、その冷たさを除きたいと思っても、知らず識らずのうちに冷たいものとなってしまい、我ながら呆れざるを得ない。これはやはり自分の性格のしからしめるところであろうと思う。科学を修めた人間であるから冷たくなるだろうと想像する人があるかも知れぬけれど、本当の科学者は決して冷たいものではなく、冷たくっては碌（ろく）な科学的研究は出来ぬものと私は信じているのである。

　私はよく他人の作品を読んで泣かされる。他人の美しい話をきいても思わず涙ぐむ事がある。それでいて、その次の瞬間すぐ冷静になることが出来る。冷静になることが出来るどころか、知らぬうちに冷静になっている。中学の四年級のとき、私の世界中で一ばん好きな父が死んで、私は悲しくて悲しくてならなかった。父が瞑目するなり、親戚のものたちは仏壇に燈明（とうみょう）をあげて御経を合唱した。その時私もその合唱者の一人であったが、親戚の一人の読み方が変だったので、私は度々（たびたび）失笑した。それを見て他のものたちは私が泣いているものと思い、気の毒そうな顔をしてじろじろ眺めるので、一層おかしかった。こういうことは或は誰にでもあることかも知れぬが、私のその後の態度も万事この通りである。

　物語りを創る際にも、こういう風にしたならば恐らく読者の感情を動かすことが出来るだろうと思いながら、それが何だか馬鹿々々しいような気がして、つい、冷たく突きはなしてしまうのである。そうしてはいけないと思いながらもそうせざるを得ぬという事は誠に情けない話である。こういうと何だか、自分が暖かい作品の書けぬ事を弁解するようになるから、深入りはしないが、要するに目下のところ暖かい作品は私には書けないのである。

　それにも拘わらず、他人の作品を読むに当っては、暖か味がないと満足出来ない。モーパッサンの作に「女の装飾」というのがある。虚栄心の強い官吏の妻がある夜会に出席するため、よその奥さんのダイヤの頸飾りを借りて出席したところ、それを紛失したため、借金して買って返し、それから随分みじめな生活をして借金を返済したが幾年かの後に、その奥さんにあうと、借りたダイヤの頸飾は実は模造品だったという話であるが、菊池寛氏が文芸講座か何かで指摘していたとおり、私にもこの小説は何だか残酷なような気がして不満であった。それにも拘わらず、私が筆を執るとなると、やはり、この通りにしか書かないだろうと思って、それを読んだとき、ひそかに苦笑を禁ずることが出来なかった。

　甲賀さんの御書きになる本格小説や、牧さんの御書きになるユーモラスな小説を読むごとに自分も何とかして、こういうものを書いてみたいと思うのであるがとても自分の企て及ばないところだろうと思うと、頗る心細い感じがするのである。

匿名の手紙

探偵小説の創作を試みるようになってから、度々匿名の手紙を受取るが、中には、作品の中の誤謬を指摘して、ああいうことを書くのはけしからぬじゃないか、こどもだましはやめてほしいなどという教訓的なものがあるかと思えば、或はまた、貴様たちは探偵小説界を我ものがおに振舞っているけれど、ちと駄作をつつしまぬと、ひどい目に逢うぞという恐ろしいものもある。

正々堂々と名乗っての教訓や威嚇ならば、十分反省するつもりであるが、匿名では、ただ無闇に反抗心を刺戟されるに過ぎない。だから別に気にはかけないが、ただ気になるのは、こちらが誤っていないのを誤ったものと認めて叱かりっぱなしにされることである。一応弁解がしたいと思っても匿名では仕方がなく、そのまま泣寝入りしなければならぬのはいかにも残念である。が、要するに、色々な文句が出るのは、書き方がまずいからであるから、自業自得とあきらめるのが至当であるかも知れない。

「新青年」の六月号に「印象」という創作を発表したとき、色々な人から色々な手紙を受取ったり、また色々に批評されたりした。ある外交官の夫人が、良人が他に女を拵らえたのをうらんで自分も身もちを悪くし、妊娠して肺病にかかり、良人に復讐するため、北斎の藍絵の鬼を病室にかけて、鬼のような形をした子を産もうと心がけ、月満ちて女の児を産むと、同時に心臓が衰弱して死んだが、生れた子は不具ではなかったけれど、青い眼をしていたという話である。

自分ながら、あまりよい話だとは思わぬから、面白くないという批評なら甘んじて受けるが、Bという雑誌に、匿名で、私の書くものが、ハヴロック・エリスや外国の法医学書にあることの書き直しに過ぎぬと評せられてあったのは、聊か変に思われる。エリスの著書の中に、妊娠中の印象が胎児にあらわれた話は記載されてあるけれども、外交官夫人が、それを復讐に応用したとは書かれていないようである。法医学や性学や心理学の書物から題材を取って作った小説を、書き直しだからつまらぬと言われるのは少しく心外である。また、誰れでも、容易く書き直して小説が書かれるものであるならば、須らく、どしどし書き直して発表してほしいと思う。

次に「印象」について、堂々と名乗って教えてくれた人があったが、これは実にうれしかった。その人は医師が生れた赤ん坊の眼病をふせぐために、硝酸銀の溶液を滴らすべく、右の眼瞼をあけたというところについて、近頃は硝酸銀の溶液など使わない。プロタルゴールを使うのだと教えてくれたのである。で、私は早速御礼状を出し、久しく実地医学に遠かっていると、ヘマを書き易いから、どうか今後もよろしく御指導を願うと書いた。しかし、実をいうと、あれを書く前に、知った産婆にたずねたら、私は今でも硝酸銀の溶液をつかっていますと答えたので、プロタルゴールとはしなかったのである。もっとも、このことは、負け惜みに聞えるから先方へは言ってやらなかったが、とにかく堂々と名乗って誤謬を指摘してくれるのは愉快なものである。

更に「印象」について、ある匿名氏は、手紙で、西洋人と日本人の混血児の眼は決して青くはならぬよ、といって、その上に妙におどし文句をつけて叱ってきた。黒い眼の人と青い眼の人が結婚したとき、黒い眼が優性となることぐらいは、実は遺伝学を学んだときから私の知っているところである。しかし、私の「印象」の場合において、もし外交官夫人が、青い眼の西洋人と日本人との混血児であったならば、その夫人が青い眼の西洋人と交わって、青い眼の混血児を生むことは、メンデルの「分離の法則」に従って明かである。だから、私は、はじめに、夫人が青い眼の赤ん坊を生むことによって、夫人自身が混血児であったということをも示そうと欲したのであるが、そうすれば、メンデルの法則の説明までもしなければならぬから、たださえペダンチックだと言われ易い私の小説のことであるから、わざとそれを省いて、遺伝の法則を知っている人なら、夫人自身が混血児であることも察してくれるだろうと考えて書き捨てにしたのである。

また、最近ある娯楽雑誌に、丸の内のあるビルヂングで盗まれた手紙を探偵が取り戻しに行く話を書いた。ある女がもと雇われていた事務所の支配人の室で、大切な手紙を盗んで、それを持っていた封筒に入れ、自分の住所を書いて、エレヴェーターの傍の郵便投入口から投げる。支配人が気づいた時には女は手紙を持っていない。そこで支配人は私立探偵を雇って、女がどんな方法で盗んだか、またもし盗んだとすれば、内密を見られぬ先に取りかえしてくれと頼む。探偵は捜索の結果、事情をさとって、警視庁へ頼んで、郵便局で横取してもらおうとすると、途中で女の同棲者のために捕えられ、アパートメントに連れて行かれる。そこで探偵は機を見て支配人宛の手紙を書き、窓から地面へ捨てると、それが通行人に拾われ、投函されて、翌日の第一便につき、アパートメントへ問題の手紙のつかぬ先に横取りすることが出来たという筋である。

すると、匿名のハガキが来て、丸の内のビルヂングで午後五時に出した手紙を、探偵が郊外で午後八時頃に支配人宛に出した手紙によって、横取りするということは常識で考えても不可能ではないか、これはあまりにも子供だましではないかと叱ってきた。

これも叱りっ放しで、どうにも先方へ弁解の言葉を伝えることが出来ぬが、私とても、それくらいのことに気づかぬはずはなく、実は私は今名古屋の郊外に住んでいるが、ここでは、最近の配達は午前十時、最後の配達は午後五時、そうして、最終に集めに来るのが午後八時半なのである。しかるに市中は最初の配達は午前八時前である。で、市中から午後五時に出した手紙は私のところへ翌日の午前十時にしか届かぬが、私のところから午後八時半までに出した手紙は市中へは翌日の八時前につくのである。だから、私の書いたことは決して、あり得ないことではないつもりである。

いずれにしても、作者が相当に気をつけて書いているのを、常識的な判断で、誤謬にしてしまわれるのは、いかにも心外である。しかもそれを匿名で言って寄越されるのは不愉快である。

すべて、匿名で人の悪口を言ったり、人の非を指摘したりすることは、よし、それが正当であっても随分卑怯なことであると思う。堂々と名乗りをあげての上ならば、たとい正当でなくても、とにかく愉快な気のするものである。もっとも、堂々と名乗りをあげても、何か含むところがあっての悪口は不愉快この上もないが、これは今ここで言うべき範囲ではない。

陪審制度宣伝劇

八月二十六日から四日間、昼夜二回ずつ、名古屋末広座で、陪審制度宣伝劇「パレット・ナイフ」が喜多村緑郎氏の舞台監督によって上演されたについて、原作者たる私にそれについて何か書けという編輯者からの注文があった。誠に御粗末な作であるから、それについての感想も烏滸がましいと思ったけれど、探偵小説の劇化または探偵劇の創作は、今後追々盛んになるであろうと思うから、敢て書かせてもらうことにしたのである。会費が五十銭であったためか、各回とも大入満員で、総計一万五千人余の入場者があったことは、興行上大成功であったが、劇そのものは、考えれば考えるほど破綻の多いものである。

七月の半ば頃、私の知り合いの某弁護士が他の二人と共に来訪して、大正十七年から実施さるる陪審制度の宣伝をするため、芝居がやりたいと思うから、脚本を書いてくれないかということであった。私はこれまで一度も脚本を書いたことがないから、躊躇したけれども、たってということであったから、とにかく作ってみましょうと御約束した。先方の話では七月下旬に上演出来るようにはならないかとのことであったけれども、私が、八月五日までは、到底着手出来ない事情があったので八月十五日に御渡ししましょうと言って別れた。

かれこれするうちに八月になった。これまでは少しも、そのことについて考える暇がなかったが、八月に入っても、色々用事が出来て、困ったことになったと思った。でも一旦約束した以上は作らねばならぬと思い、頻りに考えてみたのである。

陪審制度宣伝劇である以上、法廷の場を取り入れなければならない。また、興味を多くするためには殺人事件を取り扱わねばならない。しかも犯人がわかっていては裁判そのものが面白くなくなるから、いわゆる探偵小説のコツで、真犯人でない人に嫌疑がかかって起訴され、裁判の結果無罪になり、あとで真犯人がわかるという風にしなければならない。

この条件を充して、しかも、芝居としても興味のあるものでなくてはならぬので、これは随分むつかしいことになったと思った。しかし、元来、物ごとにあまり屈託したことのない性分なので、どうにかなるだろうと思って、今まで読んだ外国の探偵小説を思いうかべてみた。その結果私はオルチー夫人の「隅の老人物語」が芝居にするには適当だと思いつき、ああいう風なトリックを使おうと決心し最近京都で起った某事件からヒントを得て、とうとう一つの筋をまとめあげたのであった。しかし、時日がないのと、脚本に経験のないため、潮山長三氏の助力を仰ぐことにして、とにもかくにも約束の十五日までに出来上ったのが、「パレット・ナイフ」三幕六場なのである。

筋を簡単に言うと、田中という極めて意志の弱い青年画家が、ある芸者屋に出入するうちにそこの娘秀子と恋に陥る。ところが、その家の女将で、秀子の叔母に当るお道というのが、田中に恋慕し、田中を口説き落して遂に情夫としてしまう。そうして、お道は田中から秀子を遠ざけるために、某会社員から秀子を嫁に貰い受けたいと言われたのを幸いに秀子の意志に反して、婚約を取りきめる。

ある夜、芸者屋へ結納金三百円が届く。そこへ田中が来合せる。田中はかねて、零落した神戸の叔父から三百円の無心をいわれ、しかもその叔父が急病になったので、明日は神戸へ行くことになっているのである。すると、秀子が結婚をきらって、明日の朝早く大阪へ逃げるつもりだというので、二人は一しょに駈落ちすることにきめる。

その夜、芸者屋へ強盗がはいって、お道を殺し、結納金の三百円と、お道のはめていた指環を奪って逃げて行った。お道の胸に田中の使用するパレット・ナイフが刺さっていたので、田中は逮捕され、起訴され、裁判を仰ぐことになったのである。

裁判の結果、田中は証拠不十分で無罪を宣告される。真犯人は、その芸者屋の桃代という芸者のお客で前科数犯の曲者であって、その夜桃代から三百円の金が届いたということをきいて盗みにはいり、お道に眼をさまされたので、傍にあったパレット・ナイフで殺したのである。

かくの如く、出来上ったものは、常套的な探偵劇で、観客には犯人が田中であろうと思わせるようにしたのであるが、果して、作者の狙った効果があらわれたかどうかは、観客にきいてみなければわからない。もっとも、お道殺しの場面も見せ、お道が覆面の男を見て誤って「田中さん、田中さん」と呼ぶのであるから、他の情況証拠と合せて、観客も田中に嫌疑をかけねばならぬようにはなっている。

さて、探偵小説と同じように、序幕に真犯人を出すことは忘れなかったが、結末で真犯人をわからせるにはどうしてよいかに頗る迷った。髷物の芝居なら、法廷へ真犯人が駈けこんで来て自白するという手段も取れるけれど、陪審法廷ではそれが許されない。で、「半七捕物帳」式に、幕を下してから、誰かに説明させようかとも思ったが、この芝居では、それが面白くないので、結局、裁判所構内へ、真犯人が判決の結果をききにやって来ていて、そこで発見されることにしたのである。従ってその場で立ち廻りが行われ、観客にはいいお土産が出来た訳である。

いよいよ脚本が出来上ると、主催者側は、喜多村緑郎氏に舞台監督を願いに行った。すると喜多村氏は、快く承諾して演出をして下さった。そうして脚本の不備な点、矛盾した点を懇ろに補正して下さったのであるが、私は今さらながら、脚本を書くことのむつかしいことを知ると同時に、はかり知れぬ利益を得たのである。それと同時に、喜多村氏が来て下さるほどならば、もう少し時日に余裕があって、型を破った探偵劇を考えればよかったのにと思ったけれど、もはや何とも致し方がなかった。しかし、今回の経験によって、探偵小説の劇化なり、または探偵劇の脚本創作なりにかなりの希望を持つことが出来たのであって、今後機があったら、やってみたいと思っている。

陪審法廷における裁判長の訊問、検事の論告及び弁護士の弁論はすべて、主催者側に一任した。みんな本職の人ばかりであるからである。しかし、いよいよやってみると、かなりに冗長なもので、頗るだれ気味であった。で、今後もし、陪審劇を書くならば、法廷の場もみんな作者が書いて、ただその不備な点を専門家になおしてもらうことにしたいと思っているのである。

喜多村氏の演出の御蔭で、己惚かもしれぬがこれまでよく行われている何々宣伝劇なるものとは、多少趣きを異にすることが出来たように思う。この機会に同氏に切に感謝の意を表しておく。

少年時代の愛読書

尾張の百姓家に生れ、書物といえば、仏壇の中に、御和讃と御文章ぐらいしかなかったのであるから、私の少年時代はまったくあっけないものであった。尋常小学校の時分に御文章を写すことを稽古した覚えがある。父が信心家であったから勤行を教えたり、仏書を読ませたりして、子供のうちからとんだ修行をやってしまった。よく説教の座本をして、何度となく僧侶の説教を聞かされたために、いまでも高座にのぼって一席や二席の説教はやれるつもりである。

高等小学のとき、お伽噺（たしか小波さんのものだと思ったが）を二三冊読んだ覚えがある。そのころ小学校の先生たちは、あんまりお話などしてくれなかったので、一こうそうしたものに興味を持たず、作文など至って不出来であった。

中学の時も、学校長が、教科書以外の書を読むことを厳禁したために、殆ど何にも読まなかったといってよい。でも四年級の時に帝国文庫の太平記を愛読したことと、五年級の時に金色夜叉を読んだことと、それから何年級だったか忘れたが押川春浪のものを一二冊読んだ覚えがある。無論、金色夜叉などは校長に内証に読んだのである。

中学を卒業して高等学校の試験準備中に、里見八犬伝と露伴叢書とを他人から借りて読んだ。八犬伝は面白くて十日たたぬうちに読んだが、露伴叢書は八犬伝ほど面白くなかった。

探偵ものの好きになったのは高等学校以後で、それも、みっちり読んだのはやはり大学を卒業してからである。洋行する年即ち大正六年の夏、三崎の臨海実験所へ行って、研究の余暇にドイルを読んだのが病みつきで、アメリカでは毎晩十二時から二時までを探偵小説を読む時間にあてるほどの熱心であった。

こんな訳で、私の少年時代の愛読書といえば太平記ぐらいのものである。だが、国語は至って好きで、教科書に使用されていた保元物語など、そのうちのよい文句を暗誦せずに居られなかった。いずれにしても、父がもう少し書物好きであってくれたら、私も、あんなにぼんやり少年時代を経過しなかったであろうと思っている。といって、父に不足をいうのでは決してない。なまじ文学書などが沢山あったら、今頃どんな横着な人間になっていたか知れない。

探偵小説劇化の一経験

久しい以前から、本誌に創作を寄せることを約束しながら、自分の怠慢(たいまん)のために果さず、読者にも編輯者(へんしゅう)にも誠に申訳のないことをしてしまった。近来長篇小説の構想に興味を持ってきたためか、とんと短篇小説のよい趣向が浮ばない。本誌に短篇小説を造り得ないのも、要するに書きたくても書けないのであるから、読者はこれを諒(りょう)として頂きたい。で、今月もこの雑文を送って、わずかに責(せき)をふさぎたいと思うのである。

昨年末、名古屋、新守座の文芸部の加藤君が来られて、同座の新春興行として河合、小織合同一座の新派劇を出すから、その三の替りの出し物として探偵小説劇を書いてみないかとの事であった。自分にはとても書けそうにないから躊躇(ちゅうちょ)していると、大晦日(おおみそか)の晩に河合武雄氏が来られて是非書いてみよと言われたので、それではといって筆を執ったのが「紅蜘蛛奇譚」二幕四場である。二幕四場といっても極めて短いもので、一時間半ですむ芝居なのであるが、脚本にはまったくの素人のこととてかなりに骨が折れた。かつて雑誌「キング」に「紅蜘蛛の怪異」と題して発表した探偵小説を骨子として、それを髷物化したのであるが、髷物の小説さえ書いたことがないのであるから、自分ながら無鉄砲なことにあきれたが、とにかく五日目までに書き上げてしまったのである。これというのも、かねて私は探偵小説の劇化ということを機会があらば試みたいと思っていたので、せっかくの好機を見のがしてはならぬと、それをとらえたのであるが、何がさて芝居の約束を少しも知らぬのには、さすがに慨歎せざるを得なかった。しかし、一方から言えば約束を無視した脚本も、ことよったら意外な良効果を齎らさぬにも限らぬと、冒険的な、いわば探偵小説的な気分も手伝って、敢てこの難事を企てたのである。

探偵小説の劇化ということは、それまで極めてむずかしいものであるといわれてきた。いかにもその通りで、例えば殺人事件の犯人探偵を取扱ったようなものは、芝居では到底小説の味を出すことは出来ない。何となれば探偵小説の妙味は、読者に意外の念をあたえて、しかも、なるほどそうであったかと感心せしめるところにあるといってもよいのであるが、芝居ではすでに番附の上で犯人に扮装する俳優の名がわかっているし、たとい番附に一切俳優の名を書かないようにしても、覆面のものなどは大ていその身体つきや声色で察しがつくし、その他なお色々の点で、その妙味を観客に伝えることが困難だからである。そこで芝居では、どうしても、探偵小説の持つ、その他の味をあらわすか、また所謂トリックを従とし、人情の葛藤を主とするかの二つしか無いように思われるのである。

探偵小説の持つ、その他の味といえば、恐怖とか諧謔とか、数えあげればいくらもあるが、犯罪を中心としたもので、「夜」の魅力と「都会」の魅力などそのうちに数えて差支えないと思う。で、私は「紅蜘蛛奇譚」において探偵小説的のトリックを入れることを忘れぬようにして、主として夜の都会の魅力をあらわし、あわせて、私の貧弱な思想を織りこもうとしたのである。

筋は次のようである。幕末の江戸の何となく世の中が騒がしくなった頃、旅から来るうぶな者をあざむいて金銭をまきあげる女賊お辰を、万町の目明し小十郎が何とかして捕えようと努力した。ある冬の夜、三州岡崎の商家生れの青年勇次郎が、都会の華やかさにあこがれて、学問をなすべく江戸へ着くと、はからずも、江戸橋のほとりで身投をしようとする若い女を救った。勇次郎は女と共に小船町の蔦屋という宿へ落ついたが、その女こそ、女賊お辰であった。お辰はその右の胸に紅い絵具で大きな蜘蛛の刺青をしているので、紅蜘蛛お辰と綽名されていたが、彼女はいつもその紅蜘蛛を相手の男に見せ、その刺青は、さるお屋敷に奉公していたとき殿様のために無理に入れられたもので、その復讐のためにお屋敷の宝刀たる匕首を奪って逃げたのであるが、所詮生きておれないから身投をしようとしたのであって、あなたの御親切で一旦は思い止まったものの、やっぱり死なねばならぬ、死ぬには一人で死にたくないから一しょに死んでくれ、一しょに死ぬのが厭なら、せめてこの匕首でこの蜘蛛の眼をついて私を殺してくれと迫り、しまいには、自分で死んであなたに殺されたように見せかけるからよいといって男を恐怖させ、そうして男を逃げ出させて、その路用を奪うのであった。

　彼女は勇次郎に向って同じ手段を講じたが、いつの間にか勇次郎の純真さに引きつけられて身をゆるし、何となく一しょに死んでみたいような気になった。そうして彼女のいつもの狂言は、いつの間にか真実となっていた。最後に、自分で死んであなたに殺されたように見せかけるからよい、その代り死霊となって取りついてやる、いや、死霊とならなくってもこの蜘蛛が復讐するから覚えているがよいというあたりは、まったくの真剣であった。そうして遂にお辰は短刀を勇次郎に握らせて自分の胸をつかせようとしたが、勇次郎は猛烈に振りきって逃げ出してしまった。

　勇次郎は雪の降る中を無我夢中で走り出したが、考えてみると済まぬことをしたように思ったので、再び蔦屋へ戻って来ると、その表に人だかりがしていた。不審に思ってきいてみると、今夜蔦屋で若い女が殺され、殺した男はその場から逃げたのだというのであった。

　再び驚いて駈け出したが、その時から彼は紅蜘蛛の幻想になやまされ、精神病者のように江戸市中を徘徊し、二日目の夜、田所町の稲荷社の境内で疲労と飢と幻影にせめられて狂いながらたおれてしまった。

　それを救ったのは目明しの小十郎であった。小十郎が事情をきくと、勇次郎は蔦屋で女を殺したのは自分だと白状した。小十郎は驚いて、蔦屋の女殺しの犯人は既につかまったから、それは何かの間違だろうと言った。だんだん事情をきいて、さてはお辰の仕業だと言おうとすると、その時、社殿の扉があいて巡礼姿の女があらわれた。勇次郎はそれを見て、「女の幽霊だ」と叫んで気絶し、小十郎は、「お辰御用だ」といってとびかかろうとした。

その時お辰は小十郎に向って、もう逃げもかくれもしないことをつげ、今まで自分の狂言が相手の男の精神にどんな影響を与えるかを知らなかったが、今夜はじめてその怖ろしさを知った。その上自分は勇次郎に対してははじめて恋を感じたので、勇次郎がいとしくなって、思わず飛び出したのだという。罪を犯したものは法のさばきを受けねばならず、そこに大きな煩悶が起ったのであるが、小十郎はかねて、牢屋は人の心を浄めるものではない、捕る身も捕られる身も、紙一重の裏表だと考え、最近御用聞きという商売に厭気がさしていたから、小十郎は十手をすててお辰に同情し、お辰はうれしそうに恋人を抱いた。

以上がこの芝居の荒筋である。四場とも夜ばかりで、探偵小説的のトリックは、いうまでもなく、蔦屋に偶然別の人殺しのあったのを勇次郎が自分の連れこんだ女が死んだものと誤解するところにある。単に探偵小説の味を出すというのなら、ここだけでよいが、芝居となるとやっぱり物足らぬことを感じたのでつい、心理的の描写に力を注ぐことになったのである。

河合武雄氏がお辰、小織桂一郎氏が小十郎、梅島昇氏が勇次郎という役割で、へたな原作が立派に生かされ、予期以上の評判を得たのは作者として喜ばしい限りであった。名古屋の後、浜松、静岡、神戸で上演されることになったが、作者としてはただ観客に満足を与えたいと祈るばかりである。新守座では道具に大に金をかけ、舞台の照明が行き届いていたので、作者の狙った夜の都会の気分は濃厚に出ていたと思う。

ところで私はこの芝居で、そのせりふに多くの現代語を入れた。貧弱な私のヴォカブラリーの中には、自分の思想を表現しようとする江戸言葉がどうしても見つからなかったからである。それに江戸言葉や関西言葉など自分は皆目知らないしするから、江戸言葉と関西言葉をまぜこぜに使わせてしまった。このことは河合氏に話して、もし現代語が耳障りになるならば書き替えましょうかと相談したが、河合氏の言われるには、どうせ江戸言葉に変えたところが、果して、その時代の人が、その通りの言葉を使用していたかどうかわからないから、そのままでよいではありませんかとの事であった。

ところが、名古屋新聞に、「紅蜘蛛奇譚」のストオリーが掲載されると、読者の一人からああいうせりふでは幻滅だ、とても恐ろしくて先が読めないという御叱りがあった。で、私もあまり無頓着にしている訳にいかぬから国枝史郎氏に相談すると、思想をあらわすには現代語をつかうより外にない、言葉を統一するならいっそ全部現代語に統一してはどうだとの事であった。そこで私は、もしこの脚本を雑誌にでも発表するときには現代語に統一することに決心し、今回は書き下したとおりに上演してもらうことにしたのである。

実際、上演されるまでは、現代語のためにせっかくの気分を壊（こわ）してしまいはせぬかと、ひやひやした。しんみりした気分を出さねばならぬところで、現代語のために、どっと笑われてはならぬと気を揉んだが、案外に観客は静かに見てくれて嬉しかった。俳優諸君のうちでも、せりふの使い方にはかなりに驚いておられた人もあったようであって、言いにくいところは勝手にかえてほしいと私は御願いしておいたが、河合氏は原作通りに忠実に演じて下さって、却って恥かしいような気がした。

何にしても、新派劇壇の巨頭連が、素人の脚本を演じて下さったことは、私のこの上ない喜びであって、今後機会があったら、もっとどっしりしたものを書いてみたいと思うのである。探偵小説趣味を芝居に移すということも、探偵小説趣味普及の上には欠くべからざることである。なおまた新派の行き詰りが口にされている今日、もしこの方面に活路が開かれ得るならば、それは二重の喜（よろこび）であらねばならぬ。

さて、今回の経験で知り得たことは、探偵小説のトリックだけ芝居の上へ移しただけでは、到底観客の満足を買い得ないだろうということである。やっぱりそこに何かの思想がなくてはならぬように思われる。一回だけの経験ではわかりかねるが、どうもそういうような気がしてならない。が、このことは今後の研究をまたねば何ともまだ断言することは出来ないのである。

探偵文芸の将来

　最近日比谷図書館の調査によると、探偵小説の読者が激増したということである。何故そんなに多く読まれるようになったかということは、にわかに判断を下し得ないけれど、探偵小説が何人にとっても面白いものであることが、その一原因をなしていることは言うまでもない。従来探偵小説は何だか低級な、俗悪なもののように解釈せられていたが、今日ではもはやさような考は甚だ薄らいできて、純文壇の人たちによってもどしどし探偵小説が発表されるようになった。そうして探偵文芸なるものが一の独特の分野を形造るに至った。

　しかし、探偵小説は甚だ面白いものであるといっても、毎月発表さるる探偵小説の悉くが面白いものとは限らない。所謂探偵小説家の書くものでもまた、純文壇の人々の書くものでも、その中に面白くないものが決して少なくはない。それどころか面白くないものの方がだんだん多くなりはしないかと思われる傾向さえある。して見ると、むやみに探偵小説全盛時代だなどといって有頂天になっている訳には行かない。

　もっとも外国の探偵小説雑誌を読んでも、面白いものは十に一つかまたは二十に一つかというくらいであるから、それは無理のないことであり、従って必ずしも悲観すべきではないかも知れぬけれど、探偵小説家たるものは、一にも二にも面白いものを書くことに工夫をこらすべきであろうと思う。

　探偵小説が面白くなくなる原因として、探偵小説家が所謂芸術的な作品を生産しようと努力する点をあげる人もあるけれども、芸術的で面白い探偵小説だって書けそうなものだと思われる。しかし探偵小説なるものは必ずプロットの「奇」に主眼を置き、芸術的であることは二の次にしたいと思う。さもなければ探偵小説はもはや探偵小説でなくなってしまうからである。

　こんなことはわかりきったことであるけれども、たまたま純文壇の人々の書いた小説の中に、使い古されたプロットまたはトリックがことごとしく取り扱われているのを見るから、特に注意を促がしただけである。たといその作品が芸術的であっても、プロットまたはトリックに新らし味がなければ、探偵小説としては、決して勝れたものと言えぬと思う。

けれども、新らしいプロットまたはトリックを発見するということは決して容易なことではない。外国の探偵小説を読んでも、これはと思うプロットに接することは稀であって、この点において探偵小説は甚だ行き詰り易いものだと考え得るのである。

しかしながら、幸いにして、探偵小説の領域は最近非常に拡張されてきた。これも、探偵小説をその行詰りから救うための努力の結果かも知れぬが、たとえば怪奇小説、ナンセンス小説への発展はたしかに探偵小説の行詰りを打破したものといって差支ない。

けれども、これ等も早晩その行詰りに達することは考えるに難くない。しからばどうしてその行詰りを打破して行くかというに、さし当り取るべき策としては長篇小説への発展であろうと思う。今まで述べたことは、主として短篇探偵小説についての話であって、長篇小説の行詰りということはちょっと考えにくいほどその前途は洋々たるものである。

長篇小説となると、探偵小説の性質上、通俗的——といっては語弊があるかもしれぬが——所謂読物的の色彩を帯びてくるはずである。そうして、当然プロットが第一義とならねばならない。その代り低級な小説に堕し易い危険が伴ってくるのである。

この危険は所謂芸術的であることによって救われるべきであるが、かのミステリーがだんだん解き明されて行く本格小説にあっては、その叙述を科学的にすることによっても、この危険から、ある程度まで救い得ると思う。

芸術的で科学的であること。これがいわば長篇探偵小説の理想といってよいのであるが、その理想を実現することは決して容易でなく、果して日本人がこの条件に適する天分を持ち得るかどうかを考えると頗る心細くなってくる。

日本の長篇探偵小説は、翻案物を除いては、これまで発表された数が極めて少なく、この点において日本の探偵文芸の将来は海のものとも山のものともわからない。ことに長篇小説を発表する機関の少ないことは甚だ遺憾であるけれど、だんだん探偵小説家が努力して面白いものを書くようになれば、近い将来に、探偵小説はあらゆる人の興味の焦点となるであろうと思う。

探偵小説の行くべき道

「探偵小説も、もう翻訳の時代ではない」ということをよく耳にする。いかにもその通りで、日本の創作探偵小説に面白いものがあれば、誰でも外国ものはあとまわしにするにちがいない。けれども、残念ながら、創作探偵小説は、いわば、これからであって、ことに長篇探偵小説に至っては、漸く一歩を踏み出したところだといってもよいのである。

　以前にはよく、日本人の生活状態は探偵小説の題材となるに適していないなどと言われたものであるが、もう今はそんなことを言っている時でない。ビルヂングや、自動車や、ピストルばかりが、探偵小説の要素ではなく、日本の家屋や、寺院や、神社などは、見方によっては却ってすぐれた探偵小説材料となり得ると思う。

　短篇探偵小説が行き詰り易いこと、またこの行き詰りを打破するには長篇探偵小説へ発展すべきことなどを私は、「新潮」四月号に述べておいたが、しからば、長篇探偵小説の行くべき道は何であるかというに、これはなかなかむずかしい問題であると思う。

　ドイルのシャーロック・ホームズ物、ルブランのルパン物が、だんだん厭きられてきたことは争われない事実である。これには、色々の理由があるであろうけれども、シャーロック・ホームズとか、ルパンのような、一種の異常人が活躍するというそのことが、却ってその原因の一つでないかと考えてみなければならぬ。ポオのヂュパンに示された「探偵」の型は、従来の探偵小説家が好んで踏襲したところであるが、優れた才能をもった「探偵」が、一つ一つの手がかりから、みごとに事件を解決して行く有様は、快は即ち快であるけれど、幾つも読むと、鼻につく恐れがありはすまいかと思う。

　そこで私は、今後の長篇探偵小説では、一つのミステリーを、その事件に関係したすべての人物が有意識または無意識に解決して行くといったような形式をもったものが喜ばれやしないかと思う。先日私は、涙香の「鉄仮面」を引っ張り出して読んでみたが、あの中に特別な探偵が出ないで、鉄仮面の正体を、みんなが苦心して探索しているところに、言うに言えぬ興味を感じた。そうして、今後の探偵小説は、ボアゴベに逆戻りして、この意気で行くべきではないかと思ったのである。

最近探偵小説の映画化ということが、やかましく言い出され、また実行されるようになった。しかしドイルのものや、ルブランのものは映画になると、探偵小説で読むような味が出にくいといわれている。もっとも、探偵映画なるものは、それ自身独立したものであるから、原作の味が出なくっても、その映画に特殊の味があればそれでよい訳であるけれども、探偵小説を映画化して、探偵小説の味がそのまま出るといったようなものも、作者の努力次第で書き得ると思う。そうして、そういうような探偵小説は、やはり、鉄仮面式のものでなくてはならぬだろうと思うのである。

私が今、「新青年」に連載しつつある長篇探偵小説「疑問の黒枠」は一つのミステリーを、作中の人物がみんなで解決するようにし、併せて映画化に便利ならしめたいと思って筆を執ったのであるが、どうもやはり、従来のいわば伝統的な書き方に支配され易く、果して自分の最初の考え通りのものが出来上るかどうかは、その表題の如く疑問である。けれども第二の長篇に筆を染める場合にはやはり、同じ考えのもとに進んで行きたいと思うのである。

こうは言うものの、実をいうと私自身、探偵小説の行くべき道をどうしたらよいか、まだ迷っているのであって、もしどなたかに適当な道を教えてもらうことが出来れば幸甚(こうじん)の至りである。

大衆文芸ものの映画化

　大衆文芸と一口に言っても、その範囲は広いから、私はそのうちの探偵物の映画化について一言したい。このことについては今年になってから、色々の雑誌や新聞で述べてきたから、重複の点は我慢してもらいたい。

　従来の探偵小説映画化は一言にして言えば、多くは失敗であった。これは作者が映画化ということを念頭に置いて探偵小説を書かないからである。探偵小説を映画化したもので「拳骨」や「ファントマ」などは、ともかく、喝采(かっさい)を博(はく)したようであるが、あれは題材の取り扱い方が、探偵小説化に都合がよかったからであろう。もっともあれ等の作者がやはり映画化を主眼に書いたものであるかも知れぬが、……何だかそんなようなことがどこかに書いてあったような気もするが……まあ、あれは過去のものとして深いせんさくをしないことにする。

　一人の名探偵が証拠によって事件を解決して行くというようなものは、読んでは、非常に面白いけれども、映画になると頗(すこぶ)る退窟である。指紋だとか、髪の毛だとかいったものを、探偵が発見する場面などは、見物にとっては、小説を読むほどスリリングではあり得ない。だから、シャーロック・ホームズ物をはじめとして同種の小説の映画化は、映画それ自身に、特別の価値はもつとしても、原作の味は出ないのである。

　だから私は、これからは、作者が映画になる探偵小説を書くことに苦心しなければならぬと思う。そうして、それを映画化する監督自身も勿論探偵小説の骨法に通じた人でなくてはならぬ。さもなければ、原作の味を必ず打ちこわしてしまうであろうと思う。

　私は大衆文芸の四月号に「龍門党異聞」なる探偵小説劇を書いた。特に私が探偵劇といわずに探偵小説劇といったのは探偵小説小の味を劇に出そうと試みたがためである。これはそのストオリーを書けば、独立した探偵小説になるつもりである。そうして、やはり同じように映画にも出来るつもりである。この劇は、五月八日から名古屋新守座に、伊井、河合合同一座によって上演され、五月二十一日から帝劇で上演される。一方、マキノの手で映画化されることになり、山上伊太郎氏によって映画脚色が行われ、近く撮影されることになっている。上演の暁(あかつき)は是非皆さんの感想が承(うけたまわ)りたいと思うのである。

それから、目下私が「新青年」に連載しつつある長篇探偵小説「疑問の黒枠」は、執筆の当初より映画化ということを念頭に置いて書き続けて来たものであって、いくらか、従来の探偵小説の型を出ているものと思っている。これは近く、聯合映画協会の手で映画化されることになり、直木三十五氏が、自分で監督されるはずになっている。この小説も、小説で読んだ時と同じような味を映画に移し得ると思っているのであるが、出来上ってみなければ、何とも言うことが出来ぬ。

こういう訳であるから、探偵小説をそのまま映画化して、探偵小説と同じ味を持つものの出来るのは、まったく将来のことに属すると思う。そこで当分のうちは、従来の探偵小説の映画化が行われるであろうが、その際映画脚本を書く人はなおさら、探偵小説の骨法に通じた人でなくてはならぬ。言いかえれば原作に従って、別の探偵小説を作り得る手腕がなくてはならぬと思う。さもなくば、到底碌(ろく)なものは出来ないのである。大衆ものといわれる髷物(まげもの)小説の映画化の際には、しばしば原作がぶち壊(こわ)されるという事をきくが、これは致し方のない事で、ぶち壊さなければ映画にならぬのが当然であろう。それと同じく従来の探偵小説を映画化する際にも、原作をぶち壊さねばならぬが、ただへたにぶちこわしたら、探偵小説は到底物にならないのであるから、どうしても、手腕のある人を要する訳である。

名古屋スケッチ

はしがき

「名古屋、おきゃあせ、すかたらん」

誰が言い出したか、金の鯱鉾に、先祖代々うらみを持った人でもあるまいに、まんざら捨てたものでもない名古屋の方言から、「おきゃあせ、すかたらん」を選んで、その代表的のものとするなど、まことにすかたらん御仁と申すべきである。

だが、どうも、その方言の響がミュージカルでないことは、いくら慾目でも、認めざるを得ないところである、と同時に、市街全体が、金の鯱鉾に光を奪われたのか、何となく暗い感じのするのも争われない真実であろう。「と同時に」を今一つ、名古屋人の心が、薄情で、我利々々だということも、口惜しいけれど是認しなければならぬと思う。おや、こんな悪口は書くつもりでなかったのに、つい筆がすべって……。もっとも、われとわが身を悪くいう癖も、名古屋人間の無くて七癖の一つかも知れぬ。筆者は典型的の名古屋人なのである。

「花の名古屋の碁盤割、隅に目を持つ賤の女も、柔和で華奢でしゃんとして、京の田舎の中国の、にがみ甘みをこきまぜて、恋の重荷に乗せてやる伝馬町筋十八丁、その他町の数々を語り申さん聞き玉え」

これは宝永七年、名古屋で刊行された「今様くどき」の名古屋町尽しの冒頭だが、その碁盤割も、大名古屋市となった今は崩れて、人口八十八万は有難いけれど、日本第三の都市と威張ったならば、その都市の田圃で、盛んにメートルをあげる蛙どもから、げたげた笑われるにちがいない。従ってその、「柔和で華奢でしゃんとして」いるはずの女も、今は追々に姿をかくして、もっとも、これは名古屋ばかりの現象ではないけれど、遅がけながら、モダン・ガールというものが見られるのは御芽出度いとも申そうか、「今様くどき」の著者には、ちょっと面はゆい心地がする。

だが、宝永と昭和の間には、大きな年月の差異がある。とは、言わずと知れたことだが、ややもすると、昭和の名古屋に、宝永の俤が多分に残っているのは、あながち筆者のひが目ではないようだ。もっとも、どの都市にだって、あの新らしさを売り物にするヤンキーたちの、礼讃措くあたわざるニューヨークにだって、昔の俤は残っているから、それは決して質の問題ではないが、今の京都よりも、却って名古屋に昔しくさい感じの多いのはどうした訳であろうか。廬山に入っては廬山を見ず、まして、病身もので、めったに外出しない筆者のことだから、大きなことは言えぬけれど、どうも名古屋は近代化しにくい性質らしい。

とはいうものの、年々歳々、たえず変化はしつつあるのだ。昭和三年には、昭和三年らしい色彩があるはずだ。それをスケッチして見ようというのが、この一篇の目的だが、何しろ書斎の虫のことだから、碌な観察は出来かねる。

広小路

名古屋を西から東へ横断する、いわば銀座通りである。名古屋駅を下りてから柳橋、納屋橋を越すまでは、銀座どころか、銅座か鉛座ぐらいの感じしかないが、一たび納屋橋に立って、静かに東を向いて眼を放つならば、さすがに、近代都市の面影を認めざるを得ない。十数年前までは、視野のまん中に、はるかむこうに日清戦勝記念碑が、生殖器崇拝論者を喜ばせそうな形をして突立ち、なくもがなの感じを起させたものだが、今は、覚王山のほとりに移されて、視野に入るものは、第一銀行支店、三井銀行支店、住友ビル、名古屋銀行、明治銀行など――考えてみれば、拝金宗の寺院ばかりであるが――両側にいわゆる輪奐の美を争っている。もっとも、都市の大建物で、拝金宗の権化ならざるものは尠なく、ニューヨークのウールウォース・ビルヂングの案内書に、商業寺院 Church of Commerce として紹介されてあるのは、さすがにヤンキーだけあって、言うことが徹底的である。

街の両側にある柳は、初夏の頃など、眺め心地が頗るいい。その柳に因んで名づけられた新柳町に、前記の諸寺院の大部分がある訳だが、旧本丸から熱田まで縦走している本町筋との交叉点から、市の中心をなす大津町筋との交叉点までが、いわばもっとも繁昌なところであって、「栄町」の名は至ってふさわしい。その栄町と大津町との交叉点に立って、暫くの間、眼を四方に配るならば、モダーン名古屋の特徴がしみじみ感ぜられるであろう。

東北隅に座を占めている赤煉瓦の建物は日本銀行名古

屋支店で、この支店を動かすことが出来なかったため、大津町筋を真直にすることが出来ず、電車線路が歪んでいるところは、弁膜不全の心臓を見るようである。赤煉瓦の建物など、どう考えても時代遅れだが、その時代遅れの建物にがん張られて、街の方を歪めたところなどは、どうもやっぱり名古屋式であるらしい。日本銀行支店など、名古屋の三銀行（名古屋、愛知、明治）から見れば問題にされていないのだが、いや、むしろ継子扱いなのだが、その継子のためにせっかくの都市の美観を犠牲にするとは、げにも残念至極なことではないか。

その日本銀行と対角線的位置にあるのが、旧伊藤呉服店、今は栄屋と称する食料品専門の販売店である。近々改築されるはずで、いやもう一日も早く改築してほしいと思われる、旧式な洋風建物で、しかもその中で、台所専門のあきないが行われているというのも、やっぱり名古屋式であるかも知れない。

あとの二つの角にある建物は、これという特徴のないもので、名古屋市の中心点はいわば、まことにさびしいものである。ただ、大津町筋を南にさがると、松坂屋デパートがあり、昨今はどうやら、そちらへ中心点が移動しそうであるが、広小路をはなれて中心点をつくることは当分はどうもむずかしそうである。その証拠に、断髪やセーラーパンツは、やはり広小路に最も多く見られるからである。メニキュアド・ハンドに、スネークウッドのケーンを持ち、しゃんとしたネクタイをかけた所謂広小路伯爵は、カフェー・ライオン、カフェー・キリンを根城として、夜になるのを待ちかねるのである。

一たび夜の帷が下されると、広小路は名代の夜店の街とかわる。なにもこれは珍らしい現象ではないけれど、その夜店の種々雑多なることは、日本のどの都市にも遜色がないであろう。市役所前から、名古屋駅頭まで、断続しつつある偉観は、大した自慢にはならぬが、それ自身として、すばらしいものである。その夜店に食べ物の多いのは、名古屋の特徴が食べ物にあるという見かたに一つの材料を提供する。もっとも名古屋には、食通は至って少ない。名古屋人には、おつな食物よりも、やすい食物が気に入るのだ。まさか、屋台店で、食べ物を値切る人間もないけれど、値切りかねないのが、名古屋人の腹なのである。

いや、広小路伯爵の話が、とんだところへ落ちてきたが、元来広小路伯爵なるものは、純粋の名古屋人ではないのであるから、この悪口に気を揉む必要はないであろう。その代り、広小路伯爵たちは、赤電車の通ったあとの広小路には多くは無関心である。けれども、名古屋の名古屋らしさは、午前零時以後の広小路界隈にあるといってよい。そこにはかの「なも」「えも」のなまりを売り物にする紅裾たちが、縦横にうごめき始めるからである。盛栄連、浪越連、廓連、睦連。昨今、税金の値上げときいて悲鳴をあげているのはいささか艶消しだが、さすがに玉は悪くない。

大津界隈

東京の浅草、大阪の千日前、京都の新京極、それに匹敵するのが名古屋の大須である。そこには金龍山浅草寺ならぬ北野山真福寺があって、俗にこれを梅ぼしの観音という。梅ぼしとは、「おお酸！」（大須）という駄洒落だが、実は先年まで、観音堂の裏手に「大酸」ならぬ「大あま」の旭遊廓があって、大須の繁昌したのは、半ばそのためであった。旭遊廓は今は中村に移転したのだが、その当座、遊廓を飯の種としていた人たちは、この先どうなることかと蒼くなったけれど、観音様の御利益は、「刀刃段々壊」で、だんだんよくなったなどというのは罰当りな駄洒落かも知れない。

観音様の境内が、食べ物の店で占領されていることは、ここに至って名古屋の特徴が最も露骨にあらわれていると言ってよい。仁王門から本堂に通ずる道は、食べ物店を迂回する。何と痛快な現象ではないか。ここ十数年前までは、すべての民衆娯楽機関が、境内のいわば四面を取り囲んでいたが、今は映画が主になって、もう、あの説教源氏節の芸子芝居は見られなくなってしまった。説教源氏節は誰が何と言っても、名古屋のもので、名古屋情調をたっぷり持ったものだが、今はもう、安来節などに押されて、大須から程遠からぬ旧末広座を活動小屋にした松竹座で、アメリカ本場に劣らぬジャズが聞けるなど、時の力は恐ろしいものである。

大須といえば縁日を思う。香具師はやっぱり大須を中心として活動しているのだが、これももう追々すたれて、珍らしい芸は見られなくなった。昔は夜の大須は、到底広小路などの及ぶべくもないほど活気があったものだが、遊廓がなくなってからは、げっそりと寂しくなった。観音堂裏は、昔の不夜城の入口で、今僅かに玉ころがしや空気銃、夏向きには鮒釣りなどで、職人肌の兄貴連を引きつけているが、弦歌のひびきぱたりと絶えて、二三の曖昧宿に、臨検におびえながら出入りする白い首が闇にうごめくだけでは、ただもう寂しさの上塗りをするだけである。

スケッチでなくて何だか懐旧談のようになってしまっ

た。けれども、明治末期に生れたモダン・ボーイならざる限り、現在の大須をながめては、その昔大須にあふれていた名古屋情調を顧りみて惜まざるを得ないのである。そうして一たび旧名古屋情調をしのびはじめたならば、今の名古屋で、だんだん勢力を得てきたモダン・カフェーへは、ちょっと、はいる気がなくなるのである。

とはいうものの、最近の名古屋を知ろうとするものは、数十軒を数うるカフェーを見のがしてはならない。昼なお手さぐりを要するような暗さの中で、コーヒーか紅茶一杯に、ものの三時間乃至（ないし）五時間も、ウエートレッスと饒舌（おしゃべり）にふける気分は、到底筆者などの及びもつかぬ感覚であり心境であるのだ。

もっともこれ等のカフェーが新時代の要求によって生れたかどうかは考え問題である。小資本ではじめ得られて、比較的多くの収入があるということも、カフェーの殖えた原因の一つであろう。何しろ、大須附近に、いわば一ばんはじめに、カフェー・ルルが出来たのは、まだたった三年ばかり前であるのに、それ以後、四十軒にも殖えたのは、一種異様の現象でなくてはならない。はじめ易い商売だといっても、客がなければ自然につぶれなければならぬのに、ますます殖えて行く傾向のあるのは、やっぱり新時代に適しているからであろう。

そのカフェーと共に、今名古屋で、漸次（ぜんじ）流行しようとしているのが、ダンス・ホールである。大阪で禁止されたための、一種の調節現象かも知れぬが、そのダンス・ホールの一つが、中村遊廓に出来て遊廓よりもよく流行（はや）っているのは皮肉なことといわねばならぬ。というよりも、遊廓経営者の一考を要すべき点であろう。

中村遊廓

たとい中村遊廓が、東洋一の建築美を誇っても、そうして今なお木の香（か）新らしく嫖客（ひょうきゃく）の胸を打っても、やはり遊廓は旧時代の遺物である。いっそ古ければまだ古いだけに思い出も深いのだが、元亀天正（げんきてんしょう）の昔をしのぶ外（ほか）、（というのは、中村はいうまでもなく、太閤（たいこう）様の出生地なので）何のようすがもないとなると、大門を入って、両側に美しくならぶ雪洞（ぼんぼり）にも、ただもう人肉の切売りという、現実の血腥（ちなまぐさ）いような感じをそそられるだけである。

汽車の煤煙（ばいえん）で化粧された名古屋駅近くの明治橋を渡って、一直線に単線電車を凡そ十五分ほど乗ると、大門へ着くのだが、少し威勢のよい足なみで突き進むとやがて田圃へ出てしまって、検黴（けんばい）病院のいかめしい建物が、目に痛いほどの寂しさを与える。歌川広重（ひろしげ）の「新吉原」は、さびしさそのものではあるが、なおかつその底には、伝統的な一種の言うに言えぬ甘い情調がかくされているけれど、中村遊廓には、そんな気分など、薬にしたくもないのである。

　不景気の影響を受けてか、昨今のさびれ方は甚だしいものだが、これはあながち、不景気の影響ばかりではないようである。その証拠には、前にも述べたごとく、遊廓内のダンス・ホールの繁昌でもわかる。要するに、このような遊廓は、もう、新時代には適せぬのだ。いっそ、懐古趣味を発揮させようとするならば、うちかけを着せて張店（はりみせ）を出すがよい。張店といえば、昨年一時そんな噂がひろがって、政治問題とされたことがある。筆者は公娼存置にも、張店にも賛成だけれど、遊廓そのものの改良は、早晩（そうばん）行うべきだと思っている。

　中村遊廓の振わぬのは、べらぼうに高価なこともその原因の一つであるらしい。もっとも、それは大店（おおだな）だけのことだが、市内で、比較的廉価な遊びが出来るものだから、わざわざ遠くまで出張に及んで高い金を払う必要がないという論者がかなりに多い。誠にそのとおりである。市内におけるいわば私娼、乃至みずてん芸者の跋扈（ばっこ）は恐ろしいもので、筆者の手許には、相当の材料も集っているけれど、これはスケッチに用のない事、沈黙を守って、蓋をあけないことにしよう。

　午前零時といえば、遊廓は最も繁昌しなければならぬのに、その頃試みに中村遊廓内を散歩して見るがよい。素見（ひやかし）の客があちらにチラリ、こちらにホラリ、ところどころにタクシーが横づけになっていて、まるで、猖獗（しょうけつ）な伝染病流行当時の都市を見るようである。一つしかない名古屋の遊廓だ。こんなことに力を入れるべき性質のものではないが、もっと繁昌してくれなくては、名古屋の御城（おしろ）とともに、今に民衆の心と没交渉になるかも知れない。

×　×　×

　名古屋でスケッチすべきところは、まだほかに沢山ある。熱田は今は名古屋市内となったが、そこには尊き熱田神宮がある。なおまた名古屋市民に近頃追々喜ばれ出した鶴舞（つるま）公園は、スケッチの種にならぬことはないけれど、公園などのスケッチに出かけては、近頃流行の感冒にでも襲われると悪いから、今日はこの辺で筆をとどめておく。

ペンから試験管へ

五月末日までには必ず原稿を御送りしますと約束しておいたところ、二十三四日頃から腰部の筋肉リウマチスらしいものに冒(おか)され、机に向って筆を執りにかかると、たまらなく痛んでくるので、不本意ながらそのままにして六月に入ると編輯者の手紙が着いて、あなたの原稿が来ないと全体の組付がはかどらぬから、早速送ってほしいとの事に、それではと、痛いのを我慢してとにもかくにも責をふさぐことにした。

実は何か読みごたえのあるものをと思ったのであるが、早急のこと故考(かんがえ)がまとまらず、やむなく一身上のことを語らせて頂くことにしたのである。

それは外(ほか)でもない、ペンの生活から試験管の生活へ移りたいという私のかねての希望をぼつぼつ実現しようとすることである。昨年の暮から今年にかけて、屋敷の一隅にちっぽけな研究室を建てかけたが、漸(ようや)く完成に近づいたので、適当なアシスタントを得次第、生物学の研究にとりかかることになったのである。

事はそれだけのことであるが、いわばこの方向転換をするについての私の心持ちを述べたいのである。

大学を卒業すると同時に私は生物学研究に志し、一生涯をこの学問に捧げようと決心したのであるが、はからずも病のためにその志を中絶するのやむなきに至った。一時は、とても回復の見込が立たず、医師もかく言い、自分もしか思って、健康体でなくては従事することの出来ぬ生物学研究は永久に縁のないものとあきらめ、それではと好きな探偵小説に読み耽(ふけ)り、そのせいかだんだん病勢が劣え、遂に探偵小説の創作を試みるに至った。

ところがいつの間にか、創作が本職のようになり、うかうかと三年あまりを過したが、一方健康が恢復するにつれて、生物学研究の希望が少しずつ頭をもたげてきた。それと同時に私は研究の義務を感ずるに至った。文部省の留学生たるものは、帰朝後留学期間の二倍だけ官立の学校に奉職する義務がある。奉職は私の傷(きず)ついた身体の到底堪え得るところではないから、せめて生物学的研究に従事して、多少なりとも学界に貢献するところがなくてはならぬと思ったのである。かくて、私は研究室を設けるに至ったのである。

　もともと私は創作には少しの自信もなかったが人から勧められるままに創作を試み、その後は註文のあるに従って書きなぐって来たのに過ぎない。だからまったくの余技である。その余技が昨今は外聞上余技らしくなくなってきたので、これからは余技らしくして行こうと思うのである。創作を断念したわけではなく、今後は、生物学研究を主として、創作を従としようと決心したのである。

　創作に自信のない私も学術研究には多少の自信がある。もとよりそれは己惚(うぬぼれ)であるかも知れぬが、自信がなくては小さな研究室でも建てる気にはならぬ。実のところ、研究したいと思うテーマはかなりに沢山ある。そのテーマをつかんで実験を進めて行くときの楽しさは、今から思いやられる。

　それに、人間の頭脳のはたらく時期には通常限りがあるようだ。もう私も来年は四十になるから、実験を始めるならいまのうちである。ただ生物学研究には「金」を要する。これはエールリッヒのいわゆる学術研究に必要な四つのG（Gの字のつく言葉、幸運(グリュック)、忍耐(ゲヅルド)、熟練(ゲシック)、金銭(ゲルド)）の一つだ。だからこの「金」を当分のうちは余技で補って行かねばならぬが、そのうちには何とか工夫がつくと思う。

　普通ならばここに探偵小説壇を回顧して、新進の作家に道を譲るとか何とか書くべきだろうが「猟奇」の読者には言わでも知れた事、また、私はそういう言葉を物するだけの資格を持たぬ。ただ、探偵小説壇の隆盛を祈る心は常にかわらないのである。

『龍門党異聞』について

姥谷(うばたに)さんから、拙作「龍門党異聞」についての、感想をとのことに、厚顔(あつかま)しくも、貴重な紙面を拝借して、あの作の出来上った事情その他について述べさせてもらうことにした。「龍門党異聞」は、三幕七場の髷物(まげもの)劇で、河合武雄氏の依嘱(いしょく)によって書きおろしたものである。

この一月、河合氏一座が名古屋の新守座(しんもりざ)に来られたとき、三の替りの出し物の一つとして、やはり髷物劇なる「紅蜘蛛奇譚」を書おろした。これは、浜松、静岡、神戸で上演されたが、劇の性質上大阪では、上演を許可されないであろうという予想のもとに、同一座が二月の浪花座(なにわざ)に出すものとして、別の脚本を書くよう、河合氏から依嘱されたのである。

何しろ、二月の五日までには是非とも書き上げねばならぬということであったので、まったく倉皇(そうこう)のうちに執筆し、構想のきまったのが一月三十一日であったから、約五日間、殆んど徹夜(てつや)して、とにもかくにも予定通りに出来上ったのである。

ところが、いよいよ稽古(けいこ)に取りかかろうとすると、意外にも、念のためにかねて、出願してあった「紅蜘蛛奇譚」が上演の許可を得たので、それではといって、浪花座の二月狂言には「紅蜘蛛奇譚」が上演されたのである。

その後、その当時の河合氏一座の人々は分れて、河合氏は三月、四月を、東京の松竹座で旧派にまじって活動を続けられたが、五月になって、伊井氏一座と合同することになり、木内興行部の手で、はじめて「龍門党異聞」が、名古屋の新守座で上演され、次で、五月二十一日から、帝劇で上演されることになったのである。

「紅蜘蛛奇譚」も「龍門党異聞」も、探偵小説の持つ味を、劇に移そうと試みたものである。従来の探偵劇は、所謂(いわゆる)捕物式のものであったから、捕物式をはなれた探偵劇を書いてみたいというのが私のかねての希望であった。かような探偵劇が、衰えつつある新派劇を復活せしめ得るか、否かの問題は別として、面白い探偵小説劇（探偵劇といわずに、探偵小説劇という変な名をつけたのは、探偵小説の味をそのまま劇に移したものという意味である）ならば、きっと大衆に喜ばれるにちがいないと思ったのである。

　さて、「紅蜘蛛奇譚」がいよいよ上演されてみると、作者の用いたトリックよりも、やはり役者の芸そのものが目立って私のねらったところとはむしろ、別の味が出てしまった。そこで私は、第二の作において、主として筋によって見物を引きつけるものを書こうと企てそれによって、出来上ったのが即ち「龍門党異聞」である。

「紅蜘蛛奇譚」においては、女賊お辰を主人公とし、河合氏がその主役を勤めたのであるが「龍門党異聞」においては、河合氏の役は外見上主役とはなり得なかった。しかし、私の考では、この劇は、筋そのものに重きが置かれてあるから、あの中に出て来る総ての人物を平等の地位に置くつもりであったのである。みんなして、一つの筋を運び、だんだん見物を引張って、最後にあッといわせるという風にしたいと思ったのである。これが所謂探偵小説のコツであって、これを劇であらわしてみたかったのである。

　ことに、河合氏の勤める、「お玉」の役は、比較的動きの少ないものであって、私自身も、河合氏にとってお気の毒だと思ったが、しかし、私としては、いよいよ芝居になったのを見て非常に満足した。この「龍門党異聞」は、近く、マキノで映画化されることになり、大詰の場は、芝居よりも実感がよくあらわれるのであろうが、お玉の役は、映画では到底あの味は出ぬであろうと思う。こんなことは言うまでもないことであるけれど、河合氏の苦心の並大抵でなかったことを思って感謝の意を表する次第である。

「龍門党異聞」は雑誌「大衆文芸」の四月号に発表されたが探偵小説劇なるものは、どちらかというと、雑誌などで発表しない方がよいかも知れない。芝居を見ぬ先に筋がわかっていては、却って興味を少なくする恐れがあるからである。先般上演された探偵映画「バット」には、その最後に、見物に向って「まだこの映画を見ない人には、犯人の名を決して話して下さらぬよう」という注文がしてあった。それと同じく「龍門党異聞」でも、それを見た人に向って、「決して最後の解決を他人にお話し下さらぬよう」と私は言いたいくらいである。雑誌に発表しておいて、今さらこんなことを言うのは、甚だ当を得ていないが、むしろ雑誌を御覧下さらないで芝居を見て頂いた方が、きっと興味が多いと思う。

　それ故、私は、ここでは「龍門党異聞」の筋書きは述べない。で、名古屋で上演されたときの印象を述べると、伊井氏の講釈師南龍、河合氏のお玉に申し分なく、石川氏の乳母お浅、武安氏の東狸、大矢氏の水野兵庫、瀬戸氏の娘雪枝いずれも、その役にはまっていた。その他、龍門党員や隠居に扮する人々は、それぞれ十分な持ち味を出してくれた。新派の人々は何をやっても器用である。だから今後劇作家がよい脚本さえ提供すれば、決して、新派は衰亡しないという感じを深くした。

　次に劇そのものの感想であるが、作者としては、色々のアラが見えて、不満なところも尠くない、「待乳山会合の場」など、よほど短くしたつもりだったが、まだ少し長過ぎるような気がした。

　作者が一番心配したのは、佃沖の船上の場面である。寝棺を水中に落すところが、うまく行くかどうかと、内心大に危ぶんでいたが、幸いにそれは杞憂に終った。しかし、何といっても、この点は、映画の方がより多く、劇的効果を収めるにちがいない。

　なお色々細かい批評を書きたいと思うけれど、作者自身が書くのもおかしいから、これは皆さんに見て頂いて、皆さんの判断にまかせたいと思う。

　ただ私として、本当に知りたいと思うことは、かような探偵小説劇が、大衆にどの程度の感興を与えるかということである。勿論一度や二度失敗したとて、それで手を引くのは間違っているけれど、今後私は機がある毎にこの種の脚本を発表して行きたいと思うから、この点について、皆さんの率直な感想をきかせて頂きたいと思う。

　何しろ、脚本には、まったくの素人の私であるから、科白や人物の出し入れなどには、随分、とんちんかんなものがあるにちがいない。こういう点は、今後大に勉強して改良して行きたいと思う。

編者解題

阿部 崇

〈論創ミステリ叢書〉第一〇九巻『小酒井不木探偵小説選Ⅱ』をお届けする。

長篇・短篇含めて百をはるかに超える小説を発表してきた小酒井不木であるから、当然、作品に登場させた探偵役も数多く、それぞれに工夫がこらされている。しかし、シリーズキャラクタと呼べるほど複数回登場している人物となると、二〇〇四年に刊行された『小酒井不木探偵小説選』で紹介した「少年科学探偵」塚原俊夫と、本集で紹介する松島龍造くらいである。そこで今回はシリーズキャラクタになりきれなかった「名探偵」たちにも集合してもらってそれぞれの持ち味を読み比べてもらうという趣向を考えた。それと同時に、なるべく小酒井不木という作家の仕事を網羅出来るようにも意図したので、必ずしも特定の探偵が事件を解決するスタイルの作品ばかりを集めたというわけでもない。

評論・随筆については、作品執筆の背景、作者の創作姿勢がうかがい知れるものを中心に、現代の読者の目に触れる機会の少なかったものを取り上げた。

小酒井不木の略歴についてはすでに前巻の解題でも紹介済みであり、内容が重複するところもあるが、補足を加えながら振り返っておきたい。

小酒井不木（本名・小酒井光次）は一八九〇（明治二十三）年十月八日、愛知県に生まれた。父は蟹江村（現在の海部郡蟹江町）の地主であった小酒井半兵衛。半兵衛とその妻・テツとは再婚同士であったが、二人の間に子が生まれなかったため小酒井家では愛人との間に出来た光次を引き取って育てることにした。その際にテツが育児を拒否し、先夫との間に残してきた子のために家の金を使い込んで騒動になるなど問題が勃発し、始めから円満な親子関係が築かれたわけではなかったようである。

成績優秀であった光次は愛知県第一中学校へ進む。在学中、十六歳の時に父・半兵衛が亡くなると母親は進学に反対したが、当時校長であった日比野寛の強い勧めがあって京都第三高等学校に入学、卒業後は東京帝国大学医科大学に進学した。

不木の随筆にはしばしば母との思い出が綴られているが、そこには母への思慕と同時に、父が亡くなってから学費などの金銭面で助けてもらえず不自由したことなど、母との折り合いに苦労してきた様子が見受けられる。処女創作となった新聞連載小説「あら浪」（『京都日出新聞』明治四十四年三月四日付～五月二十三日付）は、実家からの援助を期待出来ない不木が学費・生活費の不足を補う目的もあって執筆し、新聞社に売り込んだものであった。

一九一五（大正四）年、二十五歳の時には恩師である医学博士・永井潜の序文を受けて洛陽堂から処女出版となる『生命神秘論』を刊行した。この年の冬に母が亡くなり、自身も肺結核を患って片瀬で療養生活に入ることになる。

翌年には体調が恢復し、一九一七（大正六）年に東北帝国大学医学部助教授に任ぜられると共に、衛生学研究を命じられて海外留学に出発する。まずアメリカCornell University の Arthur F. Coca 博士（アトピーの命名者として知られる生理学者）の元で一年間研究活動に従事し、その後はイギリス・ロンドンに移った。ロンドン滞在中に肺結核が再び悪化したため、一九二〇（大正九）年初めにブライトンに転地療養しつつその後フランス・パリに移る。その先はドイツへの留学なども予定されていたようだが、病状の悪化に伴って叶わず、留学の継続を断念してその年の冬に帰国。一九二一（大正十）年には医学博士の学位を得て東北帝国大学の教授に任じられたが教壇には立てず、そのまま退職した。彼の能力を惜しむ声が多かったことは、次のような当時の短い記事からもうかがい知れる。

> 東北大学医学部衛生学教授小酒井光次博士は帰朝後郷里名古屋にて宿痾の治療中であるが八日教授会迄辞表を提出して来たので教授会では協議の結果二年でも三年でも恢復する迄待つと云ふ事となり辞表を保留した因に衛生学の講座は当分東大の横手教授に依頼するとの事である（仙台電報）

（『東京日日新聞』大正十年十月十日付）

病床の徒然に筆を執った「学者気質」の連載が始まると、「探偵小説」（『東京日日新聞』大正十年九月十日付）の一遍を目にした『新青年』編集長・森下雨村から原稿執筆の依頼があり、そこから本格的に小酒井不木としての文筆活動が始まった。このエピソードは戦前の探偵小説に詳しい読者にとっては周知のところであろう。

小酒井不木旧宅跡（名古屋市昭和区）は現在でも名古屋のガイドマップに紹介されている名所となっているが、不木がこの地に家を建てて移り住んだのは一九二三（大正十二）年のこと。代表作の一つである「殺人論」（『新青年』大正十二年三月号～十一月号）が書かれた年、そして何よりも、絶賛を以て江戸川乱歩を世に送り出した「『二銭銅貨』を読む」（『新青年』大正十二年四月号）が書かれた年である。

昔この家へ行くには鶴舞公園前市電を降りて、公園の中をぬけて倚門橋を渡り東へ五、六丁行くと、昔の郡道へ出る。その郡道の手前二軒目で、この家へは江戸川乱歩はしばしば足を運んだし、国枝史郎、川口松太郎、土師清二、本山荻舟、平山芦江、その他大衆文芸にその人ありといわれる作家は、ほとんど一度は訪問している。大袈裟にいえば、大衆文芸のメッカであり、事実またこの家から、今日いうところの大衆小説が生れたといつても過言ではない。それは小酒井不木が、当時すでに大衆文壇の大御所であつたという意味でなく、不木が病弱のため外出が思うに任せなかつたからである。

岡戸武平「名古屋作家史」（『め』昭和三十二年九月）

不木邸は名古屋における探偵小説作家たちのサロンとなり、探偵小説・大衆文学ムーブメントの中で起こったいくつもの大きな動きの中心となってゆく。

『新青年』に迎えられた小酒井不木に与えられた役割は、医学博士としての知識と経験を生かし、犯罪にまつわる古今東西の科学・文学をテーマとした読み物を執筆して、読者の好奇心を満たすことであった。『新青年』誌に発表された随筆・評論の代表作としては、先に挙げた「殺人論」のほか「毒及毒殺の研究」（大正十一年十月号～大正十二年一月号）、「犯罪文学研究」（大正十四年六月号～大正十五年九月号）などがある。

そして随筆・評論を量産する一方で、不木は海外探偵小説の翻訳を経て、創作探偵小説の執筆に挑戦するようになってゆく。一九二四（大正十三）年に科学雑誌『子供の科学』に「紅色ダイヤ」を発表したのを皮切りに、『新青年』をはじめとする雑誌を主な舞台として数多くの短篇を発表していった。不木の代表的な作品として取り上げられることの多い「痴人の復讐」「恋愛曲線」「印象」などはおおむね一九二五（大正十四）年から一九二六（大正十五）年にかけて発表されたものである。

探偵小説は高い教養を持った知識人を十分に満足させ得る文学と考えていた不木だが、いわゆる「大衆」とされる広汎な読者層に探偵小説の魅力を訴えるためのＰＲ活動にも率先して力を注いだ。白井喬二らの提唱による二十一日会に江戸川乱歩を誘って探偵小説文壇から参加し、『大衆文芸』に寄稿するようになったのもその一つである。一九二六（大正十五）年一月に創刊された『大衆文芸』は一九二七（昭和二）年七月号をもって休刊するが、小酒井不木はほぼ毎号創作と随筆を一編ずつ寄稿し、誌面に貢献している。

一九二七（昭和二）年、『新青年』誌上で自身初の長篇となる「疑問の黒枠」の連載を開始すると、探偵作家はアイディアの枯渇による行き詰まりを打破するため、短篇よりも長篇へ、奇抜なトリックよりもプロット重視の方向へとシフトしてゆく必要があると主張するようになった。不木はこの考えをさらに推し進め、複数の作家がアイディアを出し合ってプロットをまとめるという、合作の道を模索するようになる。その結果として誕生したのが、江戸川乱歩との合作短篇（「屍を」「ラムール」）であり、小酒井不木、江戸川乱歩、國枝史郎、長谷川伸、土師清二の五人（のちに平山蘆江を加えた六人）によって結成された耽綺社である。耽綺社の活動は戯曲脚本「残されたる一人」（『サンデー毎日』昭和二年十二月十八日号）に始まり、一九二八（昭和三）年には『新青年』で大々的な宣伝とともに長篇「飛機睥睨」の連載を開始する。しかしこの合作活動は思ったような成果を上げることが出来ず、結局映画脚本や戯曲、小説をあわせて十篇ほど製作しただけで、耽綺社は小酒井不木の死とともに自然消滅してしまった。

一九二九（昭和四）年四月一日、数日前から体調を崩していた不木は、肺炎のために息を引き取る。葬儀には在京の探偵小説作家らも多く駆けつけ、没後すぐに企画が始まった『小酒井不木全集』は当初全八巻を予定していたが、人気に後押しされて増巻を重ね、最終的には当時の探偵小説作家の個人全集としては類を見ない、各巻平均五百ページ超、全十七巻という大ボリュームを誇る著作集となった。
不木逝去の直後、全集の出版を打診したのは改造社と春陽堂である。片や『世界大衆文学全集』で全集ブームの火付け役となった改造社、片や不木の大ベストセラー『闘病術』や処女短篇集『恋愛曲線』の版元である春陽堂、どちらも譲らぬまま、江戸川乱歩が間に立って両社と折衝にあたり、結果全集の出版は改造社からということに決まった。廉価で大部数を売る方針の改造社から出した方がより多くの印税が遺族に入ると見込んだから、ということになっている。

春陽堂には従来小酒井氏の単行本を出した縁故があるのだけれど、伝統の地味な営業方針で、大部数出せるかどうかあやぶまれた。私としては遺族の印税収入のこともあり、出来るだけ大部数出版させたかった。ある人々は、そんなに大衆的にしないで、たとえ部数は少なくても高価な上品な本にした方がいいだろうといった。しかし、小酒井氏は探偵小説の大衆的進出を唱えて書きまくった人だ。専門の医学にしても、研究室にとじこもる趣味も、むろんあったけれども、その専門知識を通俗的にくだいて、広く大衆を救いたいという気持を持っていた人だ（中略）そういう点から、私は大部数主義が故人の意志に反するものでないことを信じていた。

江戸川乱歩『探偵小説四十年（上）』
（光文社文庫・平成十八年一月）

春陽堂は不木の生前に八冊の著書を刊行している。『闘病術』『恋愛曲線』のほか、『近代犯罪研究』『犯罪文学研究』といった不木の代表的な評論・随筆集の版元が春陽堂であり、探偵小説作家・小酒井不木の全集を編むなら自社で、という思いは強かったはずである。『小酒井不木全集』の刊行は昭和四年五月に始まっているが、同年十月には春陽堂からも『探偵小説全集第二巻　小酒井不木集』が刊行された。先に主立った作品は『小酒井不木全集第三巻　探偵小説短篇集』（同年五月）、『小酒井不木全集第四巻　探偵小説長篇集』（同年八月）に収録されたわけだが、代表作を外してセレクトした作品集にしては非常にクオリティの高い作品が多く並び、改造社の本は「全集」なのにこれだけの作品を洩らしている、という春陽堂の反抗心を思わせる内容となっている。しかしその後『小酒井不木全集』は増巻が決まり、完結までの間にそれらの作品も全てすくい上げられてしまった。今度は改造社の方が「全集」の名にふさわしいものを作った、という意地を見せた形になったといえよう。このような視点で『小酒井不木全集』増巻のプロセスを眺めていると、両社のプライドのぶつかり合いがそのまま『小酒井不木全集』の厚みとなって今に生きているように思えて非常に感慨深い。

次に、各作品について解説する。いくつかの作品では内容に踏み込んだ記載があるので、読み進める前に作品を読了しておくことを勧める。

〈創作篇〉

「画家の罪?」は『苦楽』大正十四年三月号に掲載された。創作の事情について、不木が江戸川乱歩に送った手紙が残っている。

さて「苦楽」の拙稿は申すまでもなく翻案もので、ほんのその場かぎりの読み物に過ぎません。ところが先日あなたに逢ひ、又かねて「女性」の切なる依頼があつたので、「呪はれの家」といふ五十枚程の純創作を四月号(一ヶ月後即ち三月中旬発表)に寄せて置きました。碌なものではありませんが、是非読んで下さつて御批評を仰ぎたいと思ひます。

「江戸川乱歩宛書簡　大正十四年二月十二日」(『子不語の夢　江戸川乱歩小酒井不木往復書簡集』皓星社・平成十六年十二月)

『小酒井不木全集　第十二巻』に附された「著作年表」によれば、「画家の罪?」を書き上げたのが一九二四(大正十三)年十二月二十四日、「呪はれの家」が翌年二月四日とのことである。「画家の罪?」は翻案ものとあるが、元となった作品は不明。当時不木が翻訳して紹介したS・A・ドゥーゼの諸作品などと同じく、留学中の後輩・古畑種基から送ってもらったドイツ語版の原書あたりから種を拝借したと推測されるがどうであろうか。

ドイツを舞台に探偵・後藤三郎が画家による男爵射殺事件の真犯人を指摘する、という筋立てで、「彼が欧洲諸国を遍歴して、各所で取り扱った探偵事件の一つをここに紹介しようと思う」と、始めから名探偵物語というスタイルで書かれた作品であるが、人物像はそれほど描きこまれておらず、「モーリス・ルブランの描いたルパンに似ている」と有名作品を持ち出してイメージを補っている程度に過ぎない。作者の持ち前の医学知識も、東西の探偵小説・犯罪学の文献に通じた博識も発揮出来ておらず、次作の「呪はれの家」に較べると作者自身思い入れが薄いのもわかる。
　単行本に収録される機会も少なく、今回は『叢書新青年　小酒井不木』（博文館新社・平成六年）以来となる。

「呪はれの家」は『女性』大正十四年四月号に掲載された。

　不木自身がデビュー作と認めるように、かなり力を入れて仕上げたことがうかがわれる。
　事件を解決するのは霧原庄三郎警部。「その犯罪者の、本当の急所を抉るような言葉を、最も適当な時機にたった一言いえば、きっと自白する」というのが彼の得意とする〝特等訊問法〟で、その一言を探り出す過程こそが霧原警部の捜査であり、その一言を発するタイミングこそが霧原警部をして名探偵たらしめている。訊問を行う前には必ずワインを取り寄せるという〝特等訊問法〟はある種のセレモニーであり、警部自身がそれを楽しんで行っている節さえある。霧原警部はほとんどオリジナリティの無かった後藤三郎とは対照的に、ひときわ個性的な登場人物といえるだろう。
　甲賀三郎は本名の春田能為名義で「『呪はれの家』を読んで」（『新青年』大正十四年六月号）を寄稿して、本作を批判している。中でも、汚物の調査など嫌悪感を催すような場面をわざわざ描いている点などを挙げているが、そうした場面も含めて、当時としては最新の科学に基づく捜査の手順が非常に丁寧に描かれ、探偵の推理を支えていることこそが本作の特徴といえる。霧原警部の鋭い観察眼が導き出した推理を、徹底した科学捜査によって証明することで、〝特等訊問法〟の一言は導き出されるのである。

　よく日本では、探偵小説を書くに家の構造が向かぬとか何とかいふ人がありますが、日本人の生活の中からもいくらも探偵小説の種は見つかるぞといふことを示すため……といつては少し誇張ですが、兎に角理論よりも作品で示した方がよいと考へて作つて見たのです。

「江戸川乱歩宛書簡　大正十四年二月十二日」（『子不語の夢　江戸川乱歩小酒井不木往復書簡集』皓星社・平成十六年十二月）

本作でいえば汲み取り式の便所に残った汚物の捜索こそがまさに「日本人の生活」から出た「種」ということになるのだろうが、〝特等訊問法〟のオリジナリティが評価される以前に、それを支えるために必要とした科学知識のリアリティが嫌悪の対象として不支持の表明を受けたのは作者としては大きな誤算だったに違いない。

　また、事件の動機の一端として身体障害・精神障害が先祖の犯した罪の祟りであると信じているかのような描写が見られるが、さすがに現在であればこうした書き方は避けるだろう。

　冒頭で紹介される「三等訊問法」は程度の低い捜査手法の意としてそれなりに浸透していたようで、夢野久作の諸作品などでも何度か言及されている。

　批判も多かったが結局は代表作の一つとなって、単行本にも『創作探偵小説集第五巻　恋愛曲線』（春陽堂・大正十五年）以降何度も収録された。最も近いところでは『怪奇探偵小説名作選1　小酒井不木集』（ちくま文庫・平成十四年）がある。


「**謎の咬傷**（かみきず）」は『女性』大正十四年七月号に掲載された。「呪はれの家」に続き、本作でも霧原庄三郎警部の〝特等訊問法〟が炸裂する。

　殺害されたのは女性の毛髪に執着するフェティシストの宝石商で、窒息死した死体の喉には歯形が残されていた。クロロフォルムの瓶、名前入りのハンカチ、刃物で切り取られた髪の毛、と探偵小説ならではの怪しげな遺留品がいくつも残る事件現場で、浮かんだ容疑者は女一人と男一人。しかし霧原警部は「第四者」の存在をほのめかし、〝特等訊問〟の準備にかかる。霧原警部の丁寧な捜査のプロセスはこちらでもしっかり描かれており、フェティシズムと事件の意外な真相とのマッチングも面白い。

　『怪奇探偵小説名作選1　小酒井不木集』（ちくま文庫・平成十四年）以来の単行本収録となる。


「**通夜の人々**」は『苦楽』大正十四年七月号に掲載された。

　探偵役として私立探偵の野々口雄三が登場する。本作および次作「ふたりの犯人」の大きな特色は、探偵・野々口が解決する事件がどちらも「現実社会で新聞記事となった事件」をモデルとしたものである、という点にある。日本人作家の創作は論理性に乏しい、というのは当時よく聞かれた批判であったが、不木は実際の新聞記事を材料にし、一見不可解に思われる状況をあたかもパズルを解くように合理的に解釈する、というスタイルで日本人は物語の論理的構成が弱い、という批判が当たらないことを示したといえるだろう。

霧原警部に〝特等訊問法〟という切り札があったように、野々口雄三にも独特の推理作法がある。「探偵に必要なのは機知と諧謔」を持論とする野々口は、常に『醒酔笑』を携行し、推理の際はそれを読みながら思考するのである。霧原のワインといい、野々口の『醒酔笑』といい、この時期の不木は小道具で主人公を印象づけようとする傾向にあったようだ。

また、本作で不木は多人斬りを扱っている。これはプライバシーが発達し、鍵のかかるドアのついた個室で生活する欧米では行われにくい犯罪とされており、逆説的な意味での日本らしい犯罪といえる。ここにもまた「日本人の生活の中から」見つけた「探偵小説の種」を使ったという不木の矜持を見ることができる。

『小酒井不木探偵小説全集　第一巻』（本の友社・平成四年、オンデマンド版は平成十六年）以来の単行本収録である。

「ふたりの犯人」は『苦楽』大正十四年九月号に掲載された。

前作で取り上げられたのは不木の地元、蟹江で起こったニュースであったが、こちらは一九二五（大正十四）年四月四日、兵庫県武庫郡で起きた「打出二婦人殺し」をモデルとしている。二人の下女を絞殺した犯人として当日同家にいた男が逮捕・起訴されたが、後に窃盗の前科のある男が犯行を自白、しかし死刑判決を受けると今度は潔白を主張して控訴した、という謎の多い事件である。

実際の事件では犯人の自白と現場の様子に食い違いが見られ、遺留品である煙草の吸い殻が最後まで誰のものかわからず真犯人に関して疑問が多い点、そしてなにより一つの殺人事件に二人の犯人が登場した、という点が探偵小説作家の興味をひいたのか、山本禾太郎も短篇「窓」（『新青年』大正十五年六月号）でこの事件を扱い、不木と同様に事件の再構成と探偵小説的解決を試みている。「窓」に関する作品分析、事実と虚構との比較研究については細川涼一「山本禾太郎における事実と虚構」（『京都橘大学大学院研究論集』平成十九年三月）という優れた論考があるので参考とされたい。

『小酒井不木探偵小説全集　第三巻』（本の友社・平成四年、オンデマンド版は平成十六年）以来の単行本収録となる。

「直接証拠」は『大衆文芸』大正十五年四月号に掲載された。

金貸しを殺害した大学教授の犯罪を被害者の息子が暴く、といういわゆる倒叙形式の探偵小説である。遺体と犯行の痕跡をすっかり消し去ることに成功した犯人が残した「直接証拠」とは何を指すのか、慎重かつ冷酷な犯人と、辛抱強く手がかりを探して何度も食らいつく息子との対決に息を飲むが、それと同時に、本作は被害者となった高利貸し・岩井仙吉と養子である春雄の関係描写においてミステリとは別の文脈で高い評価がなされている。

不木は、ハンセン病を探偵小説に材料として使ってはいるが、岩井仙吉が「冷静な性質」になったのは、ハンセン病に罹った絶望感からであるとし、養子春雄にとっては「親切」な養父であったとしている。これは、ハンセン病患者が登場する戦前の探偵小説の中で、患者の側の複雑な感情にまで立ち入って叙述をしようとした、ほとんど唯一の例外といっていいのである。

　細川涼一「米田三星論ノート」（『ヒストリア』平成十三年十一月）

老婆アリョーナの如く「冷たい性質」を持った「私の養父」には実は隠された苦悶――「恐ろしい病即ち癩病」があったとする作品の根底には癩患者に対する惻隠の情が横たわっている。「あなたは法律上の死刑よりもなほ一層恐ろしい刑罰を受けられることになりました。」とは、「毎日養父に昇汞水の注射をし」続けた孝行息子が密室完全犯罪をしても恬として恥じない西村博士に投げつけた、抑制された罵倒語なのである。

　泰重雄「検証会議『文壇におけるハンセン病観』総批判」（『部落問題研究』平成十八年六月）

佐野洋編のアンソロジー『ミステリー総合病院』（光文社文庫・平成四年）以来の単行本収録である。

「**愚人の毒**」は『改造』大正十五年秋季特大号に掲載された。

数日に渡って体調不良を訴えていた資産家の未亡人が急死し、亜砒酸中毒と診断されたことから警察の捜査が入って容疑者の訊問が始まる。

事件を担当する津村検事は「訊問ということを一の芸術と心得」る人物、ということだが、毒を入れることが出来たのは誰か、被害者を毒殺する強い動機を持つ者は誰か、丹念に訊問を進めて容疑者を追い詰め、最後に意表をついた真相を突きつける。論理性と意外性という、ミステリの魅力である両者がバランスよく楽しめる傑作であり、「恋愛曲線」「人工心臓」と並んで単行本に収録される機会の多い人気作品である。今回は『怪奇探偵小説名作選1　小酒井不木集』（ちくま文庫・平成十四年）以来の単行本収録となる。

「紅蜘蛛の怪異」は『キング』大正十五年九月号に掲載された。

刑事である森氏が「警視庁の刑事になった動機」と語る若き日の懺悔話。肺結核にかかって療養することになった氏が東京を離れる最後の夜に遭遇した殺人事件と、巨大な蜘蛛の文身を背中に施した女――。

本作の魅力は事件の意外性よりも、予期せぬ経験で受けた精神的なショックが弱った肉体にダメージを与え、幻覚を見るまで精神が追いつめられてゆく描写にある。ことに結核が悪化して喀血する様子には作者自身の経験が色濃く出て、不木の短篇の中でも指折りの説得力を持つ。

単行本に収録されるのは『叢書新青年　小酒井不木』（博文館新社・平成六年）以来である。

「稀有の犯罪」は『週刊朝日』昭和二年新年特別号に掲載された。

箕島、仙波、京山という三人の宝石窃盗団が、些細な錯誤から全員が生命を失うまでの顛末を描く。警察・探偵による事件の捜査は添え物で、ちょっとした勘違いや思い込みの連鎖が生み出す事件の展開そのものが主眼である。

死体解剖など、思いのほかグロテスクな場面が続くのだが、全体的にユーモラスな筆致で描かれていて、もしかすると初期短篇の残酷な描写を嫌悪していた層にも受け入れやすいように配慮したのかもしれないと想像すると、ほほえましくもある。

『人工心臓』（国書刊行会・平成六年）以来の単行本収録である。

「展望塔の死美人」は『講談倶楽部』昭和三年春季増刊号に掲載された。

デパートの屋上を舞台とした殺人事件。被害者は映画女優という目をひく存在であるにも関わらず、都会の群衆の中では目撃者を捜すことすら簡単ではない。しかし同時に、レストランで聞き耳を立てて事件の重要な手がかりを摑むような機会もおとずれる。都市と犯罪をめぐるモダン文学の一種として味わうことも出来る作品であ

「探偵戯曲　紅蜘蛛奇譚」は『名古屋新聞』昭和二年一月十一日付〜二十日付に連載された（全十回）。連載二回目よりタイトルに「ストリー」と入っており、舞台脚本を梗概のようにまとめたものではないかと推測される。本集に収録した「紅蜘蛛の怪異」をベースに、舞台を江戸時代に置き換えて髷物風にしているが、人情物として成立させるために特に結末部分を大きく変えている。この年の二月には神戸・八千代座と大阪・浪花座で、九月には東京・本郷座でも上演されているが、神戸での上演に際しては検閲によって上演禁止寸前になる騒動があったようだ。

最近名古屋の新守座で上演された「紅蜘蛛奇譚」が神戸の八千代座で上演されようとした時、兵庫県の保安課から禁止の命令を受けた。浜松と静岡で上演された時も、何の注意を受けず無事に許可されたので、神戸の禁止を伝へ聞いた時、一体どこが悪いのか聞きたいものだと好奇心にかられた。すると、二三日して上演を許可するといふ通知があつた。多分脚本の一部を抹殺して許されたのであらうと思つて居ると、意外にも上演禁止された理由は、あの脚本が人生を侮辱してゐるといふ理由であつたさうである。

る。

『小酒井不木探偵小説全集　第四巻』（本の友社・平成四年、オンデマンド版は平成十六年）以来の単行本収録となる。

「『好色破邪顕正』」は『現代』昭和三年六月号から八月号に連載された（全三回）。

名古屋の御器所に居を構え、熱狂的な古書趣味――という主人公の戸針康雄からは、作者・小酒井不木の姿が容易に想像されたことだろう。不木もまた、江戸文学の収集家として友人の尾崎久彌らと並んで名古屋では有名人の一人であった。不木のコレクションは名古屋市の蓬左文庫に「小酒井不木文庫」として現在も所蔵されている。主人公と作者本人が大きく違うのは独身で、自らの足で事件捜査に赴くほど健康であるところだ。

作中に出て来る『好色破邪顕正』は実在する書物であるが、戸針が支払った「五百円」は現在の価値にすると、およそ三十万円くらいになるはずである。

小酒井不木の中篇作品の中でも人気が高く、『怪奇探偵小説名作選1　小酒井不木集』（ちくま文庫・平成十四年）などに収録されている。

小酒井不木「検閲官の心理」(『紙魚』昭和二年三月号)

今回が単行本初収録となる。

「探偵小説劇 龍門党異聞」は『大衆文芸』昭和二年四月号に掲載された。

五月二十一日より三十日まで東京・帝国劇場で上演され、その後、六月には大阪・中座、神戸・八千代座でも上演されている。江戸川乱歩も『探偵小説四十年』の中で回想しているが、二十四日には森下雨村、甲賀三郎等の『新青年』『探偵趣味』関係者による観劇会が催され、その時撮影された集合写真は『小酒井不木全集 第十五巻』(改造社・昭和五年)の口絵を飾っている。

二十一日会同人発起にて二十四日夕六時から一夕の観劇会を催しました。会員二百名、熱心な本誌愛読者の方々や、「新青年」を中心にした二十数人の一団も加はり、同人には正木、長谷川、本山、平山、江戸川諸氏に、小生と報知新聞出版部の川端氏、甲賀三郎、湊邦三、安藤盛木村哲二等も出席せられて非常に盛会でした。

当日帝劇の特等入場者八百名には、本誌四月号(龍門党異聞所載)をお土産として洩れなく配布いたしました。

「帝劇の『龍門党異聞』劇」(『大衆文芸』昭和二年七月号)

『小酒井不木探偵小説全集 第二巻』(本の友社・平成四年、オンデマンド版は平成十六年)以来の収録となる。

「手紙の詭計」は『苦楽』大正十五年一月号に掲載された。

実際の新聞記事に基づいた殺人事件を再構成して探偵小説としての結末を与える、という趣向の私立探偵・野々口雄三ものは、創作の手法としては非常に興味深いものであったが、量産に向かなかったためか、不木は新たな私立探偵を創造した。それが本作から登場する、松島龍造である。

登場編というべき本作では、医学を修めて犯罪探偵に従事している松島の経歴が語られる。海外で生活している間に肉親によって死亡したことにされた松島による一種の復讐譚である。

『小酒井不木探偵小説全集 第二巻』(本の友社・平成四年、オンデマンド版は平成十六年)以来の単行本収録となる。

「外務大臣の死」は『苦楽』大正十五年二月号に掲載された。

各国の要人が集う晩餐会の席で外務大臣が暗殺され、同席していた警視総監が陣頭に立って捜査を行うが犯人につながる証拠は見つからず、事件は迷宮入りとなった。有名なトマス・ド・クインシーの『芸術の一分野として見た殺人』を引き合いに、「殺人芸術家による無頓着な殺人」の実例として、松島龍造が事件の真相を語る。

犯人を芸術家に、探偵を批評家に見立てて行われる心理戦は、推理の説得力にはいささか難があるものの奇抜で面白い。

『人工心臓』（国書刊行会・平成六年）以来の単行本収録となる。

「催眠術戦」は『苦楽』大正十五年四月号に掲載された。

催眠術に長けているという評判を聞いて松島龍造の許に依頼者がやってくる、という冒頭の展開にはかなりの強引さを感じるが、催眠術で暗示をかけられた女性を介して行われる狡猾な犯人と探偵の緊張感溢れるかけひきは非常にユニークなものである。

『小酒井不木探偵小説全集　第二巻』（本の友社・平成四年、オンデマンド版は平成十六年）以来の単行本収録となる。

「新聞紙の包」は『苦楽』大正十五年六月号に掲載された。

一連の松島龍造ものの中で、本作だけ語りの形式が異なっている。証拠隠滅の実行を前に怖じ気づき、躊躇している法学士・時國英三郎の様子がまずたっぷりと描かれ、後半では探偵があっさりと事件を解決してしまう、という筋だが、戦前の国内ミステリには珍しく汽船の上が舞台となっている作品である。

さまざまな乗り物にまつわるミステリを集めたアンソロジー『探偵小説の風景―トラフィック・コレクション〈下〉』（光文社文庫・平成二十一年）にも収録されている。

「偶然の成功」は『苦楽』大正十五年八月号に掲載された。

「探偵と偶然」をテーマに松島龍造が語るエピソードは、いかにして犯人は短時間のうちに重要な手紙を盗み、いかにして松島龍造は監禁場所からその在処を外部に伝えたのか、という郵便を利用したトリックの二段重ねである。

　不木の生前は一度も単行本に収録されず、没後『探偵小説全集２　小酒井不木』（春陽堂・昭和四年）と『小酒井不木全集　第十六巻』（改造社・昭和五年）に収録された。今回は『小酒井不木探偵小説全集　第三巻』（本の友社・平成四年、オンデマンド版は平成十六年）以来の単行本収録となる。


「妲己（だっき）の殺人」は『苦楽』大正十五年十月号に掲載された。

「夏の夜の怪談」というテーマで話されたエピソードの中で、松島は「心霊研究家」という役割で事件に関わる。

　郊外で暮らす画家の小山と彫刻家の西川の二人は、心霊家と霊媒という関係でもあった。ある日小山の死体が発見され、西川の証言によればその犯人は彼の肉体に憑依した、妖婦として名高い妲已なのだという。小山と恋に落ちた妲已が彼の霊魂を連れ去った、と主張する西川は精神病者と見なされ、事件の解決は曖昧なままに残される。

　松島龍造の登場作品としてはこれが最後になるが、「怪談といえば怪談ですが、ちっとも凄くはありません。又、探偵談といえば探偵談ですけれど、別に探偵的興味の深いものでもありません」という、冒頭の松島の言葉がすべてであり、私立探偵・松島龍造は退場にあたって「探偵」の役割を潔く捨て去ったかのような印象を与える。

「偶然の成功」同様、不木の生前の単行本収録はなく、『日本探偵小説全集第一篇　小酒井不木集』（改造社・昭和五年）および『小酒井不木全集　第十六巻』（改造社・昭和五年）に収録され、今回は『小酒井不木探偵小説全集　第三巻』（本の友社・平成四年、オンデマンド版は平成十六年）以来の単行本収録である。


　今回の作品収録から洩れてしまい、紹介が叶わなかった探偵役も多い。ミュンスターベルヒの心理的探偵法を駆使する検事が登場する「得意な容疑者」（『講談倶楽部』昭和四年一月号）は江戸川乱歩の「心理試験」のバリエーションとして読んでも興味深く、「一疋の蚤」（『キング』大正十四年六月号）では「理論家」と「実際家」のコンビという「理想的な探偵」が事件を解決する、というスタイルが試されている。

「名探偵」（『女性』大正十五年四月号）に登場する私立探偵の田西壺之助や、「新案探偵法」（『大衆文芸』大正十五年十月号）の鯉坂嗣三は「探偵」という記号に対するアンチテーゼとして生まれたキャラクタといって差し支えなく、ユーモア路線で奮闘した。

また奇抜なところでは、被害者の網膜に映った映像から犯人を特定するという「網膜現像」（『キング』昭和四年四月号）の鳥井博士、容疑者を「腸管拷問法」なる訊問によって自白させずにおかない法医学者のB氏が登場する「三つの痣」（『大衆文芸』大正十五年二月号）などがあり、どれも推理の課程を楽しむタイプの探偵小説ではないが、そのかわり際立ってユニークなキャラクタの有りようが存分に楽しめる。

日本初の長篇本格としても知られる「疑問の黒枠」は登場人物それぞれが事件に巻き込まれながら展開してゆく入り組んだ構成になっているが、冒頭と結末をまとめるのは「犯罪方程式」なる奇怪な理論を提唱する法医学者の小窪介三である。本作は「KAWADEノスタルジック〈探偵・怪奇・幻想シリーズ〉」の一冊として河出書房新社より今年九月に刊行された。「疑問の黒枠」の刊行は一九七八（昭和五十三）年の『別冊・幻影城No.16　小酒井不木』に収録されて以来、実に三十九年ぶりである。

〈評論・随筆篇〉

「**偶感二題**」は『探偵趣味』大正十五年二月号に掲載された。

「医師の心もち」という章題で春日野緑の、医師なのにメスを入れた際に戦慄を感じるのはおかしくないか、という「恋愛曲線」評に応じて、作品における主人公の「戦慄」描写について説明を行っている。しかしメスを入れた時の「戦慄」とは「人間味」からくるものではなく「始めての試み」に対して感じるものだった、という弁明はよけいに小酒井不木の作品は冷たくて残酷だ、という印象を与えてしまったのではないだろうか。

「**課題**」は『探偵趣味』大正十五年五月号に掲載された。

自由課題とされるよりもテーマと枚数が決められていた方が書きやすい、という不木の性格の一端を知ることが出来る。十年に満たない作家活動で膨大な量の原稿を執筆した人間とは思えないほど創作についてのモチベーションが低めなことに驚く。

健康であれば創作はしていない、というのはおそらく事実で、海外留学を足がかりにしてそのまま日本医学界のトップとなって活躍していたことだろう。

「作家としての私」は『探偵趣味』大正十五年七月号に掲載された。

自身の創作に現れる「冷たさ」についてのかなり悲観的な内容である。平林初之輔の「探偵小説壇の諸傾向」（『新青年』大正十五年二月増刊号）で江戸川乱歩ともども「不健全派」に組み入れられた不木の作風は、「肉腫」「手術」「痴人の復讐」など医学に材をとったグロテスクなものが特に批判の的にされた。テーマの残酷さと共に、「学者らしい固苦しさ」「研究室を出ない」「潤いのない」と文章力への批判が強く、その点を意識して書かれたものであろう。江戸川乱歩は不木の作風に関して理解と好意を示しつつも、やはり文章表現については今一歩という印象を抱いている。

小酒井先生の「恋愛曲線」の前半を講義式で面白くないといふ者がある。僕は正反対だ。あすこが面白いのだ。様々な科学的操作によつて心臓を体外で生かせる。心臓が何んとやらの溶液の中でコト〳〵と独りで動いてゐる。何といふい丶味だ。あれが面白くないといふ人の気が知れぬ。又ある者は嬰児を食ふのが汚いといふ。僕なんか汚いとは思はぬ。ある戦慄を感じる丈けだ。そして、それが作者の狙ひ所だ。あれでちやんと成功した作品だ。小酒井先生が右の様な批評を気にして、作風を換えられるとか伝聞したが僕としては賛成出来ない。もつと〳〵あ丶いふ世界を材料にして、我々を怖がらせて貰ひたいと思ふ。たゞ描写が今一段洗練されることは望ましい。といつて僕の描写が先生をしのぐなんていふ意味では決してない。理想を目安にして物を云つてゐるのだ。これ亦誤解する勿れ。

江戸川乱歩「病中偶感」（『探偵趣味』第七輯［大正十五年四月］）

「匿名の手紙」は『不同調』大正十五年九月号に掲載された。本作の自筆原稿は愛知県海部郡の蟹江町歴史民俗資料館に所蔵されている。

内容は匿名で理不尽な批判を送ってくる読者に対する愚痴めいた反論である。作中で言及している作品は「印象」（『新青年』大正十五年六月号）と、本集に収めた「偶然の成功」（『苦楽』大正十五年八月号）。

「陪審制度宣伝劇」は『新青年』大正十五年十一月号に掲載された。

「紅蜘蛛奇譚」に先だって書かれた戯曲作品に、陪審制度宣伝劇「パレット・ナイフ」がある。本作はその製作裏話である。「時日がないのと、脚本に経験のないため、潮山長三氏の助力を仰ぐことに」した、とあるが、多忙のため腹案を友人の潮山長三にまとめさせたが、演出の喜多村緑郎が脚本の出来の悪さに不満を漏らしたため代作を告白して謝った、という話である。この代作エピソード含め、当時の新派と小酒井不木の関わりを知る資料として、『喜多村緑郎日記』（演劇出版社・昭和三十七年）は非常に面白い。

「パレット・ナイフ」は一九二六（大正十五）年の八月に名古屋で上演され、好評を博したとのことだが、本作以外に『探偵趣味』第十二輯（大正十五年十月）に載った梗概が残っている程度で大まかな内容しかわからない。だが少なくとも不木としては探偵小説の戯曲化、探偵劇の執筆について手応えを持っていることは本作からうかがえる。

「**少年時代の愛読書**」は『大衆文芸』大正十五年十二月号に掲載された。

不木の博識を支えるのはいうまでもなく膨大な読書量であり、その興味の範囲は古今東西にわたっているが、読書の原点について作者自身が回想した文章である。不木が幼少時から僧侶をまねて大人の前で地獄物語を披露していたというエピソードはよく紹介されている。『帝国文庫』（博文館）の『太平記』と『八犬伝』を不木は特に愛読していたらしく、本作以外にも『帝国文庫　月報』第二号（昭和三年六月）に「懐かしき帝国文庫」という随筆を寄せて思い出を語っている。

「**探偵小説劇化の一経験**」は『探偵趣味』昭和二年三月号に掲載された。

探偵戯曲「紅蜘蛛奇譚」執筆の裏話である。不木が探偵小説の劇化に非常に前向きだっただけでなく、筋立てをはじめ舞台の演出効果、台詞など、さまざまな観点から考えていたことがわかる。

「**探偵文芸の将来**」は『新潮』昭和二年四月号に掲載された。

探偵小説流行のきざしを喜びながらも、作者の立場から斬新なトリックやプロットを考え出すことの難しさ、行き詰まりの危うさを指摘し、長篇への発展に打開の道があるという私見を述べている。『新青年』ではこの年の一月号から長篇「疑問の黒枠」の連載が始まっており、まさに実作を以て証明しようと奮闘していた時期である。

「探偵小説の行くべき道」は『読売新聞』昭和二年四月九日付に掲載された。
内容としては前出「探偵文芸の将来」とほとんど重複しているが、好ましい長篇探偵小説を、「一つのミステリーを、その事件に関係したすべての人物が有意識又は無意識に解決して行くといつたような形式をもつた」ものとするなど、連載中の「疑問の黒枠」を念頭に置いたとおぼしき表現があり、興味深い資料として紹介する。

「大衆文芸ものの映画化」は『キネマと文芸』昭和二年七月号に掲載された。
探偵小説の映画化がことごとく失敗するのは作者が映画化を念頭においておらず、脚本も監督も探偵小説の骨法に通じていないから、という持論を述べ、映画化を念頭において執筆したという「龍門党異聞」「疑問の黒枠」について語った一編である。

「名古屋スケッチ」は『日本及日本人』昭和三年春期特別号に掲載された。『新編日本随筆紀行　心にふるさとがある18　わが町わが村（西日本）』（作品社・平成十年）以来の収録となる。
本集に収めた「通夜の人々」「ふたりの犯人」「好色破邪顕正」のほか「疑問の黒枠」や「大雷雨夜の殺人」など、名古屋を舞台とした作品を不木はいくつも残しており、都市文学として小井不木作品を読む、というスタイルの文学研究も行われている。そんな不木が書いた本作は、軽妙な筆致でモダンな中にノスタルジックな風情の残る昭和三年当時の名古屋を映し出す。

「ペンから試験管へ」は『猟奇』昭和三年七・八月号に掲載された。
精力的に執筆活動を続けてきた不木だが、この年から執筆のペースが明らかに落ちてくる。腰痛に苦しんでいたことが本作にも、また「陰獣の印象」（『新青年』昭和三年十一月号）にも書かれており、そもそも日々発熱や喀痰を抱えながらの生活を何年も続けていたのであるが、仕事量が減ったのには健康以外にも別の理由があった。自宅に実験室を設け、研究活動に従事することを決意した事情が本作に書かれている。

「『龍門党異聞』について」の初出は確認出来ていない。『小酒井不木全集　第十五巻』（改造社・昭和五年）に収録されている。

前述の「紅蜘蛛奇譚」上映禁止騒動から「龍門党異聞」執筆、上演までの経緯と感想をまとめたものである。

小酒井不木の場合、専門の医学はもちろん、最新の科学知識、東西の文学作品に通じる幅広い教養をベースとした読み物が読者にもたらしたものが大きかったため、その分、小説に関しては評論・随筆に比べて評価が少し下がっている感は否めない。しかし今回紹介した作品を通して、不木の創作に対する様々な試みが読み取れたことだろう。

「通夜の人々」の前書きには「読者諸君も各自に作者とは無関係に、適当な解決を与えて見られんことを望む」という作者の文章がある。この言葉から現代の我々は、作者と読者がインタラクティブに、より論理的でよりスマートな解答を比べあって楽しむゲームのようなイメージを思い浮かべることが出来る。不木は連作や合作といった作家同士の共同作業の先に創作の行き詰まりを打開する可能性を感じとり、舞台や映画と通じたメディアミックスの先に作品表現の幅を拡げる可能性を見出し、作品を受け取る読者との関係においてもその先にさらなる可能性があることを読み取っていた。日本の創作探偵小説の黎明期において、あらゆる方面で探偵小説の可能性に希望を抱いていた作家なのである。

学者の余技と軽んじられることも多い小酒井不木の創作であるが、一作ごとに込められた探偵小説にかける意気込みやこだわりを本集から十分に味わってもらいたい。そして、不木作品に対する評価が、今以上に高いものになってくれることを願ってやまない。

［著者］小酒井不木（こさかい・ふぼく）
1890年、愛知県生まれ。本名・光次。別名・鳥井零水（とりいれいすい）。東京帝国大学大学院で生理学・血清学を専攻。肺結核の療養生活を経て、1917年に東北帝国大学医学部助教授に就任。21年に医学博士の学位を得て東北帝国大学教授に任じられるが、健康不良のため退職し、以後は文筆業に専念する。23年に名古屋へ移住してからは様々な媒体へ精力的に執筆活動を展開し、海外探偵小説の翻訳紹介や犯罪学研究「殺人論」（23）の発表など、創作活動以外でも健筆を揮った。1929年、肺炎により死去。

［編者］阿部 崇（あべ・たかし）
学習院大学大学院博士前期課程修了。『子不語の夢　江戸川乱歩小酒井不木往復書簡集』（皓星社、2004年）で小酒井不木書簡の翻刻を担当。2004年に愛知県の蟹江町歴史民俗資料館で開催された特別展示「小酒井不木の世界」に協力し、同年と翌年、小酒井不木をテーマとした講演会の講師を務めた。1999年に小酒井不木研究の個人サイト「奈落の井戸」（http://fuboku.o.oo7.jp/）を開設し、サラリーマン生活のかたわら、作品の翻刻、年譜の作成、関連資料の公開など細々と活動を続けている。

小酒井不木探偵小説選Ⅱ（こさかいふぼくたんていしょうせつせん）〔論創ミステリ叢書109〕

2017年11月20日　初版第1刷印刷
2017年11月30日　初版第1刷発行

著　者　小酒井不木
編　者　阿部　崇
装　訂　栗原裕孝
発行人　森下紀夫
発行所　論創社
〒101-0051　東京都千代田区神田神保町2-23　北井ビル
電話　03-3264-5254　振替口座　00160-1-155266
http://www.ronso.co.jp/

印刷・製本　中央精版印刷

ISBN978-4-8460-1644-9

論創ミステリ叢書

①平林初之輔Ⅰ
②平林初之輔Ⅱ
③甲賀三郎
④松本泰Ⅰ
⑤松本泰Ⅱ
⑥浜尾四郎
⑦松本恵子
⑧小酒井不木
⑨久山秀子Ⅰ
⑩久山秀子Ⅱ
⑪橋本五郎Ⅰ
⑫橋本五郎Ⅱ
⑬徳冨蘆花
⑭山本禾太郎Ⅰ
⑮山本禾太郎Ⅱ
⑯久山秀子Ⅲ
⑰久山秀子Ⅳ
⑱黒岩涙香Ⅰ
⑲黒岩涙香Ⅱ
⑳中村美与子
㉑大庭武年Ⅰ
㉒大庭武年Ⅱ
㉓西尾正Ⅰ
㉔西尾正Ⅱ
㉕戸田巽Ⅰ
㉖戸田巽Ⅱ
㉗山下利三郎Ⅰ
㉘山下利三郎Ⅱ
㉙林不忘
㉚牧逸馬
㉛風間光枝探偵日記
㉜延原謙
㉝森下雨村
㉞酒井嘉七
㉟横溝正史Ⅰ
㊱横溝正史Ⅱ
㊲横溝正史Ⅲ
㊳宮野村子Ⅰ
㊴宮野村子Ⅱ
㊵三遊亭円朝
㊶角田喜久雄
㊷瀬下耽
㊸高木彬光
㊹狩久
㊺大阪圭吉
㊻木々高太郎
㊼水谷準
㊽宮原龍雄
㊾大倉燁子
㊿戦前探偵小説四人集
(別)怪盗対名探偵初期翻案集
51守友恒
52大下宇陀児Ⅰ
53大下宇陀児Ⅱ
54蒼井雄
55妹尾アキ夫
56正木不如丘Ⅰ
57正木不如丘Ⅱ
58葛山二郎
59蘭郁二郎Ⅰ
60蘭郁二郎Ⅱ
61岡村雄輔Ⅰ
62岡村雄輔Ⅱ
63菊池幽芳
64水上幻一郎
65吉野賛十
66北洋
67光石介太郎
68坪田宏
69丘美丈二郎Ⅰ
70丘美丈二郎Ⅱ
71新羽精之Ⅰ
72新羽精之Ⅱ
73本田緒生Ⅰ
74本田緒生Ⅱ
75桜田十九郎
76金来成
77岡田鯱彦Ⅰ
78岡田鯱彦Ⅱ
79北町一郎Ⅰ
80北町一郎Ⅱ
81藤村正太Ⅰ
82藤村正太Ⅱ
83千葉淳平
84千代有三Ⅰ
85千代有三Ⅱ
86藤雪夫Ⅰ
87藤雪夫Ⅱ
88竹村直伸Ⅰ
89竹村直伸Ⅱ
90藤井礼子
91梅原北明
92赤沼三郎
93香住春吾Ⅰ
94香住春吾Ⅱ
95飛鳥高Ⅰ
96飛鳥高Ⅱ
97大河内常平Ⅰ
98大河内常平Ⅱ
99横溝正史Ⅳ
100横溝正史Ⅴ
101保篠龍緒Ⅰ
102保篠龍緒Ⅱ
103甲賀三郎Ⅱ
104甲賀三郎Ⅲ
105飛鳥高Ⅲ
106鮎川哲也
107松本泰Ⅲ
108岩田賛
109小酒井不木Ⅱ

論創社